LA CONSULE ASSASSINÉE

Du même auteur

Des flics français à Kaboul, Éditions La Boîte à Pandore, 2013.
Coke d'Azur, Éditions Ovadia, 2014.
Une terre pas si sainte, Éditions Jigal, 2014.
La Filière afghane, Éditions Jigal, 2015 (Prix Interpol'art 2015).
À l'ombre des patriarches, Éditions Jigal, 2016 (Prix Guy Vanhor du meilleur roman 2017).
Mortels Trafics, Éditions Fayard, 2016 (Prix du Quai des orfèvres).
Tuez-les tous... Mais pas ici, Éditions Sang Neuf/Plon, 2018 ; Éditions Points n° 4963.
Larmes de fond, Éditions Filature(s)/Dargaud, 2020.

Série « Les trois Brestoises »

(Éditions Palémon)

1. *Haines*, 2018.
2. *La Cage de l'Albatros*, 2018.
3. *L'Assassin qui aimait Paul Bloas*, 2019.
4. *Avec le chat pour témoin*, 2019.
5. *L'Île abandonnée*, 2020.
6. *Vie et Mort d'une légende bigoudène*, 2020.
7. *Le Pont du diable*, 2021.

Avec L. Gordon

La Prophétie de Langley, Éditions Jigal, 2017 (Prix Michel Lebrun 2017).

Avec Yves Saint-Martin

Mort en eaux grises, Éditions Jigal, 2018 (ouvrage dont les droits sont entièrement redistribués à l'orphelinat mutualiste de la police – Orpheopolis).

Me suivre
Site web : pierrepouchairet.com
Fbook : Pouchairet
Fbook page du collectif : L'assassin habite dans le 29
Email : pouchairet.pierre@sfr.fr

Pierre Pouchairet

LA CONSULE ASSASSINÉE

FILATURE(S)

Conception graphique : Éric Laurin
Illustration de couverture : Christophe Chabouté

ISBN 978-2-4915-0719-0

Asie centrale
N
Omsk
Novosibirsk
RUSSIE
Gorno-Altaysk
Kyzyl
RUSSIE
Gulmada
Tarkan
MONGOLIE
BEYAZSTAN
Groznyy
GEORGIE
Tbilissi
Mer
Caspienne
ARMENIE
AZERBAIJAN
Erivan
Baku
Turkmenbachi
Nukus
OUZBEKISTAN
Schimansky
TURKMENISTAN
Dushanbe
TADJIKISTAN
Tabriz
CHINE
Tehran
IRAQ
IRAN
AFGHANISTAN
Islamabad
Srinagar
Baghdad
Estahan

1

Schimansky, Beyazstan.

Les rayons du soleil faisaient timidement leur apparition. Comme chaque jour, Baha Babaef entamait sa journée de travail au moment le plus froid. Arrivé devant le consulat général de France, il fit une moue désabusée en voyant les gardes assoupis, bien au chaud dans leur aquarium.

À l'approche de la soixantaine, bien qu'étant récipiendaire d'une pension due à des états de service héroïques dans l'armée soviétique, Baha était toujours obligé de travailler. Sa journée commençait par un long parcours effectué d'abord à pied, puis en bus, avant de passer au métro et de finir à nouveau en marchant. S'il aimait bien ça en été, en hiver, par un froid avoisinant les - 30 °C, le plaisir en était quelque peu diminué. Comme souvent, il faillit tomber en glissant sur la neige glacée et reprit son équilibre après quelques circonvolutions ridicules. Il jura. Dans sa jeunesse, du temps de l'Union soviétique, ce n'était pas comme ça. À l'époque, il avait l'impression que le personnel municipal attrapait les flocons au vol avant qu'ils ne blanchissent routes et trottoirs. Ce temps glorieux était révolu. En hiver, si les grandes artères étaient relativement bien dégagées, personne ne se souciait plus du confort des piétons. Oligarques et milliardaires n'avaient pas l'habitude de marcher. Baha les imaginait derrière les vitres blindées de leur limousine, ils devaient bien rire du bas peuple évoluant sur un toboggan verglacé.

Bref, comme beaucoup d'anciens ayant connu le temps des

soviets, Baha considérait que le socialisme avait du bon et il regrettait la chute de l'URSS. À cette époque bénie du marxisme-léninisme, la gratuité n'était pas un vain mot et l'État veillait à offrir au peuple un minimum de confort pour contenir son goût de la démocratie. On ne payait rien, ou si peu, à commencer par les transports en commun. Tout le monde avait un foyer, certes petit, mais c'était un toit, avec l'eau et l'électricité. Grâce au chauffage urbain et aux centrales d'eau chaude, il faisait presque trop chaud dans les logements. Aujourd'hui, il fallait de l'argent pour tout. Les enfants de Baha n'avaient jamais bénéficié de cet État providence et si les travailleurs étaient mieux rémunérés, encore fallait-il qu'ils aient un emploi. À la fin du mois, il ne restait rien, sinon des dettes. Alors, cette soi-disant liberté, elle n'avait finalement avantagé que ceux pour qui tout allait déjà bien. Les membres de l'ex-parti communiste, et en premier lieu les anciens apparatchiks. Transformés en hommes d'affaires, ils s'étaient approprié les ressources naturelles. Nouveaux seigneurs, ils régnaient sur tout et les plus grandes entreprises étaient entre leurs mains. D'ailleurs, Baha travaillait pour eux, puisqu'il était employé de *Clean World*, une boîte de nettoyage faisant partie des centaines de sociétés gérées par un vague neveu du président, le premier et le seul chef d'État de cette belle République née, il y a presque trente ans, après la chute de l'Empire soviétique.

Le regard de l'homme d'entretien s'attarda sur les gardes. Ces cochons avaient la belle vie, ils pouvaient bien râler de bosser la nuit. Quel boulot ? Ils passaient leur temps à pioncer bien au chaud. Avec un job comme celui-là, ils pouvaient enquiller sur un deuxième emploi et se prendre deux payes en fin de mois. Ils étaient presque collègues, puisque la société de sécurité avait le même propriétaire, mais il n'allait pas les plaindre.

Les vigiles dormaient à poings fermés et les premiers coups portés avec des moufles sur l'épaisse vitre blindée ne les réveillèrent pas. Baha tempêta de plus belle. Ils n'allaient pas le laisser geler dans la rue ! Il avisa un caillou qui dépassait de la neige et le ramassa pour frapper plus fort. Ce n'est qu'au troisième coup que l'un des deux gardes daigna lever une paupière, puis l'autre, et le regarda d'un air ahuri, comme si sa venue était une surprise. L'étonnement se transforma en réprobation à la vue des marques causées par la pierre sur le verre. Cette fois, les deux étaient réveillés et le premier appuya sur le bouton d'émission d'un micro. Une voix stridente éclata dans un haut-parleur.

— T'es devenu dingue ou quoi ? T'as vu ce que t'as fait.

— Ouvre la porte, imbécile ! Au lieu de me laisser geler dehors.

— Tu veux que je dise au chef que tu essayes de casser les vitres ?

— Et toi, tu veux que je lui dise que vous passez votre temps à roupiller ?

Baha fit l'effort d'enlever une moufle pour chercher son téléphone :

— J'ai de très belles photos de vous en train de pioncer, et pas qu'une fois. Le patron sera ravi de les voir. Je suis certain que vous préférerez travailler de jour et à l'extérieur, plutôt que de passer la nuit au chaud à rien foutre.

Le visage des gardes vira au blanc. S'il était bien une coutume héritée de l'Union soviétique qui perdurait, c'était celle de la délation. Visiblement crispés, ils firent comme s'il n'avait rien dit. Une main glissa jusqu'à un bouton et la serrure claqua.

Sourire de Baha. Il s'avança vers la porte métallique destinée à l'entrée des visiteurs du consulat. La chaleur l'enveloppa d'une douceur réconfortante. Il vida ses poches et passa sous le portique détecteur de métaux. Sans un mot pour les gardes, il ramassa ses affaires et fila vers le réduit qui lui servait à entreposer son équipement et se changer. En moins de dix minutes, il était prêt. Blouse bleue, chaussures en caoutchouc. Il poussa d'une main son chariot contenant son matériel de travail : seau, serpillière, balai, chiffons et différents produits ménagers.

Suivi par l'un des gardes, il se mit à la tâche. Il avait une heure trente pour nettoyer les parties communes : couloirs, salle d'attente, de réunion, toilettes. Les bureaux étaient fermés à clé, il s'en occuperait plus tard, en présence des employés ou avec le policier français responsable de la sécurité des locaux. Être éternellement accompagné lui donnait l'impression d'être un prisonnier condamné aux travaux forcés. Il ne s'en offusquait pourtant pas. Ses collègues d'autres enceintes consulaires devaient se plier aux mêmes règles. Rien de plus normal. Les diplomates n'avaient pas tort de se méfier. Lui-même avait déjà été « tamponné » par des membres du KNB, le service de sécurité local, issu de l'ancien KGB. Ils étaient avides d'informations, plan des locaux en cas de réorganisation, photos des lieux, petits cancans sur le personnel et, évidemment, photos de tous les documents pouvant traîner sur les bureaux… Avec des caméras partout et un garde-chiourme collé aux basques, pas facile de combler leurs demandes. Bien qu'il haïsse les services secrets, il n'avait rien contre une petite rémunération et il était prêt à aider si l'occasion se présentait.

Son travail débuta par les toilettes, mieux valait attaquer par le pire. Il continua avec le passage de l'aspirateur au rez-de-chaussée. Comme d'habitude, son garde se contenta de lui ouvrir l'accès au consulat et, plutôt que de surveiller une activité inintéressante, alla fumer une cigarette à l'extérieur, avant de se laisser tomber dans un fauteuil de la salle d'attente. Calé sur son siège, deux pieds sur une table basse, il se mit à examiner les photos d'un vieux *Paris Match* qui traînait là et qu'il connaissait déjà par cœur.

Baha poursuivit à l'étage, celui des diplomates, avec en position centrale, la porte à double battant du bureau de la consule générale, une sinistre personne aux yeux de l'employé. Une petite conne prétentieuse qui n'avait comme seule qualité, que celle de parler parfaitement le russe. Pour le reste, elle paraissait être une femme imbue d'elle-même, méprisante vis-à-vis de gens de sa condition. Il s'en foutait et devait reconnaître qu'après tout, les autorités de son pays n'étaient pas véritablement différentes… Il aurait pourtant espéré mieux de la part d'une représentante du pays des droits de l'homme.

Surprise ! Quand son chariot vint heurter la porte de la maîtresse des lieux, alors que tout était habituellement fermé, elle s'ouvrit de quelques centimètres. Le bureau n'était pas verrouillé. Un oubli ? L'employé crut d'abord à une présence. Il s'attendit à voir quelqu'un apparaître. Rien. Il se pencha vers son aspirateur pour arrêter l'engin, mais ne termina pas son mouvement, il se redressa et poussa encore la porte avec le balai de l'appareil ménager. Elle s'ouvrit en grand. Toujours personne. Il conclut qu'on avait tout simplement oublié de fermer le bureau. C'était la première fois qu'il s'y trouvait seul. Son cœur se mit à battre plus vite et la pression sanguine augmenta.

C'était l'occasion rêvée de satisfaire les attentes du KNB, peut-être un moyen d'obtenir un peu d'argent ou une meilleure place. Un coup d'œil vers l'escalier, son cerbère ne montait jamais, aucune raison qu'il le fasse aujourd'hui. Un regard sur le bureau, plusieurs dossiers étaient posés en désordre et l'ordinateur était en marche. Il avait cinq, voire dix minutes pour profiter de l'aubaine sans que cela puisse paraître anormal. Il se pencha à nouveau vers son aspirateur pour y récupérer la clé USB cachée à l'intérieur. Les services secrets étaient prévoyants. Il savait ce qu'il lui restait à faire, l'enfoncer dans la prise du PC et attendre que la lumière cesse de clignoter, une à deux minutes, lui avait-on dit. Il remarqua qu'une autre clé USB était posée sur la table de travail. Ce fut un moment d'hésitation. Un ange passa. Au point où il en était… Il la ramassa et la fit disparaître dans sa poche. Comme il était censé être sous surveillance constante, il n'était jamais fouillé en sortant. Il prit son téléphone pour filmer les lieux puis les documents étalés. En faisant le tour de la pièce, il remarqua ce qui jusque-là lui avait échappé : le coffre-fort, placé dans un recoin au fond était ouvert. Plusieurs documents étaient posés sur le sol. Il pensa d'abord que la diplomate avait dû chercher ces papiers pour travailler et qu'elle n'avait pas pris le temps de les ranger. Étonnant ! Impossible ! Elle n'était pas loin, elle allait revenir. Il en était à ce stade de sa réflexion, prêt à se précipiter vers la porte, quand il se rappela que le réduit où se trouvait le coffre communiquait avec une chambre. Il s'agissait d'un local d'une quinzaine de mètres carrés qu'il ne nettoyait que rarement. Comment avait-il été assez stupide pour ne pas y penser ? Un filet de lumière indiquait une présence, la porte était entrebâillée. Il n'était pas seul, la diplomate était là ! Elle avait passé la nuit ici. Le bruit d'un mouvement ! Cette fois, Baha eut l'impression que son cœur manquait d'exploser. On allait lui tomber dessus. Non seulement, il n'obtiendrait aucun avantage, mais il allait se faire virer ou finir en prison, et personne ne lèverait un petit doigt pour lui. La clé du KNB fixée sur l'ordinateur se mit à clignoter, le logiciel espion était en place. Il la retira et s'avança vers la sortie. Un râle l'interrompit. Il se figea sur place, hésita et finalement revint en arrière.

2

Les heures qui suivirent furent stressantes. Après avoir fermé la porte du bureau de la diplomate, Baha reprit son travail avec en tête l'idée de trouver un prétexte pour quitter le consulat au plus vite. Une visite chez le médecin, un malaise, un problème avec son patron, il cherchait un motif, lorsque le policier français, responsable de la sécurité du consulat se pointa. Mauvaise surprise, d'habitude le fonctionnaire ne venait que tard dans la matinée mais aujourd'hui, justement, il avait décidé de faire du zèle. Il ne le laisserait pas s'en aller aussi facilement.

— *Dobroe utro.*

— Bonjour, répondit Baha.

Le flic avait un sourire enjoué et se dandinait façon danseur mondain. *Pas de chance, ce con a envie de parler*, pensa le Beyaze.

Changement de stratégie. Partir plus tôt ferait de lui un suspect, il fallait jouer le jeu et tenter de faire bonne figure. Alors que les employés arrivaient, Baha s'attaqua aux premiers bureaux avec le flic derrière lui.

— T'as regardé le match de foot hier soir ? demanda le policier dans un russe hésitant.

D'ordinaire, lorsque son garde testait ses connaissances de la langue de Pouchkine, Baha se montrait bienveillant et entretenait patiemment la conversation. Aujourd'hui, il n'y arrivait pas. La boule au creux de son estomac l'empêchait de donner le change. Son attitude ne passa pas inaperçue.

— Ça va pas ? T'es malade ?

Blême, il peinait à réprimer le tremblement de ses doigts et il avait l'impression que tout le monde s'en apercevait. Il répondit avec un pâle sourire :

— J'ai dû prendre froid. Je crois que j'ai de la fièvre.

Les gouttes de sueur qui perlaient sur son front et suivaient ses rides attestaient, de manière presque providentielle, l'existence d'un problème de santé.

— Tu n'as qu'à t'en aller plus tôt.

— Mais… Je n'ai pas terminé.

— Ce n'est pas très grave. La patronne n'est pas là. Elle est partie dans la nuit, elle avait des rendez-vous à la capitale.

Le cerveau de l'homme de ménage se mit à bouillonner. Pas là ? Il réprima un sourire nerveux et retint le côté positif de la nouvelle : il n'aurait pas à s'occuper du bureau de la consule. Un poids en moins. Il respira mieux et accepta tout de même l'offre de rentrer plus tôt chez lui.

*

* *

Se retrouver dans la rue fut une véritable délivrance. Son pouls et sa respiration étaient revenus à la normale. Il ne restait plus qu'à contacter son agent traitant, à lui remettre les photos et lui indiquer qu'il avait pu utiliser la clé USB. Un seul souci, et pas des moindres, devait-il parler de ce qui s'était produit dans la chambre ? Mieux valait, peut-être, passer sous silence cette partie. Tout cela étant clair dans sa tête, c'est le cœur léger qu'il se rendit rue Gogol et entra dans une échoppe. Il commanda un thé brûlant, un simit et une vodka, et se décida à appeler celui qu'il connaissait sous le prénom de Beslan, très certainement un nom d'emprunt.

En entendant la voix pâteuse qui lui répondit, Baha eut l'impression que le fonctionnaire se réveillait. Ce sentiment disparut dès qu'il commença à parler et à lui déballer ce qui ressemblait à un rapport de mission. Le ton de l'agent du KNB devint nerveux.

— T'es où ?

— Un bar, pas loin du consulat.

— ... Va dans le parc Panfilov et attends-moi à côté de la cathédrale Zenkov. Je serai là dans trente minutes.

La ponctualité n'étant pas l'une des qualités du pays, Baha ronchonna à l'idée de se geler à l'extérieur de l'édifice religieux. Beslan promit qu'il arriverait avant le délai prévu. L'apprenti espion avala sa viennoiserie et commanda une deuxième vodka et un thé. L'alcool pour se donner du courage, le thé pour affronter le froid. En sortant, il fila sur la rue Gogol jusqu'à l'angle de la rue Kunaev et bifurqua pour entrer dans le parc. Quelle que soit la température, c'était un lieu toujours animé. Il ne s'intéressait guère aux gens qu'il croisait et suivit l'un des chemins qui menaient vers la cathédrale de l'Ascension, l'autre nom de ce lieu de culte construit entièrement en bois au début du vingtième siècle.

Arrivé au pied de l'entrée principale, Baha hésita à pénétrer dans la cathédrale. Il eut un regard pour deux blondes en train de faire un selfie. Elles ne le remarquèrent pas. Trop fières ! Il faut dire qu'avec ses vêtements, il ressemblait à ce qu'il était : un pauvre type, un laissé-pour-compte d'une société qu'il ne comprenait pas. Un sentiment d'amertume l'envahit et il détourna ses pas en direction de la patinoire publique qui jouxtait l'édifice. Il s'appuya sur une barrière et regarda sa montre.

Baha s'intéressa à des lycéens, ou plus précisément à leur professeur de sport, une jolie fille à la poitrine avenante et au corps musclé, elle l'aiderait à patienter.

— Ça va, camarade ?

Comme d'habitude, l'agent du KNB prit Baha au dépourvu. À chaque fois, c'était pareil. L'homme de ménage aurait été bien incapable de dire comment se déplaçait Beslan, s'il était accompagné ou non et même d'où il arrivait. C'était comme si l'espion avait la faculté d'apparaître et de disparaître.

« Camarade », cette référence à l'ancien régime était surprenante de la part d'un homme d'une quarantaine d'années, qui n'était pas d'origine slave. Ça avait le don d'horripiler Baha, mais il se garda bien d'en faire la remarque. De toute manière, tout ce qui représentait l'autorité lui paraissait suspect. Il n'avait pas envie de jouer aux politesses inutiles et voulait en arriver au but de ce rendez-vous.

— J'ai fait ce que vous m'avez demandé !

— Parfait, parfait. C'est très bien. Mon chef va être content.

— Qu'est-ce que vous pouvez faire pour moi ? Pirater l'ordinateur d'un diplomate, photographier ses dossiers, ça ne doit pas arriver tous les jours.

L'agent eut un rire nerveux. Pas un regard pour Baha. Les yeux rivés sur la prof de sport, il répondit :

— Tu as agi comme un patriote. Tu voudrais quoi, une médaille ? De l'argent ?

Baha s'attendait à plus de reconnaissance de la part de son interlocuteur. Après ce qu'il venait de faire, il espérait, sinon des remerciements, un peu plus de respect. Il s'imagina un instant tourner le dos et rentrer chez lui en laissant en plan ce connard. Impossible.

— Est-ce que vous pouvez me trouver un autre travail ? Et puis, j'ai besoin d'un peu d'argent.

Beslan éclata de rire.

— Tu veux récurer les chiottes du KNB ?

Cette fois, c'en était trop pour la fierté de Baha. Il serra les dents, prit appui sur la rambarde et repoussa son corps en arrière, prêt à partir.

— Va te faire…

Avant qu'il ne termine son mouvement, une main ferme l'attrapa par le poignet et pour la première fois, les deux hommes se toisèrent. Beslan éclata d'un rire dangereux.

— Calme-toi. Je plaisante. Je vais voir ce qu'on peut faire. Je suis certain que tu as fait du bon boulot. Mes collègues vont traiter tout ça et je te rappelle.

À l'immense surprise de Baha, Beslan le relâcha et s'éloigna de quelques pas. L'homme d'entretien comprit que l'agent allait partir.

— Mais ? Tu ne veux pas les photos ?

— Quelles photos ?

Baha fouilla dans sa poche pour attraper son portable.

— Celles que j'ai sur mon GSM.

Beslan haussa les épaules, une nouvelle lueur ironique s'alluma dans ses yeux et il haussa les épaules.

— Il n'y a rien dessus.

— … ?? Comment ça ?

Baha s'agita sur le clavier de son appareil. Rien ! Plus rien ! Pas de photos, aucun numéro de téléphone en mémoire.

— C'est vous ?

— Tout ça, c'est pour ta sécurité. Ne t'inquiète pas, je vais te recontacter très vite.

Baha murmura ce qui maintenant lui apparaissait comme une certitude :

— J'étais sur écoute et vous aviez directement accès à mon portable.

— Ne te formalise pas, camarade. Je te répète, c'est pour ton bien. Rentre chez toi. Achète-toi une bonne bouteille de vodka avec l'argent que j'ai mis dans ta veste, fais un cadeau à tes gosses et invite ta femme dans un restaurant ce soir.

La main de l'employé du consulat glissa dans la poche de son manteau ; ce qu'elle y trouva confirma les dires de son interlocuteur. Il s'apprêtait à parler, lorsqu'il s'aperçut qu'il était seul. Il se retourna. Beslan s'était évanoui dans la foule.

Baha eut à nouveau le sentiment de n'être rien. Un jeune au sourire niais l'apostropha en lui tendant un appareil photo.

— Tu peux me prendre avec ma copine ?

Il l'observa, jeta un regard vers la gamine enamourée qui attendait.

— Tu penses que je suis photographe ? Casse-toi avant que je te fasse bouffer ton machin.

Le sourire qui illuminait le visage de l'amoureux disparut. Il crut qu'il avait mal compris et il fallut quelques instants pour que son cerveau veuille bien lui transmettre les informations qu'il venait d'enregistrer. Baha lui avait déjà tourné le dos.

— Vous êtes cinglé ou quoi ?

L'homme de ménage s'immobilisa et lui renvoya un regard mauvais. Cette fois, le gamin comprit qu'il avait affaire à un fou, peut-être quelqu'un capable de tuer. Il n'insista pas et attrapa sa copine.

C'est en marchant que Baha pensa à la clé USB dérobée dans le bureau de la consule générale. L'arrogance et le mépris de son officier traitant l'avaient dissuadé d'en parler et Beslan ne lui avait même pas redemandé celle avec le logiciel espion. Après tout, s'il s'agissait de quelque chose d'intéressant, il pourrait toujours la mentionner plus tard et dans le cas contraire, il la ferait disparaître.

3

Baha et sa femme logeaient dans une petite maison de trois pièces dans une banlieue de la ville. Depuis peu, sa fille, fraîchement divorcée et ses deux enfants les avaient rejoints. Pas beaucoup d'espace pour vivre à cinq, heureusement que le fils travaillait à Moscou. Un boulot de manœuvre dans le bâtiment, mais au moins ce n'était pas une bouche à nourrir.

Dans la soirée, il retrouva son épouse. Elle était cuisinière dans un groupe scolaire. Un avantage, elle réussissait à rapporter chaque jour une partie de leur repas du soir. Quand il l'avait connue, Noor était une belle jeune fille rieuse au corps ferme. Elle n'avait rien à envier à la prof de sport du jardin public. Aujourd'hui, le travail, les années, le tabac, la bière et la vodka avaient fait leur office. Les amoureux étaient devenus deux compagnons de galère. Ils ramaient pour survivre.

Les petits-enfants jouaient par terre avec des cubes en bois. Leur mère, serveuse dans un bar de nuit, rentrerait tard. La mamie était assise en face de la télé, elle brodait une pièce de tissu qu'elle espérait revendre à des touristes sur un marché de l'artisanat. De temps en temps, elle interrompait son travail pour lever un œil vers le poste et la série Z dans laquelle de jeunes couples aux dents scintillantes et à la plastique avantageuse faisaient face à de problèmes existentiels sous le soleil brésilien. Elle ne tourna pas la tête vers son mari.

— T'es en retard.

— J'ai dû rester plus longtemps.

— Tu seras payé en heures sup, j'espère.

Baha mit quelques billets sur la table.

— J'ai déjà eu un acompte, en cash.

Noor abandonna télé et couture pour s'intéresser à lui.

— En cash ?

— C'est exceptionnel. Mais c'est bien, non ?

— Du fric en plus, c'est toujours bien.

Elle ramassa l'argent pour le déposer dans un tiroir de la cuisine.

— Ça permettra de faire les courses.

Baha la suivit et attrapa la bouteille de vodka qui traînait dans une armoire. L'alcool lui ferait du bien. Il laissa sa femme manipuler la cocotte remplie d'eau bouillante et de pommes de terre et se servit une bonne rasade avant de s'installer sur le canapé. Il allait tremper les lèvres dans son verre lorsque son téléphone sonna. Un numéro caché. Ça ne pouvait être que Beslan.

— Comment va le héros ?

Le ton était doucereux, inhabituel. Baha n'en reconnut pas moins la voix de son correspondant. C'était bien la première fois qu'il lui parlait de cette manière. À croire que l'espion du KNB avait bu. Il réfléchit et le silence se prolongea si longtemps que l'agent reprit la parole avant qu'il lui réponde.

— Mon patron est très heureux. Il voudrait te voir pour te féliciter. Et, surtout, te récompenser dignement.

— Tu es où ?

— Je suis à côté de ton arrêt de bus. Viens. Le chef n'aime pas attendre et tu ne le regretteras pas.

— C'est qui ? demanda la femme de Baha, depuis sa cuisine.

— Le travail.

— Quel travail ? L'ambassade ?

— Non, le patron, il a besoin de moi pour un extra, il y a peut-être encore un peu d'argent à gagner.

Entourée d'un nuage de vapeur, son épouse apparut. Elle n'était pas contrariée à l'idée de passer la soirée seule, bien au contraire :

— Comme ça, tu te feras encore un peu d'argent. Ça ne peut pas nous faire de mal.

Réminiscence des temps anciens : partant de l'idée qu'il faut savoir se méfier de tout le monde, même de sa famille, Baha ne fit pas mention de son aventure matinale. Il joua le bougon, attrapa ses vêtements chauds et commença à se préparer.

— Je t'appellerai pour te dire à quelle heure je rentre. Embrasse les petits pour moi.

— Je te laisserai une portion de plov, j'en ai ramené de l'école. T'auras qu'à la réchauffer.

Une fois dehors, il analysa la situation. Des félicitations ? Il les méritait bien, ce n'était certainement pas tous les jours que quelqu'un arrivait à pirater l'ordinateur d'un diplomate. Quant aux documents, les avoir trouvés dans un coffre indiquait leur valeur. On ne prend pas tant de précautions pour des écrits sans importance. Il se souvenait de peu de choses, des photos d'hélicoptères, des colonnes chiffrées avec des montants en euros. Pour le reste, tout était rédigé en français, une langue qu'il pratiquait occasionnellement mais lisait mal.

L'éclairage public étant ce qu'il était, il faillit s'étaler en mettant le pied dans un trou qu'il n'avait pas vu.

— Putain de pays !

En se redressant, il aperçut une voiture noire garée à une cinquantaine de mètres de l'arrêt de bus. Une Mercedes ! Il fronça les sourcils, hésita... Et il reconnut la silhouette de Beslan assis à l'arrière. L'agent du KNB l'avait repéré, il ouvrit la portière pour sortir l'accueillir.

— Je t'avais dit que ça serait rapide. Nos bureaux ont étudié les informations que tu nous as fournies. C'est exceptionnel. Le patron veut te le dire lui-même. Il m'a prêté sa voiture pour venir te chercher. Installe-toi, lança Beslan en invitant Baha à prendre place à l'arrière, à côté de lui.

Pendant que l'agent secret parlait, le passager avant était sorti ouvrir à Baha. C'était un individu que l'homme de ménage n'avait jamais vu, mais qui avait le physique parfait pour travailler au KNB, visage peu engageant, taillé à la serpe, belle corpulence, il était vêtu d'un manteau trois-quarts en cuir noir et d'un pantalon sombre. Rien de bien original, mais que tout le monde connaisse leur allure et puisse les sentir à des kilomètres ne rendait pas les hommes du KNB moins dangereux.

La voiture démarra dès que Baha fut assis et Beslan commença par un mea-culpa en tentant de se faire pardonner la rudesse de ses propos matinaux. Il s'appliqua ensuite à expliquer au héros du jour qu'il allait être dignement récompensé. Après un temps suffisamment long pour ne pas attirer l'attention sur lui, l'homme de ménage pourrait dire adieu à ses balais et obtiendrait un emploi mieux rémunéré et moins fatigant.

— Peut-être d'ailleurs, chez nous, ajouta Beslan.

Devant la surprise de Baha et le peu d'entrain que provoqua cette possibilité, l'agent du KNB éclata de rire et tapota les cuisses de son interlocuteur.

— Je plaisante, ne t'inquiète pas, on te donnera quelque chose de bien. Peut-être même aussi pour ta femme. Elle n'en a pas assez de faire la cuisine dans l'école de son quartier ?

Décidément, ils savaient tout sur lui. Les kilomètres défilaient et Beslan poursuivait son monologue, il en devenait épuisant. Baha ne le connaissait pas aussi volubile. Il se mit à douter. Est-ce que tout cela n'était pas fait pour l'endormir ? Il commença à s'intéresser à la route et se dit qu'il était tard, très tard pour qu'un chef de service veille dans le seul but de rencontrer un plouc comme lui. L'emplacement des bureaux du KNB à la lisière ouest de la ville était connu de tous et la voiture n'en prenait pas le chemin, bien au contraire, elle filait en direction de la montagne. Il essaya de cacher son malaise et laissa sa main droite partir à la recherche de la poignée. Verrouillée. Ne pas paniquer, bon nombre de conducteurs verrouillent leurs portières en roulant. Il jugea cependant que cette affaire sentait mauvais. Son changement d'attitude ne passa pas inaperçu à son compagnon puisqu'il crut bon d'indiquer que le directeur avait un chalet sur les hauteurs de la ville et qu'il allait le recevoir chez lui. Tiens donc ! Si pendant un instant il s'était vu gardé au secret dans les geôles des services de sécurité intérieure, c'est maintenant un tout autre scénario qui se dessinait.

— Il faut que je pisse, vous pouvez vous arrêter ?

Beslan leva les sourcils en accent circonflexe.

— Tu ne peux pas patienter ? On est presque arrivés.

— Non. Et puis, tu m'imagines dire à ton chef : « Bonjour, pouvez-vous m'indiquer les toilettes ? » Je n'ai pas envie d'être ridicule.

Coup d'œil du conducteur dans son rétro. Celui-là n'avait jamais parlé et Baha ne s'était pas intéressé à lui. Ce qu'il crut percevoir dans le regard de ce troisième homme ne fut pas de nature à le rassurer. Peut-être de la paranoïa, mais cette fois il avait peur. Il décida de jouer les enfants.

— Il faut que vous vous arrêtiez, en plus avec les virages ma vessie est prête à exploser. Je ne vais quand même pas pisser dans la bagnole.

Beslan se fit conciliant. Nouvelle tape sur la cuisse de Baha :

— Remarque, tu as raison, moi aussi j'ai envie de faire pleurer le colosse, je ne peux pas attendre.

La voiture ralentit et s'immobilisa au milieu d'un barrage, le ciel était étoilé et les rayons de lune éclairaient le lac gelé, les lumières de la ville brillaient au loin et plus haut, celles du prochain village. C'est là qu'était censé les attendre le mystérieux chef de Beslan. Une bourrasque les fouetta et Baha eut l'impression que des dizaines d'aiguilles se plantaient sur son visage. Il prit une profonde inspiration, l'air glacé déferla dans ses poumons et un goût de sang lui remplit la gorge. Il ne s'en soucia pas, il n'avait qu'une seule idée en tête : courir !

Son départ surprit ses accompagnateurs. L'espace d'une seconde, il pensa qu'il se trompait et qu'ils ne lui voulaient aucun mal. Le rêve s'évanouit à la première détonation et le sifflement d'une balle suffit à le convaincre du bien-fondé de son jugement. Il accéléra encore. Même s'il ne pratiquait plus aucun sport, c'était un ancien militaire et il avait quelques beaux restes. Dans la voiture, il avait eu le temps de remarquer une chose qui était à son avantage, Beslan et ses amis portaient des chaussures de ville, ils ne pourraient pas courir dans la neige. Plusieurs autres coups de feu claquèrent. Cette fois la nuit l'enveloppait, il avait peut-être une petite chance. Des cris, le rugissement du moteur de la Mercedes. Le chauffeur manœuvrait pour faire demi-tour. Il allait se retrouver dans la lumière des phares et ils le rattraperaient. Les projecteurs le balayèrent et son ombre s'allongea sur la chaussée. Nouveaux coups de feu. Il atteignait la fin du barrage. Sur sa gauche : la falaise, et aucune fuite possible ; sur sa droite, une barrière de protection… Un précipice et en bas le lac… Les deux côtés avaient un point commun : la mort. Il était vaincu. À bout de souffle, il s'arrêta au bord de la balustrade et fit face à ses poursuivants. Ils en étaient arrivés à la même conclusion, inutile de tirer. Le chauffeur et le passager avant s'extirpèrent de la voiture et Beslan arriva à pied. Lui aussi crachait ses poumons.

— Enfoiré, tu m'as fait courir !

L'espion cracha dans la neige avant de soutenir le regard de Baha. Le condamné comprit que si les deux autres ne l'avaient pas tué, c'est parce que, maintenant qu'ils le tenaient, Beslan allait s'en charger.

— Pourquoi ? J'ai fait tout ce que vous m'avez demandé…

L'agent du KNB eut un sourire sadique et se délecta des yeux remplis d'effroi de l'homme de ménage. Il crut y lire de la résignation, quelque chose qui ressemblait à la soumission du condamné, c'était mal connaître son adversaire. Baha surprit tout le monde en agrippant Beslan par sa veste, il le poussa contre le garde-fou et ils basculèrent dans le vide sous le regard ébahi des deux autres. Les espions se précipitèrent jusqu'à la barrière. Aucune des deux victimes ne cria. Ils virent une masse rebondir sur les rochers puis disparaître dans la nuit. Le bruit sourd de l'impact sur la glace leur indiqua que les corps avaient terminé leur course. Ils connaissaient suffisamment l'endroit pour n'avoir aucun doute sur la mort des deux hommes. Voilà comment une soirée qui s'annonçait sympa tournait au cauchemar. Le chauffeur fouilla la nuit à la recherche des corps.

— Bordel ! T'as vu ça ?

Son comparse répondit d'une voix monocorde.

— Le directeur va être furieux. On n'a plus qu'à descendre voir si on les trouve. Mes chaussures vont être foutues… Et puis après on va devoir expliquer. Ce Beslan se prenait pour un génie. Quel con ! Au lieu de discuter, il fallait loger une balle dans la tête de ce type et on rentrait à la maison.

La mine fermée, pensant déjà à toute la paperasse qui les attendait, ils se mirent à la recherche d'un passage leur permettant d'atteindre le lac.

4

Paris. Ministère des Affaires étrangères.

Le premier dont le téléphone sonna fut André de Givray. Le directeur de la zone Asie était un diplomate proche de la retraite. Après plusieurs séjours africains, de coup d'État en désastre humanitaire, il avait déjà vécu un siège d'ambassade, des tentatives d'attentat, l'enlèvement et la mort de ressortissants français et le crash d'un avion de ligne. La gestion de crise, il connaissait. L'appel arriva directement sur son portable, il s'agissait de Jean Dupont d'Audricourt, l'ambassadeur au Beyazstan, un pays lointain que peu de Français auraient été capables de placer sur une carte, mais auquel la France avait décidé de faire les yeux doux en raison de la richesse de son sous-sol. Avant de prendre la communication, il pensa contrat pétrolier, uranium, gaz, hélicoptères, matériel militaire… Quelques bonnes raisons pour que son collègue veuille s'entretenir avec lui.

— Nous avons un très gros problème. T'es au bureau ?

Pas de bonjour, aucune formule de politesse, un ton nerveux et des mots lourds de sens. Givray répondit positivement à la question et n'eut pas le temps de dire autre chose.

— Je te rappelle sur la ligne sécurisée.

Les quelques secondes d'attente lui parurent des minutes, et finalement c'est encore la voix d'un ambassadeur affolé qui résonna dans le téléphone.

— Désolé d'avoir été aussi brusque, mais il nous arrive un drame. Gwenola Fontaine, la consule générale à Schimansky, a été assassinée. On a retrouvé son corps dans son bureau.

Ha ! Celle-là, en presque quarante ans de carrière, André de Givray ne l'avait pas encore eue. Il avait eu les voleurs, les auteurs de violences conjugales, les diplomates pédophiles, les suicides, il ne manquait plus que ça. Une diplomate tuée dans son bureau. Du président au Premier ministre, de la Défense à l'Intérieur, sans compter son chef, ils allaient tous lui tomber dessus, et derrière tout ça, les politiques de tous bords et les médias qui s'empareraient de l'événement. Il prit le temps d'imaginer les conséquences. Le dispositif diplomatique au Beyazstan était divisé en deux parties : d'un côté l'ambassade à Gulmada, la capitale, une ville nouvelle sortie récemment des steppes pour satisfaire le dictateur local, de l'autre, le consulat général, situé à huit cents kilomètres au sud, à Schimansky, le poumon économique et l'ancienne capitale du pays.

Le directeur respira profondément. Rester zen. Après un séjour en Inde puis au Japon, il était devenu un adepte du yoga et de la méditation. À l'autre bout de la ligne, Dupont d'Audricourt n'avait pas la même attitude.

— Calme-toi et donne-moi tous les détails.

— Après tout ce qui s'est passé… J'avais convoqué Gwenola Fontaine pour lui rappeler le sens de la hiérarchie…

Givray comprit que son collègue évoquait des problèmes entre la victime et son chef de service. Ces derniers temps, Fontaine était devenue ingérable, un électron libre difficile à maîtriser et dont les initiatives étaient peu appréciées par son supérieur, et pas du goût de l'administration centrale. Un recadrage s'imposait.

L'ambassadeur poursuivit :

— Je l'attendais en début d'après-midi pour lui faire part de mon mécontentement. Elle ne s'est pas présentée. Ma secrétaire a donc appelé le consulat général pour s'informer de la raison de son absence. Ça a été l'étonnement, tout le monde croyait qu'elle était partie. Finalement, ils sont allés dans son bureau, la porte n'était pas verrouillée, ils ont trouvé le corps de Fontaine gisant dans une mare de sang coagulé. Elle avait une blessure au crâne et elle a peut-être été étranglée avec son foulard, c'est ce que pense le flic de l'ambassade.

André de Givray visualisa mentalement le corps. Sale affaire ! Il respira profondément.

— … Qui l'a trouvée ?

— Sa secrétaire.

— Tout le personnel est au courant ?

— C'est la consule adjointe qui m'a appelé, elle m'a dit qu'elle avait fait refermer le bureau et que, pour le moment, les seuls à savoir la vérité étaient la secrétaire, le chef de la sécurité et le représentant du ministère de l'Intérieur… Mais je n'ai pas fini, il y a plus grave.

— Pire ? Pire que le meurtre d'une diplomate ? C'est-à-dire ? s'étonna le Parisien.

— Le coffre était ouvert et sur la table il y avait plusieurs dossiers « Très secret défense », la classification la plus élevée.

Une onde électrique traversa le corps du directeur. On a beau être zen, on n'en est pas moins sensible aux événements.

— Tu penses que c'est le mobile du meurtre ?

Son collègue du Beyazstan hésita.

— Oui… Enfin, c'est possible.

Givray n'avait aucune sympathie pour son collègue, il le trouvait aussi mou qu'insignifiant, pas la carrure pour gérer ce genre d'événement. La pire crise qu'il avait dû connaître devait être l'apparition d'une tache de graisse sur sa cravate lors de l'inauguration d'un restaurant français. Heureusement qu'il s'agissait d'un subalterne soucieux du bon respect des instructions données. Il allait falloir qu'il s'occupe de tout depuis Paris ou qu'il se rende sur place.

— Il ne faut pas que ces documents soient consultés par d'autres que nous.

— Tu veux dire le personnel ? Je doute qu'ils aient passé leur temps à les regarder.

— Suffisamment pour voir le type de classification.

— C'est vrai.

— On ne dit rien ! Réserve un siège sur le prochain vol pour Schimansky et va dans ton consulat, je te rappellerai pour te donner des instructions précises. Interdiction à qui que ce soit d'entrer dans le bureau avant ton arrivée sur place. C'est une scène de crime qu'il faut sanctuariser.

Malgré la gravité de l'instant, Givray sourit en pensant qu'il parlait comme un policier. Il est vrai que sa femme était une adepte des séries télé et qu'il lui arrivait d'en regarder avec elle. Il eut un moment de réflexion et demanda :

— On est bien certain qu'elle est morte au moins ?

— Oui, selon la consule adjointe, le corps était rigide et compte tenu des blessures, il n'y a aucun doute à ce sujet. La dernière fois qu'on l'a vue vivante, c'était hier soir. Elle a dû être tuée dans la nuit.

— On est en hiver, le chauffage doit être à fond. Demande à ta collaboratrice de le couper et d'ouvrir les fenêtres, ça évitera que le cadavre se décompose.

— … Euh, oui, je n'y avais pas pensé.

Encore la télé, songea Givray, décidément ces films policiers ont du bon.

— Des soupçons ?

— Aucun. Quoi te dire ? Tu la connaissais aussi, au moins de réputation. Elle n'avait pas que des amis… De là à ce qu'ils la tuent.

— En plus, tout le monde n'a pas accès au consulat général de France.

— C'est vrai.

— Qu'est-ce qu'ils en pensent tes flics ?

— Je viens d'apprendre la nouvelle. Mon premier appel est pour toi, je t'en dirai plus par la suite.

— Tu as bien fait. Mais les policiers ont certainement avisé leur hiérarchie, il ne faudrait pas que le Min-Inte[1] informe l'Élysée avant notre patron, ça ferait désordre. Va là-bas et tu me contactes avec un appareil crypté.

Quand il raccrocha, le directeur resta un long moment à ressasser avant de reprendre son téléphone et de composer le numéro du secrétaire général du ministre. La conversation ne dura que quelques secondes. On voulait le voir.

1. Ministère de l'Intérieur.

5

Antenne du KNB à Schimansky.

Le directeur du service raccrocha son téléphone. Il venait d'avoir son chef pour lui rapporter le déroulement de la journée. Tout avait pourtant bien commencé. Un de ses officiers lui avait annoncé que l'une de leurs taupes au consulat de France avait réussi à obtenir des informations intéressantes et qu'ils avaient pris la main sur l'ordinateur de la diplomate. Très bon travail. Les photographies des documents étaient d'excellente qualité et leur traduction révélait quelques secrets de tout premier ordre. Ce n'est que plus tard que les ennuis avaient débuté. Morte ! La consule générale était morte ! Le crétin qu'ils dirigeaient n'avait rien trouvé de mieux que de la tuer. Ce n'était pas le meurtre de la diplomate française qui le chagrinait, mais le fait qu'il soit possible de remonter jusqu'à son service.

Dans l'urgence, il avait lancé la mise en place de pare-feu. L'élimination de l'informateur devait être facile. Au lieu de cela, il venait de perdre un agent et on lui rapportait que les deux corps avaient disparu au fond du grand lac surplombant Schimansky. Si c'était exact, il faudrait attendre la fonte des glaces pour les repêcher, et encore, si on les retrouvait. S'adapter était l'un des maîtres mots de son administration, il savait faire. Il allait nettoyer toute la merde que cette affaire laissait derrière elle.

*

* *

Banlieue de Schimansky.

À se promener dans les rues des grandes villes du Beyazstan, on finissait par oublier que la religion majoritaire dans le pays était l'islam. Si les citoyens d'origine russe étaient chrétiens, ce n'était pas le cas des authentiques Beyazes, un peuple aux traits asiatiques, d'origine turque et mongole. La pratique religieuse s'exerçait en sourdine durant l'époque soviétique. Un bon Beyaze buvait de l'alcool, mangeait du porc et ne s'astreignait que peu aux obligations de sa croyance. Croiser une femme voilée était rare, encore que… Depuis quelque temps, Dieu et l'islam étaient de retour sous des formes inquiétantes. On ne parlait pas de Daesh, mais c'est bien de terrorisme religieux qu'il s'agissait. Jusque-là, les fous de Dieu ne s'en prenaient qu'aux forces de sécurité et dans des régions éloignées des deux plus grandes villes du pays, ce qui permettait aux autorités d'occulter le problème aux yeux du monde. Mais pour combien de temps encore ?

Abbou Ali et une demi-douzaine de ses fidèles s'étaient installés dans un immeuble collectif d'un quartier situé loin du centre et habité par une population défavorisée et d'origine rurale. Après s'être entraîné dans les zones tribales à la frontière entre l'Afghanistan et le Pakistan et avoir combattu avec les talibans, il était de retour chez lui et bien décidé à préparer des actions d'ampleur qui auraient des répercussions médiatiques susceptibles d'élargir son recrutement. Bien formés et armés, lui et ses hommes avaient braver le froid en passant des cols montagneux peu surveillés par les forces de sécurité. Hébergés par un cousin d'Ali, il leur restait maintenant à déterminer quelle serait leur cible dans les semaines à venir. Dans l'attente, pour ne pas se faire remarquer, ils avaient rasé leurs barbes et troqué les tenues paramilitaires contre des vêtements civils. Ils sortaient peu et jamais en groupe. Bien qu'ils se trouvent dans un espace réduit et confiné, ils se consacraient à des exercices sportifs et au maniement d'armes, sans pouvoir tirer. Dans cette ambiance monacale, le reste du temps était dédié à la lecture du Coran.

C'est au petit jour que se déploya autour de l'immeuble une équipe de Spetsnaz, les forces spéciales locales. Leur mission : mettre hors d'état de nuire le groupe d'Abbou Ali et capturer des militants de manière à obtenir des informations sur leurs soutiens. Le commando, rattaché au KNB et dirigé par le lieutenant Oleg Mirlov, était constitué d'un personnel aguerri aux états de service exceptionnels.

« Faire des prisonniers, OK ! Mais pas question de risquer notre peau », furent les dernières recommandations que donna l'officier à ses hommes. Mais pour une opération à risques (elles l'étaient toutes), Oleg était raisonnablement optimiste. Ils avaient un plan correct des lieux. En attaquant au milieu de la nuit, il espérait surprendre les terroristes en plein sommeil. Abbou Ali avait dû prévoir un garde à l'entrée et un autre aux fenêtres, le reste de l'équipe devait dormir. Il n'y avait plus qu'à exploser la porte et cueillir tout ce petit monde. Ils étaient bien décidés à offrir aux récalcitrants la possibilité de vérifier, ou non, l'existence de Dieu.

Le porteur du bouclier blindé prit la tête de la chenille formée par le commando et se lança jusqu'au troisième étage. L'équipe retrouva deux artificiers déjà positionnés. Des charges étaient collées au niveau des gonds et de la serrure. Tension maximale. Moment de vérité. L'officier, en queue de dispositif, leva le poing pour commencer un compte à rebours visuel. Dans cinq secondes tout sauterait pour laisser le champ libre à ses hommes. CINQ. Calmer la respiration, ne plus penser qu'à l'action. QUATRE. Les artificiers placèrent le doigt sur leur télécommande. TROIS…

Et tout s'emballa. À la surprise des assaillants, ce sont les occupants de l'appartement qui prirent l'initiative. Ce n'est pas moins de quatre rafales de kalachnikov qui transpercèrent la porte. Les balles ricochèrent sur les parois en ciment, explosèrent des vitres ou s'écrasèrent sur le bouclier de l'homme de tête. Un des Spetsnaz trébucha et fut fauché. Pris de court, les techniciens déclenchèrent les charges. La riposte ne se fit pas attendre, trois grenades roulèrent dans les escaliers en direction des forces spéciales. Des membres arrachés, le sang gicla sur les murs. Une boucherie !

Oleg Mirlov eut la tentation d'investir les lieux. Ça ne dura pas. Il avait déjà quatre soldats au tapis. Pas question d'en perdre d'autres. Il attrapa sa radio et donna des instructions à ses troupes extérieures. La suite, ce fut un bruit de verre brisé et plusieurs explosions assourdissantes. Les structures du bâtiment tremblèrent et l'officier se demanda s'il ne venait pas de faire une énorme connerie en donnant l'ordre d'envoyer une pluie de grenades dans toutes les pièces de l'appartement.

En position d'attente, plus bas et plus haut, les groupes de soutien prirent la relève. Pas de quartier ! Les militaires du KNB projetèrent d'autres explosifs. La barricade de meubles et d'appareils électroménagers derrière laquelle se protégeaient les terroristes s'envola avec son lot de chairs humaines. Le béton ne résista pas, une partie du matériel disparut vers l'étage inférieur. Le silence retomba et le commando laissa le nuage de poussière se dissiper. Un mouvement, une rafale, un bruit métallique et celui, plus lourd, d'un corps qui s'écrase au sol. L'accès au vestibule était maintenant libre.

Quand tout s'arrêta, ce furent les cris, les pleurs, les hurlements des voisins, des femmes et des enfants consignés chez eux, qui remplacèrent les détonations. Cette fois, l'officier donna l'ordre d'entrer… Une minute plus tard, ils avaient la certitude que le groupe d'enquête ne serait pas surchargé par les auditions.

*
* *

Quand le chef du commando Spetsnaz termina son rapport téléphonique, le responsable de l'antenne du KNB avait le cœur plus léger. Il y avait pourtant quatre tués dans ses rangs et le double de blessés. Il s'agissait de soldats, ils connaissaient les risques. Le lieutenant Mirlov expliquait qu'ils n'avaient pas bénéficié de l'effet de surprise espéré, les terroristes avaient eu le temps de s'organiser, à tel point qu'ils avaient été les premiers à déclencher les hostilités.

— Ils ont dû nous repérer… À moins qu'ils aient été avertis.

Ils ont reçu un appel téléphonique une heure avant notre intervention.

— Peut-être un complice à l'extérieur ? hasarda le directeur.

— Peut-être, on ne le saura jamais.

— C'est tout de même du bon boulot, officier. Transmettez mes sympathies à vos hommes, j'irai les voir à l'hôpital et je visiterai les veuves de nos héros.

Le colonel raccrocha le cœur léger. Voilà, le plus difficile était fait, il restait à verrouiller l'enquête et à s'occuper de la communication dans les termes qu'il avait déjà prévus.

Le directeur reprenait la main. Il se dit que son job n'était pas toujours facile, ni très propre. La vie ! Il attrapa le portable bas de gamme qui traînait sur sa table de travail, retira la carte et la jeta dans la broyeuse sous son bureau. Le téléphone finirait lui aussi dans une poubelle. Personne n'identifierait jamais l'auteur du mystérieux appel reçu par les terroristes.

6

Aéroport militaire de Villacoublay.

André de Givray était dans le salon d'honneur de l'aéroport lorsque l'appareil crypté remis par la DGSE sonna. L'ambassadeur au Beyazstan le rappelait. Il ne le laissa pas parler :

— Alors ?

Une voix remplie d'effroi lui répondit :

— Je l'ai vue… C'est horrible ! Choquant !

Encore un qui allait avoir besoin du soutien de la cellule psychologique. Pauvre France !

— Ça, je m'en doute ! Tu peux m'en dire plus s'il te plaît ?

— Elle est morte, elle était si jeune… Elle avait des enfants…

Zen, rester zen. Au cours de ses multiples affectations, Givray avait été conseiller diplomatique du ministre de la Défense. À force de côtoyer des militaires, il en avait oublié que son ministère n'était pas un repaire de combattants. Quand un drame se produisait, autant il comprenait et avait de l'empathie face à la détresse des victimes, autant il attendait du sang-froid et un professionnalisme exemplaire de la part de ceux qui étaient en charge de le régler.

Une jeune femme en uniforme s'approcha du diplomate.

— Votre avion est prêt.

Le directeur Asie lui répondit d'un sourire crispé, signifiant que l'appel était important, et jeta un œil sur sa Patek Philippe. Il se donna mentalement dix minutes pour obtenir de son collègue quelques renseignements qui ne ressemblent pas à des jérémiades de veuve éplorée.

— Écoute, je suis à Villacoublay. La présidence a mis à notre disposition un jet. Je serai chez toi dans un peu plus de sept heures, mais je veux que tu me fasses dès maintenant un point de la situation. Alors, tu vas arrêter de chialer comme un gosse. Tu détestais cette petite conne et elle n'était pas de ta famille. Il me semble que jusque-là, elle ne t'avait attiré que des emmerdements. J'écoute !

À l'autre bout, la tirade fit l'effet d'une gifle. Dupont d'Audricourt commença par un long silence auquel répondit un souffle nerveux et enfin il se lança :

— … La consule a été frappée à la tête et étranglée. Son corps est dans une chambre à proximité du coffre-fort de son bureau. La porte est ouverte. Il y a des documents au sol et elle gît dans son sang. En dehors de ça, il n'y a aucun désordre apparent. Sur sa table de travail, il y a plusieurs dossiers, il s'agit de rapports concernant nos contrats pétroliers et également la vente de matériel militaire.

— Des affaires extrêmement sensibles.

— Oui, mais tout semble en ordre. Elle était en train de les consulter.

— Les caméras vidéo, ça donne quelque chose ?

— Elles ne fonctionnaient pas à l'étage.

— En panne ?

— Non, c'était à la demande de la consule générale, elle voulait préserver l'anonymat de ses contacts, soi-disant pour éviter que les gardes puissent reconnaître des personnalités locales qu'elle recevait.

— Ridicule ! Elles passaient de toute manière devant eux.

— Eh bien non ! Il y a une seconde porte d'accès sur le côté du bâtiment. Elle l'utilisait pour les invités spéciaux.

Le directeur leva les yeux au ciel. Même dans la mort, cette diplomate se révélait être une chieuse. La militaire faisant office d'hôtesse s'avança à nouveau. Il regarda encore sa montre, il fallait donner les consignes et rejoindre l'avion.

— Tu te fais aider par ton attaché de sécurité intérieure. Selon son ministère, cet ASI est un ancien flic de police judiciaire, il est rompu aux enquêtes sur des crimes. Tu ranges les documents et vous appelez les policiers beyazes. Ils feront les premières constatations et s'occuperont du corps.

— Les Beyazes ? Et s'ils découvrent que l'auteur du meurtre est quelqu'un de chez nous ?

— Ils l'arrêtent et ils le jettent en prison, que veux-tu que je te dise ? Ce n'est pas la place d'un meurtrier ?

— … Et la réputation de la France, tout va être exposé dans les médias ?

— Écoute mon vieux, tu sais comme moi que lorsque le bon peuple dit qu'une ambassade est le prolongement du territoire national, c'est une connerie ! Les enceintes diplomatiques sont inviolables, mais c'est bien le droit du pays hôte qui s'applique. Il suffit pour s'en convaincre de penser au statut du personnel local, ils ne dépendent pas du droit du travail français. On ne fait pas des gardes à vue dans une ambassade ou un consulat, ce n'est pas un commissariat de police ! Si c'est un diplomate de chez nous qui a tué la consule, il sera protégé par l'immunité prévue par son statut, les Beyazes ne pourront pas l'arrêter. Il suffira de le foutre dans un avion pour la France et on le cueillera à Roissy. Si c'est un employé ou un local, il sera jugé au Beyazstan.

— …

— D'Audricourt ! Ce que je te dis, ce sont les instructions du ministre… et également du président. Cette fois il faut que je te laisse, je serai à Schimansky aux environs de six heures du matin, heure locale. Viens me récupérer.

7

André de Givray n'avait pas atterri que la presse audiovisuelle internationale et française relatait déjà le meurtre de Gwenola Fontaine. La nouvelle ne pouvait être plus officielle, puisqu'elle émanait de la présidence de la République beyaze. Le maître du Beyazstan adressait un message de condoléances attristées à la France, qualifiée d'amie et de partenaire historique. La parole était ensuite donnée au directeur du KNB, un fidèle parmi les fidèles du pouvoir. Darkhan Gabdullin réitérait les regrets et relatait l'enquête éclair conduite par son service. Il en ressortait qu'il avait depuis longtemps en ligne de mire un groupuscule islamiste s'apprêtant à commettre des actes odieux et barbares susceptibles de porter atteinte à la grande et belle démocratie beyaze. La mise hors d'état de nuire de ces dangereux terroristes avait coûté la vie à quatre héros de la nation, morts glorieusement au combat. Lors de la perquisition, les services de sécurité avaient découvert un plan sommaire du consulat général de France, ainsi que des tracts de revendication et des liasses d'euros, probablement volées après le meurtre de la diplomate. Les Beyazes exprimaient leur tristesse de ne pas avoir pu interpeller Baha Babaef avant qu'il ne passe à l'acte. Identifié et arrêté dans la nuit, l'assassin en lien avec la cellule terroriste s'était suicidé en entraînant dans la mort un officier du KNB. Les autorités locales se disaient prêtes à partager avec la France les informations recueillies.

Confronté à ces déclarations, le gouvernement français fut pris de vitesse. Il était rare qu'on annonce l'interpellation d'un tueur avant la découverte de son forfait. Les échanges officiels se déroulèrent dans la meilleure veine diplomatique et le directeur Asie n'était pas arrivé au Beyazstan que la France désignait deux fonctionnaires de la brigade criminelle pour suivre les investigations.

Par l'intermédiaire du téléphone satellitaire crypté, le secrétaire général du ministre informa Givray des derniers développements.

— À croire qu'ils ont eu connaissance du meurtre avant nous, s'étonna Givray.

— On a découvert le corps de la consule dans l'après-midi. La nouvelle devait rester sous cloche jusqu'à ton arrivée. Il y a très bien pu y avoir des fuites et ils ont agi dans la foulée, il semblerait que tout se soit déclenché dans la précipitation. Il est trop tard pour que ça paraisse dans la presse écrite, mais on ne va parler que de ça à la radio et la télé. Les journalistes fouille-merde vont rappeler les liens de la France et du Beyazstan, tout va être sous le feu des projecteurs. Dans l'univers de l'urgence médiatique et de la fausse nouvelle généralisée, ça n'augure rien de bon.

— Nos flics arrivent quand ?

— Ils prennent un avion en début de matinée, ils seront là-bas dans le milieu de l'après-midi.

— Maintenant que le monde entier est au courant, nous sommes obligés de laisser les policiers beyazes faire leur boulot.

— Appuie-toi d'ici là sur l'attaché de sécurité intérieure. Son ministère le qualifie de pro.

— Oui, c'est ce qu'on m'a dit également.

Comme tous les vieux diplomates, le secrétaire général n'aimait pas travailler dans l'urgence et détestait la mode du Tweet et ses excès. Il faudrait cependant en passer par là pour communiquer sur cet événement.

— Nous avons besoin d'éléments de langage. J'ai déjà eu notre ambassadeur, mais…

La voix ne cachait rien de l'exaspération du bras droit du ministre.

— Inutile de m'en dire plus, je sais. Dupont d'Audricourt est une grande gueule, mais surtout un trouillard. Je t'appelle dès que je suis à Schimansky. Laisse-moi me faire une idée claire de la situation.

— Nous avons fait quelques erreurs de casting dans ce pays.

Chaque chose en son temps, ce n'était pas le moment de chercher des responsabilités, ça viendrait plus tard. Givray sourit en entendant ce qui pouvait ressembler à un reproche. Il en fallait plus pour l'inquiéter.

— À bientôt.

*

* *

Le jour pointait quand l'appareil de l'escadron de transport 60, successeur du GLAM, se posa à Schimansky. En regardant par le hublot, Givray se félicita de son sens de l'organisation. Avoir dans son bureau une armoire contenant des vêtements adaptés à tous les climats lui permettait d'être opérationnel dans toutes les circonstances et pour toutes les destinations. L'hôtesse le sortit de ses pensées.

— Le commandant de bord me signale que la tour nous a désigné un parking et on vous attend à la descente de l'avion.

Il aperçut le comité d'accueil, il ne s'agissait pas d'une voiture, mais de trois limousines encadrées par une escorte. L'État beyaze avait décidé d'y mettre les formes. Il reconnut l'ambassadeur au milieu de ceux qui devaient être des officiels. La chapka et la pelisse noire faisaient office d'uniforme. Quand l'avion s'immobilisa, le pilote vint le rejoindre.

— J'ai ordre de rester à votre disposition pour les prochaines vingt-quatre heures. Mais on m'a prévenu que ça pouvait être plus long.

À la différence de beaucoup de ses collègues, s'il y a une chose que Givray gardait de son passage au ministère de la Défense, c'était un profond respect pour les militaires. Il regrettait parfois de ne pas avoir été l'un d'eux. Ce goût pour l'uniforme n'était d'ailleurs pas un secret puisque certains le surnommaient « Le colonel ». Ça l'amusait et, contrairement à ce qu'ils pouvaient penser, il en était plutôt fier.

— J'ai vos coordonnées, je vous préviendrai. D'ici là, reposez-vous et tâchez de profiter de la ville.

Sacré choc thermique ! Même s'il s'y attendait, le directeur Asie eut l'impression de sentir son corps se recroqueviller sous l'attaque du froid. - 24 °C, avait annoncé le pilote, et en plus du vent.

Le visage de Jean Dupont d'Audricourt lui donna matière à oublier la météo. *On croirait qu'il a perdu un gosse ou sa mère. Bon Dieu, un peu de tenue.* Poignée de main glaciale. À côté, les officiels beyazes avaient des têtes de joyeux lurons. Il y avait le gouverneur de la province, le chef local du KNB et un représentant du protocole. En retrait, Givray constata la présence de Guyon, le commandant de police, attaché de sécurité intérieure du poste. Il avait lu une fiche le concernant dans l'avion et avait hâte de connaître son jugement. Le Beyaze envoyé par le ministère des Affaires étrangères fut le premier à prendre l'initiative.

— Nous avons prévu une réunion dans nos bureaux, mais vous préférez peut-être passer à votre hôtel ?

Givray n'avait aucune envie d'être le jouet de manipulations diverses. Il fusilla du regard l'ambassadeur. Évidemment, il avait été incapable de s'imposer.

— Ce que je voudrais surtout, c'est d'abord m'arrêter dans notre enceinte consulaire pour exprimer à mes collègues la profonde sympathie du ministre. Je serai à vous par la suite.

Le ton de la requête ne ressemblait pas un souhait et personne ne s'y opposa.

— Prenez le temps qu'il vous faut, nous vous laissons l'escorte pour faciliter vos déplacements et nous sommes à votre disposition, grinça le diplomate beyaze.

Dupont d'Audricourt invita Givray à le suivre vers sa voiture. La présence d'un chauffeur, c'est-à-dire d'une oreille indiscrète, freina le directeur. Il remarqua que l'attaché de sécurité intérieure était seul au volant d'une Toyota.

— On va aller avec le flic.

— Mais ?

Givray était déjà parti et c'est en râlant que l'ambassadeur s'accrocha à ses pas. Le commandant de police fut surpris par l'arrivée de ces deux passagers imprévus. Il immobilisa sa voiture et Givray ouvrit la portière avant.

— Vous permettez ?

Il n'eut pas à répondre, le directeur s'installait et l'autre diplomate prit place à l'arrière.

— Qu'est-ce qui se passe ?

— Il se passe que le temps nous est compté, les médias vont faire des annonces et je veux savoir ce que vous avez vu et constaté sans avoir au milieu un chauffeur susceptible d'être un employé du KNB.

D'Audricourt eut un ton surpris :

— Boris ?

Givray ne prit même pas la peine de répondre.

— Alors ? Je vous écoute.

L'attaché de sécurité intérieure laissa à l'ambassadeur le soin de parler. Concernant la découverte du corps, il n'y avait rien que ne connaisse déjà Givray. Ce qui était nouveau, c'était l'arrivée de représentants du Beyazstan et de la police.

— Je n'ai pas voulu m'opposer à leur venue, et puis tout a été fait en présence du commandant.

Le flic comprit que c'était à lui de prendre la suite.

— J'ai procédé aux constatations dans le bureau avec les collègues locaux.

— On avait rangé les documents sensibles, précisa l'ambassadeur.

Le policier continua en soulignant qu'à son sens, tout avait été fait dans les règles et que le corps se trouvait maintenant à la morgue.

— Vous ne l'avez pas accompagné ? demanda Givray.

— Non, c'était impossible, mais je dois assister à l'autopsie. Elle devrait avoir lieu dans l'après-midi.

Guyon poursuivit en expliquant que ses collègues beyazes

avaient débuté les auditions de l'ensemble du personnel en qualité de témoins.

— Et ça donne quoi ?

— Quasiment rien. C'est plus lisse que la surface d'une vitre. Le tout accompagné de larmes, ils ont perdu la meilleure cheffe de service qu'ils aient jamais eue.

Givray eut un petit sourire, alors qu'à l'arrière l'ambassadeur se crispa à l'idée que le policier puisse se lancer dans un tableau peu amène de Gwenola. Ce n'était pas le moment et le flic n'en fit rien. Givray ne s'encombra pas de ce genre de retenue.

— Vous pensez que quelqu'un du personnel aurait pu la tuer ?

Le commandant n'essaya pas d'esquiver.

— Sur un coup de colère, oui. Il arrivait à Gwenola de pousser les gens à bout. Mais là, c'est un assassinat, un acte mûrement réfléchi. Elle est morte dans la nuit à un moment durant lequel aucun employé ne travaille. Je doute qu'il faille approfondir cette piste.

— Vous connaissiez ce Baha Babaef ?

Guyon chercha ses mots et haussa les épaules.

— Tout le monde le connaissait, sans le connaître. Un type insignifiant qui faisait le ménage, rien de plus. Il a pu être instrumentalisé, c'est possible… Selon la légiste, avant confirmation par l'autopsie, l'horaire du décès correspond à la présence de Babaef.

— Donc, vous validez la théorie beyaze.

— En l'absence d'autres éléments, c'est la plus crédible.

— Qu'est-ce qu'elle foutait au bureau la nuit ? demanda Givray.

Cette fois c'est l'ambassadeur qui répondit.

— Selon son épouse, comme elle avait rendez-vous avec moi tôt, elle a voulu travailler sur place pour s'y préparer.

— C'est un peu à cause de toi alors, si elle est morte, plaisanta Givray, histoire de tourmenter son collègue.

Dupont d'Audricourt ne goûta pas l'humour, mais n'osa pas s'en plaindre. Et Givray insista :

— Le mari ? C'est souvent là qu'il faut chercher, c'est ce qu'on dit dans les journaux, non ? Qu'en pensez-vous commandant ?

Guyon fit une moue.

— Il était chez lui avec les enfants, la nounou le confirme. Le couple donnait le sentiment de bien s'entendre. Tout est toujours possible, mais je ne crois pas trop à cette éventualité.

— On en reste donc à Baha Babaef.

Le policier eut une expression qui provoqua la curiosité du directeur.

— Vous avez quelque chose à dire ?

— Ce n'est pas à moi d'en parler, mais je sais que cette thèse ne convainc pas les services.

— La DGSE ? Ils ont une piste ?

— Voyez avec eux.

Ils étaient arrivés, la voiture abandonna la voie de circulation pour s'immobiliser devant le portail coulissant donnant accès au consulat. Le trajet avait duré une trentaine de minutes sans que Givray prenne le temps de s'intéresser à l'environnement. Quand le véhicule s'arrêta sur une place de parking, il fut le premier à descendre.

— Merci pour ces informations, si j'ai besoin de précisions, je ferai encore appel à vous.

Cette fois, il se laissa guider par l'ambassadeur pour s'entretenir en privé avec lui.

*
* *

Arrivé à l'aube, Givray effectua le vol retour dans la nuit. Pas besoin de plus pour se faire une idée précise de la situation et donner les indications nécessaires. Pour les affaires urgentes, l'adjointe de Gwenola Fontaine, sous l'autorité de son ambassadeur, tiendrait les rênes du consulat de Schimansky jusqu'à la nomination d'un nouveau titulaire. Côté investigation, la brigade criminelle parisienne, dont deux officiers étaient arrivés au Beyazstan, poursuivrait l'enquête judiciaire avec la police locale.

Pour la DGSE, si l'existence d'un groupe terroriste prêt à passer à l'action ne faisait aucun doute, il n'en était pas de même de l'implication de Baha Babaef à ses côtés. Ça n'innocentait pas l'homme de ménage, il pouvait s'être radicalisé et avoir profité d'une occasion pour assassiner la consule. Les services français n'avaient aucune réponse probante et en l'absence de pistes familiales et professionnelles sérieuses, cette éventualité était privilégiée.

8

Une ambiance feutrée faite de tapis afghan, tableaux, aquarelles et gravures empreints d'exotisme ; des livres, beaucoup de livres, certains rangés sur les étagères d'une bibliothèque recouvrant trois murs de bureau, d'autres posés par terre ou sur une table basse. De tout, du récit, de la littérature classique, quelques romans d'aventures et beaucoup de ce que l'on appelle couramment des beaux livres, ceux remplis de photographies, de l'art, mais surtout des voyages. Il y avait dans cette pièce de quoi faire plusieurs tours du monde. La plupart de ces endroits, l'ambassadeur Bruno Delaroque les connaissait bien pour y avoir officié. Bien que presque septuagénaire, c'était un jeune retraité. Après quarante années d'une carrière riche, il s'essayait maintenant à l'écriture. Contrairement à la plupart de ses collègues, qui choisissaient la facilité en laissant le gros du travail à un *nègre* chargé de rédiger leur vie et leur œuvre, il avait décidé de mettre les mains dans le cambouis et d'écrire lui-même. Et pour le sujet, il ne serait pas le héros nombriliste d'une quelconque guerre ou d'une crise mondiale dans laquelle il avait joué un rôle qu'il estimait prédominant. Non, lui, il voulait présenter des gens simples et faire connaître la réalité d'un pays, pas celle des salons. Un humaniste, un homme qui prenait encore le temps de s'intéresser aux autres, contrairement à une grande partie de son ancienne administration et de ses hauts fonctionnaires obnubilés par le souci de satisfaire aux exigences d'une fonction publique agissant au rythme du calendrier électoral.

Plus d'un mètre quatre-vingt-dix, des battoirs à la place des mains, un corps solide et un visage emprunté aux héros de Bilal, Bruno Delaroque tenait plus du bourgeois de province que du diplomate. Pantalon de velours, pull col en V sur une chemise blanche ceint d'une cravate, l'élégance rurale allait avec le physique. Ses textes, il les confiait au papier avant de les recopier laborieusement à l'ordinateur. L'informatique n'avait jamais été son fort et de toute manière il n'envisageait pas que l'auteur d'un livre puisse écrire avec autre chose qu'un stylo. À plume, inutile de le préciser ! Il ajusta ses lunettes, relut la dernière page, se pinça les lèvres, raya plusieurs lignes, puis des mots qu'il remplaça par d'autres et fit une moue de mécontentement avant de s'écarter du bureau pour se relever et faire un tour de sa pièce de travail. Le parquet en point de Hongrie grinça sous ses pieds. Il se dirigea vers la chaîne pour y glisser un disque de Mahler et alla vers une fenêtre alors que commençait la neuvième symphonie. Il pleuvait sur Versailles, il regarda un moment la rue s'agiter. Il était presque dix-huit heures, l'heure des courses et le début du retour de ceux qui travaillaient à Paris. C'est à ce moment-là qu'il fut surpris par un bruit sourd et persistant. Ce n'est qu'en se rapprochant de la source de ce bourdonnement et après plusieurs secondes qu'il identifia le vibreur de son téléphone portable. Quand il trouva l'appareil, perdu sous des feuillets manuscrits, il était déjà trop tard. Un œil sur l'écran, il reconnut le numéro du standard du ministère des Affaires étrangères. Il bougonna. Encore un problème administratif, un document manquant, une information pour son dossier de retraite, un truc qui allait prendre du temps et l'obliger à faire des vérifications dans la montagne de papiers empilés dans des cartons entreposés dans un placard à la cave. Il hésita à rappeler. Inutile, pour tomber sur quelqu'un qui serait dans l'impossibilité de lui dire qui avait cherché à le joindre. Il avait peut-être un message, incapable de mémoriser le numéro de sa boîte, il ne les écoutait pas. Il allait se rasseoir quand le téléphone vibra entre ses mains. Même numéro. Cette fois il prit la communication.

— Bruno ?

— Oui, fit Delaroque avec un sourire. Il avait reconnu la voix d'André de Givray, un collègue qu'il aimait bien. Qu'est-ce qui t'amène, André ? Tu te soucies d'un ancien diplomate ?

Un rire lui répondit.

— Je me doute que tu vas bien. Non, je me demandais si tu n'aurais pas envie de voyager aux frais de l'administration. J'ai besoin de toi.

— Je suppose que cette proposition n'a pas seulement pour but de me faire sortir de ma tanière.

— Non, évidemment. Je crois que tu as été en poste au Beyazstan ?

— Il y a longtemps, ça remonte à plus de vingt ans, presque trente, c'était juste au moment de l'indépendance. J'étais premier conseiller là-bas.

En répondant, l'ambassadeur Delaroque repensa aux derniers événements lus dans la presse et à l'assassinat de la consule générale revendiqué par un groupe de terroristes.

— C'est ce que je supposais, tu connais bien le pays et les habitudes, et tu es un vieux routier de notre administration. Est-ce qu'on peut se voir demain matin ?

— Dans ton bureau ?

— Non, on a rendez-vous rue des Trois-Fontanot à la Direction de la coopération internationale.

— Chez les flics ? s'étonna l'ancien diplomate.

— Oui. Tu peux y être à onze heures ?

Delaroque acquiesça et ne posa aucune question, la discrétion était de mise et son interlocuteur n'en dirait de toute manière pas davantage.

*

* *

L'ambassadeur Delaroque retrouva son collègue le lendemain. Arrivé par le RER A jusqu'à Nanterre-Préfecture, il patientait devant le siège de la police judiciaire lorsqu'une Peugeot 3008 déposa André de Givray. Quelques sourires, des mots polis sur leurs épouses respectives, les enfants et petits-enfants, tout cela fut expédié en moins d'une minute et le directeur Asie en vint aux faits.

— Je suppose que tu as lu dans la presse l'histoire de la mort de notre diplomate. Tout cela n'est pas très clair. Pour nos services de renseignement, il s'agit d'une embrouille. Ils ne croient pas à la revendication émanant de ce groupe terroriste et ne voient aucun lien entre le tueur présumé et les islamistes. Pour eux, il y a autre chose. Il faut chercher ailleurs, et peut-être au plus simple, famille, amis, collègues, employés...

Delaroque dodelina de la tête, balança sa carcasse d'un pied sur l'autre.

— Moui... Et alors ?

— Nous voudrions refaire l'enquête en entier.

Nouveau mouvement de tête, sourcils en accent circonflexe, mine perplexe.

— Et quel est mon rôle dans tout cela ? Je ne suis pas policier. Pourquoi m'impliquer dans cette affaire ?

Givray renvoya un sourire entendu.

— Je vais te donner trois bonnes raisons. La première : tu connais bien le Quai. La seconde : tu as été à l'Inspection. La troisième : tu connais le Beyazstan et je suis persuadé que même après vingt ans, tu as gardé des contacts là-bas. Je me trompe ?

— Non... Mais.

— Ça sera une occasion pour toi de retourner dans ce pays, l'enquête sera menée de conserve, comme on dit dans la marine, par un policier et quelqu'un de chez nous, et en haut lieu, on préfère ne pas envoyer un diplomate en activité.

— Et ce sera qui, le flic ?

— Bien, justement, nous sommes ici pour le rencontrer.

*

* *

Ils étaient encore en pleine discussion lorsqu'une sorte de gamin en jeans, T-shirt et baskets, s'approcha.

— Vous êtes les deux ambassadeurs ?

Les regards diplomatiques se focalisèrent sur cet adolescent dépenaillé qui leur tendait la main.

— Lieutenant Alex Moual, le préfet m'a demandé de vous accueillir. Si vous voulez bien me suivre.

Au lieu de prendre l'entrée du 103, rue des Trois-Fontanot, le jeune homme les conduisit dans le bâtiment en face.

— Vous avez déménagé ? s'étonna le directeur.

— Ça fait deux ans, je crois. Moi, j'ai toujours connu ici, mais je ne suis là que depuis septembre. On doit partir bientôt et laisser les lieux à la PJ. On s'installe un peu plus loin.

Le directeur du service en charge de la coopération internationale les attendait au second étage. Il avait à ses côtés, son adjoint un général de gendarmerie, mais aussi le directeur central de la police judiciaire, le chef de la brigade criminelle de Paris et d'autres fonctionnaires de police. La justice n'était pas absente, représentée par le premier substitut du procureur de Paris. Les présentations faites, le directeur de la zone Asie refit un point dans des termes similaires, mais plus détaillés qu'il ne l'avait fait à son collègue. De toute manière, tout le monde autour de cette table connaissait déjà le dossier.

— Le ministre aimerait qu'il soit procédé, en dehors du cadre strict de la procédure judiciaire, à des investigations informelles, qui pourraient infirmer ou confirmer l'enquête « clé en main » que nous ont livrée les Beyazes, conclut le diplomate en lorgnant le représentant de la justice.

Pour prévenir ses éventuelles réticences, il ajouta :

— Il sera toujours temps d'en arriver à une transmission officielle. Enfin…

Avant de poursuivre, le directeur laissa son regard effectuer un rapide tour de table et raffermit le ton, sans vouloir paraître provocateur :

— Le ministre et les autorités dont il dépend (sous-entendu le Premier ministre et le président) ne souhaitent pas que tous les éléments de personnalité et d'environnement de la victime et de son consulat soient mentionnés sur les procès-verbaux, sauf s'ils permettent la manifestation de la vérité. Vous savez comme moi que tout finit ensuite dans la presse.

Il y eut un silence embarrassé, mais c'était tellement vrai.

Le magistrat, un homme d'une quarantaine d'années, ne parut pas troublé et ne releva pas. Pouvait-on encore parler de secret de l'instruction quand les PV d'interrogatoire se retrouvaient dans les journaux dans les heures suivant leur signature ? Il demanda :

— Une enquête administrative, en quelque sorte ?

— Oui, sauf que nous ne laisserons pas de trace de ces investigations. Tout fera l'objet de non-papier.

Quelques-uns des participants plissèrent les sourcils, ce qui força l'ambassadeur à s'expliquer.

— C'est ce que vous appelez des notes blanches. Un document sans en-tête et sans l'identité du rédacteur.

— Et donc, imaginons que vous désigniez un autre tueur que celui que nous donnent sur un plateau les autorités beyazes…

— Il sera toujours temps pour nous de prendre la main, intervint le directeur de la police judiciaire. D'ailleurs, si j'ai bien compris, cette investigation informelle n'entravera en rien celle que nous menons déjà sur commission rogatoire.

— Tout à fait.

Le chef de la PJ poursuivit.

— Je trouve que l'idée n'est pas mauvaise, ça peut permettre de dégrossir le terrain. En agissant hors de tout cadre juridique, il sera possible d'obtenir des informations que nous n'arriverions pas forcément à recueillir. Au Beyazstan, les autorités locales ne nous lâcheront pas d'une semelle et la procédure exige que nous passions par eux pour enquêter.

— C'est aussi mon avis, approuva le patron de la Crim'.

Il se tourna vers son voisin de droite.

— J'ai désigné le commandant divisionnaire fonctionnel Patrick Girard pour suivre cette affaire… informelle.

Les regards se tournèrent vers un cinquantenaire en costume-cravate, du classique. Visage marqué par la vie et quelques excès, des yeux clairs, un regard franc. Girard, après avoir été chef de groupe à la célèbre brigade criminelle du 36, quai des Orfèvres, avait obtenu le grade sommital de son corps au moment où la Préfecture déménageait pour la rue du Bastion. Depuis, il chapeautait trois équipes en tant qu'adjoint d'un commissaire de police. Girard récupéra la paire de lunettes posée sur son crâne et s'adressa à Bruno Delaroque avec un sourire engageant.

— Si j'ai bien compris, nous allons travailler ensemble. Ce sera un exercice nouveau pour moi.

— Le commandant est un de mes meilleurs enquêteurs, crut bon de préciser son patron. S'il y a des indices intéressants, il ne les laissera pas passer.

Le reste de la réunion ressembla à une querelle d'épiciers, conforme à l'état de l'administration française, puisque le sujet n'était plus de savoir qui ferait quoi, mais qui payerait quoi.

Patrick Girard regarda sa montre. Jugeant que sa présence à cette pitrerie n'était pas indispensable. Il recula sa chaise, se leva et s'adressa à son futur camarade de jeu :

— Monsieur Delaroque, à moins que cette discussion vous passionne, peut-être pourrions-nous aller boire un café ou trouver un autre endroit pour envisager la manière de travailler ensemble ?

Plus diplomate, et pour cause, l'ambassadeur hésita avant de se lever à son tour et ce n'est qu'avec l'aval de son collègue qu'il s'autorisa à suivre Girard.

La porte de la salle de réunion fermée, le commandant de police se lâcha.

— Ils me font chier tous ces cons avec leurs histoires de pognon. On en crève de toutes ces bêtises. C'est la même chose chez toi ?

— …

Du coin de l'œil, le flic observa la réaction de celui qui serait son binôme dans cette affaire. Il se demandait pourquoi il avait accepté cette enquête qui n'en était pas une. Peut-être pour sortir du bureau où, finalement, lui aussi était devenu un gestionnaire. Il avait souvent l'impression que la relation avec ses équipes se limitait à celle d'un censeur à la solde des commissaires. C'était le cas lorsqu'il contrôlait leurs frais de déplacement, le bon usage des véhicules de service, les heures sup… L'autre raison probable était que son fils, après des études d'histoire et Sciences Po, préparait le concours des Affaires étrangères. Cette enquête était le moyen de découvrir, avant sa progéniture, ce qu'était l'autre Quai.

Devant ce qui ressemblait à un malaise, le flic décida d'enfoncer le clou.

— Tu ne vois pas d'inconvénient à ce qu'on se tutoie, c'est une habitude de ma maison.

Pour le diplomate, le flic commençait fort, il se demandait déjà comment il allait pouvoir s'entendre avec ce genre d'énergumène. Il lui faudrait supporter un lourdaud dont personne ne semblait vouloir dans les bureaux. Patrick fit mine de ralentir au niveau d'une machine à café.

— Ces trucs-là ne font que de la merde, allons directement dans un bar en bas.

Bruno Delaroque souffla et prit sur lui. Cette mission allait être un calvaire. Dès qu'ils furent à l'extérieur, le flic fouilla dans sa poche pour en ressortir un paquet de Gitanes.

— T'en veux une ?

— Merci, je ne fume pas.

— Bravo. J'ai essayé plusieurs fois, jamais dépassé vingt-quatre heures.

Tout en allumant sa cigarette, Patrick entraîna le diplomate à sa suite en direction d'une brasserie. Il s'arrêta devant la porte pour terminer sa clope, obligeant Delaroque à rester avec lui.

— Alors, comment tu vois cette affaire ? Si j'ai bien compris, la victime avait un sacré caractère.

— J'imagine que nous allons aller au Beyazstan pour entendre les gens qui travaillaient avec Mme Fontaine.

Dès sa première remarque, l'attitude coincée du diplomate n'avait pas échappé à Patrick. Ça l'amusait de le déstabiliser. Il jugea qu'il en avait assez fait et pensa à sa femme. Elle hurlerait de le voir torturer ce malheureux. Il décida de mettre la pédale douce avant de passer définitivement pour un gros con. Il tira une dernière fois sur la cigarette, lâcha une volute de fumée, écrasa le mégot dans un cendrier et s'effaça en ouvrant la porte. Delaroque en fut surpris et entra dans le bar. Patrick désigna une table à l'écart d'un groupe d'employés de bureau en grande discussion.

— Je pense qu'on finira par la mission au Beyazstan, il faut d'abord commencer par tout ce qui peut se faire en France. On va relire le travail qui a déjà été entrepris par mes collègues et je propose qu'on procède à une sorte d'enquête de personnalité. C'est comme ça qu'on fait en fin d'un dossier criminel pour bien cerner la victime et l'auteur. Nous, on va procéder à l'inverse et débuter par là. Après tout, cette jeune femme peut très bien avoir été tuée par un Français du consulat.

Une serveuse s'approcha.

— Café ? demanda Patrick.

— Avec un nuage de lait.

La commande passée, le diplomate s'adressa au policier :

— Très bien, on commence par qui ?

— J'ai déjà travaillé, répondit le commandant à la grande surprise de son vis-à-vis.

Il lui fit un sourire énigmatique.

— Rassure-toi, rien de bien passionnant. J'ai débroussaillé la jeunesse en entendant quelques copains, amis et collègues du couple, des gens à qui ils se confiaient et qui les côtoyaient tous les jours.

Devant le regard désapprobateur de l'ambassadeur, il précisa :

— Avant que Gwenola Fontaine n'intègre le ministère des Affaires étrangères. C'est juste un début. Rien qui puisse solutionner le meurtre.

Bruno Delaroque apprécia moyennement cette initiative policière et Patrick Girard fit comme s'il ne le remarquait pas.

— Nous devons effacer de notre esprit qu'il y a un auteur désigné par les Beyazes. Il faut savoir s'il y avait un motif autre que le terrorisme d'assassiner cette femme.

— On n'a jamais une bonne raison de tuer quelqu'un.

— J'en conviens. Il n'empêche que, par expérience, je peux te dire que la quasi-totalité des meurtres sont commis par des proches, la famille et les amis. On a plus de chance de mourir de la main de quelqu'un qu'on côtoie quotidiennement qu'en se promenant dans la cité la plus mal famée.

Le portable de Delaroque l'empêcha de répondre. Il décrocha et la conversation se limita à quelques mots.

— La réunion est terminée. Mon collègue m'attend.

— Très bien.

Le flic tendit une carte de visite.

— On reste en liaison.

Bruno Delaroque eut une moue embarrassée.

— Je n'ai pas de carte. Vous voulez noter mon numéro ?

— On ne se tutoie pas ?

— Si... Oui, pardon.

Patrick fouilla dans la poche de sa veste pour en sortir carnet et stylo. Delaroque crut voir Colombo et pensa que le policier avait tout l'attirail du parfait petit enquêteur de série télé. Lorsque le flic fut prêt, il dicta ses coordonnées.

— Je t'appelle demain.

Le diplomate était déjà à la porte.

— Parfait.

9

Gwenola Fontaine venait d'avoir vingt ans quand elle fit la rencontre d'Hugo Delcroix. Jeune militante de gauche, elle allait de manif en manif, de réunion politique en rassemblement, de lutte pour les femmes en protection de la planète, elle ne ratait rien.

C'est en hiver, durant une de ces marches bon enfant qu'Hugo Delcroix l'aborda et lui prit le bras.

— Tu permets, j'ai le bout des doigts gelés, j'en peux plus de ce temps.

Les yeux ronds, surprise par l'audace de ce jeune chevelu, elle rougit. Bien sûr qu'elle permettait. Ils avaient continué de marcher ensemble au milieu des autres manifestants en hurlant des slogans qui ne l'intéressaient plus. Ce jour-là, elle aurait voulu que le défilé ne s'arrête jamais. Hugo avait quelques années de plus, il avait de longs cheveux blonds, bouclés et portait des lunettes rondes. Elle lui trouva une vague ressemblance avec Roger Daltrey, le chanteur des Who. À la fin de la manif, alors que le cortège se dispersait, il la regarda en souriant.

— On va se réchauffer dans un bar, je te paye un truc chaud ?

Elle rougit et son trouble fit rire le garçon.

— Je te propose juste d'aller boire un verre.

Ils s'arrêtèrent au Canon de la Nation. *La brasserie était en pleine effervescence et il leur fut difficile de trouver une place. À l'approche du serveur, Delcroix voulut commander.*

— Tu prends une bière ?

— On avait parlé de quelque chose de chaud. Je préférerais un chocolat !

Il hésita.

— Deux grands chocolats ! Et un rhum.

Pas question d'être en reste. Gwenola leva une main :

— Et deux rhums !

Il était maintenant devant elle, la comparaison avec Roger Daltrey lui revint à l'esprit. Ce chanteur qui hurlait aux autorités qu'elles ne le baiseraient pas une nouvelle fois et qui parlait de révolution lui plaisait, même si c'était d'un autre temps. Won't get fooled again. *Il fouilla dans sa poche, sortit un paquet de Camel, le lui tendit.*

— Tu veux une clope ?

Ils fumèrent en silence, chacun épiant l'autre. Elle fut la première à parler.

— Tu penses que le gouvernement va sauter ? Ça va aller où, tout ça ?

— Je ne sais pas... Oui, j'espère, les choses doivent changer, il faut y croire. J'ai envie d'y croire.

Il lui posa des questions sur elle, elle y répondit sans rien cacher. Un second rhum. L'alcool la rendait bavarde, presque éloquente, mais elle prit également le temps de l'écouter. La jeunesse de Delcroix avait été tout l'inverse de la sienne. Les parents d'Hugo étaient des gosses de l'après-guerre, tous deux avaient été en fac de lettres, ils avaient vécu Mai 68 sur les barricades, fumé du haschich, participé à de grands concerts de rock, vu les Stones, Bob Dylan, Jimi Hendrix. Son père était prof à Nanterre et sa mère psychologue pour enfants. Il avait voyagé avec eux, les États-Unis, l'Amérique du Sud. Une jeunesse à des années-lumière de la sienne et de son vieux réac de paternel. Elle avait ri de ses histoires. Il l'avait trouvée belle. Elle était hypnotisée. Le soir, elle se lâcha en prenant l'initiative :

— Tu me raccompagnes ?

Il hésita.

— J'habite à deux pas d'ici, viens chez moi.

Dès que la porte du studio fut refermée, avant même qu'Hugo ait touché à l'interrupteur, elle l'embrassa longuement. Le lit était à quelques mètres, ouvert, prêt à les accueillir. Leurs vêtements finirent en boule sur le sol...

*

* *

Gwenola admirait Hugo, il se permettait des choses qu'elle n'aurait pas eu l'audace de faire. Après des études d'histoire de l'art et une licence en communication, il était à la recherche d'un travail et trouva un job dans l'événementiel, chez Saint-Gobain. Le fait de travailler pour une entreprise du CAC 40 ne le dérangea pas outre mesure, du moment qu'il faisait ce qu'il aimait et qu'il avait du temps libre.

De son côté, après une fac de lettres, Gwenola voulut enseigner. Capes en poche, elle fit ce travail jusqu'à ce que ses illusions soient durement éprouvées par la réalité. En choisissant les lycées d'enseignement professionnel, les LEP comme on disait, elle se frottait à une population qu'elle n'avait jamais rencontrée jusqu'alors. Elle se sentait investie d'une mission, pas comme certains profs qui se bornaient à faire du gardiennage dans l'attente de la fin du temps imparti. Alors qu'elle exposait ses projets pédagogiques à un vieux blasé, il lui avait répondu :

— Si t'arrives à ce qu'ils ne se barrent pas par la fenêtre, ça sera déjà pas mal.

Face à un tel défaitisme, elle s'était contentée de lever les yeux au ciel. Elle était là pour enseigner, pas pour jouer la flic.

La réalité fut différente et sa première grande déconvenue se traduisit par quelques menaces bien senties.

En sortant du lycée pour rejoindre sa station de métro, elle se retrouva entourée d'un groupe de jeunes. Un gamin en survêtement qui ne devait pas avoir plus de seize ans mais la dépassait d'une tête l'apostropha :

— C'est toi la meuf qui donne des cours d'français, c'est toi la bouffonne qu'a voulu coller mon p'tit frère ?

Il était si proche qu'elle sentait sa sueur. Avant même qu'elle ait pu répondre, il l'attrapa par les cheveux et la fit tomber à genoux devant lui.

— Écoute-moi bien la pute. Si tu punis encore mon frangin, je te ferai bouffer ma queue et après tu visiteras les caves de mon

immeuble pour faire connaissance de mes potes. Je suis certain qu'ils aimeront ton cul.

Terrorisée, elle releva les yeux vers son agresseur. Elle ne vit qu'un sourire mauvais et il lui envoya une gifle qui la plaqua sur le béton.

— T'as compris ?

Elle avait compris, pas besoin de gifle de rappel. À partir de cet instant, la peur prit le pas sur l'enthousiasme. Elle songea à déposer une plainte. Impossible. Son amour-propre en aurait pris un coup. D'ailleurs, la seule collègue à qui elle osa raconter sa mésaventure le lui déconseilla. Trop dangereux. Elle ne parla jamais à Hugo de cette histoire et elle décida que son travail passerait maintenant au second plan. La vie ne ferait pas d'elle une martyre ou une héroïne de l'Éducation nationale.

Elle reprit ses études avec l'idée de renforcer son niveau en russe tout en suivant des cours de sciences politiques.

Delcroix gagnait bien sa vie, ils pouvaient voyager, sortir, il l'emmenait dans des expositions, ils rencontraient du monde, le Tout-Paris qui compte, des artistes, des hommes politiques, des hommes d'affaires. Elle était éblouie par la prestance de son homme. À trente-trois ans, elle décida qu'il était grand temps de lui faire un enfant. Lui n'y avait pas vraiment songé jusque-là, mais comme Gwenola le voulait…

Ils devinrent donc parents. Si Gwenola aimait être enceinte, la fibre maternelle n'était pas son fort. Par bonheur, ce fut l'inverse pour Hugo. Dès le premier enfant, son travail l'intéressa moins. Il assista à la venue au monde de Lucas et coupa lui-même le cordon ombilical du bébé. Ce fut un émerveillement… une révélation.

Leur studio devint trop petit, il fallut trouver plus grand, d'autant plus que cette naissance fut suivie d'une seconde, un autre mâle, Arthur. Delcroix aimait les gosses et sa femme était prête à lui en faire.

*
* *

Philippe, le père de Gwenola, en devenant grand-père, se rapprocha du couple. Il comprit très vite que sa fille, qu'il avait toujours crue gentille et effacée, était tout le contraire. Elle était de sa trempe.

Gwenola l'avait fatigué avec ses idées révolutionnaires. Ils avaient même failli couper les ponts. Il s'était gardé d'interférer lorsqu'elle avait décidé d'intégrer l'Éducation nationale et d'être une « petite fonctionnaire » dans un ministère de « gauchos ». La donne avait changé, il se devait de l'aider. Militant gaulliste de longue date, Philippe avait ses réseaux et qu'elle le veuille ou non, il allait en faire profiter Gwenola.

Beaucoup de parents auraient considéré que la situation de Gwenola était un aboutissement. Son mari avait un excellent travail et ils avaient deux beaux enfants. Pour Philippe, ça ne suffisait pas. Il n'y avait pas de quoi se réjouir. Ses deux autres filles étaient des épouses, rien de plus. Il n'avait pas eu le fils qu'il souhaitait. C'était à Gwenola de porter ses ambitions.

La faire entrer dans le privé, après des études de lettres et un passage dans l'Éducation nationale, paraissait difficile. Lui proposer un poste dans sa compagnie serait vain, la pousser chez des amis aurait été le meilleur moyen de se fâcher avec eux. Il restait la politique ou l'administration. Pour la première, bien qu'elle passionne Gwenola, elle n'avait pas, pour l'heure, l'envergure pour y commencer une carrière. Ce n'était pas une tueuse et il la voyait mal séduire l'électeur. Trop tard pour l'armée, de toute manière Léontine, sa mère, s'y serait opposée.

Diplomate, ça sonnait bien, Gwenola aimait les voyages et avait un don pour les langues. Philippe sentait que c'était une piste à explorer. Orienter sa fille vers ce choix se révéla d'une facilité déconcertante. Philippe avait un plan. Il profita d'un mardi soir durant le repas hebdomadaire qu'imposait la tradition familiale, pour inviter à Chaville un couple d'amis, dont l'homme travaillait aux Affaires étrangères. Claude était un jeune diplomate en poste en Biélorussie, Justine avait abandonné un emploi de cadre commerciale dans l'entreprise de Philippe pour suivre son mari. Ils étaient ravis de leur affectation et de leur vie. Lui était passionné par son job et la femme aimait ce dépaysement « cinq étoiles » qui lui permettait de connaître d'autres cultures. Ils gagnaient de l'argent, côtoyaient les milieux internationaux, participaient aux rencontres culturelles. Tout cela semblait parfait. Philippe était aux anges. Il sentait que son affaire se passait bien. Hugo Delcroix avait tout de suite « accroché » avec Justine, il ne cessait de lui poser des questions. De son côté, Gwenola s'intéressait au pays de résidence du couple, à la civilisation, à la place que conservait la langue russe dans une république issue du bloc soviétique.

Hugo remarqua :

— C'est vrai que votre vie a l'air sympa. Gwenola s'ennuie dans son travail… (Il eut un regard pour sa femme et lança :) Même si mon boulot me plaît, ce serait peut-être une opportunité pour que je puisse me consacrer aux enfants, j'ai envie de m'occuper d'eux et de les voir grandir.

Philippe jubilait. C'était pour ainsi dire gagné. Claude en rajouta une couche.

— Gwenola, tu devrais tenter le concours. Tu as le profil. Vous ne le regretterez pas.

*
* *

Inutile de dire qu'après cette soirée, Philippe attendit impatiemment le mardi suivant.

À la fin du repas, sa curiosité fut satisfaite, quand Delcroix annonça :

— Gwenola est fatiguée, elle dort mal, son travail l'épuise. J'aimerais qu'elle fasse quelque chose d'un peu plus enrichissant que d'essayer d'enseigner à de petites vermines de banlieue une matière qui ne les intéresse pas. Je me suis renseigné, il y a un concours pour le ministère des Affaires étrangères dans huit mois, elle va s'y inscrire.

C'était gagné. Bien sûr, il fallait réussir, mais Philippe avait toute confiance dans sa fille. L'échec était une option qu'il n'envisageait pas. Une fois passé le cap de l'écrit, il s'arrangerait pour que le jury soit acquis à la cause de sa gamine. Gwenola serait « diplomate ».

Grâce à ses réseaux, il se fit bon nombre de relations dans le milieu de la diplomatie, un milieu qu'il connaissait assez peu jusqu'alors. Ces gens ne lui plaisaient pas. Il avait, certes, rencontré des « pointures », mais elles étaient rares, il est vrai qu'il était peu impressionnable. Toujours est-il que ses efforts finirent par porter leurs fruits. Gwenola devint secrétaire des Affaires étrangères. Il fallait débuter par Paris. Elle ne partirait pas en poste avant deux ans.

Ces deux années ne furent pas les plus faciles. Le salaire parisien offert par cette administration était en tout point comparable à celui qu'avait Gwenola dans l'Éducation nationale, mais les horaires n'étaient plus les mêmes. Les jeunes stagiaires, corvéables à merci, dépendaient du bon vouloir de leurs directeurs. Ils les sollicitaient à toute heure pour rédiger des notes qu'ils croyaient toutes plus importantes et plus attendues les unes que les autres. À cela s'ajoutait la préparation de réunions et des dossiers urgents. Cette vie bouscula les habitudes du couple, sans gêner Gwenola. Elle aimait ce travail. Bien que souvent rudoyée verbalement par ses supérieurs, elle apprenait et prenait confiance en elle. Elle grandissait.

Les repas de Chaville furent affectés par ces nouvelles occupations. Il arrivait maintenant qu'Hugo soit seul à la table familiale. Si Léontine était peinée par l'absence de sa fille au rituel qu'elle avait instauré, ce n'était pas le cas de Philippe, ravi que Gwenola se passionne pour son travail et il fut content de se retrouver avec son gendre. Il en apprenait plus sur Gwenola que si elle avait été présente.

Philippe n'eut même pas à intervenir. Deux ans plus tard, elle obtint un poste de conseiller auprès de l'ambassade de France à Tbilissi, en Géorgie. Pour l'organisation, Hugo était là. Il posa un congé de longue durée, on lui garantissait de le reprendre à leur retour en France. L'avenir s'annonçait bien.

10

Beyazstan.

Accroché à celui qui voulait sa peau, Baha ne lâcha jamais prise. Ils dévalèrent ensemble la paroi rocheuse et glacée. Plus Beslan se débattait pour se libérer, plus Baha se collait à lui. Après plusieurs roulades, ce fut le grand saut avant de s'écraser plusieurs dizaines de mètres plus bas sur un aplomb rocheux. Baha vit la terreur exploser dans les yeux de l'agent du KNB. À quelques dixièmes de secondes de mourir, ce fut presque un réconfort. Finalement c'est lui qui aurait le dernier mot.

Choc. Les deux corps heurtèrent une avancée rocheuse et rebondirent. Cet intermède fut fatal à l'espion. Sa colonne vertébrale n'y résista pas. La chute se poursuivit jusqu'au lac. La violence de l'impact eut raison de la glace et ils se retrouvèrent prisonniers des eaux. Baha n'était pas mort. Le cadavre de l'agent du KNB l'avait protégé en absorbant la collision avec la surface gelée. Finalement Beslan venait de lui sauver la vie, ou de lui donner un court répit. Il allait finir noyé.

Comparé au - 20 °C extérieur, l'eau lui parut tempérée. Il aurait pu paniquer. Ce ne fut pas le cas, au contraire. Comme s'il n'avait jamais quitté l'armée, ses vieux réflexes de nageur de combat prirent le dessus. Il avait déjà plongé sous la glace et savait comment agir. Il lâcha le cadavre et le regarda s'enfoncer dans les eaux noires. Nager habillé et avec des chaussures ne serait pas facile, il allait y arriver. Quelques mouvements du corps, et sa tête vint heurter l'épaisse couche de glace. Ce qu'il devait faire n'était pas simple, tout dépendrait du mental. Être fort et survivre ou se laisser aller et mourir. Il se cala, comme s'il faisait la planche, bien à plat sous la carapace gelée et put enfin respirer. Les poches d'air ne manquaient pas. Le plus difficile allait être de retrouver son point de chute, là où il pourrait remonter à la surface. Pour le moment, il avait l'énergie de la haine et c'était un bon moteur. Le temps était compté s'il ne voulait pas mourir.

Cinq minutes plus tard, il cherchait encore. La fatigue le gagnait et sa combativité diminuait. Il hurla et frappa la glace de ses poings. On le retrouverait à l'été, peut-être pas d'ailleurs. Le lac ne rendait pas toujours les corps, certains finissaient bloqués dans des trous d'eau dont ils ne ressortaient jamais. Il vida ses poumons, pour se laisser glisser vers le néant. La première inspiration serait douloureuse, elle en appellerait une seconde et il perdrait vite connaissance. Il prit appui des deux mains sur le toit gelé, prêt à se projeter vers l'abîme, quand il aperçut deux faisceaux lumineux. Des torches !

Baha reprit sa position d'attente et respira profondément. Se calmer, réduire son rythme cardiaque, patienter, espérer. Il eut un court instant la tentation d'attirer l'attention des arrivants. Il se douta très vite qu'il s'agissait des amis de Beslan. Ils cherchaient les corps. Cette idée le découragea. Ils risquaient de rester là et de l'empêcher de ressortir. Il vit les faisceaux de lumière balayer la glace et remonter en amont. Il y avait peu de chance qu'on le remarque ou qu'on l'entende. Il se décida à bouger. Il n'eut pas à nager beaucoup avant de voir les rayons des torches entrer au contact de l'eau. L'ouverture n'était qu'à une dizaine de mètres. Attendre ! De la suite dépendait sa survie. Les minutes s'allongèrent, lui parurent des heures. Les deux hommes n'étaient qu'à quelques mètres de lui. Il les entendait parler, sans comprendre ce qu'ils disaient. Ça s'éternisa, jusqu'à ce qu'enfin les lumières disparaissent. Finalement, il avait peut-être une chance. Il compta les secondes, se fixa la limite de trois cents et se décida à progresser vers le puits. Se hisser sur le rebord ne fut pas aisé. Quand enfin il y parvint, allongé sur le sol glacé, il passa un moment à reprendre son souffle. Une étape était franchie. Il n'était pas sorti d'affaire. Il était trempé, la couche de tissu était déjà en train de se solidifier. Au lieu de mourir noyé, il finirait transformé en glaçon. Il était fatigué, épuisé. Pas de moyen de communiquer, de toute manière, il ne savait pas qui il pourrait bien appeler. Sa femme ? Elle ne comprendrait pas et il était inutile de lui attirer plus d'ennuis. Elle en aurait suffisamment.

Il commença à marcher et pensa à ses pas dans la neige. Les hommes du KNB allaient forcément revenir, s'ils voyaient des empreintes ils sauraient qu'il était toujours en vie. Il manquait de courage. Il attrapa cependant des branchages qu'ils avaient dû casser dans leur chute et s'appliqua, comme il le pouvait, à effacer ses traces. Il restait à espérer que ce serait suffisant. Pour remonter vers la route, il essaya, tant bien que mal de placer ses pieds dans les pas des tueurs.

Au prix d'efforts surhumains, il parcourut quelques mètres, il ne sentait plus ses orteils ni le bout de ses doigts. Le découragement s'insinua à nouveau. Il regretta tous ces efforts. Ils seraient vains. Il ne rejoindrait jamais le sommet et de toute manière, pour quoi faire ? À cette heure-ci les véhicules étaient rares et personne ne le prendrait sans en aviser les flics. Le KNB allait revenir. Un bruit de moteur attira son attention. Il pensa d'abord à un hélicoptère lointain puis à une moto. Il n'arrivait pas à en localiser l'origine et il ne comprit de quoi il retournait que lorsqu'il vit un phare évoluer sur le lac gelé. Une motoneige. Un espoir. Il n'avait plus rien à perdre. L'idée lui redonna de l'énergie et il se mit à courir en sens inverse pour rejoindre le bord du lac. Il devait se dépêcher pour ne pas rater sa chance. Il chuta, roula en avant et finit à plat ventre. Il se releva, progressa quelques mètres à quatre pattes. Il n'y arriverait pas ! Le sang cognait dans ses tempes, ses lèvres étaient gelées. Il n'y voyait plus. La lune se voila.

*
* *

Quand Baha ouvrit un œil, il était nu, enveloppé dans une couverture en fourrure, un feu de bois crépitait dans un poêle dont la tôle était si rouge qu'elle donnait le sentiment qu'elle allait se liquéfier. Il vit des murs en rondins, sentit une odeur âcre de fumée et de cuisine. Il était trop fatigué pour bouger. Il se rendormit avec l'impression d'avoir perçu la présence d'une ombre à genoux.

Son second réveil fut plus agité. Il essayait d'échapper à des tueurs du KNB, les balles sifflaient. Il n'avait pas la moindre chance. Il cria et se redressa sur ses fesses. Il n'était pas seul. Une multitude de regards étonnés le fixaient. Il y avait deux femmes, l'une d'une soixantaine d'années, l'autre beaucoup plus jeune, peut-être sa fille. Toutes les deux étaient voilées. Autour, quatre gamins dont les âges devaient s'étaler de six à douze ans chuchotaient.

— Deux jours que tu dors !

Baha tourna la tête. Celui qui lui parlait était un homme d'une quarantaine d'années, les cheveux noirs, le visage rond, la peau marquée par le soleil et le froid. Il était vêtu d'un pull épais, d'un jeans et portait des chaussons en fourrure. Il était en train d'enrouler un tapis sur lequel il avait fait sa prière. Le fugitif lança un regard surpris.

— C'est moi qui t'ai ramassé dans la neige. Je t'avais repéré dans mes phares, puis tu as disparu. Ça m'a étonné, j'ai voulu voir ce qu'il en était et je t'ai trouvé. Sans moi tu serais mort.

Baha ne savait pas quoi dire. Comment expliquer sans risquer d'être dénoncé aux autorités ? Il limita sa réponse à un simple « merci ». Son hôte ne sembla pas s'en offusquer.

— Tu as faim ? Il s'adressa à la plus jeune des deux femmes : donne-lui à manger.

Elle s'éclipsa et revint avec un bol de soupe chaude. Baha voulut se lever, il chercha du regard ses vêtements.

— Reste couché. Ma femme a lavé tes habits, ils sont secs.

Baha apprécia le potage dans lequel nageaient des morceaux de viande et des pommes de terre. Il repensa à ses mésaventures. Il avait pourtant fait ce que Beslan lui avait demandé. En guise de récompense, on avait tenté de le tuer. Même s'il était toujours vivant, sa situation n'était pas enviable. Si le KNB le croyait mort, il ne faisait peut-être pas l'objet d'un avis de recherche. Dans le cas contraire, son portrait devait être affiché dans tous les postes de police. Dès qu'il serait dans la rue, il se ferait arrêter.

Il était maintenant seul. À l'exception du plus jeune des gosses, la famille s'était retirée dans la cuisine et parlait à mi-voix. Leur langue n'était ni du russe, ni du beyaze, mais du farsi, la langue parlée en Iran, mais aussi, avec quelques variantes, au Tadjikistan et en Afghanistan. Ayant servi comme militaire aussi bien en Afghanistan qu'à la frontière avec le Tadjikistan, il en connaissait quelques rudiments. Très vite, il devina qu'il était dans une famille d'origine tadjike et qu'ils utilisaient cette langue en pensant qu'il ne la comprenait pas. Les sens aux aguets, le cœur battant un peu plus vite, il eut l'impression de recevoir un coup de poing, quand il entendit l'homme dire :

— Ils seront rapidement là !

Ces enfoirés avaient appelé les flics. Il chercha à nouveau ses vêtements. Ils n'étaient pas dans la pièce. L'enfant ne bougeait pas, il était silencieux, assis sur un coussin il le regardait avec des yeux ronds. Baha s'adressa à lui en russe.

— Petit, tu sais où sont mes habits ?

Le gamin ne cilla pas. Baha hésita et reposa la question. Cette fois, le gosse tourna la tête vers la cuisine, prêt à appeler quelqu'un.

— Non, ne dérange pas tes parents. Donne-moi juste mes vêtements.

L'enfant regarda Baha, fit une moue, se leva. Baha eut peur de le voir filer vers la cuisine, mais ce ne fut pas le cas. Il disparut à côté et revint avec ses habits. Le malade se releva et se vêtit silencieusement. Le gosse était maintenant debout, planté devant lui. Quand Baha mit ses chaussures, le plancher grinça bruyamment et la conversation venant de la pièce voisine s'interrompit. Un long frisson le parcourut et son sauveur apparut dans l'encadrement de la porte. Appuyé contre le chambranle, il lui souriait.

— Tu récupères, on dirait ?

Baha tenta de se persuader qu'il se trompait et devenait parano. Il n'y arriva pas, mais essaya de faire bonne figure.

— Oui, je me sens mieux. Je ne sais pas comment te remercier. Sans toi, je serais mort gelé.

— Ne me remercie pas. Je n'ai fait que ce que tout le monde aurait fait à ma place…

— Tu te demandes ce que je faisais là-bas ?

Son interlocuteur ne s'attendait pas à ce qu'il soit aussi direct.

— … Oui, évidemment.

— Je suis recherché par le KNB, ils ont voulu me tuer.

Une telle franchise surprit son hôte et Baha eut le sentiment de voir l'homme réfléchir. Il entra dans la pièce, donna l'ordre au gosse de sortir et ferma la porte derrière lui. Baha envisageait un coup fourré. La tension devint palpable, il visualisa un couteau de chasse posé sur la cheminée. Les regards des deux protagonistes se croisèrent. Son adversaire avait compris.

— Je t'ai dénoncé aux flics. Ils seront là d'ici peu.

Baha fut pris au dépourvu par cette sincérité. Le Tadjik ajouta :

— Il faut que tu files d'ici avant qu'ils arrivent.

Baha imagina qu'il s'agissait d'une simple diversion pour se rapprocher du couteau.

— …

Yeux dans les yeux, Baha fit glisser un pied en direction de la cheminée. Il s'attendait à voir son sauveur se précipiter sur le poignard. Celui-ci n'en fit rien et esquissa un sourire.

— Prends-le, tu en auras besoin et n'oublie pas ça, c'était dans une de tes poches, lui dit l'homme en posant sur la table la clé USB dérobée chez la consule. Il ajouta :

— Ton argent était trempé, on a fait sécher les billets, ils sont encore utilisables.

11

Paris.

Pour leur enquête, il fallait un bureau que pourraient occuper le diplomate et le flic. Les deux fonctionnaires ne furent pas ravis d'apprendre qu'ils seraient installés dans les locaux de la Direction de la coopération internationale à Nanterre. Leurs chefs justifiaient ce choix par le fait que cette direction avait pour habitude de travailler en étroite collaboration avec le ministère des Affaires étrangères et qu'il s'agissait tout de même d'un service du ministère de l'Intérieur. L'adresse inciterait les témoins les plus récalcitrants à répondre positivement à leur invitation.

Patrick Girard ne s'y sentait pas à son aise. Il n'y trouvait pas ses marques. La DCI, pour lui, ce n'était déjà plus la police. Lui qui se plaignait du côté aseptisé des locaux de la rue du Bastion se rendait compte qu'on pouvait faire pire. Les collègues qu'il croisait dans les couloirs ne ressemblaient pas à des flics. Ils pouvaient peut-être animer des conférences, mais la police était un domaine qu'ils ne connaissaient que par l'intermédiaire de statistiques et de rapports imprimés sur papier glacé. Il avait déjà eu affaire à eux par le passé et chaque fois que quelqu'un de la DCI se targuait de faire de « l'opérationnel », il avait envie d'éclater de rire.

Ils se retrouvèrent le surlendemain de leur première rencontre. Chacun avait sous le bras plusieurs dossiers. Ils déposèrent leurs affaires sur une table ovale, endroit idéal pour converser et étudier leurs documents.

Avant de se mettre au travail, Girard sortit d'un carton une machine Nespresso.

— J'ai ramené ça de chez moi, au moins on pourra se faire du bon café. Tu en veux un ?

— Avec plaisir, répondit le diplomate, bien décidé à s'accommoder de son collègue de travail.

Pendant que l'eau chauffait, le policier récupéra dans l'un de ses dossiers une photographie 21 x 27 de la victime. Gwenola Fontaine. C'était une femme de quarante ans, cheveux châtain clair, yeux bleus, visage émacié, joues creuses, une fille énergique, qui appartenait à un monde dans lequel on se déplace plus en jet et en limousine qu'à pied, et dans lequel on a l'habitude que les gens se plient à vos moindres exigences.

— C'était une très belle femme, remarqua Delaroque avant d'ajouter, elle avait beaucoup de classe.

Une casse-couilles, pensa Patrick Girard. Il ne le dit pas.

— À quarante ans, elle était déjà ambassadrice ?

— Consule générale, c'est différent.

Le flic repoussa ses lunettes sur le sommet de son crâne.

— Je me suis laissé dire qu'il fallait surtout être pistonné pour avoir une ambassade ou un consulat. C'est vrai ?

Le diplomate dodelina de la tête et leva les bras comme s'il agitait des marionnettes. Girard l'avait piqué à vif.

— Les ambassadeurs sont nommés par le président de la République. Habituellement, ils sont choisis parmi les fonctionnaires de chez nous. Mais il est exact qu'ils peuvent aussi être membres de la société civile ou d'autres ministères. Avant que vous me posiez… que tu me poses la question, ou que tu te renseignes, si ce n'est pas déjà fait, sache que ce n'est pas mon cas. Je suis un authentique fonctionnaire. Et, si tu veux savoir, je n'ai pas fait l'ENA. Je suis entré au ministère en passant le concours de secrétaire.

— Je connais un peu. Mon fils veut le passer.

Le regard du diplomate s'éclaira.

— Ben voilà, bientôt tu auras toutes les informations que tu veux grâce à ton fils. Il t'expliquera comment ça marche.

— Laisse-le déjà réussir.

Patrick Girard pointa à nouveau la photo de la victime.

— Alors, qui était-elle ? De sa jeunesse, je retiens une fille un peu effacée, mais plutôt sympa.

— Je connais un peu son père. Là encore, avant que tu t'imagines des choses, je te précise tout de suite que ce n'est pas un ami. Le fait que Gwenola Fontaine maîtrise le russe la désignait tout naturellement pour obtenir un poste en Russie ou dans l'une des anciennes républiques soviétiques. En son temps, l'éclatement du bloc de l'Est a offert aux diplomates russophones des opportunités de carrière qu'ils ne pouvaient espérer jusque-là. En devenant libre et autonome, chacun de ces nouveaux pays a accueilli dans sa capitale des représentations diplomatiques, et avec elles le personnel nécessaire à la bonne administration des chancelleries. Ce fut une chance historique pour les fonctionnaires du Quai d'Orsay.

Le diplomate était lancé. Patrick tira une chaise, attrapa un stylo, son carnet et s'assit pour prendre des notes. Cela fit sourire le diplomate, qui fit glisser sur la table quelques documents.

— Je n'ai pas voulu être en reste. Moi aussi j'ai glané des informations concernant Fontaine avant qu'elle n'arrive à Schimansky.

Le diplomate s'assit en face de Patrick et continua en consultant des notes :

— Après une première affectation à l'étranger comme troisième secrétaire, Gwenola se retrouva propulsée consule générale à Schimansky, l'ancienne capitale du Beyazstan, que l'on prononce « beyazistan ». Il s'agit d'une grande république d'Europe orientale, à la lisière du Caucase, dans une région en pleine expansion économique. Cette belle promotion, elle la devait surtout à son ancien ambassadeur et, une fois de plus, sans qu'elle le sache vraiment, aux connaissances d'un père qui avait décidé de gérer de loin la carrière de sa fille.

Delaroque précisa :

— Philippe Fontaine admirait sa fille, qu'il savait brillante, le problème c'est qu'il a toujours eu une sainte horreur du hasard, et son âge l'a rendu impatient. Il voulait qu'elle soit ambassadrice de son vivant. Il est dévasté.

Bruno Delaroque décida d'évoquer le caractère du paternel :

— C'est un orphelin, dont les parents ont péri lors de l'invasion allemande de juin 40, il a été recueilli par des bonnes sœurs et élevé dans une pension religieuse de Chalon-sur-Saône. Son enfance a été pétrie par un système éducatif basé sur le respect de règles strictes où les devoirs et la rigueur laissaient peu de place aux plaisirs.

Devant l'étonnement marqué par le regard du policier, le diplomate fit une pause.

— Je t'ai dit que je le connaissais un peu. Ce n'est pas un ami, mais son parcours est intéressant et il aime l'évoquer en public. Tout n'est peut-être pas réel, mais ça ne doit pas être bien loin de la vérité : si l'affection que nourrissait pour lui une des sœurs n'a pas atténué les difficultés, cela lui a permis d'être appuyé par la mère supérieure pour qu'il puisse étudier, passer le bac mathématique avec mention très bien et intégrer une classe préparatoire, puis une école d'ingénieurs en bénéficiant de bourses de l'évêché du début à la fin. Un cas rarissime que rappellent, paraît-il, les autorités religieuses pour motiver les jeunes enfants issus de milieux défavorisés dont elles ont la charge.

La jeunesse de Philippe Fontaine s'est terminée en pleine guerre d'Algérie. Un événement qui a contribué à forger le caractère du père de Gwenola et à faire de lui un personnage intransigeant, volontaire et peu enclin à accepter chez les autres, et en premier lieu chez ses enfants, des signes de relâchement, de médiocrité ou de paresse. Philippe siège au conseil d'administration d'une grande compagnie nationale, un homme puissant et respecté. Grand admirateur du général de Gaulle, mais avant tout fervent religieux, il a été tenté par une carrière ecclésiastique avant de se raviser par amour d'une Bretonne rencontrée au hasard d'un camp de jeunesse durant des vacances d'été dans le Finistère. Cette rencontre a dû être la seule entorse à une vie jusque-là partagée entre les études et l'amour de Dieu. L'appel de Léontine Lequerbech s'est révélé plus fort que celui du créateur.

Patrick décocha un sourire en pensant que le diplomate n'était peut-être pas aussi coincé qu'il en donnait le sentiment et qu'il pouvait faire de l'humour. Il le laissa continuer :

— Trois enfants sont issus de cette union, trois filles auxquelles le père a tenté d'inculquer sa philosophie d'une vie faite de devoirs et de volonté. Une rigueur bien difficile à faire partager à des gosses dont la plupart des camarades étaient issus de parents ayant vécu les turbulences étudiantes et les espoirs de 68, l'après-Woodstock, les mouvements hippies, une vie facile et peu portée sur l'effort. Les deux premières filles ont pris la fuite en se mariant.

— De beaux mariages, évidemment, coupa Patrick Girard.

Delaroque leva les yeux au ciel.

— Oui, si tu veux. Gwenola était différente. Pour se libérer du joug paternel, elle voyait mieux que le mariage. Elle a d'abord milité à gauche, en se démarquant d'autres jeunes de l'internat Sainte-Thérèse-de-l'Enfant-Jésus à Versailles. À treize ans, elle distribuait en secret des tracts pour François Mitterrand. Fascinée par les pays de l'Est, elle a voulu apprendre le russe, son père ne s'y est pas opposé, bien au contraire. Ayant compris que l'Union soviétique allait prendre de plus en plus de place dans le monde économique, il avait perçu dans l'étude de cette langue un moyen pour sa fille de se singulariser lorsque viendrait le moment de rechercher un emploi.

Gwenola était une enfant brillante, plutôt douée, quoiqu'un peu rêveuse. Après une licence, suivie d'une maîtrise d'histoire, elle n'avait pas grand choix. Seule l'Éducation nationale pouvait lui offrir quelques débouchés. Un cauchemar pour le père. En plus elle débuta dans un lycee de la pire banlieue parisienne. La Seine-Saint-Denis.

— Le 9-3, murmura Patrick.

Bien que cette histoire traînât en longueur, le flic n'avait pas envie d'interrompre le diplomate. Gwenola lui semblait plus sympathique que ce qu'il avait pensé.

— En travaillant là-bas, elle était persuadée de réussir sur un terrain où d'autres avaient échoué par manque d'ambition. Côté cœur, selon son père, Gwenola était d'une timidité maladive. Les garçons ne l'intéressaient pas.

Patrick intervint à nouveau :

— J'ai vu dans le dossier de mes collègues des photos de Gwenola jeune, c'est vrai qu'elle paraît coincée. Question vestimentaire, elle ressemblait plus à une bigote de province qu'à une ado révolutionnaire.

L'ambassadeur fit claquer ses lèvres et prit un air désolé.

— L'éducation paternelle interdisait toute sortie tardive et encore plus de recevoir à la maison, ça n'arrangeait pas les choses. C'est à l'université qu'elle a fait ses premières rencontres, sans trouver l'âme sœur. Sa seule véritable liaison a été avec Delcroix, celui qui est devenu son mari.

— Qu'est-ce qu'on sait sur lui ?

— Pas grand-chose, un passé plus débridé que celui de Gwenola, belles études, école de commerce, puis de l'événementiel. Des relations dans le milieu artistique. Il a laissé une place chez Saint-Gobain pour suivre sa femme.

— Le couple ?

Delaroque haussa les épaules.

— Je ne sais rien de précis. Philippe Fontaine a toujours dit du bien de son gendre. Selon ses dires, Hugo était pour beaucoup dans l'évolution positive de sa fille.

— Je pense qu'on devrait commencer par le début. Après tout, elle n'est pas restée des siècles dans votre ministère. Comment ça s'est passé quand elle était à Tbilissi ?

Delaroque eut un sourire satisfait, celui de quelqu'un qui sait. Il abandonna la chaise sur laquelle il était assis et se dirigea vers la table où il avait posé ses dossiers. Il récupéra une chemise épaisse ceinte d'un ruban de tissu blanc et regarda le policier.

— Je vais pouvoir te répondre. Tout est là-dedans. Dès que nous avons appris la mort de Gwenola Fontaine, mes collègues de l'inspection sont allés à Tbilissi pour se renseigner sur elle. Le ministre voulait tout savoir.

— Ils n'ont pas fait la même chose à Schimansky ?

— Non, on craignait que cela interfère avec l'enquête judiciaire.

12

Gwenola.

Leur première expatriation fut facile, ils étaient portés par l'enthousiasme de la découverte d'une nouvelle vie. Tbilissi était une affectation idéale pour les familles, d'ailleurs la plupart des fonctionnaires de l'ambassade étaient en couple. Delcroix n'eut aucun mal à s'acclimater et à se faire des amis. Il pouvait à loisir s'occuper de Lucas et Arthur. Gwenola, quant à elle, fut bien accueillie par ses collègues. Elle s'entendit immédiatement avec l'ambassadeur, ravi de voir arriver une nouvelle recrue russophone. Il lui confia la charge de procéder à une revue de presse quotidienne et d'établir des contacts avec les médias. C'était un travail de débutante. Gwenola ne s'en offusqua pas. Si elle souhaitait évoluer vite, elle savait aussi qu'il fallait faire ses preuves. Elle se fit rapidement quelques amis parmi ses collègues de la coopération culturelle. L'un d'entre eux, Erick Schindler, sortait du lot. C'était un jeune homme plein d'ambition, excellent russophone également, il était marié à une locale et le couple avait une petite fille du même âge qu'Arthur. Gwenola sympathisa instantanément avec Érick. Celui-ci connaissait très bien la ville, il avait de bons contacts dans tous les milieux. Cela lui ouvrait des portes et donnait accès aux politiciens et syndicalistes, un monde habituellement hermétique aux étrangers. L'aisance d'Erick, observateur avisé de la vie locale, faisait de lui la star des réunions de service et l'un des protégés de l'ambassadeur. Le diplomate, en fin de carrière, s'était pris de sympathie pour le jeune homme en qui il avait toute confiance. Gwenola comprit l'intérêt qu'elle pourrait en tirer.

L'ancienne prof était métamorphosée. Ses collègues de l'Éducation nationale ne l'auraient pas reconnue, elle qui se promenait éternellement en jeans avec de vieux pulls en laine avait troqué sans regret sa panoplie bobo pour robes et tailleurs. Si, à Paris, elle s'était contentée de marques bon marché, aujourd'hui, avec sa nouvelle aisance financière, elle donnait dans le chic. Du côté d'Hugo, la démarche était inverse. Comme il n'avait plus à se fondre dans le dress code d'une entreprise, il opta pour un look geek décontracté. Un laisser-aller qui énervait Gwenola.

Les réunions de service, un des grands moments de la vie diplomatique, avaient lieu chaque semaine, le mercredi à 9 h 30. L'ambassadeur réunissait autour de lui l'ensemble de ses collaborateurs, les chefs de service et sa secrétaire pour faire le point sur les activités passées et préparer l'avenir. C'était une sorte de conseil des ministres. Gwenola, dernière arrivée, avec son allure de stagiaire, était « la petite jeune ». Cette impression était accentuée par sa minceur, qui lui donnait un aspect exagérément frêle. Troisième à prendre la parole, après l'ambassadeur et le premier conseiller, elle résumait les événements marquants relatés par la presse et en profitait pour se lancer dans une analyse politique de la vie du pays. Son chef l'écoutait avec bienveillance, l'interrompant de temps à autre pour tempérer des remarques, qu'il jugeait parfois un peu trop acerbes à l'égard des autorités locales. Les autres participants, les différents attachés et représentants des ministères parlaient ensuite.

Le pays bougeait ; même si la révolution des Roses était du passé, les turbulences ne manquaient pas. Gwenola prenait grand plaisir à en être témoin. Elle aimait ses contacts avec les médias, ils lui permettaient de confronter ses observations avec celles des journalistes. Elle n'avait pas directement accès aux acteurs politiques, un domaine réservé à l'ambassadeur et à son premier conseiller, mais le fait d'être une femme, française et de surcroît jolie, lui conférait un attrait réel auprès des membres de la presse et des blogueurs. C'est ainsi qu'elle fit la connaissance de Vassily, un journaliste de vingt-cinq ans, au physique particulièrement avantageux. Comme beaucoup de jeunes d'origine russe, il était blond, grand, mince. Ils se voyaient régulièrement dans des bars de la ville pour discuter et elle aimait cette proximité. Elle n'avait jamais eu l'impression de plaire à quelqu'un, c'était nouveau. Sa relation avec Delcroix avait été rapide et soudaine, il n'y avait pas eu de jeu de séduction. Elle l'avait choisi. Avec Vassily, c'était différent. Chaque fois qu'elle le rencontrait, elle était prise d'une fébrilité et d'un émoi qui lui étaient inconnus et elle ne résista pas longtemps au charme slave.

L'activité de Gwenola et ses responsabilités évoluèrent rapidement. L'ambassadeur estima que sa nouvelle collaboratrice s'en sortait bien. Il louait ses services et prit la décision de la laisser s'impliquer davantage dans les relations avec le monde politique. Dorénavant, elle rencontrerait des personnalités locales et couvrirait des événements d'actualité. La jeune femme était une excellente rédactrice, son russe lui permettait d'avoir des liens directs avec les acteurs de la vie publique et elle avait un bon sens de la communication, des qualités qui bénéficieraient à tout le monde. Elle était sur un nuage et ses responsabilités lui conféraient davantage d'autorité en réunion de service. Elle devint plus éloquente. Elle qui s'était longtemps sentie transparente aux yeux de tous jouissait de son nouveau pouvoir. Sa relation sentimentale avec Vassily et l'évolution de son activité professionnelle firent d'elle une autre femme.

Ces changements n'échappèrent pas à Erick Schindler. Il avait vu arriver une novice que tout le monde considérait comme une gamine, et maintenant, il avait en face de lui une « politologue avisée », spécialiste des différents courants et des réseaux qui comptaient dans le pays. Lui qui avait longtemps tenu la vedette se sentait relégué en seconde division, c'était d'autant plus vrai qu'avec son statut de personnel recruté localement, il n'avait pas grand-place dans l'organigramme de l'ambassade et était parfaitement inconnu en France. Jusque-là, ses compétences avaient fait oublier son rang ; avec Gwenola, il n'était plus qu'un subalterne de l'ombre. Son ego en prit un coup. Heureusement qu'il quittait prochainement Tbilissi... Grâce au soutien actif de l'ambassadeur, un poste de contractuel avec à la clé un salaire d'expatrié l'attendait à Schimansky, au Beyazstan. Il serait directeur de l'Alliance française et responsable de la coopération culturelle. Une embellie qui lui assurait d'excellents revenus pour les quatre années à venir.

Erick parti, Gwenola devint l'unique « chouchoute » de l'ambassadeur. Vu la qualité de son travail, ce n'était pas démérité. Elle apprenait vite. Certains collègues jaloux l'avaient même surnommée la « Rastignac du Quai » ; un rien exagéré, mais pas tant que ça. Lorsque Gwenola eut l'occasion de revenir à Paris en congé, elle séjourna chez ses parents. Son attitude avait évolué.

— Quand seras-tu ambassadeur ? s'inquiéta le paternel qui connaissait mal les méandres administratifs.

— Ce sera long et difficile, je ne suis pas issue du sérail, je n'ai pas fait l'ENA.

Son père s'emporta :

— L'ENA, l'ENA, cette fabrique de nuls qui ne savent rien de la vraie vie. La plupart sont des crétins prétentieux. Si tu es capable, cela doit être reconnu, ne t'inquiète pas.

Elle ne posa pas de questions, mais elle comprit ce que voulait dire son père. Philippe connaissait beaucoup de monde, et un petit coup de pouce dans une carrière ne pouvait pas faire de mal.

Philippe eut également l'occasion de parler avec Delcroix. Le jeune homme n'avait pas changé. Il le sentait toujours aussi déterminé, mais son influence n'était plus la même. Il s'en étonna :

— Hugo, vous avez tous l'air heureux. Gwenola semble s'épanouir, et vous ?

— Nous allons nous marier.

Dès le début de la relation de Gwenola avec Vassily, son compagnon avait pris conscience d'un changement de comportement chez elle. Quelque chose l'intriguait. Il se garda bien de la questionner. Le simple fait qu'elle ne lui parle plus du jeune journaliste, alors qu'elle le rencontrait régulièrement, le conforta dans ses soupçons. L'éventualité que Gwenola puisse avoir une aventure ne l'inquiétait pas outre mesure. Il pouvait comprendre son écart, mais pas au point de laisser faire, il fallait la ramener à la réalité. Il venait de trouver une solution : le mariage. Philippe s'étonna de la nouvelle.

— Gwenola ne m'a rien dit, quand avez-vous pris la décision ?

— Je vais lui en parler, mais je voulais vous demander officiellement sa main.

Philippe faillit éclater de rire. Si on lui avait dit que son gendre aurait besoin de son avis… Il apprécia.

— Avec votre accord, je souhaiterais que ça se passe à Tbilissi. Ce sera bien de le faire avec les gens de l'ambassade.

— Heu, bien sûr, nous viendrons.

— Très bien, alors, dit-il en quittant Philippe pour rejoindre sa future épouse qui jouait avec les enfants dans le jardin.

Si Gwenola fut surprise par cette demande soudaine, elle ne le montra pas et n'eut aucune hésitation. Ce fut oui.

Être unis par l'ambassadeur fut une des raisons qui poussèrent le couple à choisir de se marier à Tbilissi. Plusieurs collègues de Gwenola grincèrent des dents. Décidément, Fontaine ne reculait devant rien pour s'attirer les grâces du chef. Le « sympathique petit couple » finissait par énerver.

Pour en rajouter, Philippe fit le déplacement avec Léontine et se lia d'amitié avec l'ambassadeur. Ils passèrent beaucoup de temps à discuter ensemble dans le parc de la résidence. Ils avaient de nombreuses relations en commun. Dès le lendemain, ils jouaient au golf dans un des clubs les plus sélects de la capitale.

*

* *

Au bout de quelques mois, Delcroix voulut trouver une activité. Il connaissait le centre culturel français, idéalement placé au cœur de la ville et jugeait qu'un tel potentiel ronronnait. Il pourrait participer à sa promotion. Il pensa au cinéma en imaginant l'organisation de projections de films suivies de débats avec des jeunes Géorgiens. Il serait peut-être même possible d'inviter des acteurs ou des cinéastes français à venir présenter leurs œuvres et discuter avec le public. Il en parla au directeur du centre, un ami d'Erick. On lui fit un bon accueil. Pas de raison de se priver d'un soutien extérieur, d'autant plus qu'il était bénévole et désintéressé. Fort de cette bénédiction, Hugo s'attela à la tâche.

Ses présentations de films français ravirent l'ambassadeur et participèrent à mettre le couple sur le devant de la scène, d'autant que Gwenola utilisait les réseaux sociaux pour promouvoir les initiatives de son mari et de l'ambassade. Omniprésente sur Twitter et Facebook, elle assurait à merveille le « faire savoir ». Ils devenaient indispensables. On les voyait partout. Si le directeur avait apprécié qu'Hugo entreprenne de nouvelles activités, il fut rapidement dépassé, voire évincé. Delcroix bénéficiait du soutien de l'ambassadeur et le centre culturel devint le service gestionnaire et organisateur des événements imaginés par Hugo.

*
* *

Après un peu plus de deux ans dans le pays, Gwenola Fontaine qui, malgré son mariage, avait décidé de garder son nom de jeune fille, devait penser au futur et préparer son affectation suivante. L'ambassadeur avait pour ami le directeur du département des ressources humaines du ministère, c'était un camarade de promotion, un atout majeur pour obtenir une belle affectation à sa petite protégée.

Un soir, après avoir devisé sur le comportement des partis d'opposition dans le pays, il attaqua :

— Gwenola, avez-vous pensé à votre avenir ?

Sans laisser le temps à la jeune diplomate d'esquisser la moindre réponse, il continua :

— Je sais qu'un poste de consul général va être ouvert au Beyazstan, à Schimansky. C'est une création. Peu de gens sont encore informés. Je peux vous l'obtenir.

Il prenait Gwenola de court. Elle ne s'attendait pas à une telle offre. C'était une belle opportunité. Elle balbutia :

— C'est une superbe affectation, je ne sais quoi vous répondre, ni comment vous remercier de l'honneur que vous me faites en pensant à moi.

— Je m'occupe des détails, ne vous inquiétez pas.

Le premier signe positif arriva au bout d'un mois, lorsque l'ambassadeur lui dit : « Pour votre avenir, c'est en route. Prenez un congé et allez au ministère. Je vous ai obtenu un rendez-vous avec Jean Dassonville, le DRH. Il vous attend mardi prochain à neuf heures dans son bureau. »

Le ministère des Affaires étrangères est un endroit « feutré ». Gwenola eut l'impression de s'enfoncer dans l'épaisse moquette qui recouvrait le couloir desservant la direction des ressources humaines. Elle fut accueillie par un huissier qui la fit patienter quelques minutes avant d'être reçue par l'ambassadeur Dassonville. Celui-ci était assis derrière un bureau Empire. Le seul dossier posé sur sa table était le dossier administratif de Gwenola. Les cheveux gris, presque blancs, en chemise blanche avec un nœud papillon rouge, comme ses larges bretelles qui lui donnaient un côté légèrement excentrique, l'ambassadeur âgé d'une bonne soixantaine d'années était assez bel homme. Il se leva pour tendre la main à Gwenola. Il avait une poignée de main franche et chaleureuse.

— Bonjour jeune fille, asseyez-vous. Mon collègue à Tbilissi me dit grand bien de vous. J'espère qu'il ne se trompe pas.

Gwenola fut surprise par le ton paternaliste. Elle prit place dans le fauteuil que lui désignait le directeur et celui-ci fit le tour de son bureau pour s'installer près d'elle.

— Voilà, je cherche un ou une candidate pour le poste de consul général à Schimansky, vous parlez parfaitement russe, vous êtes bonne rédactrice, j'ai lu plusieurs de vos notes. Mon collègue, votre ambassadeur, m'a dit que vous étiez une diplomate en qui on pouvait avoir confiance, j'envisage de proposer votre nom au ministre. Ce n'est pas un lieu facile. Il y a tout à faire, l'équipe actuelle est en pleine déliquescence, j'attends de vous que vous soyez une meneuse d'hommes, que vous preniez cette tâche à bras-le-corps,

que vous mettiez les gens au travail. Vous n'êtes pas sans savoir que le président de la République considère que le Beyazstan est notre partenaire stratégique au sud du Caucase. Ce pays est tenu par un de ces « dictateurs éclairés » qui sont régulièrement réélus avec plus de quatre-vingt-dix pour cent des suffrages. Il nous faudra donc une observatrice compétente. Vous travaillerez sous les ordres de l'ambassadeur, mais celui-ci est partiellement « prisonnier » dans son ambassade au milieu de la nouvelle capitale, une ville en cours de construction, sans âme et sans habitants. Il est à l'écart de beaucoup de choses, mais nous sommes contraints d'être présents là-bas. Vous serez dans la capitale économique, là où se trouve la majorité de la communauté française. Là où sont nos entreprises. C'est donc un poste important. Il s'agit de ne pas me décevoir. J'espère que je peux compter sur vous, jeune fille.

Gwenola retint de ce long monologue le souhait de l'administration de voir quelqu'un de compétent prendre la place, alors qu'il ne s'agissait ni plus ni moins que d'une habile façon de flatter son ego et de lui faire croire, après quelques compliments, qu'elle était la femme de la situation. Une manière habituelle qu'ont les chefs de service de s'assurer de la reconnaissance et de la fidélité de leurs troupes, en laissant penser à l'heureux élu qu'il est le seul capable de remplacer l'incompétent qu'il y avait avant lui.

La rencontre était terminée. Elle n'avait duré que quelques minutes, Gwenola n'avait pas dit un mot. Ce n'était pas important, l'avenir lui souriait.

En sortant de l'entretien, sûre de ses compétences et de sa valeur, elle était rassérénée, gonflée à bloc. Elle retrouva Hugo chez ses parents pour lui résumer ce qui venait de se passer. Elle fut fière de pouvoir parler de tout cela à son père et de lui dire combien ses qualités avaient été remarquées.

Dès qu'ils furent partis, Philippe s'enferma dans son bureau et décrocha son téléphone. La voix de Dassonville résonna dans l'écouteur :

— Allô, Jean, c'est Philippe, comment vas-tu ? Dis-moi, je t'appelle pour te remercier, merci pour ce que tu fais pour Gwenola. Très chic de ta part.

— Écoute, Philippe, je pense que j'ai fait au mieux, je te devais bien cela. Tu verras, ils seront très bien, là-bas. C'est un peu froid, mais ils s'y feront. Ravi de t'avoir rendu service. On dîne ensemble comme prévu samedi ?

— Mais bien sûr, Jean. Encore merci, à bientôt. Embrasse ton épouse de ma part.

Philippe raccrocha le combiné, satisfait.

13

Montagnes du Beyazstan.

Les nuages recouvraient le ciel et enveloppaient le sommet des montagnes. Le vent était tombé et la température devenait plus clémente. Un temps annonciateur de neige. Un rapace glissa dans les airs, survola la forêt de sapins et se posa sur un fil à haute tension reliant l'usine d'électricité à la ville de Schimansky. L'oiseau se focalisa sur le phénomène qu'il venait de surprendre. Une sorte de monticule en mouvement. Un étrange animal, caché sous la neige, progressait lentement. Un bruissement signala un événement semblable une vingtaine de mètres plus loin. Puis un autre, et encore un autre. Il en dénombra au moins quatre. Prudent, le volatile se garda d'approcher ces choses et se contenta de les estimer. C'était bien trop gros pour qu'il puisse envisager de s'y attaquer. Ce qui le surprit surtout fut cette branche de couleur noire qui apparut.

La neige commença à tomber au moment où le moteur d'un véhicule tout-terrain rompit le silence. L'oiseau décida de s'envoler et d'oublier un phénomène qui ne le concernait pas.

Un puissant 4×4 s'immobilisa au bord de la route et trois miliciens, en manteau gris et chapka, en descendirent pour emprunter le chemin qui conduisait jusqu'à un chalet en rondins de bois. Leurs pieds s'enfonçaient profondément dans la poudreuse. Même avec un véhicule comme le leur, le passage était impraticable en voiture. Les lumières dans l'habitation et la fumée sortant de la cheminée indiquaient une présence. Ils ne mirent pas longtemps à se retrouver devant la porte principale. Avant qu'ils ne se signalent, elle s'ouvrit sur un solide gaillard. Derrière lui, les miliciens aperçurent femmes et enfants.

— C'est toi qui nous as appelés ?

— *Da, da !* Mais vous arrivez trop tard, qu'est-ce que vous avez foutu ? s'énerva l'homme en libérant le passage pour les laisser entrer dans la pièce de vie.

Le feu de bois crépitait. Il faisait chaud et il flottait une odeur rance de fumée et de graisse.

Le colonel qui menait l'opération était un Asiatique au corps trapu, à la bouille ronde et aux yeux noirs. Il avait la peau grêlée et sa joue droite était marquée par une longue balafre. Il fit un inventaire des lieux. Une table était renversée, il y avait du verre cassé, de la soupe répandue sur le sol.

— Il a voulu partir, j'ai essayé de le retenir, on s'est battu. Il a réussi à dérober un couteau et à attraper mon fils. Il a menacé de l'égorger. J'ai été obligé de faire ce qu'il me demandait. Il a volé mon fusil et il s'est enfui avec ma motoneige. Ce salopard a filé ! Je vous en supplie, retrouvez-le !

Le ton du propriétaire des lieux était nerveux, saccadé.

— Tu ne nous as pas appelés ?

— Il a pris mon téléphone.

L'officier lança un ordre à ses hommes. L'un d'eux sortit inspecter les abords de la maison et le second se concentra sur l'intérieur. Autour d'eux, les deux femmes et les gosses ne cachaient pas leur inquiétude.

— C'est lui qui a été menacé ? demanda le gradé en jetant un coup de menton vers l'enfant que leur hôte avait désigné du regard.

— Oui, officier.

— Comment il s'appelle ?

— Rouslan. Il a eu très peur, il voulait le tuer, balbutia le père.

Le policier fit une grimace qu'il pensait être un sourire et s'adressa au jeune. C'était un gamin d'une douzaine d'années. Il était pieds nus, vêtu d'un pantalon de toile épaisse et d'une chemise en laine.

— Approche, Rouslan !

Les yeux du gosse balayèrent toute la famille et s'attardèrent sur la femme qui devait être sa mère. Elle était terrorisée. La tension devint palpable, encombrante. Le flic faisait comme s'il ne s'en rendait pas compte. Il se balança d'un pied sur l'autre, chercha un fauteuil du regard, n'en trouva pas et décida de s'asseoir sur une chaise en bois.

— Allons Rouslan, approche, je te dis ! Je ne vais pas te manger. Je veux seulement que tu me dises ce qui s'est passé. Je te promets que je vais retrouver celui qui t'a menacé.

Le gamin s'avança timidement et l'officier en profita pour s'adresser à nouveau au père.

— Tu n'as pas de la vodka ?

— Si, si colonel. Évidemment, pardonnez-moi, avec tous ces événements, j'en oublie le sens de l'hospitalité.

L'homme regarda sa femme :

— Va chercher la bouteille et un verre.

— Un seul, tu ne trinques pas avec moi ?

— … C'est-à-dire que… Je suis malade, le médecin m'a interdit l'alcool.

— Tu n'as pas de chance. J'espère que ce n'est pas trop grave ?

— Le ventre…

Des gouttes de sueur s'étaient formées sur le front du père.

— C'est vrai que tu n'as pas l'air bien.

Le policier, s'intéressa à nouveau à l'enfant :

— Alors, garçon. Raconte-moi tout.

Les yeux débordants de peur, le gosse s'appliqua à relater son histoire. Il leva le menton pour faire voir sa gorge et indiqua que l'inconnu s'était servi de lui en le menaçant avec le couteau de chasse.

— Tu as de la chance qu'il ne t'ait pas blessé, remarqua le militaire, en lui caressant l'épaule. C'est bien, tu as été très courageux. Un vrai petit héros.

— Il veut rentrer dans la police, lança le père.

Le visage de l'officier s'éclaira et il attrapa la bouteille de vodka poussiéreuse et le verre que la femme venait de déposer sur un plateau. Il se servit une belle rasade qu'il avala d'un trait.

— J'espère que vous allez retrouver ma motoneige, j'en ai besoin.

— Nous ferons tout notre possible. C'est tout à fait regrettable que cet homme ait réussi à prendre la fuite.

— J'ai entendu les informations à la radio. Je suppose qu'il s'agit d'un des fous de Dieu que vous avez pourchassés. Peut-être même l'assassin de la diplomate ? Si j'avais su, je l'aurais assommé, ou je l'aurais tué, s'enhardit le chef de famille.

Le soldat qui était à l'extérieur réapparut en brandissant un portable. L'appareil vibrait.

— C'est le mien ! explosa l'homme. Quelle chance, vous l'avez retrouvé !

Tout sonnait faux dans ce bel enthousiasme. Le colonel plongea la main dans une de ses poches et sortit son téléphone.

— C'est moi qui le faisais sonner.

Il y eut un long silence et le policier continua. Il avait la tête d'un gamin ravi d'avoir fait une bonne blague.

— J'espère pour toi qu'il sera aussi facile de trouver ta motoneige et le fuyard qui te l'a volé.

Le colonel se redressa, fit un signe amical au gosse, appela ses collègues et salua respectueusement les femmes.

— J'ai l'impression que vous vous apprêtiez à dîner. Nous n'allons pas abuser plus longtemps.

Le chef de famille les raccompagna jusqu'à la porte et s'inquiéta :

— Vous ne pensez pas que… ?

— Que quoi ? Que tu as aidé le fuyard à s'échapper ? Mais non, comment pourrais-je penser cela ? Je vois bien que tu es un très bon citoyen et que tu aimes ton pays. Prends soin des tiens, mon ami.

Les trois policiers quittèrent la maison pour rebrousser chemin. Les flocons de neige virevoltaient autour d'eux et les traces de leur arrivée avaient déjà partiellement disparu. Une fois dans le 4×4, le colonel prit sa radio pour donner un ordre bref.

Le mouvement des monticules de poudreuse qu'avait repérés le rapace fut imperceptible. Ce n'est que lorsque le chef de famille décida d'aller chercher du bois que l'enfer se déchaîna. Il avait plusieurs bûches dans les bras et s'apprêtait à regagner sa maison quand un bruit sourd résonna et qu'un léger voile de fumée se mélangea au vent glacé. La tête de l'homme éclata à l'impact de la balle. Les rondins tombèrent dans la neige. L'un des enfants apparut. Tétanisé, il n'eut pas le temps de comprendre ce qui arrivait à son père qu'il était, lui aussi, frappé par la mort. La porte resta grande ouverte et une autre silhouette s'écroula. Ce fut ensuite plusieurs rafales d'armes automatiques qui s'abattirent sur le chalet. Chaque impact laissait un orifice béant et arrachait une partie du bois. Quand les tirs prirent fin, cinq fantômes blancs entouraient le domicile. Deux d'entre eux investirent la maison. Il y eut encore trois détonations avant qu'ils ne ressortent. Ceux à l'extérieur n'étaient pas restés inactifs. Une voix cria :

— J'ai trouvé un jerrican d'essence.

— Ça devrait le faire, répondit une autre.

Le liquide incendiaire fut répandu à l'intérieur et sur une partie de la terrasse. Il y eut ensuite un craquement d'allumette et le tout s'embrasa.

*

* *

Avec les indications données par son bienfaiteur, Baha réussit aisément à s'orienter au milieu du massif forestier et à rejoindre la ligne de crête. Aux commandes de la motoneige, il repensa à la famille qui l'avait sauvé. De braves gens, il ne pouvait pas leur en vouloir d'avoir appelé la milice. Toujours ces habitudes héritées des années de communisme… Baha se mit à sourire. Ce qui l'avait sauvé était que ces gens l'avaient pris pour un religieux. Les nouvelles dispensées par la radio ne les avaient pas convaincus de la version officielle qui parlait d'un groupe terroriste anéanti par la police et ils avaient pensé que les autorités couvraient encore un assassinat politique. Rien d'inhabituel.

Il ne savait pas s'il survivrait à cette aventure mais il comprenait que le citoyen n'était rien face à l'État beyaze.

Hors de la forêt, l'attention de Baha fut attirée par la fumée qui s'élevait de la vallée. Un incendie ! Il frissonna, le départ de feu coïncidait avec la maison de son sauveur. La neige ne tombait plus. Il profita de l'accalmie pour prendre le fusil à lunette dans les fontes accrochées à son engin et s'en servit comme d'une longue-vue. Son pressentiment se confirma lorsqu'il vit plusieurs hommes en tenue de camouflage rejoindre la route qui serpentait en amont du chalet. Pas d'autre signe de vie. Il attendit plusieurs minutes pour s'en assurer. Rien. Il s'attarda à nouveau sur les militaires et fut parcouru d'un frisson. À côté d'un 4×4, un officier en manteau gris scrutait l'horizon avec des jumelles. De surprise, Baha repoussa sa lunette. Son cœur tambourinait dans sa poitrine. D'un coup de gant, il frotta son œil directeur, la crosse bien calée au creux de l'épaule, il reprit sa visée. Il ne se trompait pas. Il était repéré. Le milicien abandonna les jumelles et il vit apparaître le visage balafré d'un Asiatique à la peau grêlée. Une tête de tueur. Baha aurait aimé pouvoir tirer, il était bien trop loin pour avoir la moindre chance de toucher sa cible. Il baissa son arme. Il était prévu qu'il laisse la motoneige avec les clés pour que son propriétaire puisse la récupérer. Il se dit que le pauvre n'en avait plus l'utilité et remit le moteur en route. La frontière était proche. Dans deux heures il aurait quitté le pays. Il doutait que cela suffise pour semer ses poursuivants.

14

Après quelques jours de travail, le commandant Patrick Girard et l'ambassadeur Bruno Delaroque s'apprivoisèrent mutuellement. Le flic remisa ses piques destinées à tester le diplomate et celui-ci trouva que le policier était un personnage moins bourru et plus cultivé qu'il ne le laissait paraître.

Commencer par les premiers pas de Gwenola Fontaine au Quai d'Orsay leur avait permis de cerner le caractère de la victime. Si Girard apprécia la jeunesse, les débuts à Tbilissi lui plaisaient beaucoup moins. Ils rendirent visite aux parents. La mère n'était plus que l'ombre d'elle-même, détruite. Elle ne parlait plus, elle murmurait tout au plus. Sa seule inquiétude était la bonne organisation de la messe et de l'enterrement de sa fille. Le père réagissait différemment. Lui aussi était effondré. Gwenola était l'œuvre de sa vie, celle qui portait ses espoirs, il ne pouvait concevoir qu'elle soit morte. Philippe Fontaine était un sacré personnage. Il reçut l'ambassadeur et le policier dans son bureau et ne leur cacha rien des ambitions qu'il nourrissait pour Gwenola et de tout ce qu'il avait fait pour l'aider à gravir les échelons de l'administration. Il tiqua lorsque Patrick Girard lui demanda :

— Monsieur Fontaine, est-ce que votre fille se sentait menacée ? Si j'ai bien compris, vous étiez très proches. Vous avait-elle parlé de disputes avec son entourage, ses collègues… son mari ?

Le vieil homme laissa son regard aller du flic au diplomate et fronça les sourcils.

— Pourquoi cette question ? Sa mort n'est pas due à un acte terroriste ? Je croyais que le meurtre était revendiqué ?

— Oui, bien sûr, ce qu'on vous a dit et ce que vous avez lu dans la presse est exact. Il n'en demeure pas moins qu'il existe des zones d'ombre. Votre fille avait, par exemple, fait débrancher la caméra qui protégeait son bureau. Elle recevait des visites qui ne passaient pas par le service de sécurité. Et puis, il semble qu'elle avait réussi à se créer de solides inimitiés.

La réponse de Philippe Fontaine claqua.

— C'était une ambitieuse, c'est vrai, mais c'était surtout une travailleuse et ça, parfois ça dérange.

— Elle vous a parlé de problèmes au sein de son consulat ?

— Si Gwenola a eu une jeunesse secrète, ça n'a pas été le cas de sa vie professionnelle. Elle me téléphonait fréquemment. Non pas pour demander un conseil, juste pour le plaisir de discuter avec moi. Je crois que j'étais au courant de presque tout.

— Et ses relations avec son mari ? D'ailleurs, où est-il ?

— Mon gendre est très affecté par la mort de son épouse. Lui et les enfants sont rentrés en France par le même avion que le corps de Gwenola. Ils sont chez les parents d'Hugo et vont tous repartir à Schimansky pour reprendre l'école. Hugo pense que c'est le mieux pour eux. Ils retrouveront leurs copains et leurs habitudes, au moins jusqu'à la fin de l'année scolaire.

Leur discussion n'apporta pas grand-chose de plus et les deux enquêteurs finirent par quitter les lieux en indiquant qu'ils auraient peut-être à revenir. Philippe était trop secoué pour marquer la moindre réticence. Le capitaine d'industrie était loin, ce n'était plus qu'un père abasourdi par la mort de son enfant.

*
* *

Une fois à l'extérieur, comme chaque fois qu'il regagnait l'air libre, Patrick Girard fit apparaître son paquet de cigarettes et s'empoisonna avec délice sous l'œil du diplomate.

Après avoir lâché une volute de fumée, le policier émit une proposition :

— On pourrait continuer en procédant aux auditions de quelques collègues de Gwenola Fontaine. Les premiers à l'avoir connue à Schimansky sont maintenant en poste en France ou à la retraite. Ils pourront nous dire comment cela s'est passé.

Le diplomate haussa les épaules.

— Oui, pourquoi pas, mais je dois te dire que je suis un peu comme Philippe Fontaine, je ne comprends pas trop l'utilité de notre travail. On va remuer des histoires qui peuvent salir sa mémoire, alors qu'on sait très bien qui est le meurtrier.

D'une pichenette, sous l'œil réprobateur du diplomate, Patrick Girard envoya son mégot valdinguer dans un fossé.

— On y va ?

Girard prit le volant de sa Clio de service. Delaroque, qui était venu en transport en commun, prit place à ses côtés.

— Je crois que c'est la première fois que je m'installe dans une voiture de flic.

— Ha ouais, tu t'es jamais fait serrer pour une consommation de shit ou dans une manif ?

— Je préfère ne pas répondre à ces petites provocations.

— Arrête, je sens en toi un révolutionnaire soixante-huitard, je me trompe ?

Alors que le flic posait sa question, une voix grave explosa dans les haut-parleurs et entonna : « Quand on voit passer le grand Prosper… » Le diplomate sursauta de stupeur.

— Qu'est-ce que c'est que ça ?

— J'adore les chanteurs de l'entre-deux-guerres. Je suis un collectionneur. T'aimes pas ?

Et Patrick entonna le refrain avec le chanteur :

— « Prosper, Yop la boum, c'est le chéri de ces dames… », Maurice Chevalier, 1935, composé par Vincent Scotto et des paroles de Géo Koger et Vincent Telly. Une merveille !

Delaroque soupira.

— Pour répondre à ta question précédente, si écouter Bob Dylan, Joan Baez et des chanteurs des années soixante fait de moi un soixante-huitard sur le retour, c'est effectivement le cas... Bien que j'affectionne de préférence la musique classique... Bon, maintenant que ta curiosité est satisfaite, si tu pouvais baisser le volume de ce truc, j'apprécierais.

Le policier s'exécuta et démarra. Direction Nanterre.

*

* *

Après une nouvelle pause cigarette sur le trottoir de la rue des Trois-Fontanot, arrivé au bureau, Patrick Girard commença par prendre un café et c'est d'une main tremblante qu'il servit Bruno.

— Café clope, t'es un solide candidat pour l'infarctus.

— On me le dit assez à la maison. Je ne picole pas, c'est déjà ça...

— Le sport... pas trop, je suppose ?

— T'es diplomate ou médecin ? s'énerva le flic. Si on parlait plutôt de notre enquête, je ne suis pas certain que ce soit aussi simple qu'on le croit. J'ai reçu une copie du rapport d'autopsie. Elle a été pratiquée en deux temps, d'abord au Beyazstan par un médecin local, en présence d'un policier de chez nous. Le spécialiste a daté l'heure du décès aux environs de sept heures du matin, ce qui corrobore l'idée que le meurtre a été perpétré par l'agent d'entretien et va dans le sens de la thèse de l'assassinat terroriste.

— Oui et alors ? s'étonna Bruno Delaroque.

— Alors ? Ce n'est pas tout. Une nouvelle autopsie a été effectuée à l'Institut médico-légal de Paris. Mes collègues y étaient. Le légiste parisien confirme l'heure et les raisons de la mort. Il remarque que la victime a été assommée et gravement blessée plusieurs heures avant de mourir.

Le diplomate fronça les sourcils, ramena une mèche de cheveux en arrière et leva les mains en les faisant tourner comme s'il tenait des marionnettes. Patrick Girard avait déjà noté cette mimique de son camarade lorsqu'il s'énervait. Il ne put s'empêcher de sourire en le regardant s'agiter.

— Si je suis bien, ça veut dire qu'il y a eu plusieurs agresseurs.

— Elle peut aussi avoir été torturée jusqu'à ce qu'elle donne les informations qui intéressaient ses tortionnaires. Elle est restée agonisante et l'homme de ménage était présent lorsqu'on l'a achevée.

— Mais c'est affreux !

— Notre enquête n'est donc pas tout à fait infondée et mes collègues comptent sur nous pour leur ouvrir des pistes.

Cette nouvelle n'était pas de nature à calmer Delaroque. Son mouvement des mains s'intensifia.

— Ce qui est certain, c'est que personne de chez nous n'aurait pu se livrer à une telle horreur. Des tortures, puis une exécution… On parle d'un consulat de France, pas d'une ambassade d'Arabie saoudite.

— Dans le dossier de Gwenola, j'ai vu que son arrivée à Schimansky s'est faite en deux temps.

Delaroque confirma.

— On ne peut pas dire que l'acte I s'est très bien passé.

Il n'en fallait pas plus pour aiguiser la curiosité du policier. Le diplomate en fut quitte pour sortir d'autres documents qu'il posa sur la table.

15

Gwenola prit officiellement ses fonctions à Schimansky le 1er septembre, mais elle assista à l'inauguration du bâtiment qui l'accueillerait en juillet. Le ministre des Affaires étrangères mit à profit sa participation à une conférence, organisée par l'OSCE dans un pays de la zone, pour effectuer une « tournée caucasienne ». Il s'agissait de procéder à quelques gestes symboliques, dont l'ouverture d'un consulat général dans la capitale économique du Beyazstan.

Il fut décidé que Gwenola viendrait préparer l'événement avant de retourner à Tbilissi jusqu'à la fin de son séjour géorgien. Elle profiterait de son passage pour chercher une maison. Compte tenu de leur prochaine position, il n'était plus question de se contenter d'un appartement, il leur fallait un domicile digne de sa nouvelle fonction.

La future consule générale fut accueillie par le chauffeur du poste, Azamat. Gwenola, visage fermé, le salua en russe. Elle s'était fixée pour but de garder ses distances avec le personnel. La première image qu'elle donnerait déterminerait la suite. Le véhicule de service qui serait le sien, une Subaru noire, presque neuve, attendait sur le parking VIP. Gwenola s'assit à l'arrière. Elle nota que le chauffeur ne lui avait pas ouvert la portière, première erreur. Tout en pensant à la tâche qui l'attendait, elle regarda distraitement l'environnement, les véhicules et la population locale. Son univers et celui de sa famille pour les trois ou quatre prochaines années. En cette saison, il faisait beau et chaud à Schimansky. La route était ombragée, agréable, les immeubles de banlieue étaient similaires à tous ceux que l'on pouvait voir dans les pays de l'ex-Union soviétique, des blocs rectangulaires de quatre ou cinq étages. Ils longèrent une voie ferrée où passait un vieux train, ce qui lui rappela la Géorgie et son ambiance, ils ne seraient pas dépaysés. En quelques kilomètres, ils croisèrent plusieurs Porsche Cayenne. Si la vie était difficile, elle ne l'était pas pour tout le monde. Le centre-ville était actif, avec ses bâtiments modernes ou rénovés. La grande mosquée et ses coupoles dorées lui rappelèrent qu'elle était dans un pays musulman. La taille des jupes et l'absence de foulards étaient le reflet d'un islam « light ». Gwenola trouva que les femmes beyazes avaient de l'allure. Avec leurs traits asiatiques, leur peau légèrement hâlée, elles étaient superbes, toutes impeccablement maquillées, certaines avec de beaux bijoux. Il faudrait surveiller Hugo.

La présence de grandes boutiques de luxe, de parfumeurs et d'horlogers joailliers renommés lui confirma qu'une partie de la société bénéficiait de ce miracle économique que bon nombre de pays enviaient à la région. La voiture s'arrêta devant une barrière mobile suivie d'un portail métallique. Les deux obstacles s'ouvrirent pour laisser passer le véhicule. Ils étaient dans la cour du consulat.

Le chauffeur conduisit Gwenola jusqu'au bureau de Philippe Sabatier, le consul adjoint. Sabatier était un fonctionnaire de catégorie B, alors que Gwenola était A. Son prédécesseur était exclusivement chargé de la communauté française et des problèmes administratifs et financiers concernant la gestion du personnel, alors que le rôle de Gwenola, consule générale, serait beaucoup plus vaste, surtout diplomatiquement. Elle représenterait la France dans la capitale économique du Beyazstan. Sabatier, un ancien officier de marine devenu fonctionnaire, était installé au rez-de-chaussée du bâtiment, dans ce qui avait dû être des caves. Il s'apprêtait à quitter le pays pour rentrer en France et estimait avoir géré le consulat en fonction des possibilités que lui avait offertes l'administration. Il était loin d'avoir démérité.

Outre Sabatier, les Affaires étrangères étaient aussi représentées par Claude Hakiki, un Français d'origine syrienne, chef des visas, David Fabre, un ancien gendarme, intégré récemment, qui assurait le « Chiffre », et Dominique Frelaut, une employée en charge de l'intendance.

Gwenola retrouvait Erick, arrivé l'année précédente de Tbilissi, une présence qui lui faisait plaisir et sur laquelle elle comptait bien s'appuyer. À l'exception de Hakiki, les autres seraient partis à la fin de l'été. Gwenola aurait donc une équipe toute neuve, ce qui serait plus facile. À ces expatriés, il fallait ajouter Yves Houdin, un policier en charge de la protection des lieux et de ses occupants, Isabelle Patissier, la jeune cheffe de la mission économique, et l'attaché de sécurité intérieure[1]*, mais celui-ci aussi était muté. Restait le personnel local : elle ne s'en inquiétait pas et estimait qu'avec sa maîtrise du russe, elle saurait aisément le mettre de son côté. Il lui faudrait se trouver une secrétaire qu'elle choisirait à son retour. Toutes les employées, puisqu'il n'y avait que des femmes, parlaient relativement bien français. La plus compétente, Nilufer, était aussi la plus âgée, une ancienne prof de français, qu'il était question de mettre à la retraite. L'ambassadeur en disait grand bien, mais Sabatier considérait qu'elle était « bonne pour la réforme ».*

L'étage était en grande partie occupé par la mission économique. Deux salles étaient libres, à ce niveau. L'une d'elles était dépourvue de fenêtre :

— C'était le bureau de l'ambassadeur des États-Unis, c'est la pièce qui offre la meilleure sécurité, un couloir permettait de regagner directement l'hôtel voisin où il avait sa résidence privée. Nous avons transformé cette pièce en local de réunion, expliqua son guide.

Il poursuivit et désigna une autre pièce :

— Quand l'ambassadeur vient, il se met en face. Les fenêtres donnent sur la rue.

Il a raison, c'est beaucoup plus agréable, *pensa Gwenola.*

— Je m'installerai ici.

L'endroit manquait de lumière, mais avec son parquet à la française, il plairait à Hugo. Deux autres petites pièces étaient occupées à l'étage par l'attaché de sécurité intérieure, une pour lui-même, une pour sa collaboratrice. Elle s'intéressa assez peu au flic, vu que celui-ci partait dans les semaines à venir, mais la secrétaire de ce

1. Policier en charge de la coopération avec le pays hôte.

service, une très jeune femme, trop court vêtue à son goût pour une employée au service de la France, l'irrita.

Gwenola décida d'investir sans tarder son futur bureau.

Sabatier parti, elle prit pleinement possession des lieux en en faisant le tour. Elle eut un coup d'œil rapide sur les étagères remplies de vieux documents sans grand intérêt. Il faudrait faire de la place, passer un coup de peinture, rafraîchir tout cela. Dans une pensée fugace, elle s'imagina en train de faire l'amour avec Hugo, assise sur la table, offerte à lui, il la prenait debout. Elle aima cette pensée et se saisit du téléphone pour l'appeler.

*

* *

Elle se plongea dans la documentation. Elle voulait avoir une idée précise de la vie du consulat, de l'ambassade et également du pays. Elle fut stupéfaite par le manque de littérature provenant de son futur poste. Le ministère avait eu raison de faire appel à elle. Sabatier n'avait quasiment rien écrit de conséquent, pas une seule note un peu consistante en matière politique. Elle remédierait à ce manque.

Il lui fallait aussi se présenter et s'assurer de la bonne préparation de l'inauguration. Elle décrocha le téléphone pour appeler Sabatier :

— Je veux que vous convoquiez tout le personnel pour une réunion à quinze heures. J'ai rédigé une note de service à ce sujet.

Elle venait de donner ses premières instructions de chef de poste. Dans l'après-midi, tout le monde se retrouva à l'heure prévue. Depuis son bureau, Gwenola entendit avec délice ses collaborateurs arriver. Après quelques minutes, elle se décida enfin à entrer en scène. Elle s'installa au bout de la grande table ovale qui remplissait la presque totalité de la pièce. Il n'y avait pas de place pour tout le monde, certains étaient restés debout.

— Bonjour, je m'appelle Gwenola Fontaine, je prendrai mes fonctions de consule générale le mois prochain. Nous allons travailler ensemble. J'attends de vous du dévouement, nous représentons

la France, il y a donc lieu d'avoir un comportement exemplaire et de mobiliser toute notre énergie pour notre pays. Même si nous passons par une période de sérieuses contraintes budgétaires, il est de notre devoir de poursuivre notre mission en portant haut les valeurs de la République française. Je serai exigeante envers vous, mais juste. Ma porte sera toujours ouverte et je vous demande de ne pas hésiter à venir me voir si vous avez un problème. Je veux que nous travaillions ensemble, en harmonie. Pour moi, il n'y a pas de recrutés locaux ou d'expatriés. Nous sommes tous membres de l'équipe France, quelles que soient nos origines nationales ou même administratives, je pense aux représentants de la mission économique et à ceux qui sont d'autres ministères...

Quand elle eut terminé, elle était plutôt satisfaite. Il restait à passer maintenant aux problèmes techniques et à l'organisation de la cérémonie d'inauguration. Bien que tout paraisse déjà bien engagé, il fallait donner des consignes.

Sabatier s'amusa de voir cette gamine prétentieuse essayer de marquer son territoire. Lui n'avait jamais voulu « jouer au chef », cela ne l'intéressait pas. Tout le monde faisait son travail et son service fonctionnait correctement.

David Fabre, le chiffreur, avait un peu la même opinion. Il ne savait pas trop pourquoi, mais dès qu'il l'avait vue, il l'avait détestée avec ses manières de gosse de riche. Il devait se charger des réglages de la sonorisation pour le discours du ministre, et Gwenola ne l'avait pas lâché. Il connaissait son travail, il ne fallait pas que Marie-Antoinette vienne lui donner de leçons.

Le lendemain, Gwenola se réveilla aux aurores. Elle arriva la première au consulat. Un coup d'œil dans la cour. Il y avait un carton contre un mur, quelle négligence ! Il faudrait qu'il soit ramassé. Elle fit un tour des couloirs, ce bâtiment lui semblait triste, le mobilier usagé ne lui plaisait pas. La France méritait mieux.

L'arrivée du ministre était prévue à onze heures, ils avaient le temps, mais pas question de traîner. Sabatier et le reste du personnel se présentèrent dans un créneau horaire qui lui parut inadmissible, entre huit heures trente et neuf heures. En voyant entrer Fabre, elle crut qu'elle rêvait. Le chiffreur était en jeans avec une chemise hawaïenne multicolore. Déjà, le fait qu'il ait les cheveux longs retenus en arrière en catogan l'énervait, mais sa tenue vestimentaire lui était insupportable. On était au consulat de France, pas sur une plage à Hawaï.

— Vous n'allez pas rester habillé de la sorte, vous avez un costume ?

Il eut un rire provocateur :

— Dans mon bureau.

Elle souffla profondément et l'abandonna pour aller travailler. Une demi-heure plus tard, elle était de retour. Il était toujours en tenue de vacancier.

— Il faudra penser à vous changer.

— Nous faisons les derniers essais.

— Il serait temps, je vous avais dit de vous en occuper au plus tôt.

David ne répondit pas et termina son travail, il bouillait.

— Allez vous changer !

Ce fut de trop.

— On ne t'a jamais appris à dire merci, connasse ! Tu crois que c'est comme ça qu'on traite les gens ? Tu vas me casser les couilles longtemps ?

Gwenola blanchit, elle avait dû mal entendre. Tout cela n'avait pas eu lieu.

David Fabre affronta son regard, avant de la planter en tournant les talons. Elle tremblait, le pouls à près de deux cents, elle était blême.

De retour dans son bureau, elle était folle de rage. Elle patienta quelques minutes et s'en alla faire le tour de son service. Fabre avait disparu.

Arrivèrent enfin le ministre et l'ambassadeur. Tout se déroula parfaitement et le ministre fut le premier à l'en féliciter.

Le lendemain, elle fit appel à Nilufer, celle qui serait sa secrétaire, pour rechercher sa future maison. C'était un bon moyen de mieux la connaître et de s'assurer de ses compétences. Nilufer était une femme énergique ; ancienne professeure d'université, elle avait eu comme élèves la plupart des jeunes employés locaux du consulat.

Ils la respectaient autant qu'ils la haïssaient. Elle n'avait pas dû être facile. Cela plaisait à Gwenola, il serait bon de s'appuyer sur quelqu'un qui avait de l'autorité.

Nilufer appela plusieurs agences, et lui trouva une grande demeure bourgeoise, située dans les hauteurs de la ville avec une piscine au rez-de-chaussée et suffisamment de chambres pour toute la famille.

Au téléphone, elle fut contente de raconter à son mari la journée d'inauguration du consulat, sa rencontre avec le ministre, avec l'ambassadeur, la communauté française, les locaux. Elle parla de tout, sauf de l'incident avec Fabre. Elle ne s'en était pourtant pas remise. Elle avait passé la matinée à relater les faits pour exiger une sanction exemplaire, sans savoir trop quoi faire de son écrit. Pour le transmettre, il fallait le visa de l'ambassadeur. Lorsqu'il en prit connaissance, Jean Dupont d'Audricourt, son nouveau chef, se montra réticent. Fabre avait obtenu récemment la Légion d'honneur pour avoir sauvé la vie de plusieurs fonctionnaires en Irak. Ça le rendait quasiment intouchable. Elle comprit qu'elle risquait de perdre la face et que le pire serait que son rapport ne soit pas suivi d'effets.

Quand elle décolla, elle n'avait qu'une hâte, revenir à Schimansky.

16

Baha traversa aisément la frontière. Quand la motoneige l'abandonna par manque de carburant, il n'était pas loin d'un village. Il connaissait la région, ça ne serait pas une partie de plaisir, mais il ne risquait pas grand-chose en poursuivant à pied. La communauté de langue, qui permettait d'être un peu chez soi dans l'ensemble des pays frères, était l'un des avantages des décennies de présence russe. Ce qui n'empêchait pas certaines populations de se détester cordialement.

Tout en évoluant péniblement dans la neige, le fuyard n'était pas loin de déprimer. Il avait tout perdu, il était sans argent, ou si peu, sans vêtements de rechange et sans arme. Il s'était débarrassé du fusil en l'abandonnant dans un ravin. Il lui restait une chance, un ultime espoir, et c'était bien la raison pour laquelle il avait décidé de passer par le Tadjikistan. Un de ses copains de régiment pourrait peut-être l'aider. Il lui avait sauvé la vie en Afghanistan et il espérait que cet ancien frère d'armes saurait s'en souvenir. Encore fallait-il pouvoir le contacter.

Mohamed Fahim lui avait dit qu'il vivait dans un village à une trentaine de kilomètres de Douchanbé, non loin de la frontière afghane. Ils s'étaient téléphoné de temps en temps avant de se perdre de vue. Baha se demandait bien comment retrouver son ami. Il n'était pas assez célèbre pour que tout le monde le connaisse et il ne pouvait pas aller de ville en ville chercher Mohamed Fahim. Il essaierait Facebook, WhatsApp, Internet. Après tout, même si les connexions étaient plus que lentes dans la région, et Internet sous contrôle des autorités, ça valait le coup d'essayer.

Une chance, c'était jour de marché et il y avait de l'agitation. Sa présence passa aisément inaperçue dans cette foule focalisée sur le prix des poules et des lapins, du riz, des moutons et des cochons. Dans la rue principale, il trouva un local offrant des liaisons internet. Deux ados faisaient des jeux en ligne, un client visionnait des sites porno et d'autres téléphonaient à l'étranger. Il changea quelques livres beyazes contre des roubles et put accéder à un poste, sans que le responsable des lieux ne se préoccupe de lui. Il commença les recherches et il ne lui fallut pas longtemps pour s'apercevoir que son vieil ami était un habitué des réseaux sociaux. Il le reconnut aisément. Sur la photo de son profil Facebook, Mohamed Fahim posait vêtu d'un manteau traditionnel et de bottes en fourrure. Il portait des Ray-Ban de pilote et affichait un sourire conquérant. Il s'était un peu empâté, mais il n'avait pas trop changé.

Baha rédigea un message court. Un simple bonjour, histoire de voir s'il y avait une réaction. Ce fut le cas. La réponse arriva dans la foulée. Fahim était sur le web. Le reste fut rapide, Baha expliqua en quelques mots qu'il se trouvait dans le pays et qu'il était en difficulté. Le retour s'afficha dans les secondes suivantes :

— Ne bouge pas, j'envoie quelqu'un te chercher.

Il allait couper la connexion, quand un nouveau message apparut :

— Fais un selfie, que je puisse le donner à celui qui va te conduire à moi.

Baha hésita. Un selfie, un selfie ! Il haussa les épaules. Il n'avait jamais fait ce genre de truc et puis il n'avait plus de portable. Il regarda la caméra au-dessus de l'écran d'ordinateur. Il n'aimait pas l'idée de se photographier. Est-ce qu'il pouvait toujours avoir confiance dans son ami ? Après tout, ils ne s'étaient pas vus depuis... Il n'arrivait même pas à compter... Trente, trente-cinq ans. Il jugea qu'au point où il en était, il n'avait pas d'autre solution que de s'en remettre à son pote. Quelques clics, la caméra s'alluma et sa photo prit la direction du poste de Mohamed Fahim.

Nouveau message :

— Reste dans ton café internet. Je t'envoie du monde d'ici une heure.

Il n'avait plus qu'à attendre. Aller à l'extérieur ? Pour quoi faire ? Et si… Il hésita, pas longtemps, et lança une recherche à son nom. Un frisson le traversa en constatant qu'il était devenu une célébrité au Beyazstan… Mais pas que. Effaré, il jeta un coup d'œil autour de lui pour s'assurer que personne ne regardait son écran. Une bouffée de paranoïa s'empara de lui et il lui fallut beaucoup de volonté pour se calmer. Son nom apparaissait aussi dans des journaux d'autres pays. Il ne comprenait pas de quoi il était question, mais le fait de voir qu'on parlait aussi d'Al-Qaida l'informa sur la tonalité générale. Pas bon ! Il se lança dans la lecture des articles en russe. Il blêmissait à chaque ligne. Les médias le décrivaient comme étant le membre d'un commando ayant revendiqué l'assassinat de Gwenola Fontaine. Les salauds, il n'avait rien fait d'autre que répondre à la demande du KNB !

Point positif… si l'on peut dire : il apprit qu'il était mort et que son interpellation avait coûté la vie à un agent des services secrets, promu au rang de héros de la nation.

Que fallait-il comprendre ? Les autorités savaient très bien qu'ils ne l'avaient pas tué puisqu'il avait été repéré dans la montagne. Il imagina que c'était un stratagème pour laisser croire aux Français et aux internationaux qu'ils avaient le contrôle total de la situation. Ça ne voulait pas dire qu'on n'allait pas le rechercher. Cela signifiait seulement qu'ils l'élimineraient en toute discrétion. Sa tête ne serait pas diffusée partout, il n'y aurait pas d'interpellation, juste un meurtre et le cadavre disparaîtrait. Il avait à ses trousses des tueurs professionnels. Ils agiraient sans haine pour le bien de la Nation.

Dans un autre article, il apprit que sa femme et sa belle-fille avaient été arrêtées et que la foule avait brûlé leur maison. Les malheureuses n'avaient rien dû comprendre. Il imagina qu'ils allaient les torturer pour obtenir des renseignements qu'elles seraient bien incapables de donner puisqu'elles ne savaient rien. La haine le submergea, puis fit place au désespoir et il pensa à se rendre. Ça ne servirait à rien. Il les connaissait trop bien, cela ne sauverait personne. Ça abrégerait, tout au plus, les souffrances de sa femme. Il eut envie de vomir. Il demanda où se trouvaient les toilettes et quitta son siège.

À son retour, il repensa à la clé USB dérobée dans le bureau de la consule. Elle était toujours dans sa poche, mais après le séjour dans l'eau et dans la neige, pas sûr qu'elle fonctionne encore. Il l'inséra dans la machine... Non seulement elle fonctionnait mais ce qu'il y avait dessus lui fit peur. Il s'agissait de documents confidentiels en russe et en français et le peu qu'il lut ne ressemblait pas à une assurance vie, mais plutôt à une condamnation à mort. Il eut envie de bazarder l'ordinateur et de détruire cette maudite clé. Finalement, une autre idée lui traversa l'esprit, peut-être plus sage, peut-être pas. Seul l'avenir le lui dirait.

Il était toujours au travail quand une main gantée se posa sur son épaule. Il releva la tête et tressaillit.

— Viens avec nous !

Un colonel de la police, entouré de deux hommes armés, lui faisait signe de se lever.

Trahi par son copain ! Il eut presque envie de rire. Finalement, son aventure ne durerait pas. Ses jambes tremblaient. Ils le laissèrent fermer l'écran, il peina à se redresser et les deux soldats le saisirent chacun par un bras. Ils attiraient tous les regards. Les doigts des voisins se figèrent sur les claviers.

Ils ne lui avaient pas passé les menottes. Il devait tenter quelque chose, il n'allait pas être un simple mouton qu'on conduit à l'abattoir. À peine le seuil franchi, ses velléités furent anéanties. Une foule compacte de curieux s'était formée. Elle était trop dense pour qu'il arrive à la traverser et quand bien même il aurait cette chance, il n'irait pas loin.

Il se laissa pousser vers le gros 4×4 noir qui les attendait. La voiture démarra en soulevant un flot de boue glacée. Bien que l'habitacle soit surchauffé, il en fallait plus pour dégeler Baha. Il n'avait qu'une seule préoccupation, comment allait-il mourir ? Il espéra une fin rapide. Quand ils eurent quitté le bourg, le véhicule poursuivit sur une route de montagne. Ils étaient au milieu de nulle part, autour d'eux ce n'étaient que des paysages blancs, gris, sous un ciel en verre dépoli. Le colonel, assis en passager avant, se contorsionna pour défaire son manteau et se tourna vers lui.

— Vous feriez bien de vous mettre à l'aise. On en a pour un moment.

Les militaires qui encadraient Baha suivirent le conseil de l'officier. Le prisonnier n'en fit rien. Son œil accrocha l'étui de pistolet qui pendait à la ceinture du colonel. Il observa la fermeture. Un simple bouton pression. S'il bénéficiait d'un moment d'inattention de ses gardiens, il avait peut-être une chance de prendre l'arme et de tirer. Sur qui ? Le conducteur ? C'était le mieux. Il pouvait tuer un des autres, mais pas les trois. Ils l'auraient maîtrisé avant. S'il abattait le chauffeur, la voiture partirait dans le décor et ça lui laissait un espoir de s'en sortir, à moins qu'ils meurent tous. Il patienta quelques kilomètres et fit semblant de s'endormir en priant pour que le voyage prévu soit long et lui donne l'occasion d'agir. Dix minutes plus tard, il s'aperçut que ses deux encadrants ne prêtaient guère attention à lui et que leurs paupières s'alourdissaient. Il ne savait pas ce qu'il en était de l'officier, mais le conducteur lui lançait régulièrement un coup d'œil dans le rétro. Attendre ! La voiture était dans une descente, d'un côté la montagne, de l'autre la vallée avec une pente raide. Ce serait soit la chute et des tonneaux, soit le rocher. Au loin, un virage. Il se prépara à agir. Muscles bandés. Il était prêt… Le portable du colonel se mit à résonner en jouant la musique du *Parrain*. Les deux soldats se réveillèrent. Raté ! L'officier prit l'appel, se retourna vers Baha et lui tendit son iPhone.

— C'est pour toi.

Moment de flottement. Baha digérait sa déconvenue sans comprendre ce qu'on lui voulait. Il s'en doutait… Le KNB allait lui faire une proposition, peut-être un chantage concernant sa femme. Ou pire, ils lui feraient entendre ses pleurs sous la torture. Il prit le téléphone comme s'il devait attraper un fer rouge.

— Allô, mon frère. Comment vas-tu ?

Cette voix, malgré les années, il la reconnaissait parfaitement : Mohamed Fahim.

— Allo, allo, tu es là ? s'inquiéta son correspondant.

Baha bredouilla.

— J'ai… J'ai cru…

— Comment, ils ne t'ont rien dit ? Les enfoirés ! (Fahim éclata d'un rire bruyant.) Le colonel est un ami… Enfin, presque, il travaille pour moi.

Mohamed se marra encore. J'en ai un comme lui dans chaque région, ça peut toujours aider et tu peux constater que c'est un excellent investissement. Ils font aussi chauffeurs de taxi.

— On en a pour longtemps ? s'inquiéta Baha.

— Cinq ou six heures de route. J'ai hâte de te voir mon frère. Tu ne peux pas savoir comme je suis heureux.

Ils continuèrent de parler un moment, puis Baha repassa le téléphone au colonel. Le fuyard souffla et respira à pleins poumons. Il n'était pas sauvé, mais c'était une accalmie. Maintenant il pouvait se reposer.

*
* *

Schimansky, antenne du KNB.

Quand le portable du directeur se mit à vibrer sur son bureau, il reconnut le numéro de son collègue en poste au Tadjikistan. Le chef du KNB n'était ni un optimiste ni un pessimiste, ce qui ne l'empêchait pas de croire à la chance. Elle existait. Ou plus exactement, il y avait dans chaque affaire des impondérables sur lesquels personne ne pouvait influer. Il décrocha. L'appel commença par une toux grasse, son correspondant était un incorrigible fumeur.

— Je pense que j'ai une information qui t'intéresse, lança l'agent du Tadjikistan.

Le directeur n'aimait pas attendre ni s'encombrer de formules de politesse. Une perte de temps.

— Je t'écoute.

— Le gars que tu m'as signalé par message ultra « secret défense ». Il est arrivé chez nous. Un de nos indics, d'un village frontalier du Beyazstan, m'a appelé pour me dire qu'un Beyaze avait été arrêté par la police. Dans ces villages, la population connaît tout le monde à cinquante kilomètres à la ronde, les étrangers ne passent pas inaperçus. J'ai demandé qu'on me le décrive. Le gars a fait mieux. Il l'avait pris avec son portable. C'est ton mec.

— Envoie-moi la photo. Pourquoi les flics l'ont serré ?

— Aucune idée. C'est un colonel, chef de district, qui s'est chargé de cette arrestation. Ce n'est pas banal.

— Fais des vérifications discrètes. Personne ne doit savoir qu'on est au cul de ce mec, et rappelle-moi.

17

Le récit de l'arrivée de Gwenola Fontaine à Schimansky laissa Patrick Girard perplexe. Il prit ses lunettes à la main.

— Une fieffée salope, cette gonzesse !

Bruno Delaroque fit claquer sa langue et son corps se tendit :

— Tu n'y vas pas par quatre chemins. Quel sens du résumé !

— Chez nous, ça se serait mal terminé. Ce qui la sauvait, c'était d'être une femme, un mec se serait pris une tournée de gifles.

L'ambassadeur haussa les épaules.

— Dans mon ministère, on n'a pas l'habitude de se battre comme des chiffonniers. On sait se tenir.

Le flic éclata de rire et leva la main pour signifier qu'il valait mieux attendre pour avancer de telles allégations.

— Si elle n'a pas été tuée par l'homme de ménage, il y a tout de même des possibilités que ce soit un de vos fonctionnaires qui lui ait réglé son compte. Je commence à croire qu'elle avait une capacité hors du commun à se faire haïr. D'ailleurs, ils étaient où le chiffreur et le consul quand elle a été assassinée… ? Ils ont un alibi… ?

— Il faudra chercher ailleurs. Philippe Sabatier, l'ancien consul adjoint est en poste à Paris, au Quai. Il travaillait.

— Bon alibi, admit Patrick. Et l'autre ?

— David Fabre, le chiffreur, était en vacances à Nice, chez ses parents.

— Pas mal non plus. On peut donc les écarter de la liste des suspects. Une chose est certaine, si elle a continué de se comporter comme un tyran, et il n'y a aucune raison qu'elle se soit transformée en mère Teresa, elle a dû se forger de solides inimitiés. Et je me suis laissé dire que les Beyazes n'étaient pas spécialement drôles. Si ce n'est pas un Français qui l'a assassinée, ça peut être un employé local.

Delaroque écoutait les hypothèses soulevées par le policier lorsque son téléphone sonna. André de Givray, le directeur de la zone Asie, cherchait à le joindre. Il prit l'appel et constata que le portable de Patrick retentissait également. Le policier se leva et quitta la pièce pour que les deux conversations n'interfèrent pas. À son retour, le commandant envoya un coup de menton en direction du diplomate.

— Je suppose que tu as reçu les mêmes informations que moi ?

*
* *

Les deux enquêteurs étaient convoqués au ministère des Affaires étrangères. En arrivant au Quai d'Orsay, Patrick ne put s'empêcher de surjouer le rôle du plouc émerveillé par le luxe du château. Lèvres pincées, il secouait la tête, admiratif des ors de la République. Une attitude qui finit par énerver le diplomate.

— Tu n'arrêtes jamais ? On croirait que l'Intérieur est une cabane.

— Je ne sais pas, je ne suis jamais allé Place Beauvau.

Delaroque souffla d'agacement et Patrick faillit rire lorsque la porte d'un couloir à l'épaisse moquette leur fut ouverte par un huissier en livrée. On les introduisit dans une vaste pièce transformée en salle de conférences. Moulures dorées sur les murs, tableaux de personnages en perruque, des diplomates d'antan. Patrick apprécia d'un coup d'œil, sans avoir l'opportunité de donner son avis. On les attendait et le comité d'accueil n'était pas là pour parler décoration. Ils retrouvèrent les hauts fonctionnaires rencontrés rue des Trois-Fontanot, mais cette fois il y avait également des membres de la DGSE et de la DGSI. Le directeur de la zone Asie fit les présentations. À voir la mine grave des présents, le flic jugea qu'on allait leur annoncer quelque chose d'important. C'est un diplomate, dont Patrick ne retint ni le nom ni la fonction, qui se chargea de présider la réunion. Cinquante ans, complet bleu marine d'excellente facture avec au revers l'insigne d'officier de la Légion d'honneur, chemise blanche, cravate noire, yeux clairs, teint légèrement hâlé, mains manucurées, stylo Montblanc. Patrick lui trouva un faux air d'Alain Juppé. Il imagina qu'ils avaient affaire à l'un des noblions créés par l'administration française : un énarque dans toute sa splendeur et son arrogance. L'homme s'éclaircit la voix. Le policier et le diplomate étaient à peine installés qu'il les interpella.

— Alors, messieurs, qu'en est-il de votre enquête ?

Pris au dépourvu, Delaroque et Girard échangèrent un regard surpris. Patrick fut le premier à répondre. Il expliqua que pour le moment, ils n'en étaient qu'au début et qu'ils avaient concentré leur travail sur les proches de Gwenola Fontaine qui se trouvaient en métropole.

— D'ailleurs, précisa l'ambassadeur, nous devons entendre dans l'après-midi l'adjointe de la victime. Mathilde Quemoy est en France pour quelques jours, nous allons en profiter.

Monsieur l'Important leva un bref instant les yeux au ciel et jaugea l'assistance avec un petit sourire en coin. L'homme eut une longue expiration,

— Je crois qu'on peut leur dire ?

Ce n'était pas une question, l'énarque n'espérait aucune réponse, sa décision était prise. Son regard s'arrêta sur Patrick et Bruno.

— Continuez votre travail, cela donnera le change, mais nous sommes intimement convaincus que les autorités beyazes ont commandité la mort de notre diplomate.

Le maître de séance lança un œil vers le fonctionnaire du renseignement extérieur qui attendait patiemment qu'on lui cède la parole. Il fit un point sans aucun support écrit.

— Depuis le début, les Beyazes nous désignent un coupable idéal : l'homme de ménage. Si nous sommes effectivement persuadés qu'il est bien à l'origine du meurtre, les motivations avancées sont loin de nous satisfaire. C'est un rideau de fumée pour cacher que l'homme était l'un de leurs agents, ou qu'ils l'ont manipulé pour qu'il subtilise des documents importants dans le bureau de la consule. Baha Babaef n'a jamais eu aucun contact avec des mouvements islamistes, bien au contraire. C'était un vétéran ayant combattu en Afghanistan. Nous ne croyons pas qu'il ait eu le moindre lien avec le groupe terroriste qu'a éliminé le KNB dans les heures qui ont suivi la mort de Gwenola Fontaine. On n'en saura pas plus puisque Babaef est supposé mort. Dans l'incertitude et tant qu'on n'a pas retrouvé le corps, le juge d'instruction a tout de même délivré un mandat d'arrêt international à l'encontre de l'assassin présumé.

Patrick leva les sourcils et coupa l'orateur :

— Et le KNB aurait sacrifié un de ses agents pour donner le change ?

L'homme de la DGSE eut un sourire.

— Dans ce coin, rien ne peut surprendre. Ils sont restés très attachés à des méthodes traditionnelles héritées des plus belles heures de l'Union soviétique.

— Charmant ! Mais pour tuer, d'autant plus si le meurtre a été décidé et commis par une agence gouvernementale, il faut un mobile et une bonne raison d'assassiner un diplomate, surtout au pays des Soviets.

Monsieur l'Énarque reprit la parole.

— Il y en a plusieurs. D'abord, et ça, nous vous laisserons le découvrir, Gwenola Fontaine a déjà souvent braqué les autorités. Les Beyazes n'aiment pas qu'on leur donne des leçons, encore moins qu'on s'immisce dans leurs affaires. Ensuite, elle entretenait des liens suspects avec l'opposition.

Patrick intervint à nouveau.

— Dites-moi si je me trompe, mais dans ces cas-là, il est de coutume d'expulser le diplomate en lui retirant son accréditation. Pas de le tuer.

Le sosie d'Alain Juppé détestait qu'on lui coupe la parole. Il le fit remarquer avec un sourire agacé.

— Je vois qu'au ministère de l'Intérieur, on est au fait des mœurs diplomatiques. Bravo. Vous avez raison. Mais ce n'est pas tout. Une clé USB contenant des documents importants a disparu.

Surprise de Delaroque et Girard. Le policier n'était pas décidé à se conformer au désir du maître de séance, et l'interrompit à nouveau.

— Et ça, c'est une bonne raison ?

— Ça pourrait l'être, intervint le membre des services de renseignement.

Peu enclin à abandonner la parole à son entourage, « Alain Juppé » éleva le ton.

— Merci de me laisser terminer. Nous imaginons qu'il y a sur cette clé des preuves de malversations et de pots-de-vin dont auraient été bénéficiaires plusieurs oligarques locaux, dont la famille du président. L'économie du pays marque un net ralentissement. Les salaires stagnent, l'inflation fait rage. Si ces informations étaient rendues publiques, il n'en faudrait pas plus pour que des troubles sociaux éclatent.

— Des affaires qui impliquent notre gouvernement ? demanda Patrick.

— ...

« Juppé » souffla à nouveau.

— Une vraie machine à faire du vent ! marmonna le policier.

Il croisa le regard de son commissaire divisionnaire et comprit qu'on attendait de lui qu'il ferme sa gueule. L'énarque grinça :

— Cela ne vous concerne pas. Contentez-vous de mener votre enquête.

Il fit signe au chef de Patrick de prendre la relève.

— Une commission rogatoire internationale a été délivrée par le magistrat instructeur. Les Beyazes ont accepté la présence d'un policier français pour les assister durant son exécution. Vous allez vous rendre là-bas.

Joignant le geste à la parole, il fit apparaître deux billets d'avion ainsi qu'un passeport de service au nom de Patrick Girard.

Fin de la réunion.

Alors que les participants s'apprêtaient à quitter les lieux, le chef de la brigade criminelle attrapa Patrick par le bras et l'entraîna à l'écart du groupe.

— Faut tout le temps que tu la ramènes.

— J'ai juste voulu préciser certaines choses et puis ce type m'énervait. C'est quoi cette histoire de clé USB ? Comment elle a récupéré ces informations ? Qui était au courant ? Pourquoi elle avait ça dans son bureau ?

— On nous demande de ne pas nous poser ce genre de questions. « Secret défense ». Fais le job comme si tu n'avais jamais entendu parler de cette histoire. Point barre.

Le commandant haussa les épaules.

— On ne risque pas de faire grand-chose. Les Beyazes seront directeurs d'enquête. À l'étranger, nous n'avons qu'un rôle d'observateur. Les cartes sont entre leurs mains... Et dis-moi, alors c'en est terminé de l'enquête « non officielle », je m'occupe de la commission rogatoire ?

— Oui, mais comme tu le dis si bien, au Beyazstan, tu n'auras qu'un rôle d'observateur et disons, d'orienteur. Pour entendre les Français, vous serez assez libres, et puis si t'as un doute, on pourra reprendre les auditions quand ils se pointeront sur le territoire national. On peut même les faire revenir.

— Tu parles comme si nous allions identifier un meurtrier, mais si le KNB tire réellement les ficelles, on fera tout pour nous embrouiller.

— Sait-on jamais ?

Le commissaire divisionnaire eut un sourire complice :

— J'ai toute confiance en toi, pour soulever la merde tu es très fort. Je te rappelle que pour le légiste tout n'est pas limpide. Rends-moi compte régulièrement et pas de gaffes. Ne déclenche pas une guerre !

Patrick eut un petit rire sec.

— Je te promets de bien me tenir.

Delaroque patientait à distance et le commandant comprit qu'il voulait s'adresser à lui. Il lui fit signe de parler.

— L'adjointe de Gwenola Fontaine est dans les locaux. Elle nous attend.

— Allons-y.

En sortant dans le couloir, un couinement de terreur paralysa Patrick. Il sentit quelque chose filer entre ses jambes. Il venait de marcher sur la queue d'un chat et le félin, poil hérissé, griffes dehors, le regardait en crachant de colère.

Tout le monde s'arrêta. Une porte s'ouvrit et le flic vit apparaître le ministre.

— Qu'est-ce que vous faites à mon chat ?

Sans attendre une éventuelle réponse, le chef de la diplomatie française s'adressa à l'animal :

— Nomi, viens ici !

Le félin hésita. Il abandonna Patrick du regard, miaula et prit la direction du bureau ministériel. Le ministre s'était agenouillé et l'attendait.

— On t'a fait du mal, viens me voir.

C'est d'une démarche princière que le quadrupède passa la porte et disparut. On referma derrière lui. Delaroque se fendit d'une explication.

— Nos locaux sont infestés de rats et on a eu l'idée de faire l'acquisition de deux chats que le ministre a baptisés Nomi et Noé. Ils ont pour mission de chasser les rongeurs.

*

* *

Le ministère des Affaires étrangères ayant demandé à Mathilde Quemoy de passer quelques jours en France et de se tenir à la disposition des enquêteurs, Bruno Delaroque et Patrick Girard en profitèrent pour la rencontrer. Elle les attendait dans un bureau qui leur avait été alloué pour la circonstance.

À soixante-deux ans, elle s'apprêtait à partir en retraite dans les prochains mois. Elle était petite, joviale, pétulante, une farfadette malicieuse. Elle écoutait peu les questions et y répondait avant qu'on les lui pose. Un style qui agaçait le diplomate et distrayait le flic. Une telle énergie ne devait pas être facile à canaliser.

Toujours est-il qu'après toutes les réserves nécessaires pour honorer la mémoire de la morte, Mathilde se lâcha. Il en ressortait un portrait au vitriol de la consule générale. Les deux femmes étaient en conflit permanent. Ou plutôt, à en croire la future retraitée, Gwenola Fontaine était en conflit avec quasiment tout le monde dans son consulat.

Patrick enregistra la déposition et n'entra pas dans les détails. Il pourrait approfondir à Schimansky s'il avait encore besoin d'elle.

*

* *

Le flic et le diplomate se retrouvèrent le lendemain pour prendre le café dans une brasserie à proximité de la rue des Trois-Fontanot. Le policier attrapa un croissant dans la panière qui le narguait. Il n'arrivait pas à résister à l'appel d'une viennoiserie matinale.

— Tu sais, lança le commandant, j'ai discuté avec Marianne, ma femme, au sujet de Gwenola…

— Je te trouvais un petit côté Colombo, je ne m'étais pas trompé. Toi aussi, tu as besoin de ta femme pour tes enquêtes.

Le flic se rembrunit.

— Je ne peux pas tout lui faire partager et rapporter à la maison mes cadavres, mais c'est vrai que lorsque c'est possible j'aime bien lui parler de mon travail.

— Et donc ?

— Elle pense, et je crois qu'elle n'a pas tort, que notre consule était en pleine dépression. Quand on écoute toutes ces histoires, cette fille a toujours vécu pour prouver à son père qu'elle était quelqu'un. Et elle en faisait trop. Dans sa jeunesse, c'était une gamine plutôt timide, renfermée. Elle a joué les révolutionnaires dans le but d'attirer l'attention de papa… Une adolescence qui traîne en longueur. Et puis, avec son entrée dans le monde diplomatique, elle a voulu en mettre plein la vue au paternel. Quand elle s'est heurtée aux autres, elle a commencé à déconner et sa peur de ne pas y arriver n'a fait qu'empirer.

L'ambassadeur se laissa tenter à son tour par un croissant. Il resta silencieux, le temps de mâcher et d'avaler la pâte au beurre.

— Ta femme est peut-être dans le vrai.

Patrick prit cela pour un encouragement à poursuivre.

— Et puis, je pense que chez vous, c'est comme chez nous. Faire appel à un psy doit être mal vu et être considéré comme de la faiblesse.

— C'est exact, admit Bruno Delaroque. Il y a la solitude du chef. À Paris, personne ne sait ce qui se passe dans les postes. On croit toujours que tout va bien. Ou plus exactement, on ne veut surtout rien savoir.

— Toujours est-il que la petite Gwenola, en quelques mois, elle s'est transformée en véritable garce. Le tableau qu'a commencé à nous dépeindre son adjointe est édifiant. Elle était obsessionnelle et tyrannique. Une gestion des ressources humaines qui n'a rien à envier au privé. Un peu comme c'était chez Orange.

— Le souci de bien faire et d'être bien vue par l'administration centrale, souffla le diplomate. Tout a vraiment changé chez nous. L'esprit de rentabilité est le même dans tous les ministères. Parfois, je ne regrette pas d'être en retraite.

Patrick termina son café, posa la tasse et lança :

— Tu crois qu'elle aurait pu vouloir la tuer ?

— Qui ? Mathilde Quemoy, tuer Gwenola Fontaine ?

Il ouvrit des yeux ronds.

— Tu ne penses pas ce que tu dis ?

Le flic haussa les épaules.

— Pourquoi pas ? Je te répète que dans la majorité des cas de meurtre, il faut chercher parmi les proches.

— Mais enfin, Mathilde mesure un mètre cinquante, Gwenola faisait presque trente centimètres de plus.

— Si c'est ton seul argument. Excuse-moi, ça ne veut rien dire. On voit bien que tu n'es pas flic.

— D'accord, pourquoi pas ? Mais, dans ce cas, pourquoi elle et pas les autres ? Gwenola faisait l'unanimité contre elle.

— Il ne nous reste plus qu'à aller étudier ça sur place. J'ai eu mon visa ce matin. C'est bon pour toi ?

Delaroque sourit.

— Au Quai, les anciens ambassadeurs ont un passeport

diplomatique permanent et dans ce pays, il n'y a pas besoin de visas pour les diplos.

— Chez nous, il faut s'appeler Benalla pour avoir ce genre d'avantages.

*

* *

En sortant de l'avion, Patrick n'avait qu'une obsession, fumer ! Les muscles ankylosés, les deux voyageurs eurent quelques difficultés à reprendre la station debout.

— On ressemble à des vieillards, remarqua le policier. Je suppose que ça doit te faire drôle : un ambassadeur, ça doit voler en business.

Delaroque haussa les épaules avec l'air pincé qui lui était habituel lorsqu'on le contrariait. Patrick adorait le voir faire cette mine. Un prof venant d'entendre une ânerie.

— Il y a longtemps que le ministère n'a plus les moyens. C'est devenu très exceptionnel.

— Exceptionnel, ça ne veut pas dire jamais ! corrigea Patrick. Enfin, tu dois avoir plus l'habitude que moi. Je n'ai pas eu la chance de connaître l'exceptionnel.

Pour le passage frontière, un guichet était réservé aux passeports diplomatiques. Delaroque y entraîna le flic derrière lui. Patrick apprécia et ils se retrouvèrent en un temps record à attendre leurs bagages. Le policier étudia la foule. Il s'agissait d'une population hétérogène, un mélange d'Asiatiques aux yeux bridés et à la peau mate et de Slaves blonds. Toutes les couches de la société étaient représentées, du couple de paysans venus des steppes aux riches businessmen arrogants. Bon nombre de Beyazes avaient élu domicile sur la Côte d'Azur. Ils y avaient même un consulat. S'arrêtant sur les femmes, il s'étonna de voir à quel point la nature avait été plus charitable envers la gent féminine qu'avec les hommes. À quelques exceptions près, les premières étaient aussi belles et apprêtées que les seconds étaient gras et rustiques. Peut-être l'effet de la vodka. Le flic abandonna ses rêveries en voyant arriver sa valise. Celle de Bruno ne tarda pas à suivre et ils purent se faufiler vers la sortie.

Azamat, le chauffeur de l'ambassade, les attendait avec Émile Guyon, le commandant de police du service de coopération internationale. À bientôt cinquante-sept ans, il était proche de la retraite et le Beyazstan serait son dernier poste. Le cheveu blanc coupé court, visage carré, il avait des allures de militaire. Muté à Schimansky depuis bientôt deux ans, Gwenola avait été sa seule cheffe de poste et c'est lui qui s'était occupé des premières constatations avec les enquêteurs locaux. Guyon avait trente ans de police derrière lui, une moitié à l'étranger et l'autre en France dans divers services de la PJ. À la manière de deux clébards qui se reniflent le cul, les deux policiers commencèrent par comparer leurs carrières respectives. Ils s'étaient déjà croisés et avaient des amis communs. Les références donnèrent à Girard une bonne image de son collègue. Un flic normal, ni trop volubile, ni trop effacé. Delaroque écoutait sans prendre part à la conversation. Les questions sur Gwenola viendraient plus tard, lorsqu'ils ne seraient plus avec le chauffeur. De l'aéroport au consulat, il y avait une vingtaine de kilomètres qu'ils parcoururent sous la neige. Patrick détestait le froid, ce séjour allait être insupportable. Il regrettait déjà d'avoir accepté cette mission. « Tu as de la chance de connaître un endroit où personne ne va jamais », lui avait dit sa femme pour l'encourager. Il essaya de faire bonne figure et posa des questions sur le pays et les habitants, sans vraiment s'intéresser aux réponses.

Après avoir laissé leurs bagages dans les chambres d'un hôtel voisin du consulat, les deux voyageurs retrouvèrent Guyon dans le hall d'accueil. Il s'enquit de la qualité de leur logement. Il était au goût du policier et du diplomate.

— On pourrait discuter un peu, proposa Patrick, en désignant un coin salon.

— Comme vous voulez, c'est vrai qu'on sera mieux que dans mon bureau.

Ils s'installèrent confortablement et commandèrent des cafés.

— Alors, elle était comment ? demanda Patrick.

— Une femme brillante, belle et intelligente, répondit le flic dans la seconde, avant d'ajouter : mais une chieuse, stressée et stressante, à cheval sur tout, tatillonne à l'excès. Il lui a fallu très peu de temps pour se mettre tout le monde à dos. Et quand je dis tout le monde, ça va du simple employé aux politiciens et représentants de l'État.

Pour Delaroque, il n'y avait rien de plus déplaisant que d'entendre dire du mal de ses collègues. En revanche, rien ne le surprenait et lui-même détestait les excès dont il avait été témoin dans sa carrière. Malgré cela, son ministère, c'était sa famille et il lui était désagréable qu'on critique les siens.

18

À sa prise de fonction, Gwenola jouissait d'un fort capital sympathie auprès des employés. C'était certainement dû à son âge et à son physique. Bien que Brassens ait pourtant averti à son époque qu'en matière de cons, « le temps ne faisait rien à l'affaire », le personnel avait voulu croire que les jeunes étaient nécessairement meilleurs que les vieux.

Les choses sérieuses commençaient. Gwenola était désormais la seule capitaine du navire. Côté famille, Delcroix était enchanté par leur nouvelle maison. La ville lui plaisait. Les enfants étaient dans une grande école internationale. Ils avaient dû y mettre le prix, mais il n'y avait pas vraiment d'autre solution, sauf à les inscrire dans un établissement « normal » fréquenté par les petits Beyazes des classes populaires.

Au consulat général, les employés expatriés auxquels Gwenola avait eu affaire étaient partis vers de nouvelles affectations. Ils ne lui manqueraient pas. Elle désirait faire table rase d'une époque dont elle ne voulait plus entendre parler, sauf à la critiquer. Erick restait, ce qui était positif à ses yeux. Elle conserverait également Hakiki, le chef des visas, un garçon un peu roublard qu'elle surveillerait de près, et Yves Houdin, le policier en charge de la sécurité de l'ambassade qui, selon Erick, avait peu d'atomes crochus avec l'équipe précédente. Une qualité.

Comme prévu, elle s'assura les services de Nilufer en tant que secrétaire interprète. L'occasion pour celle-ci d'un retour en grâce inespéré.

Gwenola mettrait un point d'honneur à venir tôt au bureau et à en partir tard. C'est ainsi que faisait son ambassadeur en Géorgie. La question n'était pas tant de savoir si son travail le nécessitait, que de marquer ses collaborateurs.

L'équipe d'expatriés s'étoffa. Première arrivée : son adjointe, Mathilde Quemoy, puis le nouvel attaché de sécurité intérieure, Émile Guyon, et enfin un chiffreur, Lucas Pascaud. Si elle fut ravie de voir partir les anciens, Gwenola ne fut pas comblée par le personnel qu'on lui envoyait. Elle espérait mieux. On ne l'avait pas « gâtée ». La cheffe de chancellerie et le flic approchaient de l'âge de la retraite, et cette affectation serait pour eux la dernière. Il n'y aurait donc aucune « carotte » pour les motiver ; quant à Pascaud, il avait mauvaise réputation à Paris. Son poste ne trouvant pas preneur, l'administration se contenta de l'unique postulant, et ce fut Pascaud.

Malgré ces déconvenues, Gwenola se sentait à même de fédérer tout ce monde autour d'elle pour une cause commune, la grandeur de la France au Beyazstan.

Quelques jours plus tard, l'ambassadeur Dupont d'Audricourt fit le déplacement jusqu'à Schimansky pour s'entretenir avec sa nouvelle consule générale et la présenter aux autorités beyazes. Il souhaitait indiquer à sa subordonnée les orientations à venir et partager clairement avec elle leurs compétences respectives dans le pays. Ce fut l'occasion pour Gwenola d'organiser un barbecue de bienvenue pour les arrivants dans le jardin de sa résidence. Elle serait une cheffe de service simple et accessible.

Seconde étape, il fallait aussi démontrer qu'elle n'en était pas moins celle qui commande et pour cela, rien de tel à ses yeux que l'exercice du bâton. Pour l'informer, elle pouvait faire confiance à Hakiki et Houdin, ces deux-là étaient tout disposés à s'épancher sur leurs collègues. Ils seraient ses indics. Restait à trouver le maillon faible qui servirait d'exemple. Le personnel expatrié étant limité et difficile à remplacer, mieux valait rechercher la victime au sein des recrutés locaux. Elle apprit qu'une des employées du bureau des visas était soupçonnée d'avoir quelque peu manqué de rigueur en avantageant des proches. Les plus mauvaises langues parlaient même de corruption, sans que cela soit fondé. Ce serait une cible parfaite, d'autant plus que des rumeurs la désignaient également comme ayant été une intime de Sabatier, l'ancien chef. Parfait pour Gwenola. Mutation dans un placard, pressions, harcèlement moral, elle sortit le grand jeu jusqu'à obtenir la démission de sa victime, sans que celle-ci puisse solliciter la moindre compensation.

Excellente démonstration de ses qualités de cheffe, un don qui faisait défaut à ses prédécesseurs et aux responsables de service que ses locaux abritaient. Elle pensait à la mission économique et à la coopération policière. Leur personnel était bien trop libre au goût de Gwenola.

Elle détestait la mission économique. La cheffe de l'antenne de Schimansky, Isabelle Patissier, qui pourtant lui avait plu, lui paraissait maintenant incompétente. Elle la jugeait beaucoup trop laxiste. Elle copinait avec ses troupes. Elle avait été précédemment volontaire internationale, affectée à Tachkent en Ouzbékistan, où elle avait connu un jeune local avec qui elle était en couple. Cette relation énervait Gwenola et elle ne ratait pas une occasion de s'épancher sur le sujet en trouvant insupportable de voir « l'Ouzbèke » au volant de la voiture en plaques diplomatiques de sa compagne. Une mauvaise image pour la France !

La représentation du ministère de l'Intérieur, pourtant limitée, puisqu'elle n'occupait que deux pièces, chacune plus proche de la taille d'un placard à balais que d'un lieu de travail, agaçait également Gwenola. Elle n'avait pas de véritable emprise sur ce service à compétence régionale couvrant l'ensemble des pays du Caucase et d'Europe orientale. Le bureau n'était basé à Schimansky que pour son avantage géographique. Le personnel de l'attaché de sécurité intérieure se limitait à deux collaborateurs, mais ces deux-là ne convenaient pas non plus. L'aversion de la consule générale vis-à-vis de la secrétaire se renforçait de jour en jour. Avec ses jupes trop courtes, ses talons trop hauts, sa démarche bruyante, sa voix de crécelle…, elle ne la supportait pas. Son chauffeur ne travaillait pas assez à son goût et Gwenola passait son temps à le pourchasser dans les couloirs. Si elle ne s'en occupait pas elle-même, elle donnait ordre à sa secrétaire, ou à son adjointe de le faire. Elle voulait savoir minute par minute ce qu'il faisait. L'homme n'était certes pas un foudre de guerre, mais l'obsession de la consule générale à son sujet devint risible.

L'une des idées de Gwenola fut de placer un tableau d'emploi du temps des chauffeurs dans le bureau de la standardiste. Elle demanda à cette dernière de veiller à ce qu'il soit consulté et mis à jour quotidiennement. Le policier devait s'occuper de Nahil, son chauffeur ; pour Azamat, c'était à Mathilde Quemoy de s'en charger. Cela ne dura pas. Elle crut s'étouffer en lisant ce qui était écrit et porté à la connaissance de tous par Mathilde. Il n'était fait mention que de tâches exclusivement privées. Les occupations « professionnelles » d'Azamat se partageaient entre le voiturage des enfants et celui de « Monsieur Hugo ».

Gwenola expliqua à qui voulait l'entendre qu'elle payait de sa poche les extras du chauffeur du consulat, une générosité dont son chauffeur n'avait malheureusement pas connaissance.

Dans ce contexte, Gwenola se vit contrainte à plus de discrétion. Exit le tableau de service. Mais pas question d'en rester là. Elle décida d'occuper à sa façon Nahil en lui faisant peindre les bacs à fleurs, ou procéder à des tâches d'ordre privé comme laver sa voiture personnelle.

Gwenola épuisait son énergie à canaliser celle des autres. Tant de choses fonctionnaient si mal, à son goût, qu'elle ne savait où donner de la tête. Chaque matin, elle avait des difficultés pour circuler aux abords du consulat général. La police beyaze était à l'origine de ce laisser-aller. Elle ordonna à Nilufer d'exiger que les autorités y remédient.

La circulation extérieure devint sa nouvelle marotte. Telle une vieille commère de village, elle passait son temps derrière sa fenêtre à scruter les indisciplinés qui se garaient à proximité du consulat. Il lui arrivait de hurler et de quitter son bureau en courant pour sortir dans la rue. Une fois dehors, comme un rapace fonçant sur sa proie, elle se précipitait vers les conducteurs récalcitrants pour les obliger à aller parquer leur véhicule plus loin. Elle avait une drôle d'allure lorsqu'en colère elle prenait à partie les Beyazes. Ils voyaient fondre sur eux une Européenne surexcitée, qui se mettait à gesticuler en vociférant pour les faire circuler. Débonnaires, les Beyazes, souvent corpulents et massifs, levaient à peine les yeux et, sans trop comprendre ce que Gwenola voulait, finissaient par obtempérer en allant se garer ailleurs. Les employés s'en amusaient et chacun guettait, pour ne pas dire espérait, le moment où un conducteur un peu nerveux se fâcherait. Cela n'arriva pas.

Gwenola aimait l'ordre, une préoccupation que semblait négliger son personnel. L'attitude d'Erick, pourtant son ami, la dérangeait. L'antre du représentant du conseiller culturel était une sorte de capharnaüm où il devait bien être le seul à se retrouver.

Le bureau de Gwenola était tout l'inverse. Elle avait une table de travail dégagée de tout dossier, sinon celui en cours de traitement. Seuls éléments de décoration qu'elle affectionnait : trois petites boîtes russes, en bois laqué, et des douilles de kalachnikov, une arme que cette chasseuse - un sport qu'elle avait pratiqué avec son père - était très fière d'avoir utilisée avec des amis géorgiens. Ce dépouillement n'en était pas moins la source d'un énervement quasi journalier. Lorsque Mathilde faisait son entrée avec les parapheurs et qu'elle les déposait, sans aucun respect pour les objets fétiches, l'ordre établi s'en trouvait souvent bousculé et cette outrecuidance était toujours suivie des mêmes effets : Gwenola s'agitait sur son fauteuil en se dandinant d'une fesse sur l'autre avant de remettre en place son triptyque. Le pire fut le jour où cette tempête quotidienne, habituellement localisée sur les boîtes, déclencha un effet domino en effleurant les douilles qui, telles des quilles au bowling, s'entrechoquèrent et tombèrent sur le parquet.

« À mon avis, elle le fait exprès. » C'est ce que put lire Mathilde dans le regard fulminant de Gwenola. Ses mains se crispèrent, ses yeux se transformèrent en lance-flammes. L'instant aurait pu tourner au vinaigre si Mathilde n'avait pas eu la vivacité d'esprit d'opter pour un repli stratégique hors de la pièce.

L'ORDRE, il fallait de l'ORDRE, dans son nouveau royaume. Comme le jour où elle déboula, hors d'elle, chez son adjointe. Plantée devant l'entrée du bureau de Mathilde, elle hurla :

— Venez voir !

D'un coup de tête, elle lui fit signe de la suivre. Débonnaire, tout en se demandant bien quelle était la dernière lubie de sa cheffe, Mathilde se leva. Et c'est d'un pas quasiment militaire que Gwenola prit la direction du local de la photocopieuse :

— Regardez ce carton, faites-moi enlever ça tout de suite, le désordre génère le désordre, soyez plus vigilante ! Et je ne veux pas avoir à le répéter !

Lorsqu'elle avait une idée, quels que soient l'heure et le lieu, ça se transformait en urgence. Elle pouvait appeler un employé à vingt-trois heures pour lui parler d'un problème de chasse d'eau.

Ses sautes d'humeur étaient quasi quotidiennes. Cela commençait souvent par des cris : « Mathiiiilde ! Avec moi. » Et la consule adjointe suivait, plus crispée qu'impressionnée, il lui en aurait fallu plus. Elle avait connu tant de chefs de poste, qu'une extravagance de plus ou de moins…

L'amour de l'ordre de la consule était à géométrie variable. Le bureau du chef des visas aurait dû attirer ses foudres. Il n'en était rien. C'était pourtant spectaculaire, tant l'endroit ressemblait à s'y méprendre au local de Gaston Lagaffe. Les piles de dossiers s'amoncelaient et Gwenola laissait faire. Un sujet d'étonnement et d'incompréhension pour le reste du personnel.

19

Après un long parcours sinueux sur des routes de montagne, le véhicule plongea vers la vallée. Au fur et à mesure des kilomètres, le niveau de la neige diminua jusqu'à disparaître et laisser place à une température agréable. La population se modifiait, moins rurale, plus policée. Hommes et femmes abandonnaient les vêtements traditionnels (couleurs vives et criardes pour les robes, pantalons et manteaux en coton épais), au profit d'habits plus occidentaux. Le changement s'observait également sur les voitures, les guimbardes hors d'âge se faisaient rares, alors que les 4×4 rutilants fleurissaient. Bon nombre d'entre eux étaient encore plaqués dans leur pays d'origine. L'Europe en général, et l'Allemagne en particulier, tenaient une bonne place. Le trafic de voitures avait encore de beaux jours devant lui. Personne ne viendrait récupérer une voiture volée, même équipée de GPS et localisée par les compagnies d'assurance, dans un pays où le procureur général et les principaux représentants de l'État étaient les premiers à en profiter.

Quand Baha émergea d'un demi-sommeil, ils étaient en train de contourner la capitale. Il en avait marre et l'appel de sa vessie devenait insistant. Il le fit remarquer. L'officier donna l'ordre de trouver un endroit propice. Ils s'arrêtèrent dans une station-service pour faire le plein. Lorsque le véhicule s'immobilisa, le colonel avisa un groupe d'hommes en train de manger.

— J'ai faim, fit le chef, on va faire une pause.

Il abandonna le chauffeur et entraîna à sa suite les deux policiers qui l'accompagnaient. Les armes restèrent dans la voiture et Baha prit la direction de la cabane qu'on lui avait désignée.

Le simple fait qu'on ne s'intéresse pas à lui pendant ce court instant lui fit oublier l'étau qui lui serrait la poitrine depuis qu'il était dans cette voiture. Bien que les chiottes soient un trou puant d'où débordaient la merde et l'urine, il respirait mieux.

Il retrouva ses accompagnateurs de part et d'autre d'une longue table recouverte d'une toile cirée maculée de taches de graisse. À l'autre bout, plusieurs hommes mangeaient des brochettes en buvant de la bière. Le colonel l'invita à s'installer.

— On t'a commandé à manger, ton aventure a dû te creuser, non ?

C'était la première fois que l'officier parlait sans animosité et qu'il l'avait face à lui, tête nue. Il découvrit un visage rond, de bonnes joues, un teint couperosé travaillé au houblon et à l'alcool de pomme de terre. Les cheveux taillés au bol lui donnaient des allures de playmobil. S'il n'avait pas été colonel d'un service de sécurité, Baha aurait pu le trouver sympathique. Sa fonction lui conférait une dangerosité que son aspect bonhomme ne suffisait pas à effacer. Le fuyard se rappela cependant que, pour le moment, cet homme avait sa vie entre les mains et qu'il n'était pas, ou pas encore, son ennemi. Baha s'assit et s'efforça de penser que tout allait bien.

— Merci, c'est vrai que j'ai faim.

Les seins de la serveuse égayèrent le colonel et lui fournirent un sujet de conversation. Si Baha resta de marbre, cela plut à ses compagnons et provoqua une récréation. Les artères remplies d'un flot graisseux, trois bières plus tard et après un nouvel arrêt dans la petite maison aux délicates senteurs, ils reprenaient la route. L'alcool les avait déridés et avait recouvert les soucis de Baha d'un vernis d'optimisme. Le Beyaze sombra dans une douce léthargie et regarda, sans les voir, les kilomètres défiler. Quand il reprit contact avec le monde réel, le 4×4 abandonnait le bitume pour ce qui ressemblait à une piste boueuse. Il rebondit sur son siège, valdingua sur les épaules de ses voisins et chercha à trouver un point d'accroche pour s'amarrer solidement. Le chauffeur slalomait entre les nids-de-poule et les ornières en soulevant des gerbes d'eau marron.

— Ralentis, imbécile, lui intima le colonel.

Le conducteur s'exécuta et cessa de jouer les virtuoses du volant. Les secousses se firent moins violentes, mais ils ne dépassaient pas les dix kilomètres heure. Devant eux, à perte de vue, il n'y avait rien. Un paysage de steppe, parfois des chevaux en liberté. Baha se garda de poser la question de savoir s'ils étaient encore loin. Ce n'est qu'une heure plus tard qu'ils commencèrent à gravir des collines et que l'environnement se transforma. Et il y eut, enfin, des êtres humains, d'abord un village, puis un bourg. La voiture bifurqua à nouveau vers une vallée. Cette fois, il y avait du monde et Baha se demanda s'il devait s'en réjouir. Des hommes armés jalonnaient leur route. Des guetteurs, un service de sécurité ? Ils portaient le pakol traditionnel et des chemises longues… Des guerriers équipés de kalachnikovs. Baha pensa à l'Afghanistan, à Massoud, il se rappela la guerre et son ami. Et puis, ils arrivèrent aux abords d'une propriété délimitée par un mur d'enceinte avec des miradors. Passé un premier contrôle, ils longèrent un parking bondé de voitures. Plus loin, il vit ce qui ressemblait à un stade. Les gradins étaient remplis d'une foule bigarrée, paysans, bourgeois, militaires, policiers, jeunes, vieux… Mais que des hommes. Personne ne prêta attention à eux. Le 4×4 se gara là où il trouva une place et ses occupants ne furent pas mécontents de mettre pied à terre. La température était repassée au frais. Après le stade, Baha remarqua ce qui ressemblait à des écuries et, encore plus loin, à un endroit surplombant la propriété, une villa immense. L'architecte s'était pompeusement inspiré des châteaux de la Renaissance. Il se demanda qui était exactement son ami et ce qu'il faisait ici.

— On y va ? lança le colonel.

Baha renvoya un coup de tête affirmatif et suivit l'officier jusqu'au stade. En ressentant le tremblement du sol, l'odeur, le bruit des bêtes, il comprit instinctivement de quoi il s'agissait : un bouzkachi. Un sport pratiqué dans toute l'Asie centrale et particulièrement en Afghanistan et au Tadjikistan. On les laissa passer et ils eurent enfin une vue directe sur le spectacle. Un cavalier au galop, les rênes de son cheval entre les dents, approchait.

D'une main, il frappait l'animal, de l'autre il tenait fermement par une patte la carcasse d'un veau décapité et tentait d'échapper à la horde sauvage lancée à sa poursuite. Arrivé au bout du terrain, il contourna un drapeau et revint sur ses pas. Son but était un cercle tracé sur le sol. C'est à cet endroit, à l'extrémité opposée du terrain qu'il devait déposer sa charge. Ses adversaires l'attaquèrent de front. La mêlée fut violente. Animaux cabrés, échange de coups de cravache, bousculade, hennissements, jets de boue. Difficile de savoir s'il avait encore sa prise, si elle lui avait échappé, si un autre cavalier s'en était emparé. Qui avait l'avantage ? Baha perdit de vue le cavalier qui tenait la bête… Et tout à coup ce dernier réapparut… entraînant derrière lui la meute de ses poursuivants. Les coups de cravache et d'éperons redoublèrent. Il lui restait une centaine de mètres à parcourir. Un cavalier parvint à se porter à son niveau. Il se pencha pour attraper une des pattes du veau… Et réussit à s'en saisir. Public debout. Le colonel et Baha cessèrent de marcher, captivés eux aussi par le spectacle. Les deux chevaux galopaient côte à côte pendant que leurs cavaliers tentaient de garder, pour l'un, d'arracher, pour l'autre, la carcasse du veau… C'est à quelques mètres de l'arrivée que la patte que tenait le poursuivant se détacha du reste de la dépouille et lui resta dans les mains. Le premier gagna quelques mètres, suffisamment pour atteindre le cercle de la victoire et se débarrasser de son fardeau sous les cris joyeux du public.

Les deux hommes continuèrent jusqu'à la tribune d'honneur. C'est là que Baha remarqua son camarade de combat assis à la place d'honneur. Mohamed Fahim s'était empâté plus encore que sur la photographie de sa page Facebook. Il avait pris une bonne vingtaine de kilos. Les rondeurs lui donnaient un aspect poupin, les traits n'en étaient pas moins durs. De profil, il fut surpris de noter dans son visage une détermination et une brutalité que son ami n'avait pas dans sa jeunesse. À la manière des présidents afghans, Fahim avait les épaules couvertes d'un manteau traditionnel en soie avec des bandes de couleur crème et verte et il portait le pakol. Il le vit fouiller dans la poche droite de sa veste et ressortir une poignée de dollars qu'il donna à un homme assis près de lui. L'argent passa entre plusieurs mains et termina dans celles du cavalier victorieux. En arrêt devant la tribune, juché sur son cheval, le vainqueur fit disparaître les billets dans sa ceinture. Il s'inclina avec déférence et força sa bête à faire de même avant de repartir se joindre aux joueurs. Une autre partie commencerait dès qu'on aurait échangé le veau abîmé pour une carcasse complète. Balle neuve.

Comme s'il avait senti le regard de Baha sur lui, Fahim tourna la tête en direction du nouvel arrivant. Un sourire magnifique se forma sur le visage du maître des lieux. Il hurla et fit de grands signes.

— Mon ami, approche !

Baha devint instantanément la cible de tous les yeux. Le colonel s'effaça et le laissa passer.

— Vas-y ! Je te reverrai peut-être plus tard.

— Tu ne viens pas ?

— J'ai fait mon job. Je vais repartir chez moi.

— … ??? Tu vas refaire toute cette route ?

L'officier eut un petit rire sec et nerveux.

— Je ne suis pas d'ici. On m'a demandé de t'emmener. C'est ce que j'ai fait.

Tout cela en disait long sur la puissance de Mohamed Fahim. La tête remplie de questionnements, Baha gravit les marches le séparant de son frère d'armes. L'étreinte fut chaleureuse. Il leur fallut un moment pour comprendre la raison de la chape de silence qui s'était abattue sur le stade. Tout le monde les regardait…

— J'avais oublié…, s'amusa Mohamed.

Les cavaliers et le public patientaient dans l'attente d'un signe de Fahim pour reprendre la partie. D'un geste, il donna le départ d'une nouvelle ruée. Fahim se désintéressa du spectacle pour conduire son ami dans une pièce au-dessus des gradins. De là, ils pourraient converser tout en continuant de suivre le jeu. Du vin, des alcools divers, des fruits et des victuailles étaient déposés sur une table entourée de lourds fauteuils en bois doré.

— C'est ici que je reçois le gratin, mais je préfère être dehors avec tout le monde. C'est plus convivial… J'aime les gens.

Baha plissa les lèvres, cette richesse et ce pouvoir qu'il pressentait sans bien les comprendre le dépassaient. Il ne savait plus qui il avait en face de lui. Qui était son ami ?

— Alors, raconte-moi ce que tu es devenu depuis tout ce temps, demanda Mohamed Fahim.

Le fugitif parla sans crainte et de tout : son retour au pays, l'indépendance du Beyazstan au moment de l'éclatement de l'Union soviétique et le peu d'intérêt des gouvernants pour ses anciens soldats.

— Si ce n'est pour nous faire parader avec des médailles sur le ventre lors des commémorations, tout le monde se fout de nous. Au contraire, on est suspects. Ils croient qu'on est peut-être des agents des Russes.

Mohamed hocha la tête. Ce n'était pas loin d'être la même chose au Tadjikistan. Il laissa Baha poursuivre :

— On ne m'a pas proposé de boulot. J'ai juste pu garder le logement que m'avait donné l'État. Tout est devenu privé. Seuls les riches s'en sortent, et ils sont de plus en plus riches.

Cette fois, Fahim sourit franchement. Tout allait bien pour lui. Son ami lui parla de sa famille et de leur vie de labeur.

— J'avais suivi des cours de français à l'armée. Au temps de la guerre froide, on apprenait la langue des adversaires, dit tristement Baha. Et il ajouta :

— Si j'avais su que ça me permettrait de nettoyer les chiottes d'une ambassade…

Il continua à raconter sa vie terne et sans joie, son recrutement par le KNB.

— Comme tous les gens qui travaillent pour des étrangers, précisa-t-il.

Et puis il eut un long silence, avant de passer aux dernières quarante-huit heures, la mort de la consule générale, les documents retrouvés et remis aux espions beyazes, la promesse d'une récompense… La chasse à l'homme avec lui dans le rôle du gibier. Quand il eut terminé, Mohamed Fahim resta silencieux, et lâcha :

— Les enfoirés !

Il avait l'air profondément choqué et ça fit du bien à Baha de voir qu'il s'intéressait à lui. Fahim allait poursuivre quand on frappa à la porte de la pièce. Il hurla pour autoriser l'arrivant à entrer. L'homme à qui il avait remis les dollars destinés au cavalier s'approcha :

— Mohamed-Jon, c'est terminé. Les gens s'en vont. Vous voulez toujours ?

— Oui, dis à nos hommes de rester là, et à tous ceux qui travaillent pour nous.

Fahim se tourna vers son ancien frère d'armes :

— J'ai une petite chose à régler. Ce ne sera pas très long. Viens avec moi.

Les deux amis regagnèrent la tribune extérieure. Baha nota que si le public avait sensiblement diminué, il restait tout de même pas mal de monde, entre cent cinquante et deux cents personnes, parmi lesquelles il y avait des uniformes de différents services de sécurité. Les cavaliers aussi étaient toujours là, peut-être un peu moins qu'au départ. Fahim s'installa.

— Je n'ai même pas pris le temps de t'offrir quelque chose à boire ou manger.

Il ordonna qu'on leur apporte des bières, alors qu'une porte donnant sur le stade s'ouvrait dans un claquement métallique. Deux palefreniers apparurent. Ils poussaient un homme nu. Il avait les bras saucissonnés le long du corps par des cordes. Baha frémit, lança un regard à Fahim. Il y trouva un sourire haineux.

— Ce salopard avait toute ma confiance, c'était un de mes lieutenants. Ici, tout le monde lui obéissait et le respectait. Il m'a trahi. C'est un voleur et un espion.

Coupé par les cris et les pleurs, Fahim n'arriva pas à poursuivre ses explications. L'homme devait avoir une petite quarantaine d'années, de taille moyenne, un corps gras, à l'inverse de son visage émacié, ou était-ce dû à la terreur qui s'y lisait ? Les cheveux mi-longs, il était sale et couvert d'ecchymoses. Des marques de torture. Il implorait le pardon de Mohamed, demandait grâce, promettait de se racheter… Tentait de justifier sa faute. Impassible, Fahim fit un signe vers les gardes. Ils empoignèrent le malheureux par les cordes, et l'un d'eux trancha les liens d'un coup de poignard. Ils le poussèrent au milieu du cercle tracé sur le sol. L'homme trébucha, s'affala sur le ventre, visage dans la boue. Il se retourna sur le dos et hurla. Ce fut un cri presque animal qu'il poussa en essayant de se relever. Il prit la fuite en courant. Nouveau signe discret de Fahim. Les cavaliers placés derrière la ligne de départ s'élancèrent au galop. Le condamné jeta un regard terrorisé en direction de la menace. Il chuta à nouveau et s'étala de tout son long. Le premier à arriver sur la proie était un cavalier solidement bâti, une force de la nature montée sur un cheval tout aussi imposant. Il se pencha sur le côté de sa bête, accroché par une main à sa selle, collé au flanc de son animal, il laissa traîner l'autre main au ras du sol jusqu'à attraper une cheville du prisonnier. Le corps se retourna comme s'il s'agissait d'un vulgaire morceau de tissu. Tête en arrière, bras pendants, le supplicié était maintenant suspendu par la poigne du cavalier. Celui-ci avait perdu son avance et vit approcher un concurrent. Juché sur un cheval plus petit, son adversaire saisit un bras et tira vers lui. Quand le premier concurrent s'aperçut qu'on essayait de lui voler sa proie, ce fut un échange de coups de cravache entre les deux hommes. Les chevaux ralentirent et furent rattrapés par le reste de la troupe. Nouvelle mêlée. Les cris du prisonnier cessèrent avant qu'on puisse savoir qui le tenait. Un cavalier s'échappa, ce qu'il transportait n'était plus qu'une bouillie infâme. Le jeu s'achevait. La dépouille était réduite à un tas de viande hachée, les bras étaient à demi arrachés, le crâne déformé, un œil sortait de son orbite et traînait dans la boue. Un bruit métallique, un portail s'ouvrit et des chiens s'approchèrent. Baha fut pris d'une subite envie de vomir. Il quitta la tribune pour fuir la barbarie. Cette mise à mort, comme tous ceux qui avaient fait l'Afghanistan, il la connaissait bien… Elle était réservée à certains prisonniers soviétiques tombés vivants aux mains des résistants afghans.

20

Tout ce qu'avait entendu Patrick ne faisait que renforcer son opinion sur Gwenola. « Une sale conne ». Il y en avait, certes, des comme elle à l'Intérieur, mais Fontaine était particulièrement gratinée. Il se demandait s'il aurait pu supporter longtemps une cheffe de service de cet acabit. Certainement pas ! De là à la tuer.

Mathilde Quemoy les avait précédés de quelques heures et elle les accueillit dans ce qui était, en l'absence de consule générale, son domaine. Après s'être entretenus brièvement avec plusieurs employés et avoir effectué un tour des lieux avec Mathilde, les deux compères s'installèrent dans la salle de réunion. C'est là qu'ils travailleraient.

À peine assis, Delaroque reçut un appel de son collègue : l'ambassadeur voulait savoir si les enquêteurs envisageaient de se rendre à la capitale pour rencontrer le personnel de l'ambassade ou s'ils préféraient demeurer à Schimansky et les faire venir. Bruno Delaroque hésita, avant de répondre qu'il allait y réfléchir avec le commandant. Il n'y avait pas d'urgence, ils avaient de quoi s'occuper à Schimansky, le reste attendrait.

— Je vous en supplie, pas d'incidents avec les autorités locales. Ils sont tatillons et ils n'apprécieraient pas qu'on les implique dans cette affaire alors qu'ils n'y sont pour rien.

Bruno Delaroque espéra que son collègue ne croyait pas un mot de ce qu'il disait et que ces propos étaient destinés au KNB, pour ne pas inquiéter les agents beyazes chargés des surveillances téléphoniques. Nul doute que depuis la mort de Gwenola Fontaine, l'attention des services secrets se focalisait sur la France.

Témoin de la conversation entre les deux diplomates, Patrick interrompit Bruno.

— De toute manière, au niveau judiciaire ce n'est pas nous qui menons les investigations, mais la police beyaze. Nous ne sommes que des observateurs, il faudra voir avec les collègues locaux comment ils comptent opérer.

Delaroque répéta pour l'ambassadeur. Comme un fait exprès, c'est à ce moment-là que Guyon entra dans le bureau. Il s'adressa à son collègue policier.

— Nous sommes attendus au KNB.

Delaroque répercuta l'information au téléphone et abrégea la conversation.

— Au KNB ? s'étonna Patrick, pourquoi les services de renseignement ?

Guyon haussa les épaules :

— Il ne faut pas y voir de malice. D'abord, ils considèrent que l'enquête est solutionnée puisqu'ils affirment avoir mis hors d'état de nuire les coupables. Ensuite, comme c'est une affaire en liaison avec un pays étranger, il est normal qu'ils s'en occupent. Ici, par exemple, tout ce qui est trafic international de drogue est en général traité par le KNB et non pas par la police.

— On ne va pas aller contre les coutumes, admit Patrick.

— Ma secrétaire nous accompagnera, elle servira d'interprète. Bien que vous parliez le beyaze, si j'ai bien saisi, fit Guyon à l'attention de Delaroque.

— C'est vrai, mais il vaut mieux que je fasse profil bas et que je ne mette pas cela en avant. Ça me permettra de comprendre des choses au cas où la traduction n'est pas conforme à la réalité.

— Vous n'avez pas à vous inquiéter. J'ai toute confiance en ma collaboratrice.

Ils entendirent ce qui ressemblait à une cavalcade dans le couloir et une jeune femme juchée sur des talons hauts apparut. C'était une blonde âgée d'une trentaine d'années, de type slave, visage doux, sourire engageant. Elle salua les visiteurs.

— Je vous présente Tatiana. Elle travaille pour nous depuis

cinq ans, c'est elle qui connaît le mieux les services de sécurité beyazes et de la région.

Le commandant Girard évalua la secrétaire d'un coup d'œil. Le physique était attrayant et le regard franc, est-ce que ça en faisait une interprète loyale ? La réponse à cette question devrait attendre qu'il en sache plus à son sujet. Les autorités ne devaient pas manquer de moyens de pression pour s'assurer la coopération de la population. Entre la France et son pays ? Le choix ne devait pas être simple.

Ils ne traînèrent pas. Quelques minutes plus tard, ils s'entassaient dans le véhicule de l'ASI. Les deux policiers s'installèrent à l'arrière avec Tatiana. La place avant, à côté du chauffeur, serait pour Delaroque. Il était tout de même ambassadeur.

Girard se concentra sur ce qu'il voyait et Guyon considéra que son rôle était de se transformer en guide touristique. Détruite au dix-neuvième siècle par un tremblement de terre, la ville était exposée à une forte activité sismique et jusqu'à l'ère soviétique, le bois fut privilégié pour la construction. Avec le communisme, les blocs de béton sans âme avaient pris le relais. Les vestiges du passé étaient rares. Il montra quelques bâtiments en bois peint. À l'époque soviétique, de la Pologne à la Mongolie, toutes les grandes villes se ressemblaient. Depuis l'indépendance et le boom économique, ce n'était plus le cas. Dans le riche Beyazstan, des immeubles modernes en acier et en verre fleurissaient un peu partout. En en montrant quelques-uns, Guyon fit une grimace outrageusement sceptique.

— Ils sont censés répondre aux normes sismiques… Compte tenu du système et de la corruption généralisée, on est en droit de douter que les règles soient suivies à la lettre.

— D'où vient tout cet argent ? s'étonna Patrick.

— Beaucoup de blanchiment. À la différence de ses voisins, le Beyazstan est un pays riche. Pétrole, gaz, uranium, potassium… Même si le miracle marque une pause, l'argent a ruisselé pendant deux décennies. Les oligarques corrompus et magouilleurs en ont bien profité, ainsi qu'une partie de la population. Après une période de croissance avoisinant les deux chiffres, l'économie a calé. Depuis cinq ans, on n'en est plus qu'à un pour cent par an avec une inflation galopante. Le mécontentement gronde et c'est sur ce terreau que progressent des mouvements islamistes radicaux qui, jusque-là, n'avaient pas l'oreille du peuple. Le pouvoir le cache, mais il y a déjà eu des attentats contre des représentants de l'État, des commissariats ont été pris d'assaut, des policiers massacrés. Les terroristes ont souvent combattu en Afghanistan. Ils sont bien entraînés et bien armés. Ils exportent la violence et les méthodes apprises avec les talibans.

Ils étaient arrivés. En ralentissant, à la recherche d'une place de stationnement, le chauffeur coupa court à leur discussion. Guyon ouvrit sa portière :

— Nous y sommes. Pour info, on a beau être vingt ans après l'indépendance, le KNB a gardé beaucoup des habitudes du KGB, son illustre ancêtre soviétique. Les étrangers sont suspects et la coopération internationale n'est pas leur fort. Moi-même, je n'ai jamais mis les pieds dans ce bâtiment. Jusqu'à maintenant, on me dirigeait vers leur service central à Gulmada.

Un garçon souriant, chemise blanche, costume sombre, jaillit de l'immeuble et s'approcha. Il avait une trentaine d'années, des traits asiatiques, un corps mince. La température sibérienne ne semblait pas avoir d'effet sur lui.

Le policier l'aperçut et lui lança un salut amical.

— On était attendu. Voilà Alikhan, c'est un des chargés de la coopération internationale. Il a dû faire le déplacement depuis la capitale pour nous recevoir.

Tatiana alla vers le fonctionnaire beyaze et l'embrassa. Ils échangèrent quelques mots et se rapprochèrent de Guyon. Échange d'amabilités et le Français fit les présentations en compagnie de l'interprète.

Après avoir satisfait aux contrôles de sécurité, ils se retrouvèrent dans un vaste hall en marbre. Un escalier central conduisait vers les étages : ils n'eurent pas à les gravir. Alikhan invita les Français à le suivre vers une porte au rez-de-chaussée. Guyon eut un petit sourire et s'adressa à Patrick Girard.

— Ils n'emmènent jamais personne dans leur bureau. Un classique, ils vont nous recevoir dans une salle de réunion prévue pour les visiteurs extérieurs.

Effectivement, ils entrèrent dans une grande pièce sobrement meublée. Des tables étaient assemblées entre elles pour former un rectangle permettant d'accueillir jusqu'à une vingtaine de participants. Plusieurs personnalités étaient déjà installées. Certains en uniforme, d'autres en civil. Patrick les classa en plusieurs groupes. Une partie ressemblait à Alikhan, des trentenaires en costume. Pour les autres on sautait une génération, ils avaient au moins vingt ans, voire trente de plus. Des sexagénaires corpulents, à la bouille arrondie. L'immense majorité avait des traits asiatiques, seuls deux hommes et une femme sortaient du lot, des Slaves. Avant même qu'ils aient eu le temps de s'asseoir et de prendre de quoi noter, Alikhan et Tatiana se lancèrent dans les présentations, si bien qu'ils furent incapables de mémoriser à qui ils avaient affaire et se contentèrent d'identifier physiquement les trois personnes incontournables : le procureur qui dirigerait l'exécution de la commission rogatoire, le chef de l'antenne du KNB de Schimansky et celui qui fut désigné comme le responsable des enquêtes criminelles.

Une fois installés, café servi et passé les banalités d'usage concernant le voyage, les Beyazes encouragèrent leurs visiteurs à sacrifier aux mensonges traditionnels consistant à s'émerveiller sur le peu qu'ils avaient pu apercevoir de ce magnifique pays.

Quand ce fut chose faite, ils en vinrent au but de leur présence. Le magistrat fut le premier à parler, il débuta par des condoléances attristées. Durant quelques secondes, on aurait pu croire qu'il était un proche de Gwenola Fontaine. Il se reprit vite et indiqua le nombre de fonctionnaires tués au moment de l'interpellation des assassins. Suivit un discours préparé et rodé concernant la menace terroriste, l'évocation des événements en France, la nécessité d'une coopération internationale. Tout cela pour en arriver aux investigations demandées par le juge d'instruction français. Pour lui, c'était une perte de temps, vu que le meurtrier était identifié et mort.

Bruno Delaroque répondit. Il avait compris le blabla du procureur avant même qu'il ne soit traduit. Comme prévu, il décida de ne pas communiquer en beyaze et de passer par les bons soins de Tatiana. Patrick ne fut pas mécontent que son binôme se charge de la réponse. L'ambassadeur débuta, lui aussi, par des condoléances, félicita leurs hôtes pour la rapidité avec laquelle ils avaient mis hors d'état de nuire de dangereux terroristes et en arriva à leur enquête. En même temps qu'il affirma comprendre l'étonnement des Beyazes sur l'intérêt de leur venue, il eut un regard appuyé pour le commandant Girard et indiqua qu'en France, il était de coutume de ne rien laisser au hasard dans une enquête criminelle. Il fallait cerner au mieux la personnalité de la victime en recueillant le témoignage des gens qui l'avaient côtoyée. Le flic français approuva de la tête et précisa que de toute manière, ils n'avaient aucun pouvoir de police et que les investigations demandées seraient effectuées par les autorités beyazes.

À l'issue de cet échange, il y eut un moment de silence et le magistrat crut bon de dire que la coopération de son pays serait pleine et entière. Un groupe d'enquête était déjà constitué. Il passa la parole au représentant du KNB.

Il a l'air franc comme un âne qui recule, pensa Patrick en regardant le colonel des services de sécurité. L'homme y alla d'un sourire étincelant, à l'aune de l'or qui composait sa dentition. Il mentionna un voyage en France avec sa femme, prononça les mots magiques « Champs-Élysées, tour Eiffel, Cannes, Côte d'Azur » et précisa « *I love France*, pays de l'Amour ».

Girard se força à faire bonne figure, mais depuis qu'il était en face des fonctionnaires beyazes, l'exposé du représentant de la DGSE à Paris tournait en boucle dans sa tête. Ils avaient peut-être devant eux celui, ou ceux, qui avaient commandité le meurtre de la consule générale. Il n'écouta pas la suite du discours du colonel du KNB et reprit le fil de la conversation lorsque ce dernier regarda la jeune femme qui se tenait avec eux autour de la table. Des yeux bleus, teint clair, cheveux blonds, elle était dans le groupe des trentenaires.

— J'ai désigné la capitaine Ivana Novolsky pour procéder aux investigations demandées par votre juge. Quatre enquêteurs l'assisteront en cas de besoin. Cela devrait suffire. Ma subordonnée parle parfaitement français, c'est pour cette raison que je l'ai choisie.

L'officier du KNB s'adressa à la jeune femme.

— Vous verrez ensemble les détails pratiques.

Le reste ne fut que blabla de part et d'autre pour affirmer leur complète coopération et leur entière disponibilité en cas de problème à régler. Un quart d'heure plus tard, les Français étaient de nouveau dans leur voiture. L'enquête débuterait officiellement le lendemain par l'audition du personnel beyaze.

— Tu la connais cette fille ? demanda Patrick à son collègue.

— Non, jamais vue.

— On la connaît, intervint Tatiana. Il y a cinq ou six ans, elle est allée à Cannes-Écluse, elle a suivi les cours de l'école d'officiers de police.

Surprise des Français.

— Désolé, je ne savais pas, s'excusa le flic de la coopération. Mon prédécesseur doit avoir fait un dossier sur elle. On regardera.

— Elle n'est jamais venue au consulat depuis sa formation. On a essayé de la convoquer, elle n'a pas répondu, certainement parce qu'elle a quitté la police pour passer au KNB, expliqua la secrétaire.

Guyon fit une moue. Il n'appréciait pas d'être pris en défaut.

— Peut-être.

— C'est une Beyaze, elle fait Russe, remarqua le commandant, sans penser que c'était également le cas de la secrétaire.

Tatiana se sentit obligée d'intervenir :

— À l'indépendance, beaucoup de Russes ont quitté le pays, mais certains sont restés et ont adopté la nationalité beyaze.

— Ils ont souvent la double nationalité, précisa l'ASI.

— Même si certains sont dans l'administration, sans que ce soit explicite, leur carrière est limitée à des fonctions subalternes. Les postes de commandement sont offerts aux Beyazes, ajouta Tatiana.

— Pourquoi cette Ivana Novolsky, alors ?

Guyon répondit :

— Ne cherchons pas trop la raison, peut-être juste parce qu'elle parle français et qu'ils considèrent que cette investigation n'apportera rien.

*

* *

Il était neuf heures lorsque la capitaine Novolsky se présenta au consulat. Guyon proposa de commencer par aller boire un café dans le bar de l'hôtel de Patrick et Bruno. Une bonne idée. Cela permettrait de faire connaissance et de se répartir le travail. Tant qu'il ne s'agirait pas des diplomates, Bruno Delaroque resterait en retrait et laisserait faire les policiers. Patrick se sentait dans son élément, faire des auditions, poser des questions, flairer, fouiner, c'était son boulot. Il s'adressa à sa collègue beyaze et lui tint son discours habituel :

— Pour moi, il faut faire comme si nous ne connaissions pas le coupable. On doit collecter le plus de renseignements possible, savoir qui pouvait avoir intérêt à tuer la consule.

Delaroque se hérissa en entendant le policier préciser :

— Gwenola Fontaine avait un sacré caractère, c'était une carriériste, souvent blessante et qui respectait peu ses subalternes. Elle a pu aller trop loin…

Ivana hocha la tête :

— Chez nous aussi les femmes sont les cibles de la jalousie masculine. Nous devons poser des barrières, sinon les hommes se croient tout permis.

— Avec Gwenola, ce n'était pas sur le plan de la jalousie professionnelle que ça se jouait.

Delaroque les coupa.

— Ivana se fera son propre jugement pendant l'enquête.

Le flic comprit que son collègue ne voulait pas voir salir la réputation de la diplomate. Il changea de sujet :

— Tu étais présente lors des constatations sur la scène de crime ? T'as suivi l'autopsie ?

— Oui, pourquoi ces questions ?

Patrick ne fit pas mystère qu'il voulait être certain de travailler avec quelqu'un qui connaissait le dossier parfaitement. Ivana ne s'en offusqua pas.

— Ne t'inquiète pas. Je n'en suis pas à ma première enquête criminelle. Avant d'être au KNB, j'ai travaillé comme policière dans une brigade spécialisée en matière d'homicide. L'équivalent de votre 36, quai des Orfèvres, s'amusa-t-elle. Je ne suis pas Maigret, mais je connais mon travail, et je connais le vôtre. J'ai fait Cannes-Écluse.

— J'ai appris ça, pourquoi on n'en a pas parlé hier ?

— Dans la police et au KNB, on a pour principe de ne rien dire quand on n'est pas obligé de le faire.

Patrick sourit de la réponse, Ivana n'en avait pas terminé. Elle voulait parler de la mort de Gwenola.

— Si on veut occulter la réalité, c'est-à-dire que la victime a été tuée par les terroristes, il faut privilégier d'autres mobiles. Dans le monde entier, il y a trois raisons principales d'être assassiné.

La capitaine beyaze s'emballait, ses joues prirent une belle couleur, les yeux brillaient, et ça plaisait bien à Patrick. Il la laissa poursuivre sa démonstration :

— L'argent, vous dites le pognon, c'est ça ?

Le flic du 36 hocha la tête. La jeune femme réfléchit...

— La bibine, c'est l'alcool... et le cul... pour le sexe.

Les Français éclatèrent de rire. Elle résuma.

— Trois principales raisons de mourir : le pognon, la bibine et le cul.

Même Delaroque fit mine d'applaudir.

— J'ai appris quelques mots d'argot à l'école de police en France. Ce que je veux dire c'est qu'il faut commencer notre enquête simplement. Entendre le mari.

Patrick hésita, Guyon ne le laissa pas parler.

— Vos témoins vous attendent, je n'ai pas convoqué Hugo Delcroix, le mari de Gwenola Fontaine.

— Comment se fait-il qu'il soit toujours au Beyazstan alors que sa femme est morte ? s'étonna Ivana.

— Il n'est pas resté en France. Il ne voulait pas aggraver le traumatisme des enfants en leur faisant abandonner l'école.

Elle fit une moue dubitative. Patrick répondit à son collègue :

— Tu as bien fait, nous l'entendrons plus tard.

21

Les employés hésitèrent à parler. Cela tenait à leur culture et au manque de confiance naturel des Beyazes envers l'autorité. Les sourires, les propositions de café, les discussions anodines, aucune des astuces que Patrick Girard mettait habituellement en œuvre pour assouplir un témoin ne fonctionnait, ou mal. Et il fallut du temps avant de débroussailler le terrain et d'obtenir des informations.

Pour le personnel expatrié, en commençant par Mathilde, il y eut moins de problèmes. C'était presque devenu une vieille amie et elle avait préparé leur entretien en noircissant un cahier dans lequel elle avait consigné bon nombre de souvenirs cocasses.

Si le portrait qu'elle leur avait soumis à Paris n'était pas glorieux, cette fois elle sortit l'artillerie lourde et le vitriol…

Pour Gwenola, réformer le consulat ne pouvait se limiter au personnel. L'état général du site ne lui convenait pas. Elle commença par ce qu'elle estimait le plus urgent. L'important étant de démontrer que son prédécesseur n'avait pas su faire, ou fait mal.

Les derniers travaux avaient moins de deux ans, mais les incompétents qui l'avaient précédée n'avaient pas choisi du matériel de qualité. Leurs erreurs de jugement l'obligèrent à tout revoir. La consule décida de solliciter son administration centrale. Une bonne fée avait dû se poser sur son berceau, car, là où d'autres, dans une situation budgétaire difficile, n'arrivaient pas à avoir de crédits, elle obtint ce qu'elle demandait pour la réfection des peintures et du réseau électrique.

Le mobilier, même s'il était récent et toujours en bon état, ne lui convenait pas non plus. Triste, vieillot. Cette fois, Paris dit « niet ».

« Le ministère est rempli de bureaucrates fainéants, souvent incompétents et éloignés du terrain, on ne répond jamais à nos sollicitations. Ces fonctionnaires ne peuvent comprendre la réalité des problèmes. Ils n'ont aucune vision », aimait-elle répéter en réunion de service.

De son côté, Erick Schindler disait qu'il était en train de revivre le scénario de Tbilissi. Après seulement quelques semaines de présence, Gwenola jalousait sa connaissance du pays et ses réseaux. Il s'était constitué un groupe de sponsors, qu'il « tapait » à l'occasion de la Fête de la musique, de la « soirée Beaujolais » ou du 14 Juillet. Ces trois événements étaient l'occasion d'inviter près d'un millier de personnes aux frais de ces généreux amis. Heureusement pour la consule, s'il y avait bien une chose que les riches comprenaient vite, c'étaient les titres et les grades. Il ne lui fallut pas longtemps pour attirer vers elle les donateurs et reléguer Erick au rang de simple exécutant.

Cela fut d'autant plus facile que Gwenola bénéficiait de l'usage de ce qu'elle appelait « l'arme atomique » : le service des visas.

La délivrance des précieuses vignettes nécessaires pour voyager dans l'ensemble des pays de la zone Schengen était source de pouvoir. Une machine à se faire des amis. Pour satisfaire la vanité du bourgeois beyaze, il fallait le recevoir avec certains égards et lui donner un visa d'une validité supérieure à la moyenne habituelle. Le nec plus ultra étant de lui accorder la gratuité, non pas qu'il regarde après les soixante-quinze euros, mais cette mesure témoignait de l'importance du visiteur. Gwenola comprit vite les règles du jeu.

Avec la main sur le réseau VIP d'Erick, elle put s'attirer les faveurs des oligarques et de leurs proches. Rien de tel pour satisfaire aux nouvelles directives encourageant la recherche de « financements innovants » et pouvoir donner libre cours à ses rêves d'aménagement. Son premier « coup de maître » fut la décoration de l'étage par une entreprise locale spécialisée dans l'agencement intérieur. Tout fut pris en charge par un généreux sponsor qui offrit canapés en cuir, table de réunion et chaises luxueuses ainsi que divers meubles aussi coûteux que douteux au regard du goût. Bien que, moralement, cela puisse paraître discutable, c'était très bien joué, le contribuable en sortait indemne. Dans la foulée, la consule générale changea à moindres frais le parquet. Tout fut poncé et verni de neuf.

Quand les travaux de rénovation furent enfin terminés, alors que l'administration parisienne se demandait s'il fallait continuer d'investir dans un bâtiment qui se révélait être un gouffre financier, elle s'était farouchement attachée à son immeuble.

— Pas question de partir pour se retrouver dans un appartement, disait-elle.

Elle avait son projet et rêvait de récupérer la superbe pièce qu'occupait la mission économique. Elle arriva à ses fins.

Annoncer à son mari que « leur salle » était disponible fut source de bonheur. Hugo pourrait donner libre cours à sa créativité. Et faire vivre ce bel endroit.

C'était reparti pour de nouveaux travaux : réfection du parquet, peinture, acquisition de rideaux et également, puisqu'il fallait voir grand, achat de mobilier. Le résultat fut à la hauteur de l'investissement. La « salle bleue » n'attendait plus que Delcroix pour briller.

Pour que chacun comprenne bien de quoi elle parlait, Mathilde insista pour faire visiter le consulat aux enquêteurs une nouvelle fois. D'un pas dansant, elle les conduisit d'un bureau à un autre et, pour finir, dans la pièce en question. Le policier s'amusait à suivre cette femme aux allures de lutin.

— Belle surface, effectivement, apprécia le commandant.

Plusieurs peintures étaient accrochées au mur et il avait déjà noté la présence d'œuvres dans les couloirs.

Mathilde remarqua le regard inquisiteur du flic et son visage s'éclaira d'un sourire malicieux.

— Les tableaux vous plaisent ?

— Heu… Oui, fit Patrick en prenant ses lunettes.

— Ils sont à vendre. Les deux n'ont pas arrêté de nous emmerder avec ça. Mais… Je ne vais pas vous en dire plus, je suppose que vous avez entendu Hugo Delcroix. Il a dû vous raconter sa sauce. On en reparlera par la suite, si ça vous intéresse.

En revenant dans le bureau occupé par Patrick et Bruno, la farfadette attaqua un nouveau sujet.

— Elle n'avait pas de meilleures relations avec ses employés de maison. J'ai été témoin de scènes surréalistes. Attendez, fit-elle en levant un bras vers les enquêteurs pour capter leur attention.

Elle chercha les lunettes pendues à son cou et se mit à tourner les pages de son cahier, trouva ce qui l'intéressait et se lança :

— Elle avait le culot de critiquer l'indécence de certaines fortunes et la très mauvaise répartition des richesses au Beyazstan, mais elle connaissait beaucoup mieux les riches du pays que les laissés-pour-compte dont elle ne cessait de parler. Et sa générosité ? Permettez-moi de rire. Je vais vous donner deux exemples dont j'ai été témoin.

Mathilde raconta un spectacle peu glorieux auquel certains collaborateurs assistèrent…

Gwenola avait convoqué une employée de maison, une femme âgée d'une soixantaine d'années, aux allures de paysanne. Elle était assise sur le bord d'un des luxueux canapés en cuir offerts par des sponsors. Les genoux serrés, un mouchoir à la main pour essuyer quelques larmes, elle écoutait sa patronne. Gwenola avait pris place sur le second sofa, disposé en L. Bien calée, prenant ses aises, elle sermonnait la fautive. Une fainéante qui ne prenait pas bien soin de la maison, et surtout, qui venait de commettre un crime :

— Vous ne savez même pas repasser, vous ne faites attention à rien. Vous avez abîmé le pull en cachemire de mon mari. Vous avez idée de combien coûte un vêtement de cette qualité ? Est-ce que vous en avez idée ?

La coupable avait essuyé une larme :

— Non, madame, je ne sais pas, pardonnez-moi, je ne l'ai pas fait exprès.

— C'est encore heureux, il ne manquerait plus que ça.

Gwenola se délectait de son pouvoir et de son autorité.

— Trois cents euros. Trois cents euros. C'est ce que coûtait le pull que vous avez abîmé.

— Je suis désolée…

— Je vais récupérer cet argent sur votre salaire. Pendant six mois, je retiendrai cinquante euros sur les deux cents que je vous paye. Vous comprendrez peut-être la valeur des choses.

— Mais…

— Il n'y a pas de « mais », c'est comme cela, je vais vous apprendre à faire attention. Allez, maintenant filez, j'ai du travail. Je suis consule générale. J'ai des responsabilités. Je ne suis pas là pour gérer des problèmes de pull-over brûlé. Vous vous rendez compte que vous me faites perdre mon temps ? Partez et considérez que c'est un avertissement. La prochaine fois, je vous mets à la porte.

La coupable se leva, ramassa le grand sac en simili cuir usé qui était posé à côté d'elle et quitta les lieux sans oser dire un mot.

La victime suivante fut le jardinier. Le personnel s'était étonné de ne plus le croiser. Igor était là chaque matin, il s'occupait de la pelouse, des arbres et de la propreté de la cour. Igor avait été vétérinaire pendant l'époque soviétique, mais il avait abandonné cet emploi pour devenir jardinier au consulat de France. Les salaires étaient si bas que cette activité lui avait paru préférable à la sienne, pourtant plus honorable, mais pas assez bien payée pour ce chef de famille, père de trois enfants. Il aimait son travail. Les Français étaient plutôt sympas et tout allait bien. Lorsque Gwenola lui demanda de passer dans sa maison, trois fois par semaine, il pensa que cela lui permettrait de gagner un petit supplément, ce qui était bon à prendre. Une erreur !

Du jour au lendemain, il disparut. Le personnel ne posa pas de questions, mais son absence étonna. Certains disaient qu'il avait trouvé mieux ailleurs. C'est Gwenola qui donna elle-même l'explication de cette absence au cours d'un barbecue. Elle répondait à un invité qui la félicitait pour la beauté de son jardin :

— Oui, effectivement, mais c'est difficile à entretenir, j'aimerais bien le faire moi-même, mais je n'ai pas le temps, j'ai beaucoup trop de travail. Quand je rentre, je ne vais tout de même pas me mettre à faire le jardin.

— Qui s'en occupe ? Votre mari ? demanda, sans malice aucune, son interlocuteur.

— J'avais Igor, mais il est parti. Regardez, là, vous voyez ce morceau de pelouse jaunie, dit-elle en désignant une parcelle abîmée. Il y avait des mauvaises herbes. Il devait s'en charger. Moi, je pensais qu'il allait les arracher à la main, c'est comme cela qu'il aurait dû faire, mais au lieu de cela il est allé acheter un produit.

Il a tout pourri. Il y avait quatre mètres carrés brûlés. Deux cents dollars de remise en état. J'ai appelé Igor, je lui ai dit : « C'est de votre faute. C'est vous qui payez. » Il a refusé, il m'a répondu : « Si c'est comme ça, je ne travaille plus chez vous. » Je ne me suis pas laissé faire : « Eh bien, si vous ne venez plus ici, vous ne venez plus au consulat, non plus. » Non, mais c'est incroyable, ces gens. Cela a permis de se débarrasser, à bon compte, d'un incapable. Il est parti… et pas d'indemnités.

La femme de gauche qu'elle était s'était définitivement évanouie.

Mathilde regarda les deux Français et l'enquêtrice beyaze.

— Vous voyez le genre ? Voilà ce qu'elle était. Alors, paix à son âme, mais ne comptez pas sur moi pour des louanges.

Patrick eut un petit rire.

— Ça, on l'a bien compris, je crois que nous l'avons tous compris. Est-ce que ces deux employés pouvaient avoir le code d'accès de la porte extérieure ?

La consule adjointe fit une moue et donna l'impression de réfléchir.

— Je n'en sais rien, tout est toujours possible. Mais je ne pense pas.

— Vous connaissez leur numéro de téléphone ? demanda la flic du KNB.

— Oui, ça, je les ai. Il faut que je passe dans mon bureau et je peux vous les communiquer.

Mathilde détourna la tête, mal à l'aise, et posa ses deux mains sur sa bouche avec le sentiment d'avoir trop parlé.

— Vous n'imaginez pas que… ? Non, ce n'est pas possible…

Ces mimiques commençaient à fatiguer le commandant.

— Ça mérite d'être vérifié et nous allons le faire. Et vous-même, vous faisiez quoi le soir du crime ?

Le front de la farfadette se plissa et elle jeta à son interlocuteur un regard indigné.

— Vous me soupçonnez aussi ?

— Nous ne soupçonnons personne en particulier, madame, mais nous n'écartons aucune hypothèse.

Mathilde rougit de confusion.

— Heu… J'étais chez moi. Mais j'étais seule, je n'ai donc pas d'alibi.

Patrick passa à autre chose avec un sourire engageant.

— Vous soupçonnez quelqu'un ?

Elle respira, heureuse qu'on relâche la pression, et se mit à réfléchir.

— On ne l'aimait pas, mais on ne souhaitait pas sa mort. Non, pour moi l'hypothèse terroriste est la plus probable. Je ne comprends pas que vous puissiez chercher ailleurs.

Les enquêteurs décidèrent de mettre fin à cette audition et se retrouvèrent seuls dans le bureau. La présence de la Beyaze avait ses limites. Les deux Français hésitaient à parler devant elle et puis, Patrick commença. Dans son système de pensée, il y avait toujours eu d'un côté les flics et de l'autre les voyous. Et les missions qu'il avait pu exécuter à l'étranger lui avaient permis de constater que les policiers du monde entier étaient tous faits dans le même moule… les ripoux étant une exception. Cette flic beyaze, il la sentait bien et n'avait pas envie de se méfier d'elle. Il partagea son opinion.

— On l'a un peu malmenée, mais je ne crois pas une seconde qu'elle soit pour quelque chose dans la mort de la consule.

— On peut aussi écarter les deux employés, fit Ivana.

Son affirmation provoqua l'étonnement des deux hommes.

— Vous vous doutez bien que le KNB n'est pas resté les bras croisés. On a étudié les portables et on a fait notre petite enquête sur le personnel. Ils n'y sont pour rien. On officialisera ça dans une procédure, mais ce n'est pas de ce côté qu'il faut chercher. La femme de ménage était chez elle et le jardinier a quitté Schimansky après avoir démissionné.

— Tu as d'autres surprises comme cela ? demanda Patrick.

Elle lui sourit.

— Ne me dis pas que vous me dites tout.

22

Baha chercha le calme et quitta la foule. Ses pas le conduisirent le long des écuries. Des palefreniers s'occupaient des chevaux, les brossaient, les lavaient, leur donnaient à manger. De belles bêtes. Il avait été cavalier dans une autre vie et pensa qu'il n'avait pas mis les fesses sur un canasson depuis plusieurs décennies.

Un chemin remontait vers la maison-château qu'il avait aperçue en arrivant. Plusieurs paons se pavanaient sur une pelouse dont le vert témoignait d'un arrosage régulier. Son ami ne devait pas avoir de problèmes d'argent. Baha n'avait plus aucun doute sur l'activité de Fahim. Une telle fortune ne pouvait reposer que sur des trafics à destination, ou provenant de l'Afghanistan voisin. Armes, drogues, pierres précieuses, les possibilités ne manquaient pas. Un cri joyeux le fit se retourner.

— Tu visites mon domaine ?

Fahim arrivait. Il s'était débarrassé de son manteau et de son pakol et, profitant du soleil, déambulait en jeans et polo Lacoste.

— Je me promenais, répondit Baha.

Il décida de ne pas mentionner l'exécution à laquelle il venait d'assister et ne fut pas surpris que son hôte tourne également la page.

— J'ai une piscine derrière la maison, ça te dit de te baigner ?

— Je n'ai pas de maillot.

— Pas d'inquiétude. Il y a tout ce qu'il faut ici.

Mohamed précéda son invité. Le chemin qu'ils suivaient se terminait par un escalier. Ils l'empruntèrent et se retrouvèrent sur une cour d'honneur, l'accès principal de la résidence de Fahim.

Le hall d'entrée offrait une débauche de dorures, de marbre, de riches tapis et de tableaux de valeur. Un nouvel escalier en deux parties desservait l'étage supérieur et une sorte de salle de bal.

Un majordome s'approcha discrètement.

— Conduis mon ami dans sa suite, lança le maître des lieux avant de s'adresser à Baha.

— Je t'ai fait préparer la meilleure chambre… après la mienne, évidemment.

Baha allait remercier, Fahim ne lui en laissa pas le temps.

— Il y en a quarante… Tu ne me déranges pas. Tu es ici chez toi. Prends ce que tu veux pour t'habiller, j'espère que les vêtements t'iront. S'il y a un problème, demande à Daoud de t'aider, fit Mohamed en désignant le majordome. Il te trouvera ce dont tu as besoin. Ne te presse pas. On se retrouve à la piscine.

Nouveau sourire et Fahim planta Baha. Il disparut par une porte opposée, vraisemblablement ses appartements.

La suite se composait de plusieurs pièces. Un coin chambre, un salon, une salle de bains et un dressing, c'est cet endroit qui l'impressionna le plus. Des paires de chaussures, chemises, pulls, T-shirts, polos et sous-vêtements neufs y étaient entreposés. Que des marques dont Baha avait entendu parler, sans même imaginer pouvoir les acheter.

— J'ai choisi rapidement, ça ne fait qu'une heure que vous êtes là, s'excusa le majordome. Si les tailles ne vont pas, dites-le-moi. Je changerai. Pour les chaussures, c'est toujours le plus délicat, il y a plusieurs pointures… J'espère que vous trouverez votre bonheur.

Après avoir brièvement expliqué l'usage des différentes télécommandes qui fleurissaient un peu partout, le guide abandonna les lieux et Baha se retrouva seul. Il commença par s'allonger sur le lit. La pièce était à l'image de ce qu'il avait déjà vu. Une abondance de tapis et de meubles Louis quelque chose. Les dorures ne manquaient pas. Un Occidental aurait certainement trouvé à redire, pas Baha. Il était juste émerveillé. Il finit par se demander si ce qu'il avait pris pour des ennuis n'était pas la chance de sa vie. La surface de sa chambre ne devait pas être loin de celle de sa maison à Schimansky. Si l'existence était faite de choix, nul doute que Mohamed Fahim avait dû faire les bons. Ses pensées s'assombrirent en revoyant le visage du supplicié et son corps écartelé. Les cris du malheureux résonnèrent dans ses oreilles et il sentit son estomac se nouer. La fortune avait un prix.

Il passa du temps à visiter et revisiter sa suite. Il essaya plusieurs vêtements avant de se décider à mettre un caleçon de bain et à rejoindre Fahim. Une fois dans le couloir de sa chambre, il tenta de s'orienter, retrouva le rez-de-chaussée et… le majordome. C'est ce dernier qui lui indiqua la direction de la piscine. Elle se trouvait à l'opposé de la cour d'honneur, à l'arrière de la maison. Un bassin d'une trentaine de mètres en forme de haricot. Fahim était écroulé sous un parasol. Un téléphone satellitaire à la main, il s'exprimait en dari et Baha comprit qu'il ne s'était pas trompé. Son pote était dans la came. Il parlait, sans la moindre inquiétude, d'un transport d'héroïne qui devait arriver dans les jours à venir. Le ton était celui d'un businessman qui s'adresse à un collaborateur. Mohamed désigna à son ami un transat à proximité du sien et fit signe à un serveur d'apporter un second cocktail semblable à celui qui était posé près d'un ordinateur portable. La conversation s'étira. Il était question de plusieurs camions, de pots-de-vin pour les douaniers, mais aussi les autorités locales… et les talibans. Au Tadjikistan, Fahim n'était pas inquiet. Tout était déjà prévu et la marchandise passerait sans encombre.

Quand il raccrocha, le trafiquant avait un air satisfait. Tout était en ordre. Il attrapa son cocktail, tira sur la paille qui en dépassait et le reposa avant de s'adresser à son copain. Il était grand temps de donner quelques explications :

— J'ai travaillé dur pour monter cet empire. Je peux te dire que ça n'a pas été simple.

Baha n'en doutait pas. Il attendait la suite, elle vint dans la foulée. Il fut question d'Afghanistan, de solidarité entre Tadjiks, qu'ils soient d'un côté ou de l'autre de la frontière, de contacts conservés avec des militaires afghans devenus des chefs de guerre, de zones de non-droit, de culture du pavot, de transformation en opium et de route de la drogue, ouverte à grands coups de dollars. Fahim était une sorte de Pablo Escobar de l'héroïne. Contrairement au Colombien, il ne s'était pas mis à dos le pouvoir politique, bien au contraire... Tout le monde profitait de son activité et cela, bien au-delà de son pays et de l'Afghanistan.

— Ma came arrive soit par les cols de montagne, soit, et c'est plus simple, par les ponts routiers qui nous relient à l'Afghanistan. Ensuite, elle part par camion dans toute l'Asie centrale, puis la Russie, avant de passer en Europe. Dès qu'on est sur le territoire européen, c'est gagné, on traverse les frontières sans encombre.

— Sérieux ? T'as aucune difficulté avec les flics ? s'étonna Baha.

Fahim fit une moue et dodelina de la tête.

— Tu as raison de poser la question. Ce n'est pas aussi simple que je te le présente. Les Russes sont un problème. Il y a eu une épidémie d'overdose, mais c'est la faute des dealers, pas la mienne, s'indigna Fahim. J'ai les meilleurs chimistes du monde. Je fournis de la came de qualité, c'est aux revendeurs de la couper, pas à moi de faire de la merde. Toujours est-il que ces connards de Russkoffs ont ouvert un bureau antidrogue ici. Cette agence est un État dans l'État. Le chef a le soutien des Américains, des Russes, des Européens et de l'UNODC[1]. Il est quasiment intouchable. Il est déconnecté de la police et du Comité de la Sécurité nationale, notre nouveau KGB. Même le président n'ose pas s'opposer à lui. On avait réussi à faire mettre en prison son prédécesseur, il est tombé pour corruption, se marra Fahim. C'est tout de même la meilleure, aller en taule pour corruption dans un pays où tout le monde s'enrichit grâce au passage de la came. Je laisse les douaniers et les flics me saisir trois à quatre pour cent de ma marchandise. Les organisations internationales sont ravies, ça fait des articles dans les journaux et les quatre-vingt-seize autres pour cent partent soit par la Russie, soit par la route des Balkans. Il passe ici 2 000 tonnes d'héroïne, ça rapporte quatre milliards, dix fois plus que le coton. Personne n'a envie que ça s'arrête.

— T'as pas de concurrents ?

1. Office des Nations unies contre les drogues et le crime.

— Disons que je laisse quelques proches gagner leur vie. Il faut tout de même qu'ils sachent rester à leur place.

— Et le mec du bouzkachi ? osa Baha.

Fahim prit un air désolé.

— Il m'a fait de la peine. C'était un ami, presque un frère. Un peu comme toi… Je ne l'aurais jamais cru capable de travailler avec les Américains. Ils lui ont proposé quelques millions de dollars et un passeport pour obtenir un enregistrement compromettant et faire une saisie de drogue. Heureusement que j'ai mes entrées partout… Je ne veux plus en parler. Ce type m'a brisé le cœur.

Baha apprécia et se demanda si Fahim n'en profitait pas pour le mettre en garde. Il essaya d'être plus léger :

— T'es pas marié, des gosses ?

— Si, évidemment, ma femme est aux États-Unis avec nos quatre enfants. La plus petite a dix ans, le plus grand vingt-cinq. Il fait des études brillantes. Je suis très fier de lui. Je vais les voir tous les ans.

Le trafiquant s'interrompit pour se rafraîchir. Il porta la paille du cocktail à sa bouche avant de poursuivre. Cette fois c'est lui qui changea de sujet :

— J'ai pris le temps de penser à toi.

Une onde d'inquiétude traversa Baha. Il ne craignait pas son ami, du moins pas pour le moment, mais se demandait ce qu'il allait lui proposer.

— Ta situation n'est pas enviable. Tu pourrais rester ici, tu ne risques rien, mais tu ne serais pas libre de tes mouvements. Tu auras toujours une menace présente autour de toi. Bien sûr, si on t'arrête, j'interviendrai pour te sortir des emmerdes… Ce n'est pas une solution. Ce que je te propose, c'est de me représenter en France.

— Moi ? sursauta Baha.

— Tu m'as dit que tu parlais un peu français. Je vais t'obtenir de faux papiers russes, tu verras, ils seront mieux que des vrais… D'ailleurs, ils sont vrais puisqu'ils viennent de leur imprimerie nationale, s'esclaffa Fahim. Tu vas t'installer à Nice. Des Russes et des Kazakhs, c'est pas ce qui manque là-bas. Tu auras juste à encaisser les paiements de mes clients. Même pas à toucher à la came. C'est une bonne proposition, non ? J'ai une villa. Tu seras chez toi.

Baha resta silencieux. Les rouages de son cerveau tournaient à grande vitesse. Il faillit répondre, Fahim ne le laissa pas parler.

— Ne dis rien aujourd'hui. Tu viens d'arriver, tu vas d'émotion en émotion. Prends le temps de réfléchir et de vivre. Si ma proposition ne te plaît pas, on trouvera autre chose. Tout ce que j'ai ici, c'est grâce à toi.

Baha fronça les sourcils.

— Tu m'as sauvé la vie. C'est gravé là, lança Fahim en appuyant son index droit sur le front. Je me vois blessé, abandonné par ceux qui fuyaient. Je me traînais dans la poussière et ces deux talibans qui me tombent dessus pour m'égorger. Sans toi, j'étais mort. Quand tu m'as aperçu, t'es revenu sur tes pas. T'as pu tuer le premier d'une rafale de kalache. Ton arme s'est enrayée. Le second a foncé sur toi avec son couteau. Je vous vois rouler par terre et ce corps à corps dont ma vie dépendait. T'as eu le dessus et tu m'as ramené derrière nos lignes. Jamais je ne l'oublierai. Tu es mon frère, je te serai redevable jusqu'à la fin de mes jours.

23

Après l'audition de Mathilde, les deux Français et la Beyaze restèrent seuls dans l'attente de leur prochain témoin. Debout, le flic fit le tour de la salle qu'ils occupaient. Tout était propre, impeccable et bien organisé, meubles Roche Bobois, bibelots, tableaux. Classe. Ça faisait davantage penser à un intérieur de magasin de décoration qu'à un local administratif. Il se rappela que ça n'avait rien coûté. Des dons.

Toutes ces histoires de « sponsoring » ne lui plaisaient pas. Delaroque lui avait pourtant vanté les avantages d'un système permettant d'économiser l'argent du contribuable. Patrick lui demanda :

— Tu pratiquais ça quand tu étais ambassadeur ?

— Moi ?

Le commandant faillit éclater de rire en voyant le regard outré de Bruno. Lui-même ne croyait pas à ce qu'il racontait. Pour Patrick, cette collusion entre les milieux financiers et le monde de la diplomatie ne pouvait être que malsaine. Il imaginait mal des bureaux de police sponsorisés par des gens susceptibles d'être des voyous. Le français teinté d'accent russe d'Ivana mit fin à ses pensées.

— Et quand on parle d'argent, il y a de bonnes raisons de tuer.

Le visage de la jeune femme s'éclaira d'un beau sourire. Elle continua :

— Le pognon ! L'un des trois mobiles à privilégier.

— Tu as retenu toutes les leçons de Cannes-Écluse.

On frappa à leur porte et elle s'ouvrit pour laisser apparaître Erick Schindler. Quarante ans, un physique d'ado façon Harry

Potter, une ressemblance qu'il cultivait en optant pour de fines lunettes rondes. Il fallait qu'il en profite parce que la chevelure ne tiendrait pas la distance. Il commençait à se dégarnir sérieusement. Encore trois ou quatre années et il devrait trouver un autre modèle. Si les deux Français l'avaient déjà croisé dans les couloirs, ce n'était pas le cas d'Ivana. Patrick la présenta et indiqua qu'elle participerait à l'interrogatoire. Schindler y alla de quelques mots en russe. Si Patrick ne comprit rien, il imagina qu'il devait s'agir de compliments puisque le visage de la flic du KNB s'empourpra. Harry Potter était un séducteur. Très à l'aise, il était dans son élément et le faisait remarquer. *Toi, mon pote, si tu fais trop le malin, tu ne couperas pas à un passage rue du Bastion.* L'attitude « un peu trop sûr de lui » énerva également Delaroque, il prit un ton qui n'avait rien d'engageant.

— Asseyez-vous.

Schindler cilla. Il était à l'aube d'une carrière qu'il imaginait plus à Washington qu'aux Fidji et l'ambassadeur avait beau être en retraite, il valait mieux s'en méfier. Le sourire se figea et Patrick apprécia le recadrage. Il ne s'agissait pas, pour autant, de bloquer le témoin. Le flic proposa du café : même s'il regrettait sa Nespresso parisienne, il y avait une machine tout à fait convenable dans la pièce. Ivana voulut se relever, il lui fit signe de rester assise et se chargea de l'opération. Pendant ce temps, elle évacua les formalités concernant les renseignements d'identité.

Quand Patrick se posa à nouveau, il encouragea le fonctionnaire à parler de ses relations avec Gwenola. Pour ne pas changer, sur la première couche, tout était idyllique. Des amis, des collègues parfaits. Le flic écouta sans broncher. Ça faisait partie du jeu, et tout à coup, il frappa du plat de la main sur la table. La porcelaine tinta douloureusement et Delaroque, qui n'avait pas encore touché à son café, vit son breuvage déborder et se répandre sur la coupelle.

— Va falloir arrêter ça ! La victime n'était qu'une carriériste qui vous a sacrément mis les bâtons dans les roues et qui a profité de vous pour bâtir son ascension. On connaît déjà la partie Tbilissi et une bonne partie de ce qui se passait dans ce consulat.

Alors, soyez gentil, inutile de nous faire perdre notre temps. Nous ne sommes pas là pour écrire *La Petite Maison dans la prairie*, mais pour chercher les mobiles qui ont pu conduire au meurtre de Gwenola Fontaine.

Le jeune diplomate rougit. Son regard explora la pièce. Il ne trouva aucun soutien. Il bredouilla :

— Ce que je vous ai dit est la vérité. Je m'entendais très bien avec la consule générale. Mais, vous avez raison, elle était carriériste et n'hésitait pas à profiter de tout le monde et à monter en épingle le moindre de ses faits et gestes ou ceux de son mari, via Twitter et les réseaux sociaux, même si souvent elle ne faisait que s'approprier le travail des autres.

— Vous en avez été victime !

Ce n'était pas une question, mais bien une affirmation que formulait Patrick.

Schindler baissa la tête avant de la relever avec un air piteux.

— Il est vrai qu'elle s'est servie de moi.

La route était ouverte pour le grand déballage. Après être revenu sur la genèse de leur amitié, Schindler raconta comment Gwenola avait repris la main sur les sponsors et l'avait écarté en se gardant des relations privilégiées avec les gens les plus importants et surtout, les plus friqués.

Le jeune diplomate changea progressivement de ton, il devint cassant et cynique.

— Dans le nouvel univers qu'elle fréquentait avec son mari, ils étaient presque des pauvres. Le seul intérêt qu'ils avaient pour leurs hôtes était celui d'être « Madame la Consule générale de France et son époux » et d'avoir autorité sur la distribution des visas…

Le titre de Gwenola leur valait d'être reçus dans les meilleurs endroits. Dans leur entourage d'amis, l'argent était roi. On dépensait sans compter, l'important étant que cela se sache. Au Beyazstan, des gens au passé louche, des anciens racketteurs à la petite semaine, des ripoux, se trouvaient maintenant à la tête de fortunes colossales. Tout ça parce qu'ils étaient protégés par la famille au pouvoir. Les réceptions étaient à la hauteur. C'est ainsi que Gwenola et son mari se retrouvèrent invités à une soirée d'anniversaire célébrée à Dubaï. Ils voyagèrent en jet privé et furent logés dans un hôtel luxueux.

Deux jours de folie entre l'avion, les limousines, l'hébergement et la fête, on était effectivement très loin de la vie d'un fonctionnaire français.

Patrick tiqua. En France, c'était le genre d'histoire qui conduisait un flic ou un fonctionnaire au mieux vers la porte, au pire vers la case prison.

— Les sponsors finirent par prendre une telle importance qu'une bonne partie du temps de Gwenola leur était dédiée. Il fallait satisfaire toutes leurs exigences en matière de visas. C'était le moyen de s'assurer leur fidélité. Dans un pays où l'obtention d'un avantage sans contrepartie est inimaginable, les cadeaux suivaient. Tout ne passait pas inaperçu. Vous avez vu le tapis afghan dans son bureau ?

Patrick acquiesça d'un mouvement de tête. Schindler ne cachait plus sa colère.

— Gwenola ne trouva qu'une seule explication : « J'ai été obligée de l'emmener ici, c'est un ami qui me l'a donné. J'en ai eu deux, le second est encore plus grand, je l'ai mis chez moi, mais je n'avais pas de place pour celui-là. Je ne sais pas ce que j'en ferai en France. » Non, mais, quelle angoisse ! éclata Erick.

Il se lança dans une liste de « petits cadeaux » ou d'avantages dont il avait eu connaissance…

Comme cette bouteille de champagne qui provenait de la cargaison d'une épave de bateau coulé pendant la Seconde Guerre mondiale, ou la réduction sur les frais de scolarité des enfants.

L'ambassade, installée à Gulmada, la nouvelle capitale, loin du cœur économique du pays, ne pouvait avoir une vue complète sur ce qui se passait réellement au Beyazstan. Cela conférait à la consule un rôle d'observatrice qu'elle adorait.

— Elle a profité de mes contacts avec la presse et une partie des opposants au régime.

Erick s'arrêta pour s'adresser à Delaroque. Il allait parler « boutique » et voulait être certain d'être compris.

— Chaque rencontre faisait l'objet d'une NDI[1] relatant ses entretiens, elle envoyait directement ses écrits à Paris en s'affranchissant, contrairement au protocole, du contrôle préalable de l'ambassadeur. Ce dernier détestait être mis devant le fait accompli. Il craignait d'être un jour réduit à s'expliquer sur les positions de sa zélée collaboratrice. Il jugeait Gwenola excessive, elle le jugeait timoré et le répétait à qui voulait l'entendre…

La rudesse avec laquelle Gwenola traitait parfois les autorités locales ne plaisait pas et ses correspondants auprès du ministère des Affaires étrangères beyaze le lui rendaient bien. L'affabilité dont ils faisaient preuve n'était que de façade. Si les problèmes de stationnement, d'aménagement du consulat, ou même de nuisances sonores causées par un muezzin étaient anecdotiques et les divertissaient, ils appréciaient beaucoup moins le ton employé envers certains responsables.

Gwenola faillit en venir au clash avec un gouverneur lors d'une visite effectuée dans une grande zone industrielle et pétrolifère du pays. La région avait été le théâtre de revendications ouvrières et les événements récents avaient été largement commentés par la presse internationale.

Il goûta fort peu l'insistance de sa visiteuse à la questionner sur le sujet. La moindre des preuves de bon sens de la part de la consule aurait été de laisser tomber et de passer à autre chose, mais elle s'entêta.

— C'est quoi cette histoire de muezzin dont vous avez parlé ? demanda Patrick.

Erick éclata de rire.

— Personne ne vous l'a encore racontée ?

Comprenant qu'ils ne voyaient pas où il voulait en venir, Erick ajouta :

— Celle-là, au moins elle est drôle…

Les exigences de Gwenola étaient parfois cocasses. Ce fut le cas lorsqu'un matin, elle arriva en maugréant dans les couloirs.

1. Note diplomatique.

Le personnel se demandait déjà quel était son nouveau caprice. Chacun sentait qu'elle avait envie de faire partager son problème. Elle fonça chez son chef de la sécurité, à l'heure où plusieurs employés expatriés en étaient au café :

— Je suis crevée, dit-elle, je suis debout depuis cinq heures. Une mosquée vient d'être construite dans mon quartier et l'appel à la prière du muezzin est insupportable. Il réveille les enfants. Je ne sais pas comment on va faire.

Sa complainte laissa son entourage de marbre. Ce fut pourtant le problème de la journée.

Le lendemain fut pire. Elle hurla dès son entrée dans le couloir :

— Nilufer ! Il faut le faire taire, je n'arrive plus à dormir.

On n'était pas loin du ridicule. Elle convoqua sans attendre sa secrétaire :

— Vous allez appeler le ministère des Affaires étrangères. Il faut qu'il se débrouille pour arranger ça.

Mine désappointée de l'employée.

— Ils ne vont pas comprendre, cela ne se fait pas.

— Faites ce que je vous dis, arrêtez de discuter. S'il faut un écrit, vous vous en occupez. Je signerai !

— Bien, Madame la Consule générale.

Une fois de retour dans son bureau, la malheureuse secrétaire tourna en rond. Un diplomate français, en poste dans un pays musulman, qui ne supporte pas l'appel à la prière… Elle mit longtemps avant de se décider à empoigner son téléphone pour effectuer sa mission. Après tout c'était un ordre de la cheffe. Il ne lui restait plus qu'à l'exécuter.

Effectivement, la demande ne passa pas inaperçue. La consule générale de France n'était pas à son premier esclandre. Ses exigences continuelles, le stationnement dans la rue ainsi que ses reproches incessants sur l'état du bâtiment loué par la France à l'administration beyaze, avaient pour effet d'agacer les autorités. La plainte concernant le muezzin les fit bien rire.

— Si on ne l'avait pas, on s'ennuierait, répondit le fonctionnaire en charge des relations internationales à une Nilufer qui se confondait en excuses.

À la fin de son histoire, Schindler s'esclaffa à nouveau :

— Gwenola jouait un peu Jean Dujardin dans le rôle d'OSS 117 lorsqu'il s'en prend au muezzin du Caire. La chance qu'elle a eue, c'est d'avoir, comme par hasard, l'appui d'un oligarque. Sûrement un autre sponsor. La famille Fontaine-Delcroix allait pouvoir dormir sur ses deux oreilles.

Quand il eut terminé, le silence retomba dans la pièce. C'est encore Patrick qui le rompit.

— Pour résumer, elle était haïe par ses collègues, mais aussi par l'administration beyaze.

La conversation aurait pu mettre Ivana mal à l'aise, elle n'en donnait pas l'impression et continuait de prendre des notes.

— Si vous cherchez des suspects, je n'imagine pas les Beyazes faire tuer une diplomate. Elle les énervait, certes, mais elle n'était pas vraiment gênante. Ils auraient pu demander son rappel en France et puis… (Erick chercha du regard le soutien de Delaroque) Gwenola n'était pas la cheffe du dispositif français. La première étape aurait été de se plaindre d'elle auprès de l'ambassadeur.

Bruno Delaroque opina discrètement de la tête. Patrick attaqua, comme il l'avait fait avec Mathilde :

— Et vous, que faisiez-vous le soir du meurtre ?

— Je m'attendais à cette question. J'étais en mission dans le nord du pays. Vous ne pouvez donc pas me soupçonner.

— Des gens peuvent en témoigner ?

— Parfaitement, j'allais visiter l'Alliance française de Tarkan, j'ai passé deux nuits là-bas. Vous pouvez vérifier à l'hôtel et interroger les employés.

Patrick demanda à ses collègues s'ils voyaient quelque chose à ajouter. Ce n'était pas le cas. Il remercia leur témoin et le libéra.

Une fois seuls, ils partagèrent leurs impressions.

— Sacré loulou, fit Patrick. Celui-là, il a les dents longues.

Bruno acquiesça.

— Surtout qu'il a réussi le concours d'entrée au ministère des Affaires étrangères donc ils se seraient retrouvés en compétition avec Gwenola sur des postes.

— T'en penses quoi ? demanda le commandant à la Beyaze.

— Il était proche de Gwenola, il peut même y avoir eu quelque chose entre eux à un moment.

— Tu veux dire qu'ils auraient pu être amants ? Le cul comme mobile, c'est ça ?

— Oui, en y ajoutant comme déclencheur les rancœurs diverses. Il y avait de la haine dans son ton.

Bruno approuva.

— En plus, il a vraisemblablement le code de la porte d'entrée. On a oublié de lui poser la question.

— C'est exact, regretta Patrick, avant de s'adresser à Ivana, vous avez vérifié son portable ?

— Non, c'est un diplomate. Votre juge ne l'a pas demandé.

Le joli regard bleuté se fit fuyant. Elle mentait.

— Tu en as trop fait en parlant des employés. Surveiller les déplacements d'un diplomate, c'est juste un travail normal dans le milieu du renseignement…

Elle n'avait pas envie de répondre et Bruno mit fin à cette discussion.

— On sollicitera le juge pour qu'il en fasse la demande expresse.

— En attendant, pour moi, il fait un bon suspect, conclut Patrick.

24

Baha dormit tard. Quand il se réveilla, il était presque midi, le soleil brillait dans un ciel d'azur. Il se laissa guider par la voix de Fahim et le retrouva dans un vaste bureau. Téléphone satellitaire à la main, le trafiquant était encore en grande discussion avec un correspondant à qui il s'adressait en dari. Il s'agissait manifestement de la suite de la conversation dont il avait été témoin. Il semblait nerveux. Ça ne dura pas. Il raccrocha et c'est en souriant et d'une voix bienveillante qu'il s'adressa à son ami.

— Bien dormi ? Je n'ai pas voulu te réveiller. Tu tombais de sommeil hier soir. J'espère que tu as récupéré.

— Oui, il y a longtemps que je n'avais pas dormi aussi bien.

Fahim continua :

— Je viens de parler à un de mes hommes de l'autre côté de la frontière. Ils ont raffiné une tonne d'héroïne et il y a des rumeurs comme quoi le labo pourrait faire l'objet d'une opération de police. Plutôt que de risquer une saisie, ils vont livrer la came cette après-midi. Elle va arriver par la route. Heureusement que la communauté internationale nous a construit des ponts qui nous permettent de traverser le Piandj. C'est tout de même plus facile qu'à la nage ou avec des bateaux.

— Et il n'y a aucun contrôle ?

— Tu n'écoutes pas ce que je te dis, ou pire, tu ne me crois pas… Tu vas voir. Habille-toi, on mange et on va aller accueillir les camions.

Le déjeuner fut rapidement expédié et Baha remonta dans sa chambre pour s'équiper. Sur le lit, bien en évidence, toute une garde-robe l'attendait. Timberland façon rangers, pantalon tactique, avec de multiples poches et un blouson dans la même veine.

Deux Porsche Cayenne étaient garées devant la maison et dès que Baha fut en bas, Fahim l'invita à s'asseoir à ses côtés dans le second véhicule. Les deux voitures s'éloignèrent en soulevant poussière et gravillons. La première heure fut aussi sportive qu'à l'arrivée, sauf que le chauffeur, quitte à secouer ses passagers, n'hésita pas à monter dans les tours. Baha comprit que s'il s'autorisait ce genre de fantaisies, c'est qu'il avait l'aval du chef. Une fois sur la route, ils prirent une allure de croisière.

Leur destination était le pont de l'Amitié, achevé en 2007 et inauguré par le président, un édifice long de 672 mètres et large de 11, qui traversait le Piandj et devait permettre d'améliorer les relations commerciales avec l'Afghanistan. Sur ce point, c'était un succès : une partie non négligeable des 7 000 à 9 000 tonnes annuelles d'opium récolté par le pays voisin transitait par là.

L'arrivée à destination ne manqua pas de surprendre Baha. L'accès au pont était ceinturé par une double zone grillagée. Des baraquements modernes indiquaient la présence des services douaniers, mais aussi sanitaires pour le contrôle des migrants. Au milieu d'un autre espace se trouvait un portique destiné à scanner les chargements. Tout était prévu pour passer au crible les camions qui traversaient la frontière.

Quelques saluts respectueux accueillirent l'arrivée de leurs véhicules et ils stationnèrent à proximité de plusieurs 4×4 noirs.

— Ce sont des amis du Comité de la Sécurité nationale, précisa Fahim. Escortée par des anciens du KGB, notre drogue ne risque pas grand-chose, non ? fit-il en tapotant la cuisse de Baha, et sur un ton plus bas :

— Je paye ces mecs assez cher pour qu'ils fassent tout ce que je veux. Et de toute manière, ils ont la bénédiction de leurs chefs… eux aussi me mangent dans la main.

Fahim soupira, comme s'il réfléchissait.

— Je me demande qui, dans ce pays, ne profite pas de l'argent de la came. Seuls les dingues de l'Agence antidrogue jouent les incorruptibles parce qu'ils ont les organisations internationales derrière eux. Tout le monde a un prix, un jour je me les offrirai. Note que je ne force personne, je laisse le choix entre les dollars ou le plomb. Ça me paraît être un bon deal.

Baha enregistrait, analysait et se taisait. Il voulait avant tout prendre le temps de comprendre et de se faire une idée sur ce qui l'attendait s'il marchait avec Fahim. Ils descendirent de leur véhicule et retrouvèrent les agents du Comité de Sécurité nationale. Ils étaient une douzaine avec quatre voitures. Si la plupart étaient des jeunes en blouson de cuir et jeans, trois d'entre eux sortaient du lot. Ceux-là étaient des quinquas, un Caucasien, crâne rasé, yeux bleus, visage taillé à la serpe et deux purs Tadjiks, traits asiatiques, coiffure playmobil de mini-sumos, vêtus de costumes bon marché, veste ouverte, chemise blanche et cravate. Fahim fonça vers eux. Poignées de main viriles, accolades. Leurs épanchements furent troublés par un appel satellitaire. Fahim prit la communication. Ce fut rapidement expédié et il lança aux trois hommes.

— Ils arrivent !

Le temps de donner quelques ordres à leurs subordonnés, deux transporteurs entamaient la traversée du pont suspendu. Fahim sortit d'une de ses poches une mini-paire de jumelles et l'orienta vers des camions sans âge, surchargés de fruits et de légumes. Une épaisse fumée noire accompagnait le convoi. Quelle que soit la rive du Piandj, la lutte contre la pollution et le réchauffement climatique n'était pas à l'ordre du jour. Un premier contrôle des marchandises eut lieu au bout du pont. Une simple formalité pour indiquer aux conducteurs l'endroit où se garer et procéder aux obligations administratives. Cela devait être considéré comme sans risque. Les hommes de Fahim fumaient en surveillant distraitement les deux camions. Les chauffeurs devaient ensuite passer sous le portique des douanes avant de poursuivre leur route. C'est là que les fonctionnaires du Comité de la sécurité intervinrent. L'un d'eux s'approcha d'un des bahuts, monta sur le marchepied et s'adressa au camionneur en lui désignant leurs voitures. Ça ne dura pas longtemps. À partir de là, c'est en convoi encadré par les 4×4 que les camions poursuivirent leur route.

Le passage au scanner se solda par plusieurs saluts amicaux lancés à l'adresse de l'opérateur de cette coûteuse machine offerte par l'UNODC. Témoins silencieux de ce manège, Fahim et Baha regardèrent les véhicules s'éloigner. Le trafiquant avait un sourire de gamin heureux.

— Voilà, tu sais comment ça marche. La came, une fois raffinée en Afghanistan, arrive ici à mille cinq cents dollars le kilo. Quand elle sortira du Tadjikistan, elle aura presque triplé. Et mon réseau s'occupe du transport jusqu'en Europe. On multiplie par vingt la mise. Il faut seulement s'assurer d'avoir de bons intermédiaires. Si tu surveilles mes intérêts en France, ce sera parfait.

Baha ne répondit pas mais cette fois, son silence avait valeur d'approbation. Tant qu'à être recherché par les agents beyazes, autant choisir une clandestinité dorée. Et c'est bien ce que lui proposait son copain d'armée.

Rapidement lassé de suivre un convoi qui se traînait, Fahim intima l'ordre à son chauffeur de dépasser tout le monde. Ils arrivèrent à destination avec une bonne heure d'avance sur la drogue. Le soleil ne faiblissait pas et la température extérieure avoisinait les 30 °C. Ils abandonnèrent la clim' de la voiture pour celle de la maison. Fahim proposa une bière fraîche à Baha et s'installa avec lui dans son bureau. Délaissant le verre, le trafiquant attrapa sa bouteille pour trinquer goulot contre goulot avec son pote :

— À notre association !

— À notre association ! répondit Baha, conscient que son engagement avait plus de valeur que n'importe quelle signature.

Ils burent chacun une belle rasade. Fahim regarda sa montre et s'éclaircit la voix :

— Tu as le temps, de toute manière tes bagages sont prêts, j'ai demandé à Daoud de te préparer une valise. Tu vas prendre un avion pour Moscou. Ça te permettra de connaître tout le réseau.

Fahim se dirigea vers sa table de travail, la contourna et ouvrit un tiroir. Il en sortit une dizaine de liasses de billets de cent dollars qu'il posa devant Baha. Ça devrait te suffire. Il ajouta trois téléphones, dont un satellitaire, et plusieurs puces.

— …

Devant l'étonnement et les yeux ronds de Baha, le trafiquant se mit à rire.

— Je te prends un peu au dépourvu. Mais il serait bien que tu profites de ce voyage.

— Je ne peux pas passer les frontières avec mes papiers.

Fahim se heurta le front avec son poing.

— J'allais oublier, heureusement que tu me le rappelles.

Il récupéra une enveloppe dans son bureau et la posa en évidence avec le reste.

— T'as un passeport tadjik avec les visas pour aller jusqu'en Russie. Là-bas, mes amis te donneront un nouveau passeport russe avec les tampons pour l'Europe.

— T'as pas eu besoin de photos ? s'étonna Baha.

Fahim dirigea ses yeux vers un coin de la table et montra une statuette du doigt.

— C'est une caméra. Il y en a plus d'une centaine entre le parc, les installations et la maison. On a trouvé ce qu'il fallait. Qu'est-ce que tu en penses ? Je suis un mec sérieux et prévoyant, c'est aussi pour ça que j'en suis là.

Baha voulait bien le croire. Il ne lui restait plus qu'à se laisser emporter dans ce tourbillon. Il y a quelques jours, il était un simple employé, homme de ménage au consulat général de France à Schimansky. Aujourd'hui il était recherché par les services secrets beyazes et partait pour la France s'occuper des affaires d'un baron de la drogue. Il pensa que, depuis l'armée, il n'avait jamais repris l'avion. D'ailleurs il n'avait jamais quitté son pays. Du temps de l'Union soviétique, les gens voyageaient, les fonctionnaires bougeaient au gré des mutations. Ils avaient droit à des vacances dans d'autres républiques. La « liberté » avait eu pour résultat d'enfermer les pauvres dans les limites de leur territoire. Quel espoir aujourd'hui pour un étudiant tadjik, ouzbek, kazakh, kirghize ou beyaze ?

Pendant qu'ils parlaient, ils entendirent le bruit des camions et des véhicules. Fahim s'approcha de la baie vitrée et regarda l'arrivée de la marchandise. Ils allaient vider la partie légale pour accéder à la drogue, celle-ci serait ensuite répartie entre les voitures de la Sécurité nationale et transiterait de service de sécurité en service de sécurité à travers les anciennes républiques soviétiques. Le voyage durerait une bonne semaine avant que les camions soient aux portes de l'Europe.

25

Delaroque et Girard avaient décidé de retrouver chaque matin Ivana Novolsky au bar de leur hôtel pour qu'elle prenne le petit déjeuner avec eux. La jeune femme faisait bonne impression au policier. Cela n'empêchait pas les deux Français de se méfier d'elle. Bien qu'elle soit francophone et apparemment francophile, ils ne doutaient pas que sa fidélité devait aller à son pays et au service auquel elle appartenait.

Girard tartinait de la confiture en râlant qu'il n'avait jamais voyagé dans un coin où l'on soit capable de reproduire le pain qu'on faisait en France. Delaroque releva le nez de son assiette de fruits pour s'intéresser à son collègue.

— La plupart des boulangeries de la ville ont employé des Français et il y a bon nombre de chefs français dans les restaurants.

Le flic pouffa.

— Ils ont bien fait de venir. Compétents comme ils sont, ils seraient au chômage chez nous.

Ivana arriva à ce moment-là. Son visage disparaissait dans une chapka en fourrure. Elle portait un manteau en coton épais qu'elle abandonna dans un vestiaire avant de les rejoindre. Bottes à talons, jupe, pull à col roulé moulant sa silhouette, les cheveux blonds tombant sur ses épaules, des yeux bleus, les traits s'étaient peut-être durcis avec le temps, mais c'était une belle fille remplie d'énergie au sourire pour le moins séduisant. Elle se planta devant leur table.

— Bon appétit.

Les deux hommes s'interrompirent pour se lever. Delaroque fut le premier à lui tendre la main. Le visage de la jeune femme s'éclaira.

— L'habitude française est de s'embrasser, si je me souviens bien.

Le diplomate rougit légèrement, elle s'en aperçut.

— Je ne voudrais pas vous…

— Mais non.

Les bises claquèrent et elle salua ensuite Patrick de la même manière. Elle visa le buffet.

— Continuez de manger, je vais me servir, je reviens. Quand elle les rejoignit, son plateau ne ressemblait pas à celui des deux visiteurs. Elle avait opté pour une soupe, de la charcuterie et une bonne dose de laitages.

— Vous avez essayé le lait de jument ? Très bon pour la santé.

Patrick eut un regard méfiant. Bruno l'encouragea.

— Elle a raison. C'est une spécialité.

Ivana tendit son verre.

— Goûte.

Le flic hésita et finalement trempa les lèvres pour boire une gorgée. Un goût acide, vinaigré, s'empara de son palais. Il faillit recracher, mais avala héroïquement le breuvage. Delaroque sourit avec une indulgence amusée. Il connaissait bien ce lait que seuls les autochtones étaient à même d'apprécier et surtout de digérer. Ivana ne laissa pas Patrick donner son sentiment. Elle abandonna sa chaise.

— Tu vois, c'est bon. Garde-le, je vais en chercher un autre pour moi.

Le flic avait reposé le verre, il évalua mentalement le nombre de gorgées qu'il lui restait à avaler.

Quand Ivana s'installa enfin, Patrick tenta d'oublier sa boisson et de parler de leur affaire.

— Tu m'as dit que tu avais assisté à l'autopsie. J'aimerais rencontrer la médecin légiste, c'est possible ?

L'agent du KNB hésita.

— Ce n'est pas mentionné dans la commission rogatoire de votre juge.

— C'est vrai, reconnut le flic, ce ne sera pas officiel, un entretien de pure forme.

La jeune femme haussa un sourcil avec un air grave. La laisser prendre des initiatives n'était pas une habitude de son administration. Elle se rappela les Français avec lesquels elle avait travaillé et elle n'eut pas envie de décevoir ses invités.

— OK, je vais voir ce que je peux faire.

Patrick avait une autre idée, il se demanda s'il devait en parler maintenant. Il hésita et se lança :

— J'ai encore une sollicitation. Celle-là, elle est tout à fait dans le cadre de la petite phrase en fin de la commission rogatoire : « Et plus généralement, procéder à tous les actes utiles à la manifestation de la vérité. »

Rien de tel pour mettre Ivana sur la défensive. Il continua :

— Hier soir, je suis allé marcher autour du consulat. J'ai vu qu'il y avait plusieurs caméras dans la rue. Certaines, pour surveiller la circulation, d'autres des entrées d'immeubles ou de magasins. Je me demandais si on avait vérifié les passages durant la nuit du meurtre. On peut récupérer toutes ces vidéos ?

Elle ne voulut pas opposer un « *niet* » intempestif, mais elle fit une moue qui n'avait rien d'une approbation.

— Pas facile.

— C'est un minimum dans une enquête criminelle.

— Je n'ai pas dit que c'était impossible.

Elle réfléchit et fouilla dans sa poche pour prendre son téléphone.

— Je dois en parler à mon patron.

Avant même que Patrick ait pu intervenir, l'appel était lancé. La communication dura peu et contre toute attente, la réponse fut positive.

— Mon chef m'a dit que c'était en cours. Des officiers s'en occupent. Chez nous, tout est un peu long… L'administration.

Les deux Français se gardèrent de donner leur sentiment à ce sujet. Ils imaginaient mal qu'une demande du KNB soit prise à la légère et traitée avec nonchalance.

Delaroque, qui peinait à en venir au tutoiement avec la jeune femme, osa une autre question :

— Après les témoignages que nous avons recueillis, à ce stade, que pensez-vous de cette affaire ?

Au lieu d'écouter Ivana, Patrick se leva pour se diriger vers les toilettes. Delaroque sourit intérieurement, en imaginant qu'il s'agissait des premiers effets du lait de jument. Le flic risquait de passer une bonne partie de la journée sur les W.-C. Ivana répondit à l'instinct :

— Comme j'ai dit au départ : le cul, le fric, l'alcool.

Décidément, la formule lui plaisait. À croire qu'elle n'avait retenu que ça de ses cours de criminologie. Elle poursuivit sur un ton enthousiaste :

— Dans cette affaire, on peut éliminer l'alcool. Encore que, parfois c'est l'élément déclencheur. Le fric ? Chez nous, il y a des gens qui sont vraiment riches. Plus que vous ne pouvez l'imaginer. Mathilde et Erick ont parlé de ces sponsors qu'affectionnait tant Gwenola. Elle a pu porter préjudice à quelqu'un. Peut-être qu'elle savait des choses…

Delaroque avait une assez bonne expérience de l'étranger pour savoir ce que voulait dire beaucoup d'argent. Un des paradoxes était d'ailleurs que les fortunes les plus colossales se trouvaient souvent dans les pays les plus miséreux.

Patrick revint des toilettes. Delaroque le regarda s'asseoir.

— Ça va ?

Le commandant répondit affirmativement, d'une petite voix qui en disait long. L'ambassadeur le mit au fait du sujet de leur conversation.

— On parlait de l'affaire. La capitaine ne croit pas au mobile de l'argent.

— À ce stade, corrigea la flic.

— Il reste le sexe.

Bruno préférait ce terme à celui de cul, trop vulgaire à son goût. Il ajouta :

— C'est pareil, pour le moment nous n'avons rien à ce sujet.

Ivana le coupa.

— Ça ne veut pas dire que nous ne trouverons pas. Cette femme aimait le pouvoir, une fille libre. Le sexe ne devait pas la rebuter et, à mon avis, elle devait savoir jouer la séduction. Erick Schindler est un dragueur, dès qu'il m'a vue il m'a fait, comment vous dites ?…. Du rentre-dedans.

Patrick se rappela les quelques mots en russe que le jeune diplomate avait lancés à la flic. C'est vrai qu'il n'avait pas perdu de temps.

Ivana regarda l'heure et prit son téléphone. La conversation dura quelques minutes avant qu'elle ne raccroche et annonce fièrement :

— La médecin légiste nous attend. Je la connais bien. Elle est d'accord pour nous recevoir.

Elle s'adressa à Patrick :

— T'es content ?

Il bougonna en lâchant un oui moins enthousiaste que ne l'espérait la capitaine et annonça qu'il allait se préparer. Une bonne excuse pour visiter à nouveau les toilettes. Heureusement qu'il avait des antidiarrhéiques dans sa valise. Il se promit qu'il ne boirait jamais plus de lait de jument, repensa au sourire en coin de Delaroque et maudit son collègue.

*

* *

L'équivalent de l'institut médico-légal était un bâtiment accolé au centre hospitalier. Une construction des années cinquante pensée par un architecte dont la fantaisie ne devait pas être l'une des principales caractéristiques : l'hôpital était un cube de béton gris qui n'aurait pas détonné dans une banlieue française.

Ivana avait choisi de conduire les Français dans sa Toyota de service. Elle abandonna son véhicule à proximité d'une camionnette de la police et invita ses passagers à la suivre. Le ciel était couvert et la température plus clémente, c'est ce que disait le thermomètre. Le vent annulait les effets de cette accalmie, le ressenti n'était pas flagrant, d'autant qu'Ivana leur annonça que de la neige était prévue. Patrick enragea, ses chaussures de ville allaient être mises à rude épreuve. S'ils s'éternisaient dans ce pays, il devrait s'équiper plus sérieusement qu'il ne l'était. En attendant, il n'avait qu'une seule préoccupation : l'état de ses intestins. Par chance, le médicament agissait. Il se sentait mieux. Restait maintenant à suivre la panthère des neiges qui évoluait d'une démarche rapide sur la chaussée verglacée. Comment diable était-il possible de marcher si vite et surtout aussi droit avec des bottes à talons hauts ? Patrick glissa deux fois, à la limite de la chute. Il jurait entre ses dents et avançait péniblement. Tel un patineur fatigué, il laissait ses pas raser le sol plutôt que de tenter un appui qui l'entraînerait dans un équilibre périlleux. Ivana avait plusieurs mètres d'avance et elle attendait dans le hall quand l'ambassadeur et le flic la rejoignirent.

Patrick reprit son souffle. La capitaine était déjà repartie. Il força le pas pour ne pas se laisser distancer. Après un dédale de couloirs, un escalier les entraîna dans des sous-sols reliant la partie hôpital et la morgue. Les deux Français comprirent quelle était la destination finale. Si Patrick appréhendait cela avec une certaine curiosité, l'ambassadeur ralentit nettement le pas et son degré d'enthousiasme passa en zone polaire. Ivana s'arrêta devant une salle d'autopsie. Une femme d'une cinquantaine d'années, cheveux cachés par une charlotte de protection et habillée de vêtements chirurgicaux, était en train d'officier sur un cadavre. Delaroque blêmit. Le corps gisait nu sur une table métallique. On avait déjà procédé à l'ouverture du plastron thoracique et différents organes avaient été prélevés et laissés sur un plateau posé sur les jambes du mort. Des assistants étaient occupés à les peser avant de les ranger dans des bocaux de verre dans l'attente d'examens spécifiques. Celle qui devait être la légiste venait d'inciser le cuir chevelu du cadavre. Elle ramena le scalp en avant pour mettre à nu la boîte crânienne. L'ambassadeur eut un haut-le-cœur et recula de plusieurs mètres pour échapper à ce spectacle. La médecin s'interrompit et jeta un regard vers les visiteurs. Elle baissa son masque et son visage s'éclaircit d'un joli sourire. Elle avait le type asiatique, une Beyaze d'origine. Elle s'adressa en russe à Ivana, avant de s'essayer au français avec quelques salutations polies. La flic du KNB prit la relève en disant qu'elle assurerait la traduction :

— La docteure Zhanerke Diarova n'en a pas pour très longtemps, mais elle est attendue ensuite à l'université. Si le spectacle ne vous gêne pas, elle peut répondre à vos questions en travaillant.

Le flic se demanda si l'agenda de la légiste était aussi contraint qu'elle l'affirmait ou si elle voulait leur faire subir un test. Des cadavres, il en avait vu son lot et ce n'est pas l'autopsie d'un corps fraîchement décédé qui allait le déranger.

— Nous pouvons parler ici. Je suppose que votre patient ne s'y opposera pas.

Son humour sembla plaire et il lança sa première question :

— J'ai lu dans votre rapport que vous estimiez l'heure du décès de Gwenola Fontaine aux environs de sept heures du matin. En êtes-vous certaine ?

La médecin fit signe à une de ses assistantes de lui passer une scie. Elle répondit en même temps qu'elle s'attaquait au crâne.

— C'est une estimation, à une ou deux heures près. Entre le moment où elle est morte et mon arrivée sur les lieux, il s'est déroulé beaucoup de temps. On m'a appelée presque vingt-quatre heures après le décès de votre diplomate. Les autorités françaises ont été longues à réagir et en plus, la pièce où séjournait le corps n'a pas été à température constante. Si j'ai bien compris, on a ouvert les fenêtres en fin d'après-midi. Il faisait - 10 °C à mon arrivée. Il est difficile d'être précis dans de telles conditions, le corps était en voie de congélation.

Même si la traduction d'Ivana lissait les choses, le flic nota un ton de reproche dans la voix de la médecin. Patrick chercha des yeux Delaroque, il tentait de suivre la conversation depuis le couloir. Le policier sourit intérieurement. Tout le monde n'est pas flic. Il revint à sa conversation avec la légiste :

— Gwenola Fontaine pouvait donc être déjà morte quand l'employé de ménage a pris son service. C'est-à-dire à six heures trente.

— Oui, c'est possible. Je vous répète, c'est à une heure près. Je me suis avant tout basée sur la digestion. Elle avait mangé tard. L'enquête disait qu'elle était sortie d'un restaurant à vingt-trois heures. Le bol alimentaire était quasiment vide, d'où mes conclusions.

C'est vrai, pensa Patrick, il se rappela que la victime avait dîné avec son mari.

— Elle avait dû ingérer une bonne dose d'alcool. 0,15 gramme au moment de l'analyse, si mes souvenirs sont exacts. Une femme élimine un peu moins de 0,1 gramme par heure.

Patrick se remémora le bureau de la consule. Il y avait un bar, mais rien ne laissait supposer qu'elle l'avait utilisé. Et il n'imaginait pas qu'elle ait pu sortir du restaurant avec près de 0,8 gramme d'alcool dans le sang. Un mystère de plus à élucider.

— A-t-elle eu un rapport sexuel dans les heures qui ont précédé sa mort ? Vous n'avez rien mentionné à ce sujet.

La légiste acheva d'extraire le cerveau du crâne et le posa sur un plateau pour mieux l'examiner. Elle s'adressa à ses collaborateurs et s'interrompit le temps d'enregistrer une partie de ses conclusions. C'est le moment que Delaroque choisit pour faire un retour. Le spectacle coupa son élan. Il opta définitivement pour le couloir.

La médecin répondit enfin à Patrick.

— Non, je n'ai rien remarqué de ce côté-là.

Elle fit mine de réfléchir, abandonna le cadavre et se rapprocha de Patrick. Elle baissa son masque de chirurgien et enleva sa charlotte, faisant apparaître une crinière noire et luisante qui tomba sur ses épaules. Bien qu'un peu épaisse, c'était une belle femme, avec des yeux noirs et brillants, ainsi qu'un joli sourire.

— Je ne vois rien de plus à ajouter.

— Votre collègue parisien qui a examiné le corps à son arrivée en France pense que la victime a été frappée avant d'être assassinée et il a mis en évidence un traumatisme crânien.

Elle haussa les épaules et fit une moue.

— Je n'ai rien remarqué de tel, juste quelques ecchymoses, peut-être dues à sa chute.

Patrick nota un moment de trouble sur le visage du Dr Zhanerke Diarova. Il se garda cependant d'insister et termina par un lot de questions dont les réponses ne firent que confirmer ce qui était déjà mentionné dans le rapport d'expertise. Pour finir, il décida de lui parler en anglais et comprit qu'ils auraient très bien pu s'exprimer dans cette langue.

*

* *

Dans l'après-midi, de retour au consulat, après plusieurs passages aux toilettes, Patrick se décida à abandonner Delaroque et Ivana. Ils continueraient les auditions seuls. Il avait besoin de se reposer.

Il sortit dans la rue et prit la direction de l'hôtel. Il le dépassa et descendit jusqu'à la vitrine d'une pharmacie située à l'angle entre la rue Gogol et l'avenue Nazarbaïev, il la contourna et entra dans l'établissement. Une fois à l'intérieur, il jeta un coup d'œil rapide sur l'extérieur et repéra ce qu'il pressentait. Un homme vêtu de sombre avec une chapka noire s'était immobilisé, il semblait désorienté, comme s'il ne savait plus où aller. Le type porta une main à son oreille avant de parler. On le suivait. Tout en marchant dans l'officine, il se débarrassa de son manteau, le retourna côté doublure. Elle était d'un tissu rouge, presque criard. Il fit apparaître une chapka qui se trouvait dans une de ses poches, se l'enfonça sur la tête, passa le manteau à l'envers et emprunta une sortie donnant sur une autre avenue. D'un pas décidé, sans se préoccuper de son entourage, il accéléra en espérant qu'il n'allait pas glisser sur une plaque de verglas. Il profita d'une épicerie placée en angle de rue pour faire un nouveau test de sécurité. Cette fois il ne vit personne. Il poursuivit son chemin et s'engouffra dans une voiture garée cinq cents mètres plus loin. Guyon était au volant.

— J'étais filoché, mais j'ai réussi à m'en débarrasser. Et toi, t'es certain que tu n'as personne à ton cul ?

— Non, c'est bon.

— Allez, on y va.

Un quart d'heure plus tard, ils planquaient à proximité de la morgue.

— Et si elle est déjà partie ? demanda Guyon.

— C'est un risque, mais j'ai fait mine de discuter avec elle de choses et d'autres et j'ai compris qu'elle avait des horaires administratifs. Elle devrait être encore là. Elle termine à dix-sept heures trente.

— Elle peut sortir par une autre porte.

Patrick souffla d'agacement.

— Dis-moi, tu cherches à me porter la poisse ou quoi ? Tu cassais les couilles comme ça à tes collègues quand tu faisais des planques ?

— Ça va, ne le prends pas mal. Moi, ce que j'en pense… j'essaye juste d'entrevoir toutes les possibilités.

17 h 29, rien n'avait bougé. 17 h 30 : ils eurent l'impression d'être les témoins d'une sortie d'usine. Ici, on respectait les horaires. Une vingtaine de personnes se retrouvèrent sur le parking en même temps, comme si elles avaient attendu le coup de pistolet annonçant le départ d'une course. L'obscurité s'était installée, la lumière extérieure était rare. Patrick plissa les yeux et se concentra sur la petite foule qui arrivait vers eux. Il cherchait une Asiatique, il y en avait beaucoup et, comme la plupart des étrangers, il trouvait que ces filles se ressemblaient toutes. Il cria presque :

— Là, celle-là !

Ce qu'il ressentit lui rappela des journées passées à attendre un individu dont il n'avait qu'une photo. Des heures à croire le reconnaître, à douter et puis tout à coup : la révélation, la certitude d'avoir la bonne personne à vue. Et là c'était le cas, la femme qui marchait vêtue d'un long manteau en fourrure crème et d'une chapka de la même couleur était bien Zhanerke Diarova. Elle n'était pas seule, elle discutait avec un groupe. Patrick hésita. Et si quelqu'un l'attendait ? Et si elle restait avec ces gens ? Qu'allait-il faire ? Il y réfléchirait plus tard.

— On suit. Discret.

Ils n'eurent même pas à démarrer, la légiste fit un signe de la main à ses amies et se sépara du groupe pour se diriger vers un parking. Seule, personne à proximité.

— Vas-y, approche-toi.

En voyant des phares arriver vers elle, Zhanerke marqua

un instant de surprise. La voiture s'arrêta à quelques mètres et Patrick en jaillit.

— Docteur, puis-je vous parler ?

La légiste se raidit, il y eut un flottement dans son regard, elle tarda à répondre. Patrick se demanda si elle n'allait pas se mettre à crier et appeler au secours. Il aurait l'air malin. Et finalement le visage s'adoucit, elle leva les yeux au ciel.

— J'aurais dû me douter que vous n'alliez pas en rester là. Invitez-moi dans un restaurant, nous serons mieux pour discuter.

— C'est avec plaisir, mais je ne connais rien ici. Je vous laisse choisir l'endroit.

— Montez, je vous emmène.

Devant l'indécision du flic, elle ajouta :

— N'ayez pas peur, je ne vais pas vous kidnapper.

Patrick remercia Guyon et lui dit qu'il se débrouillerait pour regagner sa chambre. Un quart d'heure après, il se retrouvait avec la médecin au *Rixos*, l'un des grands hôtels de la ville. La voiture n'avait pas eu le temps de se réchauffer, le passage à l'extérieur dans le vent et le froid fut une épreuve et c'est avec joie que le Français pénétra dans un immense hall, capable d'accueillir une cathédrale. Malgré la surface et les volumes, il régnait une ambiance feutrée dans une chaleur agréable. C'était l'heure de l'apéritif et des clients conversaient en buvant des cocktails pendant qu'une chanteuse, accompagnée d'un pianiste, tentait vainement de les intéresser à son répertoire.

— Il est encore tôt, nous pouvons prendre un verre, proposa la légiste.

Elle se débarrassa de son manteau. Elle portait une robe courte, des collants et les inévitables bottes à talons hauts. Maquillée, collier traditionnel en argent, sac à main Lancel, montre Chopard et bague en diamants. Il imagina qu'elle avait d'autres revenus qu'un salaire de fonctionnaire beyaze. Elle répondit d'elle-même à la question qu'il ne lui posa pas.

— J'ai un amant. Il est très généreux.

Patrick eut l'air d'un gamin pris les doigts dans la confiture. Son malaise déclencha l'hilarité de la légiste.

— Autre chose ?

Il décida de ne pas y aller par quatre chemins :

— Il est impossible que vous n'ayez pas noté que la consule a été battue.

Le policier fut surpris de voir que la question ne troublait pas la médecin.

— Maintenant que nous sommes seuls, je peux vous en parler. Oui, j'ai effectivement remarqué des traces de violence. Des ecchymoses au niveau des bras, sur le torse aussi. Elle a été frappée à plusieurs endroits et elle a été victime d'un traumatisme crânien. J'ai constaté la présence d'un œdème cérébral. Ces premières violences ont dû avoir lieu deux à trois heures avant qu'on l'assassine. Mes constatations laissent supposer une lente agonie jusqu'à ce qu'on l'achève, je ne peux l'affirmer mais je pense que le tueur n'a fait que mettre fin à son calvaire. C'était irrémédiable, elle allait succomber à ses blessures ou rester dans le coma. Je m'apprêtais à l'écrire dans mon rapport quand on m'a indiqué que je devais me limiter à ce qui avait entraîné la mort. Là, il n'y a aucun doute, elle a été étranglée avec le foulard qu'elle avait autour du cou.

— Qui vous a demandé de ne pas mentionner les violences ?

Elle eut un sourire énigmatique et plongea son regard dans celui de Patrick.

— Évidemment, je nierai vous avoir dit quoi que ce soit. Mais je pense que vous serez assez intelligent pour ne pas me nuire.

Il opina légèrement du chef.

— Ne vous inquiétez pas.

Elle garda le silence un moment, on leur apportait les consommations qu'ils avaient commandées : un Glennlivet pour Patrick et une coupe de champagne pour Zhanerke. Dès qu'ils furent à nouveau seuls, elle parla :

— Qui voulez-vous que ce soit : le KNB.

— Ivana Novolsky ?

La légiste éclata de rire :

— Mais non, Ivana est une chic fille. Elle n'est qu'au début de sa carrière et elle a trop fréquenté les étrangers pour que son administration lui fasse confiance.

— N'empêche que devant elle, vous n'avez rien dit.

— La culture soviétique a laissé des traces, même les jeunes qui ne l'ont pas connue ont été élevés dans le moule. Nous sommes tous des informateurs en puissance. La prudence est dans nos gènes.

— À qui avez-vous eu affaire alors ?

— Pour ce type de demande, c'est le chef du bureau du KNB à Schimansky qui m'a contactée lui-même.

Patrick réfléchit avant de tenter des hypothèses.

— Ça veut dire que Gwenola a été la victime d'au moins deux assaillants à des horaires différents ?

La légiste approuva d'un signe de tête.

— Et que le KNB protège l'auteur des violences initiales, ajouta Patrick d'une voix qui ne cachait pas sa perplexité.

La médecin eut un sourire triste :

— On peut le croire.

Le genre de conclusion qui casse une ambiance. Patrick fit remarquer qu'il était suivi en sortant du consulat.

— Rien d'étonnant. Vous êtes un étranger, en plus un policier, vous enquêtez sur une affaire importante. Il est normal que le KNB ait mis une équipe sur vous. J'ai choisi cet hôtel parce que les services de sécurité sont présents. Tout le monde saura demain que nous étions ensemble.

Le flic ne comprenait pas.

— Pourquoi être venue ici alors ? Vous ne risquez rien ?

Les yeux du médecin brillèrent d'une lueur coquine.

— Vous ne me trouvez pas assez jolie pour avoir envie de me séduire ?

— Loin de moi cette pensée, vous êtes une très belle femme.

Zhanerke attrapa son verre de champagne et le leva vers Patrick.

— *Na zdrowie !*

*

*   *

Le lendemain matin, le retard, puis l'absence de Patrick au petit déjeuner étonnèrent Bruno Delaroque. Il commença par appeler la chambre de son collègue. Rien. L'inquiétude le gagna. Il s'apprêtait à le joindre sur son portable lorsqu'il le vit descendre d'un taxi et entrer dans l'hôtel. Les vêtements étaient les mêmes que la veille, il avait le visage fatigué, les traits tirés.

— T'arrives d'où ?

Le policier avait la tête de l'ado pris en flag après avoir fait le mur. Il décida de ne pas répondre à la question et préféra lui relater la discussion qu'il avait eue avec la légiste. Pour le reste, Delaroque serait assez grand pour imaginer la suite de sa soirée. Pour une fois, il n'était pas mécontent de ne pas être avec un collègue flic qui n'aurait pas manqué de s'attarder sur les détails croustillants.

Il avait raison. L'ambassadeur l'écouta attentivement et ce qu'il entendit ne lui fit pas plaisir. C'était la certitude que quelqu'un d'autre que l'homme de ménage avait, sinon assassiné, laissé pour morte ou agonisante Gwenola Fontaine. Et ce quelqu'un pouvait très bien être l'un des employés du consulat ou des témoins qu'ils avaient eus en audition.

Ils en étaient là, quand Ivana apparut. Séance de bises. Elle s'aperçut qu'ils n'avaient pas encore déjeuné et comprit qu'ils avaient un problème. Hors de question pour Patrick de lui parler de sa soirée, mais il était grand temps de solliciter la flic pour qu'elle leur facilite leur enquête.

— T'en es où de l'identification des caméras ?

— Mes collègues s'en occupent.

— C'est un peu long pour deux, trois rues à vérifier, non ?

Le visage de la capitaine se ferma.

— Tout le KNB n'est pas aux ordres de la police française. Excuse-nous d'avoir des priorités.

Bruno toussa, Patrick lui confirmait ce qu'il pensait déjà : un flic ne serait jamais un diplomate. Il s'adressa à Ivana :

— Nous comprenons fort bien que votre service ait ses propres contingences. Mais, peut-être pourrions-nous effectuer ces vérifications ensemble ?

La capitaine détourna la tête, mal à l'aise.

— Ce n'était pas prévu. Il faut que je demande à mon chef.

Elle chercha son téléphone et s'éloigna d'eux pour parler. Delaroque en profita pour s'adresser au policier :

— Inutile de la brusquer, ça n'apportera rien.

— Ce pays m'agace, on ne peut avoir confiance en personne.

Le diplomate allait se lancer dans son numéro de marionnettiste quand Ivana les rejoignit. Elle avait le sourire.

— On a de la chance.

Le regard de la jeune femme s'arrêta sur Patrick.

— Il n'y avait pas de raison de s'énerver, mes collègues ont fait le travail.

Au lieu de la remercier, Patrick se contenta de renvoyer un visage interrogateur. Le ton de la flic ne cacha pas son exaspération :

— Il y a quelque chose d'intéressant. Quelqu'un entre et sort du consulat par l'accès VIP.

Patrick éclata :

— On peut voir ?

— Oui, évidemment. Mon service est en train de mettre ça sur clé USB.

26

Si parler de leur cheffe fut difficile pour les employés beyazes, ils n'éprouvèrent aucun embarras à s'épancher sur son mari. Du côté des expatriés, ce fut la même chose. L'homme faisait une belle unanimité contre lui. Mathilde comme Erick paraissaient presque modérés comparés à d'autres. En contactant l'ambassade de Gulmada et le ministère des Affaires étrangères, Delaroque apporta son lot de pierres à la muraille derrière laquelle Delcroix se retrouvait assiégé.

Le tableau n'était pas brillant. C'est l'appropriation par la consule d'une nouvelle pièce dans laquelle elle prévoyait d'organiser des manifestations culturelles qui déclencha la montée en puissance d'Hugo et le début des problèmes.

Hugo avait hâte de reprendre une activité. Il aimait l'art et Erick lui avait communiqué les noms de plusieurs peintres connus, ainsi que les adresses des galeries les plus importantes. L'un des rêves secrets du mari de Gwenola était d'être lui-même galeriste, un projet dont la vie l'avait éloigné. Cette envie ressurgit. Il pensa qu'il serait « génial » que l'ensemble du consulat soit transformé dans ce but. Les longs couloirs blancs pourraient accueillir des œuvres d'artistes locaux, voire français.

Gwenola applaudit des deux mains.

— Vas-y, je te laisse t'en occuper.

Fort de l'approbation de sa consule générale d'épouse, Hugo se lança. Il ne pouvait se présenter comme « le mari de la consule », cela aurait manqué de sérieux. Il lui fallait se trouver un titre plus en adéquation avec son nouveau rôle. Il serait « chargé artistique ». Une appellation qui conviendrait parfaitement auprès des autorités.

Muni de cartes de visite au logo du consulat et de la République française, il passa à l'action. Ce fut d'autant plus facile qu'il avait un certain talent. Pour monter un partenariat, il s'adressa à la meilleure galerie de la ville. Le directeur accepta. Le premier jour, on organiserait un vernissage auquel seraient invités les correspondants habituels de Gwenola, expatriés et célébrités locales. Le bâtiment serait ensuite ouvert aux visiteurs, en leur offrant la possibilité de venir tous les jours ouvrables.

L'initiative de Delcroix ne fit pas que des heureux. Gwenola se garda de demander l'avis des employés et encore moins celui des autres locataires de son consulat, la mission économique ou le ministère de l'Intérieur. Les expositions, aussi intéressantes qu'elles puissent être, devinrent vite une source de nuisances. Pas évident d'avoir un bureau ouvert sur un musée public. Non seulement il n'y avait plus aucune intimité, mais la sécurité en prenait également un coup. Ces problèmes ne concernaient pas Gwenola.

On en arriva à l'étape suivante : la promotion d'Hugo.

« Vous vous rendez compte du travail que fait mon mari, il n'est même pas rémunéré, c'est vraiment scandaleux ! Quand je vois ce que certains incapables peuvent toucher, je me dis que l'administration ne va pas bien », confiait Gwenola à qui voulait l'entendre.

À l'issue de chaque action, c'était d'abord des tweets grandiloquents destinés au grand public, puis elle rédigeait note sur note pour vanter l'œuvre de son conjoint. À tel point que cela devint un nouveau sujet de raillerie à Schimansky comme à Gulmada, et le phénomène s'étendit jusqu'à Paris, où le jeu consistait à trouver le nom d'Hugo Delcroix et à lire et relire à haute voix la phrase qui le mettait en valeur, tout en se moquant de la princesse de Schimansky.

L'ambassadeur, considérant que nul n'était dupe d'une telle autopromotion, laissait faire ; de la sagesse pour certains, de la faiblesse pour d'autres.

La place de Delcroix ne cessa de grandir. Il ne lui fallut pas longtemps pour se prendre pour un chef de service et s'attribuer une partie du personnel. Il organisait ses propres réunions de travail en s'entourant de Nilufer et d'autres employées qu'il détournait de leurs fonctions. C'était une bonne occasion pour chacun d'apprendre que, dans l'administration française, l'autorité hiérarchique n'était pas acquise uniquement par un concours, mais qu'elle pouvait l'être aussi par le mariage.

Hugo n'éprouvait aucune gêne à exercer cette nouvelle autorité. Il arrivait le matin et s'installait dans le bureau de Nilufer ou de Gwenola. Il squattait allègrement le premier, et utilisait l'ordinateur de la secrétaire pour se connecter à la messagerie interne du ministère et adresser des instructions à ses « subalternes ». Il devint impossible de rencontrer la consule hors la présence de Monsieur Hugo.

Les deux premières expositions furent un succès en matière de ventes. À chacune d'elles, une quinzaine de tableaux trouvèrent acquéreurs.

Il fallait que l'endroit bénéficie d'une plus grande promotion. Delcroix eut l'idée de programmer une valeur sûre de la photographie. Il fit venir de Paris une collection de posters signés par Jean-Pierre Leloir, un artiste et journaliste spécialisé dans l'histoire du rock et de la variété de 1950 à nos jours. Mort à l'âge de soixante-dix-neuf ans, il était l'auteur de portraits devenus des classiques. On se rappelait cette photo réunissant Brassens, Brel et Ferré, ses clichés des Beatles, des Stones et autre Dylan. Le succès ne pouvait être qu'au rendez-vous et il le fut. Le vernissage, réalisé avec l'aide de sponsors, attira beaucoup de monde ; près de deux cents invités triés sur le volet firent le déplacement. Par la suite, la foule répondit présente. Un enfer pour le personnel. Si les premiers essais furent fatigants, on atteignait l'insupportable. Les délires du couple n'avaient plus de limite. Les visiteurs venaient en groupe, téléphonaient dans les couloirs, commentaient bruyamment les œuvres, laissaient courir leurs gosses un peu partout, ça en devenait sidérant, mais cela ne préoccupait toujours pas la consule, bien au contraire, c'était un nouveau triomphe à mettre au crédit de son époux.

Elle se répandit à nouveau en tweets puis en écrits administratifs. Ils n'avaient pas le succès modeste. Dans l'euphorie, Delcroix se lâchait en lançant à Erick devant témoins : « Tu as vu, tu n'es plus rien, depuis que l'on est arrivé, les gens ne te connaissent même plus ! » Et le mari de la consule n'était pas tendre. Il critiquait ses programmations et avait un œil sur tout.

*
* *

Fort de ses succès, Hugo Delcroix voulait voir encore plus grand. À son arrivée, il avait été ébloui par l'affluence lors des deux événements les plus prisés : la « soirée Beaujolais nouveau » et celle du 14 Juillet. Il se sentait capable de faire mieux et critiquait ouvertement : « Erick n'a aucune ambition, il agit en petit fonctionnaire. Ces soirées méritent que je m'en occupe », Gwenola abonda en son sens. Erick n'aurait qu'à se mettre au service d'Hugo.

Les sponsors, savamment motivés et entretenus par la machine à visas, suivirent. La fête fut dédiée à la Renaissance, on y croisa des personnages en costumes d'époque pendant qu'il était proposé une projection de photographies de châteaux et de peintures du seizième siècle. Pour les Beyazes, du moment qu'on parlait faste et argent ou plutôt or, ils aimaient.

La « soirée Beaujolais » fut l'occasion de mettre en valeur les charcuteries françaises, « un chef » fit spécialement le déplacement pour présenter quelques-unes de nos cochonnailles. La communauté française fut ravie, tout comme les locaux, peu enclins à respecter les préceptes de l'islam. Hugo Delcroix mérita encore de figurer dans quelques notes diplomatiques. Toute cette agitation ne passait pas inaperçue à l'ambassade de Gulmada. Le chef direct d'Erick, le conseiller de coopération et d'action culturelle, ne pouvait que s'émouvoir du rôle, devenu prépondérant, joué par le célèbre mari de Madame.

Tant qu'il restait dans « son » consulat, il n'y avait pas grand-chose à dire, mais maintenant qu'Hugo voulait sortir de son bac à sable, la vigilance s'imposait.

À croire que seul Delcroix était à même de promouvoir l'image de la France au Beyazstan. Il avait un avantage sur tout le monde : il n'avait aucune autre responsabilité ni aucun travail à assurer. Si tout s'était déroulé dans la modestie, nul n'aurait trouvé matière à critiquer. Mais Gwenola donnait tant de publicité à son action que ça en devenait malsain.

Continuant de se plaindre du fait qu'Hugo n'était pas rémunéré, la consule générale décida d'aller plaider sa cause à Paris. Elle avait bien essayé, une fois ou deux, d'évoquer le sujet devant l'ambassadeur, en espérant son soutien. Peine perdue. Elle se débrouillerait seule. Ce n'était pas une question d'argent, mais la volonté de voir réparer une injustice.

Gwenola se heurta à un mur. Elle proposa pourtant quelques pistes, son mari pourrait avoir un statut de contractuel ou de recruté local, les possibilités existaient. Pour toute réponse, on lui opposa la sacro-sainte rigueur budgétaire. Elle se dit qu'elle trouverait peut-être quelque soutien auprès de l'ambassadeur Dassonville. Nouvel échec. La secrétaire du directeur lui signifia que l'emploi du temps du diplomate ne lui permettait pas de la recevoir.

La « guerre » entre le service culturel de Gulmada et la consule générale se poursuivit. Elle était attisée par l'attitude hautaine de Gwenola et la manière dont son époux avait pris les commandes d'un domaine où il n'avait aucune légitimité. Gwenola n'avait de cesse de critiquer « les incapables de l'ambassade », elle aimait railler ceux qu'elle qualifiait de « connards du Nord » ou de « busards de Gulmada ». Toutes ces tensions gardaient cependant une envergure toute « diplomatique » et ne s'exprimaient qu'en l'absence des uns et des autres, nul n'ayant le cran d'aller jusqu'à, sinon une confrontation, tout au moins une mise à plat des problèmes. Dans cette ambiance délétère, faite de rumeurs et de petits mots, Gwenola et le conseiller culturel de Gulmada continuaient tout de même de se faire des grands sourires et se lancer des « Madame la Consule générale », « Monsieur le Conseiller culturel », comme si de rien n'était.

C'est souvent le cas dans l'administration, les fonctionnaires de grade équivalent, même s'ils se critiquent par-derrière, ne s'affrontent jamais. Les loups ne se mangent pas entre eux. Par contre, ils adorent se venger sur les lampistes. Gwenola avait réussi à se trouver deux cibles privilégiées, deux jeunes stagiaires, un garçon et une fille, proches collaborateurs du conseiller culturel. « Les deux jeunes incompétents » déplaisaient à la consule. Il est vrai qu'ils avaient le cran de lui tenir tête, et cela la mettait hors d'elle d'avoir à discuter avec ces deux « produits de la génération Mitterrand ».

En quelques mois, Delcroix s'était taillé une place de choix dans ce consulat général. Les épouses d'ambassadeur sont souvent envahissantes. Ces premières dames sont connues pour leurs exigences, mais en règle générale, elles savent se cantonner dans un rôle de représentation qui, s'il n'est pas officiellement prévu, leur échoit naturellement. Au quotidien, elles peuvent être, à tort ou à raison, un véritable casse-tête pour les employés de la résidence et pour l'intendant ou le cuisinier. La place tenue par Hugo dépassait l'entendement. Si, comme avec Gwenola, il y avait eu un moment de grâce, avec le temps, cela s'était transformé en de la répulsion.

À tous ces témoignages, Delaroque ajouta une dernière pierre. Cela ne lui ressemblait pas puisqu'il s'agissait d'un cancan rapporté par des proches d'une des directrices en charge des affaires culturelles. Il n'empêche qu'il avait l'œil brillant en apportant cette touche « coquine » aux aventures du jeune veuf.

Il raconta que le mari de Gwenola prit l'initiative d'aller plaider sa cause à Paris. Durant l'été, il fut reçu par Flavie Fournès, femme d'une belle cinquantaine d'années, grande, mince, les yeux bleus, avec des cheveux blonds et un teint hâlé, style Michelle Pfeiffer, une séductrice. Elle fut courtoise et l'écouta parler. Il ne fit aucun mystère du fait qu'il n'avait pas d'autre titre que celui d'époux de la consule générale, disant qu'il agissait bénévolement dans le seul but de promouvoir la culture française. Il rappela son travail, en illustrant ses propos par un « book » dont il tournait régulièrement les pages. Fournès l'observa, sans se départir d'un petit sourire en coin. Hugo remarqua le jeu de la diplomate et se mit d'abord à rougir. Et puis il en vint à soutenir le regard de la directrice. Il n'avait pas connu d'autre femme depuis qu'il était avec Gwenola. Il peina à se concentrer et finit par en oublier son sujet. Il rougit encore. Fournès se leva, fit le tour de son bureau et s'assit près de lui : « Ce sera plus facile, vous n'aurez pas à bouger à chaque fois que vous me montrez quelque chose. » La directrice, tout en jaugeant l'homme, n'en était pas moins attentive. Les projets présentés lui paraissaient intéressants. Dans le passé, elle avait été en charge de la coopération dans plusieurs pays et elle connaissait parfaitement ce travail. La curiosité était la raison principale qui l'avait incitée à accepter cet entretien. Elle voulait savoir ce que ce « petit » avait dans le ventre. Et elle trouvait qu'il était malin. Elle se demanda un instant ce que foutait exactement le conseiller culturel de Gulmada pour se faire doubler de la sorte par un mec sorti de nulle part, si ce n'était du lit de la consule générale ! La simple solidarité de corps poussait Flavie Fournès à se dire qu'elle ne donnerait jamais suite à cet échange. Le fait qu'il soit bon la laissait tout de même songeuse. Elle l'arrêta : « Il est douze heures passées, si nous déjeunions ensemble, vous pourriez poursuivre. »

Delcroix était seul, Gwenola ne l'attendait pas, il s'entendit accepter. Il continua son exposé jusqu'à ce que son interlocutrice l'interrompe : « Parle-moi maintenant du Beyazstan, cette région est fascinante, non ? C'est une partie du monde que je connais peu. » Et dont elle n'avait rien à foutre, mais ce jeune l'épuisait avec ses présentations. Elle effleura « malencontreusement » la main d'Hugo. Elle venait de le tutoyer, il rougit encore. Elle lui trouvait des manières de puceau et c'en était drôle.

— Il paraît qu'elle brûle de le revoir, conclut Delaroque.

— Dis-moi, tu es bien renseigné, remarqua Girard.

— J'ai travaillé avec Fournès et je connais tous ses collaborateurs.

Patrick lança un regard soupçonneux, autant que coquin. Il n'en fallut pas plus pour que l'ambassadeur rougisse. Il prit un ton indigné.

— Je suis marié !

*

* *

Un sosie du Grand Duduche se présenta aux enquêteurs. Delcroix était mince et approchait le mètre quatre-vingt-dix, il flottait dans son pull et portait un jeans trop court, le cheveu blond, mi-long, il cultivait le look artiste bohème, pour ne pas dire bobo et malgré cela, avec ses joues creusées et ses pommettes saillantes, il exhalait de la dureté, à moins que ce soit du mépris. Il était « le veuf » et ce titre exigeait du respect. Il déplut immédiatement à Patrick. Ça ne faisait pas pour autant de lui un coupable. Une fois installé dans le bureau, Delcroix refusa le café qu'on lui proposait et indiqua qu'il était pressé.

— J'ai hésité à rester au Beyazstan. Finalement, je vais mettre fin à ma disponibilité professionnelle et je vais reprendre mon ancien travail. Les enfants et moi rentrons en France. Je prépare notre déménagement et, entre les formalités administratives et les contacts à prendre, je n'ai pas beaucoup de temps. En quoi puis-je vous être utile ? Le coupable est identifié et il est mort, vous n'avez pas grande enquête à faire.

— Ce n'est peut-être pas aussi simple que ce qu'on a cru.

Une lueur d'étonnement s'alluma dans les yeux d'Hugo Delcroix et le dédain qui l'animait sembla s'effacer.

— Vous voulez dire que Gwenola n'a pas été assassinée par ce Baha Babaef ?

— Nous pensons que quelqu'un d'autre était là et qu'elle a été frappée avant d'être tuée.

— Frappée ? répéta Hugo en blanchissant de colère, mais par qui ?

— C'est ce que nous essayons de déterminer. Et pour cela nous avons recueilli les témoignages des collaborateurs de votre femme.

Delcroix fit une moue désabusée et chercha le regard des enquêteurs. Il haussa les épaules et se recroquevilla, comme si son corps accusait une immense fatigue.

— Vous avez dû en entendre sur nous ! On a pourtant tout

fait pour mettre en valeur ce bâtiment. Gwenola a donné son temps et peut-être sa vie. Trop d'enthousiasme ! Nous avons fait des jaloux. On a eu tort de ne pas en tenir compte… Une erreur. Mais ce n'est tout de même pas pour cela qu'on l'a tuée ?

Les enquêteurs esquivèrent la question et Patrick résuma les témoignages recueillis.

— Qu'espérez-vous que je dise ? Je vous le répète, nous avons voulu faire vivre ces locaux et porter haut la culture française. Je comprends maintenant que nous avons agi trop vite et sans nous préoccuper des habitudes de l'administration.

— Et les sponsors ?

Hugo sourit. On était dans un de ses domaines de prédilection.

— Des financements innovants. Ma femme et moi fréquentions des gens puissants et fortunés, si c'est ce que vous nous reprochez.

— Je ne vous reproche rien.

— Tout cela n'a rien à voir avec la mort de Gwenola. Si nous réussissions à recueillir des fonds, c'est bien la preuve que les relations étaient bonnes, même excellentes.

Le commandant eut un sourire qui déplut à son interlocuteur.

— Vous n'êtes pas là pour juger du bien-fondé de notre action, mais pour trouver un assassin, si je ne me trompe.

Patrick ne réagit pas et passa aux questions habituelles.

— Vous n'avez aucun soupçon ? Rien, selon vous, ne peut expliquer le meurtre ?

Delcroix ne réfléchit même pas.

— Je vais encore me répéter. On nous détestait, mais pas au point de tuer ma femme. Je n'imagine pas qu'un employé du consulat ou de l'ambassade ait pu nourrir à notre encontre une haine assez farouche pour s'en prendre physiquement à Gwenola. Et dans le milieu que nous fréquentions, tout le monde nous appréciait.

— Elle s'est heurtée pourtant aux autorités locales.

— Rien d'important. Des petits incidents. Si elle avait été un problème, les Beyazes auraient sollicité son renvoi. Ce pays est ce qu'il est, mais on n'assassine pas un diplomate pour quelques peccadilles.

— Et vous ?

La question l'étonna, il donna le sentiment de ne pas la comprendre, avant de continuer sur un ton scandalisé.

— Moi ? Vous me demandez si j'ai tué ma femme ? C'est bien ça ?

— Nous soupçonnons tout le monde.

— J'aimais Gwenola. Nous étions un couple uni. Elle me manque terriblement, à un point que vous ne pouvez même pas imaginer.

— Il y a eu des hauts et des bas, coupa le policier.

Les sourcils levés, Hugo prit un air intrigué, puis outré.

— Qu'est-ce que vous entendez par là ?

— Tbilissi, lâcha Patrick.

Le jeune veuf émit un long soupir rempli de lassitude. Il regarda d'abord le flic, puis l'ambassadeur et enfin Ivana avant de revenir à Patrick.

— Vous êtes mariés, commandant ?

— On ne parle pas de moi.

— Oui, Gwenola a eu un amant. Elle s'est laissé séduire par un journaliste. Après les maternités, elle avait envie de tester son pouvoir de séduction. C'est peut-être de la psychologie de comptoir, mais j'ai analysé ça comme cela. Ce type en a profité. Nous avons surmonté cette épreuve et je peux vous dire que nous formions une équipe tous les deux. On ne se cachait rien. Vous pouvez ne pas me croire, mais c'est la vérité. Quant à me soupçonner ? J'ai déjà tout dit. J'étais chez moi, avec les enfants. La baby-sitter peut en témoigner. Après avoir dîné avec ma femme, je suis rentré pour prendre le relais auprès des garçons.

— Et vous, pas d'infidélité ?

— Non, vous pouvez chercher.

Patrick décida d'en revenir à la soirée du meurtre.

— Ce n'était pas étrange, cette idée de votre femme de passer la nuit au bureau ? Ça lui arrivait souvent ?

— Ce n'est un secret pour personne, la mission d'inspection a laissé des traces. Gwenola s'inquiétait, elle était convoquée par l'ambassadeur et elle voulait préparer sa défense. Je crois que son souci était de ne pas nous imposer toute cette pression.

— Elle vous a parlé de dossiers sensibles sur lesquels elle travaillait ?

Delcroix renvoya un regard chargé d'incompréhension.

— Non, je ne vois pas.

Le commandant n'en tirerait rien de plus et il n'y avait pas matière à accabler leur témoin plus que nécessaire. Le policier s'assura que ses collègues n'avaient pas d'autres questions et clôtura l'audition, avant de demander :

— Quels sont vos projets en France ?

— Je vais prendre un appartement à Paris avec les enfants et par la suite, je reprendrai mon ancien travail ou je chercherai un nouveau job. La vie doit suivre son cours.

*

* *

Une fois le témoin parti, les enquêteurs partagèrent leurs sentiments. Patrick fut le premier à s'exprimer :

— Malgré ses allures décontractées, c'est un type ambitieux. Il fera rapidement son deuil et rebondira. Je ne me fais aucun souci pour lui. A-t-il tué sa femme ? Il n'a pas de mobile. On a bien trouvé trace d'une assurance vie, rien de faramineux. Ici, sans elle, il n'est plus rien. Je ne vois pas de raison sérieuse et il a un alibi.

Bruno Delaroque était dans la compassion.

— Il m'a fait de la peine. Il se retrouve seul avec deux pauvres gosses qui ont perdu leur mère. Je n'imagine pas qu'il puisse être coupable de ce meurtre. Si la possibilité se présente, on essayera de lui offrir un poste au ministère.

La dernière, Ivana, fut moins complaisante. Elle regarda Patrick.

— Il ne me plaît pas. Je n'ai pas aimé sa manière de s'adresser à toi. Ça ne suffit pas pour en faire un tueur. Nous avons auditionné la baby-sitter, elle confirme ses déclarations. Elle occupe un studio dans leur maison. Elle affirme que s'il était ressorti, elle l'aurait entendu.

— Et elle ne peut pas être sa maîtresse ? envisagea Patrick.

Le visage de la capitaine s'éclaira.

— Des amants diaboliques ? Le cul comme mobile, c'est ça ? Non, malheureusement, elle a un petit copain et elle est très amoureuse. Il faudra trouver autre chose.

27

Service central du KNB à Gulmada, bureau du directeur.

Être chef du KNB, c'était être l'oracle du président. D'où la nécessité de tout savoir sur tout et tout le monde. Avoir des dossiers, connaître le passé et prévoir le futur, être à même de répondre à toutes les questions, comme la couleur du caleçon de chacun de ses ministres et si possible, avant même qu'ils aient décidé de l'enfiler. Être à même de sanctionner le coupable, comme l'innocent. Personne n'est innocent, toutes les vies sont parsemées de grains de sable et le rôle du KNB était de transformer, le moment venu, ces grains de sable en rochers.

La sagesse imposait au titulaire d'une telle fonction de détenir également tous les éléments pour faire chuter le chef suprême. Ce n'était cependant pas le souci actuel. Le tandem marchait parfaitement et la situation du pays était stable. Malgré tout, Darkhan Gabdullin fit une grimace en relisant les notes provenant de Schimansky. L'assassinat de cette Française l'ennuyait. Un imprévu et il détestait les imprévus. On lui avait d'abord présenté l'affaire comme un succès, l'ordinateur de la diplomate était piégé, la caméra et le micro sous contrôle des hackers de son service, le disque dur scanné était à l'étude... Que de bonnes nouvelles. Jusqu'à ce qu'on annonce la mort de cette femme. Quelle idée de faire confiance à un agent contractuel pour une tâche aussi délicate !

Si le tueur avait avoué publiquement son crime, tout aurait pu rentrer dans l'ordre. Malheureusement, lui aussi était mort.

Un moindre mal, qui pouvait encore passer puisqu'un officier du service était également décédé dans cette affaire. Nouveau rebondissement, tel Lazare, voilà que ce Baha Babaef était de retour dans le monde des vivants et qu'il se la coulait douce au Tadjikistan sous la protection d'un trafiquant. Une bouse ! Cette affaire se présentait comme un tas de merde ! Il relut une nouvelle fois le dossier qu'il avait entre les mains et fut pris d'une envie de le jeter contre les murs et de balayer d'un revers de bras tout ce qui se trouvait sur son bureau. Il se retint et préféra vociférer :

— Une bande d'incapables ! Je travaille avec des crétins !

Il regarda l'heure et appuya sur l'interphone relié à son secrétariat :

— Ils sont là ?!

— Oui, monsieur, ils vous attendent.

— Faites venir Ganibek !

On frappa et le directeur chercha le bouton qui débloquait sa porte.

Le colonel Ganibek Saciev était en uniforme. La petite cinquantaine, un bon mètre quatre-vingts, à la différence de beaucoup de Beyazes de son âge, il était grand, mince, le visage ovale. Seuls les yeux légèrement bridés et le teint de sa peau témoignaient de son origine eurasienne. Chef de cabinet, il était quasiment le numéro deux du service, celui qui comptait et dont les instructions n'étaient pas discutées puisqu'elles émanaient de l'instance suprême. Les deux hommes se connaissaient depuis trois décennies… Professeur à l'académie du KGB de Moscou, celui qui était aujourd'hui le patron du KNB beyaze avait détecté ce jeune officier talentueux issu de la même région que lui. Il l'avait pris sous son aile. Depuis l'indépendance, ils formaient le tandem le plus respecté et le plus haï du pays. Le directeur regarda entrer son subordonné. L'échange de regards valait tous les discours. Ils étaient sur la même longueur d'onde. La colère de Darkhan Gabdulin céda la place à une immense fatigue. Cette charge était épuisante, il ne l'aurait pourtant laissée à personne d'autre.

— On y va ?

— Oui, ils sont tous là. Ils attendent.

Le chef du KNB se leva et le colonel récupéra l'ensemble des dossiers. Ils prirent la direction de la salle de réunion. À leur arrivée, les discussions stoppèrent net et tout le monde se leva comme un seul homme.

Gabdullin s'installa et leur fit signe de s'asseoir. Il balaya rapidement des yeux les participants et s'arrêta sur Timur Kabaeff, le chef de l'antenne de Schimansky. Le directeur avait gardé les manières brutales héritées de l'ère soviétique. Il détestait les circonvolutions.

— Je viens de lire tes notes. C'est quoi ce bordel ?

Le responsable de Schimansky eut un œil pour ses collaborateurs. Ils étaient absorbés par l'étude des veinures de la table. Bel esprit d'équipe. Il ne lui restait qu'à affronter les foudres du patron et à s'expliquer.

— Baha Babaef a été recruté par l'un de mes officiers. Il devait piéger le bureau de la consule générale de France. Comme tu le sais, elle nous posait des difficultés. Elle fréquentait beaucoup de nos ennemis, ainsi que des gens à qui l'argent donne des ambitions qu'il faut museler ou éliminer tant qu'il en est temps.

Le directeur opina d'un léger hochement de tête. Son subordonné poursuivit.

— Baha a réussi sa mission. Il a piégé l'ordinateur que nous avons maintenant sous contrôle et il a photographié plusieurs documents d'une importance considérable. Ils portent sur des marchés pétroliers, mais aussi l'achat d'hélicoptères et des pots-de-vin versés à des personnalités de chez nous. Ils mettent également en cause des autorités françaises. Il est mentionné les montants, les circuits financiers empruntés. Il y a des clichés pris lors de rencontres secrètes... Nous n'avons récupéré que quelques copies de documents.

— Et nous sommes certains qu'il y a autre chose ?

— Oui, interrompit le responsable des surveillances techniques.

L'homme était un quadra, physique slave, un geek recruté par le KNB : il avait à son actif quelques piratages d'envergure qui avaient semé une jolie pagaille dans un pays voisin à une époque où les deux dictateurs de ces anciens pays frères se cherchaient des poux pour une raison que tout le monde avait oubliée depuis.

Le directeur se tourna vers lui.

— Je t'écoute.

— L'ordinateur était en marche, on a pu travailler sur la mémoire vive et on a détecté des échanges de fichiers, vraisemblablement vers et à partir d'une clé USB. Les photographies transmises sont celles de documents qui étaient restés en mémoire. Il y a fort à parier que la clé contient d'autres fichiers. La caméra de son poste de travail et le micro fonctionnent, ils témoignent que les Français recherchent une clé USB ou des documents qui ont disparu.

— Et notre agent ne l'a pas donnée à son officier traitant ?

Le chef de l'antenne de Schimansky fit une moue.

— Non, rien.

Le directeur éclata :

— Mais pourquoi aurait-il gardé cette putain de clé ?

— Peut-être parce qu'il n'avait pas confiance dans son couvreur[1]. Les fonctionnaires qui étaient dans la voiture avec eux ont rapporté que la discussion était tendue et que Baha semblait se méfier. Il a dû vouloir conserver la clé jusqu'au dernier moment. Peut-être pour savoir ce qu'il y avait dessus.

— Et il est mort ou il n'est pas mort ce mec ?

Nouvel embarras du chef d'antenne.

— Il a fait une chute de plusieurs dizaines de mètres dans un lac de montagne. Son corps a disparu sous la glace. Tout le monde pensait qu'il s'était tué. Ce n'est pas le cas. Il a bénéficié de l'aide d'une famille de fermiers tadjiks et il a passé la frontière. Il se trouve au Tadjikistan sous la protection d'un trafiquant de drogue qui jouit d'appuis au plus haut niveau. Peut-être que… Si tu en parlais au président… Il pourrait joindre son homologue et…

Le directeur du KNB éluda d'un revers de main. Tous les voisins avaient beau être d'anciens pays frères, et avoir à leur tête

1. Personne au contact de l'agent et chargée de procéder au premier débriefing.

des apparatchiks du système communiste, la belle amitié avait volé en éclats en même temps que l'URSS. Aujourd'hui, ils se haïssaient cordialement. Hors de question de prendre le risque qu'ils récupèrent les informations.

— Nous devons régler ce problème entre nous… Cette clé, à supposer qu'il l'avait avec lui, elle a pu supporter la chute dans le lac, le séjour dans l'eau ?

— Oui, il est probable qu'elle fonctionne encore, affirma le spécialiste.

Le chef laissa le silence s'établir, puis il reprit la parole.

— C'est toi qui as foiré cette affaire !

Pour ceux qui avaient fini par lever la tête, les nervures du bois de la table retrouvèrent un intérêt insoupçonné. C'était encore au chef d'antenne d'affronter seul les récriminations directoriales. Ce dernier lui coupa toute velléité de justification.

— Je me moque des raisons que tu pourrais invoquer. Tu es personnellement responsable de ce bordel. C'est à toi de le réparer. Tu te débrouilles comme tu veux. Tu élimines ce Baha et tu récupères cette clé.

— …

— Je me suis bien fait comprendre ?

— Parfaitement !

Le directeur allait mettre fin à la réunion lorsqu'il se ravisa.

— Qui est ce Baha Babaef ? Comment un simple homme de ménage peut-il nous poser tous ces problèmes ?

L'aide de camp répondit :

— Un ancien militaire, héros de guerre en Afghanistan. Il a sauvé la vie de plusieurs soldats bloqués derrière les lignes ennemies. Il a affronté seul un groupe de cinq talibans qu'il a éliminés, dont deux au corps à corps. Parmi ceux qu'il a sauvés, il y avait Mohamed Fahim, le Tadjik qui lui a offert sa protection et qui est devenu un trafiquant de drogue.

Le chef du KNB s'enfonça dans sa chaise.

— Et on n'a trouvé qu'une place d'homme de ménage pour récompenser un héros ?

— …

Le directeur eut une longue expiration.

— C'est terrible de devoir se séparer d'un homme de cette trempe. Envoie tes meilleurs agents et qu'ils ne le sous-estiment pas. Je veux que ça soit fait discrètement et sans casse dans nos rangs.

— Nous ferons au mieux.

— Il reste encore deux points importants dont tu ne m'as pas parlé.

Malaise de la part du chef de Schimansky. Il se rappellerait longtemps cette journée pourrie. Il se dandina sur sa chaise, comme si l'assise était hérissée de clous. Une nouvelle question tomba :

— Que savent précisément les Français ? Ils en sont où de cette enquête qu'ils sont venus faire chez nous ?

Le subordonné respira mieux. Voilà quelque chose qu'il maîtrisait.

— Ils ont un officier de chez nous avec eux, la capitaine Ivana Novolsky, elle supervise les investigations. Pour le moment, ils mènent d'abord une enquête de personnalité. En parallèle, il y a un diplomate qui s'occupe d'une enquête administrative. Cette Gwenola Fontaine avait de nombreux ennemis parmi son personnel.

— Et chez nous ?

— Aussi.

— Vous êtes certains que c'est Baha qui l'a tuée ?

— …

Décidément, même sur ce type de question, le chef d'antenne était sur des charbons ardents.

— On le croyait, mais l'autopsie indique que des violences ont été exercées plusieurs heures avant la mort.

— Baha était seul ?

— Oui, ces violences préalables sont inexplicables.

— Et ces documents secrets, comment ils se retrouvent entre les mains d'une diplomate ? Ça suppose l'existence d'un traître chez nous ? Vous avez fait le tour des contacts qu'elle avait ?

— Mes hommes sont dessus, mais je souhaiterais t'en parler en privé.

Darkhan Gabdullin eut la désagréable impression que son chef d'antenne venait d'esquisser un sourire. Dans son milieu, cela voulait dire qu'il possédait une information susceptible de faire oublier tous les impairs qu'il avait commis. *Ça a intérêt à être sérieux*, pensa le directeur. *Dans le cas contraire, une fois qu'il aura éliminé Baha Babaef, sa carrière sera terminée.*

28

Quelques jours plus tard, Baha prenait le soleil sur la terrasse de la villa de Fahim à Saint-Jean-Cap-Ferrat. Il y était chez lui. S'il avait bien compris, depuis l'acquisition de cette somptueuse résidence, son ami n'y avait passé que quelques jours. Ils communiquaient régulièrement. Lui qui s'intéressait peu à l'informatique était devenu un spécialiste de WhatsApp, de Signal et Telegram et s'acquittait de sa tâche avec aisance. Il n'avait quasiment rien à faire.

La maison était, avant tout, un gigantesque coffre-fort par lequel transitaient des millions d'euros et de dollars. Il avait une cave remplie de cartons contenant des billets. Son rôle consistait à recevoir le cash, le comptabiliser et, pour une grande partie, le remettre à des contacts qu'avait Fahim à Monaco. Ces derniers s'occupaient de placer cet argent sur des comptes lointains dans des endroits qui n'évoquaient rien à Baha et dont il se fichait éperdument.

Sa nouvelle vie ressemblait à un rêve. Il n'avait besoin de rien, il était logé, il avait du personnel, des voitures. Et pour le tout-venant, son pote lui laissait libre accès aux montagnes d'euros. Même en buvant du champagne millésimé et en faisant des orgies de caviar, ce qui n'était pas le cas, il ne risquait pas de mettre Fahim sur la paille.

Après une semaine à vivre en ermite dans sa villa de luxe, il avait fini par demander à un des membres de la sécurité où il était possible de se distraire. Il trouva le chemin de Monaco, mais aussi de Cannes et de quelques établissements niçois et ne tarda pas à devenir un habitué de la nuit et à ramener chez lui une, puis deux, puis trois filles. Il n'essaya pas de renforcer sa connaissance de la langue de Voltaire par l'usage de dictionnaires à cheveux longs. Les putes niçoises ne l'intéressaient pas. Il préférait de loin les Russes. D'abord, il n'y avait pas besoin de parler français, ensuite, et surtout, elles étaient plus à son goût. Outre le fait qu'il les choisissait avec une poitrine opulente, il les voulait blondes aux yeux bleus. Dans sa jeunesse soviétique, ces femmes étaient son fantasme. Les Russes ne regardaient jamais des gens comme lui, elles considéraient les Asiatiques avec dédain, une sous-race… Militaire, en transit à Moscou, il avait même failli être passé à tabac par une bande de gamins, des hooligans, dont l'occupation nocturne était de pourchasser les non-Russes. Quand ils en attrapaient un, il était rossé, parfois laissé pour mort. Alors, aujourd'hui, se faire sucer par une blondasse et pouvoir profiter de son cul… C'était une belle revanche.

Avec sa nouvelle vie, il avait fait une croix sur son passé, sans se préoccuper de savoir ce qu'avaient bien pu devenir sa femme et ses enfants. Il les avait connus dans une autre vie, qu'il valait mieux oublier.

*

* *

Schimansky, bureau du chef d'antenne du KNB.

Depuis plusieurs jours, Timur Kabaeff était sujet à de violentes migraines. Dans son métier, on était pourtant habitué aux situations de stress. Il avait eu des moments plus éprouvants, des attaques terroristes à la frontière, des policiers tués, des oligarques traîtres à la nation partis se réfugier en Europe et qu'il fallait éliminer ou ramener au pays. Même s'il connaissait les colères du directeur et des ministres, il avait toujours réussi à s'en accommoder, bizarrement, avec l'âge, contrairement à ce qu'on aurait pu imaginer, il les supportait moins bien. Beaucoup pensaient qu'il avait fait son temps et ceux qui, par le passé, le craignaient et se taisaient se faisaient plus virulents. Enfin, pire menace : des jeunes loups briguaient son poste.

Ce qui le mettait sous pression, c'était notamment la présence de ce flic français et de ce diplomate qui traînaient à Schimansky. Il fallait faire bonne figure et ne pas les lâcher d'une semelle. Il voulait tout savoir d'eux. Il avait bien essayé de leur filer dans les pattes quelques filles plutôt séduisantes… Rien. Il avait pensé à des homos, il y en avait tellement en Europe et dans les chancelleries. Si encore ça avait été le cas, il aurait pu aisément rattraper le coup. Que nenni. Des ermites. Pas tout à fait, puisque le policier avait succombé au charme de la médecin légiste, mais il ne voyait pas quoi faire de cette information, d'autant que Zhanerke Diarova était d'une nature incontrôlable et connaissait du monde. À part cette histoire, les enquêteurs sortaient peu, ne picolaient pas et les écoutes de leur portable personnel n'enregistraient que des discussions familiales d'une banalité affligeante. Le pire, ils foutaient leur nez partout, posaient des questions qui en appelaient d'autres. Un calvaire mais, sans le vouloir, et surtout sans le savoir, en demandant l'exploitation des caméras vidéo, ces deux Français venaient peut-être de le sauver.

Son téléphone de bureau se mit à sonner. L'écran indiquait le nom de Darkhan Gabdullin, son directeur général. Il souffla, déjà fatigué par la conversation à venir. Bien qu'il eût fini par prendre l'avantage, leur dernier entretien n'avait pas été une partie de plaisir. S'il n'avait pas eu un « joker » à valider, il aurait pu y laisser sa place. Alors que la sonnerie retentissait, plusieurs flashs lui rappelèrent la situation : la demande des vidéos tournées par les caméras aux abords du consulat, le résultat de leur analyse et tout ce que cela avait signifié. Un moment de pur plaisir, un instant de gloire dans une carrière. Après s'être fait vertement sermonner, il avait abattu ses cartes. Il voyait encore la tête de Gabdullin, les lèvres pincées, la petite goutte de sueur qui avait perlé sur son front et le léger tremblement de la main qui tenait son stylo en or fétiche, cadeau de Vladimir Poutine, quand ils étaient tous deux agents du KGB.

L'information que Timur Kabaeff avait offerte à son chef était bien plus qu'une patate chaude… une bombe atomique !

C'est en se rappelant cette victoire qu'il décrocha. La voix du directeur général éclata dans le combiné :

— Nous avons des nouvelles qui peuvent t'intéresser.

— … ?

— Ton mec, ce Baha Babaef, qui t'a filé entre les doigts et que tu as essayé de faire passer pour mort. Rassure-toi, il est bien vivant. Il est en France, à Nice. Une de nos informatrices lui pompe la bite tous les jours.

Le colonel se raidit et serra le téléphone un peu plus fort. Le fait qu'on ait localisé le fuyard était une bonne nouvelle. En revanche, il n'aimait pas le messager. Dans son métier, être informé par le chef était un signe de faiblesse. La nouvelle de la présence de Baha dans le sud de la France allait l'obliger à revoir ses plans.

Le directeur général mit fin aux pensées de son subordonné en poursuivant :

— Inutile de te dire que c'est le pire endroit où il pouvait se réfugier. S'il tombe entre les mains des flics et des services de renseignement français, il risque de parler. On aura beau démentir, les charognards de la presse seront ravis de nous faire porter le chapeau… On n'a pas besoin d'une crise diplomatique. Surtout si, en plus, il balance des informations en rapport avec ce que tu as recueilli.

— Ne t'inquiète pas, je vais faire ce qu'il faut et régler ce problème.

— Au contraire, je m'inquiète beaucoup. Je n'ai pas prévu de prendre ma retraite dans les prochains jours. Il faut en finir avec cet imbécile de Baha Babaef, on ne va pas laisser un minable homme de ménage, devenu trafiquant de came, menacer nos institutions.

Il n'est plus question de héros de l'Union soviétique, s'amusa intérieurement Timur Kabaeff. Le grand chef n'en avait pas terminé :

— Même si c'est bien triste, j'ai eu ordre de faire un nettoyage complet. Tu vois ce que je veux dire ?

— Parfaitement ! Je vais m'en occuper.
— Attention, il faut que ça soit propre, pas de vagues.
— Je l'avais compris comme cela. Fais-moi confiance, tu ne seras pas déçu.

29

En attendant qu'Ivana ramène la clé USB, Patrick revisita à pied les abords du consulat. Si Gwenola avait reçu un visiteur dans son bureau, il était forcément entré par la porte VIP, ce passage sans contrôle réservé à ses invités les plus importants. *Une connerie*, se dit le flic, *une aberration en matière de sécurité*. Il ne pouvait s'empêcher de penser que l'avidité de Gwenola avait fini par la tuer.

Pour pénétrer par cette porte, il suffisait de connaître le code chiffré de la serrure, un truc qu'un geek, ou même n'importe quel malfaiteur un peu équipé devait pouvoir cracker sans grande difficulté. Il prit son téléphone portable et photographia les lieux pour mémoriser l'environnement. Les caméras extérieures qu'il repéra n'étaient pas nombreuses et il douta qu'elles permettent de visualiser les points qui l'intéressaient. Quand il retourna sur ses pas et entra dans le bâtiment en empruntant l'accès réservé aux visiteurs, il dut se frayer un passage au milieu d'une foule de demandeurs de visa. Ils s'écartèrent en râlant et les gardes lui ouvrirent la porte. Il contourna le portique et tomba nez à nez avec le brigadier-chef en charge de la sécurité des locaux. L'homme que détestait la consule adjointe et qu'elle avait baptisé CPM, « C'est Pas Moi », y alla d'une poignée de main qu'il voulait franche et amicale et tenta d'engager la discussion. Pas de chance, Patrick n'était pas d'humeur. Il renvoya un sourire nerveux :

— Il faut qu'on parle.

Le ton glacial n'avait rien d'une invitation et le sourire de CPM disparut aussitôt, comme si le commandant s'était transformé en flic de l'IGPN.

— Maintenant ? C'est que j'ai des trucs à faire.

— Ça attendra.

Plutôt que d'aller dans la salle de réunion et retrouver Bruno Delaroque, il demanda au brigadier de le recevoir dans son bureau au rez-de-chaussée de l'immeuble. Il s'agissait d'une pièce d'une douzaine de mètres carrés. Outre la table de travail, il y avait un coin pour des invités de passage avec une table basse entourée de chaises. Patrick en visa une et s'installa.

— Explique-moi l'utilisation de cette entrée VIP.

Ce qui avait pu ressembler à de l'inquiétude disparut. CPM prit ses aises. Bien assis, il rappela ce qu'il avait déjà raconté concernant la raison pour laquelle la consule avait voulu que l'on crée cet accès et indiqua :

— En venant, vous avez pu vous-même constater la foule qu'il y a pour le bureau des visas. On ne pouvait pas imposer aux Beyazes les plus influents de se retrouver mélangés avec tout le monde.

Patrick tiqua et fit remarquer que les gens les plus importants devaient probablement se contenter de remplir des documents que d'autres portaient à leur place. Le brigadier fut obligé d'en convenir. Il y avait donc une autre raison.

— Il arrivait qu'elle reçoive des opposants.

Ça pouvait tenir.

— Comment ça se passait exactement ?

— Vous voulez dire pour entrer ?

— Oui.

CPM expliqua que la porte était munie d'une caméra extérieure. Quand on sonnait, Gwenola avait la possibilité d'ouvrir.

— Personne d'autre ?

— Non.

— Et t'as laissé installer un système permettant d'accéder au consulat sans même que tu le saches ?

— C'est pas moi qui décidais !

Patrick sourit et CPM en comprit la raison. Il se garda de la moindre réflexion.

— En tant que chef de la sécurité, tu aurais pu t'y opposer, ou tout au moins faire un rapport à ce sujet.

— Elle n'était pas facile, il valait mieux ne pas aller contre elle. Je ne suis qu'un gardien de la paix…

Patrick sourit encore en entendant son collègue mentionner le premier grade de son corps, alors qu'il était brigadier-chef. À sa décharge, il n'avait pas tort, Gwenola aurait été capable de lui rendre son séjour invivable. Le brigadier expliqua qu'habituellement, lorsque quelqu'un utilisait cet accès, comme il s'agissait d'un personnage important, soit Gwenola se déplaçait pour l'accueillir, soit il s'en chargeait et conduisait le visiteur jusqu'à son bureau. Patrick demanda :

— Qui avait le code d'entrée ?

— Elle, moi… Son mari… Mathilde…

— Personne d'autre ?

— Au consulat, je ne pense pas.

— Erick ?

— Je ne sais pas, il faut lui poser la question.

— Et des invités extérieurs ?

Le brigadier-chef fit une moue. Il réfléchit et secoua la tête de droite à gauche.

— Franchement, je ne sais pas. Elle ne me l'a pas dit.

— T'as jamais constaté la présence d'un inconnu que personne n'était allé accueillir ?

— Non. Mais peut-être que c'est arrivé en dehors des horaires de mon service.

— Et Gwenola, est-ce qu'il lui arrivait d'emprunter ce passage au lieu d'entrer par la porte principale ?

— Oui, si elle décidait de partir à pied pour la pause déjeuner ou parce qu'elle ne prenait pas sa voiture, elle passait par là.

Patrick réfléchit :

— Elle avait un amant ?

Le brigadier éclata de rire :

— Comment voulez-vous que je sache ? Elle ne me faisait pas de confidences.

— Il y a toujours des rumeurs, des choses vraies ou fausses d'ailleurs. Donc ?

— Non, rien, pas à ma connaissance.

Le téléphone portable de Patrick vibra au fond de sa poche. C'était un message de Bruno Delaroque, Ivana venait d'arriver. Il en avait de toute manière terminé avec CPM. Il monta à l'étage retrouver son collègue et l'agent du KNB. Ils l'attendaient dans la salle de réunion.

— Alors ?

— J'ai la clé, fit la jeune femme en l'exhibant.

— Tu as regardé ?

— Rapidement.

Elle la passa à Patrick. Le commandant décida de la visionner sur le poste de travail qui se trouvait dans la pièce. Ils installèrent trois chaises au plus près de l'écran et le flic se mit aux commandes. Ça ne dura pas longtemps, lorsqu'il s'aperçut que les dossiers portaient des titres en russe, il invita Ivana à le remplacer. Elle prit sa place et expliqua que ses collègues avaient récupéré les informations de cinq caméras différentes. Seule l'une d'entre elles, destinée au contrôle de la circulation automobile, permettait de voir la porte d'accès VIP. Elle calma leur optimisme en précisant que la distance était trop grande pour que la qualité soit au rendez-vous. D'autres caméras donnaient un aperçu de la rue, sans qu'on sache quelle était la destination des gens qui étaient filmés.

— Il y a une caméra située en amont du consulat et une autre en aval. Un homme entre à 3 h 02 du matin et le même homme ressort à 4 h 15.

— C'est le gars qu'on cherche, s'enthousiasma le flic, en demandant à la capitaine de zoomer dessus.

Elle s'exécuta et quelques clics plus tard, après avoir fait défiler les images jusqu'à ce qui l'intéressait, le policier et le diplomate purent voir une vague silhouette emprunter l'accès VIP. Le film en noir et blanc et sa piètre qualité douchèrent l'optimisme de Patrick. Il demanda à Ivana de vérifier sur les autres caméras les passages pouvant correspondre aux horaires d'entrée et sortie de cette silhouette. Elle se concentra sur cette nouvelle recherche. Entre trois et quatre heures du matin, les piétons étaient rares. La jeune femme put aisément localiser l'arrivée d'un individu.

La pixellisation était un peu meilleure, mais il ne serait pas possible de procéder à une identification par ce biais. Un parka avec capuche, ce n'était qu'un Beyaze lambda dans les rues de Schimansky. La sortie, une heure plus tard, n'était pas de meilleure qualité. Sauf que, cette fois, la vidéo leur donna le sentiment que celui qui était filmé faisait tout pour ne pas être identifiable, tête baissée, il regardait le sol, la capuche recouvrait son visage.

— Ce n'est peut-être qu'une impression, admit Patrick. Mais je pense qu'il se cache.

Ivana approuva :

— On pourrait montrer cette vidéo au personnel, peut-être qu'ils reconnaîtront quelqu'un ?

— Non, ce n'est pas une bonne idée. Ou plutôt ça ne l'est pas maintenant, attendons de voir si on obtient autre chose.

— T'es déçu ? regretta la Beyaze.

Patrick haussa les épaules.

— Je dois dire que j'espérais mieux, mais ce n'est pas de ta faute. Tu peux me faire une copie en mettant le nom des dossiers en français, ce sera plus simple.

— Avec plaisir.

— Je vais la transmettre à Paris. Le juge voudra la voir.

30

Les réactions à l'envoi de la vidéo ne tardèrent pas. En fin d'après-midi, après le départ d'Ivana, alors qu'ils étaient encore dans leur salle de travail, Bruno Delaroque reçut un message.

— On nous demande de rappeler Paris par la ligne cryptée. Ils insistent pour que ce soit depuis la salle du chiffre et non pas depuis le bureau de la consule.

Ils descendirent au rez-de-chaussée où ils furent accueillis par Lucas Pascaud. Le chiffreur était un drôle de personnage. Comme pour tous les employés, le flic avait fait des recherches le concernant et laissé enquêter plusieurs de ses collègues dans les ambassades où le fonctionnaire avait été affecté. Problème d'alcool, joueur, porté sur le cul, grand amateur de prostituées, l'homme avait des dettes et s'était fait défavorablement remarquer un peu partout. De poste en poste, il traînait son lot de casseroles. Gwenola voulait sa peau. Il aurait été un joli coupable, s'il n'avait pas eu un alibi en béton. Le jour du meurtre, il était en stage à Gulmada. En flic soupçonneux, Patrick pensa qu'il pouvait fort bien avoir eu le code d'accès de la porte extérieure et l'avoir donné, ou plutôt vendu. Il le gardait dans la liste des suspects potentiels.

Plus au fait des us et coutumes de son ministère, Delaroque indiqua à Pascaud ce qu'il attendait de lui. Le reste réjouit Patrick, autant que ça énerva le diplomate. Ils se retrouvèrent dans une pièce aveugle, qui ressemblait davantage à un cagibi qu'à une salle de travail. Des ordinateurs étaient démontés, des outils traînaient à côté de disques durs et autres cartes mères.

— Je n'ai pas d'atelier, il faut bien que je m'installe quelque part, justifia l'occupant des lieux.

Il dégagea un peu de place autour d'un téléphone et leur désigna un combiné branché sur la ligne cryptée. Bruno attendit que l'employé ait disparu pour décrocher et appeler son correspondant parisien. Il mit en position haut-parleur pour que Patrick puisse en profiter.

Le directeur de la zone prit la communication. Après quelques politesses, il indiqua qu'il n'était pas seul, mais qu'il se trouvait entouré du chef de Patrick et d'un fonctionnaire de la DGSE. À la demande de Paris, les deux enquêteurs commencèrent par résumer l'état de leurs investigations et c'est Delaroque qui conclut :

— Pour le moment, nous n'avons rien. En dehors de démontrer que Gwenola Fontaine n'était pas appréciée de son personnel et qu'elle faisait l'unanimité contre elle, nous n'avons identifié personne capable de la tuer, ni même de se livrer à des violences à son encontre.

Le représentant des Affaires étrangères indiqua que de leur côté, ils avaient de nouvelles informations et qu'il laissait la parole à ses collègues. Le premier à parler fut l'homme de la DGSE. Il expliqua qu'un technicien informatique avait travaillé sur le poste de Gwenola avec un de ses homologues du Quai d'Orsay. Leurs conclusions étaient définitives :

— Un cheval de Troie a été injecté dans l'ordinateur. Quelqu'un a visité le disque dur et a pris le contrôle du micro et de la caméra. Ça sent les services secrets beyazes ou russes. On peinera à identifier la source. Le piratage est circonscrit à cet appareil. Il n'a pas tenté d'infecter notre réseau. On peut penser que ce n'est pas le but recherché. Ceux qui le pilotent veulent limiter les risques d'être repérés ou alors ils attendent une opportunité pour lancer une attaque majeure. Pour le moment, nous avons décidé de ne rien faire, inutile qu'ils sachent qu'on les a découverts. Toutes les dispositions sont prises pour mettre hors d'état de nuire le Troyen s'il agissait. De votre côté, prudence si vous entrez dans le bureau. Ce n'est pas tout, continua le représentant du service de renseignement.

Il expliqua que leur travail avait démontré qu'une clé USB avait été introduite dans l'ordinateur avant qu'il soit piraté. Plusieurs données étaient restées en mémoire, des informations de première importance concernant des réseaux de corruption et de blanchiment.

— Est-ce que de tels documents peuvent justifier qu'on tue ou qu'on torture ? demanda Patrick.

La réponse fut sans appel.

— Tout à fait.

Et puis, il y eut un long blanc… Les Parisiens réfléchissaient ou se concertaient entre eux. C'est finalement le directeur qui reprit la parole.

— Il faut que vous alliez à Gulmada. On vous en dira plus. Mais on n'a pas fini. Il y a autre chose. C'est à propos de la vidéo que vous nous avez envoyée.

— Vous avez identifié quelqu'un ? demanda Patrick dans un sursaut d'espoir.

— Non, malheureusement. Et je pense qu'on ne risque pas.

— Qu'est-ce que vous voulez dire ?

La réponse provoqua la perplexité des enquêteurs :

— Le film que vous avez a été trafiqué.

— La salope ! ne put s'empêcher Patrick.

Leurs interlocuteurs expliquèrent qu'une analyse fine des vidéos faisait apparaître des coupes, remplacées par des enregistrements qui pouvaient avoir été effectués lors d'une nuit précédente.

— Ne tirez pas trop vite des conclusions sur votre officier du KNB. Il est probable qu'elle ne soit pas au courant de cette manipulation. Je doute que ses chefs aient décidé de lui en parler.

Même si Patrick voulait bien l'admettre, la pilule était difficile à avaler.

— Et la qualité de la vidéo, vous croyez que l'originale est meilleure ?

— Non, la pixellisation n'a pas été modifiée, vous avez bien les prises de vue telles qu'elles ont été captées par les caméras.

Le flic se mit à penser à haute voix.

— Quel est l'intérêt de trafiquer ces films puisqu'on a l'entrée et la sortie d'un suspect ?

La réponse lui arriva comme une évidence.

— Elle a eu une autre visite avant !

— C'est effectivement une possibilité, admit l'un des interlocuteurs parisiens. Vous devez vous rendre à Gulmada : l'ambassadeur et plusieurs diplomates vous y attendent à partir de demain matin.

— Prenez le train, ça vous fera faire un peu de tourisme, leur suggéra le directeur Asie.

31

À presque cinquante ans, Sultan Cabaev était un homme important. Directeur général du Crédit commercial et industriel du Beyazstan, le premier établissement bancaire du pays, sa fortune s'élevait à plus de trois milliards de dollars. Sept centième au palmarès mondial et premier du Beyazstan, selon le classement du magazine américain *Forbes*. Cet ancien économiste, passionné de sport automobile, de golf et de boxe, avait su gérer sa vie personnelle et professionnelle de main de maître. Il ne s'était pas contenté d'être un génie de la finance, jusque-là tout lui avait réussi. À croire qu'il suffisait qu'il s'intéresse à quelque chose pour que ça se transforme en or. Outre la banque, c'est dans le secteur de l'énergie qu'il avait habilement investi : gaz, pétrole, uranium.

Côté vie privée, il avait une réputation de play-boy. Le Richard Gere asiatique avait longtemps fait la couverture des magazines avec à son bras les plus jolies femmes du pays, ainsi que des mannequins internationaux. Finalement, il s'était assagi pour convoler en justes noces avec l'une des beautés les plus convoitées du Beyazstan, mais aussi l'une des plus puissantes puisqu'il s'agissait de la fille aînée du président. Mariage somptueux, concert privé de Sting et Jennifer Lopez.

Ils avaient trois enfants. De réception en gala de charité, le couple était l'un des plus en vue d'Asie centrale. Les magazines beyazes, de nature prudente, avaient évité de mentionner les quelques incartades commises par le milliardaire et surtout la naissance d'un garçon, issu d'une liaison extraconjugale avec une artiste installée en Italie.

La presse mondaine internationale avait été moins discrète sur le sujet et il se disait que, malgré la façade, en termes de bonheur conjugal, le thermomètre était conforme à la rigueur hivernale du Beyazstan.

En dépit de ces incartades, beau-papa continuait d'afficher un soutien sans faille à son gendre. On avait d'ailleurs parlé de lui pour le poste de ministre de l'Économie.

Affable, Sultan était le chouchou incontournable des milieux d'affaires et des dirigeants des plus grandes capitales. Les observateurs lui prédisaient un avenir politique. Comme souvent, des rumeurs faisaient état d'un côté sombre de la force. Il était parfois décrit comme coléreux et pouvant être violent. Certaines actions qui dataient, certes, de presque vingt ans n'avaient pas échappé à la presse à scandale. Un paparazzi, laissé pour mort dans une impasse du vieux Nice, aurait pu témoigner de ses talents de boxeur. Deux gardes du corps beyazes l'avaient maintenu, pendant que Sultan Cabaev s'exerçait sur lui. Non content du résultat, le milliardaire avait terminé en utilisant des poings américains. Côtes, mâchoires…, le photographe avait été abandonné à l'état de steak haché. Interpellé à six heures du matin dans sa villa du Cap-Ferrat, Cabaev avait nié en bloc et crié à la machination. L'affaire s'était miraculeusement arrangée. En sortant du coma, le reporter l'avait innocenté. Le malheureux avait mis de côté son avenir dans la presse à scandale et menait, depuis la sortie de l'hôpital et après quelques travaux chirurgicaux, une vie comparable à celle du plus chanceux des gagnants du Loto.

Une autre fois, le nom de l'oligarque avait été mêlé à une sordide histoire de coups et blessures et de viol. Mais là encore, l'erreur judiciaire fut promptement arrangée à l'aide de dollars.

Le quinquagénaire était maintenant bien loin de ce passé sulfureux. Après tout, qui n'a pas commis quelques bêtises dans sa jeunesse ?

Ce soir-là, à presque vingt et une heures, à l'issue d'une réunion éreintante avec des partenaires européens, il était épuisé. Pour célébrer la signature de juteux contrats, une fête était prévue, mais il décida de s'y soustraire et de laisser à ses associés le soin de s'occuper des visiteurs. Ils avaient discuté de l'achat et de la construction sous licence d'hélicoptères. Une activité industrielle qu'il n'avait pas encore explorée. Il y voyait un moyen de travailler avec des Européens et de diversifier ses alliances, jusqu'ici cloisonnées à des partenariats avec la Russie et des hommes d'affaires issus du bloc soviétique. S'il voulait faire de la politique, il aurait besoin de soutiens internationaux et rien de tel que le business pour y arriver. Il savait que l'argent ouvrait toutes les portes. Les dirigeants européens avaient beau jouer les vierges effarouchées, et se pincer le nez en criant à la corruption pour un oui ou pour un non, ils n'étaient pas plus honnêtes que l'apparatchik le plus pourri de la moindre république bananière. L'unique différence était qu'il leur fallait une valise plus grosse qu'à d'autres. *Tout le monde a son prix. Quand on sait qu'il est possible de découper en morceaux un journaliste américain dans une ambassade sans perdre sa respectabilité, on comprend que tout s'achète.*

Une fois seul, il regagna son bureau. Malgré l'heure, ses deux secrétaires étaient toujours là. Elles avaient noté une série de messages. Des décisions à prendre concernant la participation de sa société à la construction d'un gazoduc. Il s'occuperait de ça demain. Une grève au sein de sa compagnie pétrolière. Il avait proposé une augmentation de quelques dollars, ça n'avait pas suffi. Il entrevoyait deux solutions : soit acheter les syndicalistes, ils mettraient de l'ordre dans les rangs ; soit en éliminer un ou deux à titre d'exemple. Ça marchait et ça calmait les ardeurs pour plus longtemps. Ça aussi, il y penserait demain. Sa femme avait téléphoné plusieurs fois. Elle était dans leur maison de Gstaad en Suisse avec les enfants. Il la contacterait depuis chez lui et il se dit qu'il pourrait la rejoindre le week-end prochain. La Suisse n'était qu'à sept heures de jet. Rien d'infaisable.

Sur ce, il rappela son secrétariat pour indiquer qu'il rentrait. Avant de partir, comme souvent, il se servit un whisky, il était attaché au Blue Label de Johnny Walker. Loin d'être le meilleur du genre, c'était l'un des plus chers et des plus connus, une raison suffisante pour l'aimer. Il s'approcha du mur de verre pour jeter un œil sur la ville. Son bureau occupait le dernier étage d'une tour récemment construite. Comme à Dubaï, c'était devenu une sorte de compétition, chaque nouveau building se devait d'être plus élevé que les voisins. En raison des risques sismiques, ils ne bâtiraient jamais aussi haut que dans les Émirats, encore qu'avec le temps, les architectes trouveraient bien le moyen de résoudre les problèmes. Il aimait jouir de la vue qu'offrait son bureau. Né à Schimansky, il adorait cette ville et ce pays. Un jour, le Beyazstan serait à lui. Cette pensée lui rappela qu'il devait parler à un de ses proches collaborateurs. Il attrapa l'un de ses iPhone et composa le numéro. Après quatre sonneries, la communication passa en boîte vocale. Il lui demanda de le rappeler. En règle générale l'interlocuteur s'exécutait dans les minutes suivantes. Sultan décida de finir son blend. Cinq minutes. Rien. Dix minutes. Toujours rien. Il laissa un nouveau message dont le ton ne cachait pas son impatience. Il contacta le secrétariat pour vérifier s'il avait eu un appel. Ce n'était pas le cas. Étrange, son correspondant n'avait pas l'habitude de le faire attendre.

Le téléphone sonna enfin et le nom de Oleg Vassimov s'afficha. Pas trop tôt. Il prit son iPhone.

— Sultan, je suis occupé. Je te rappelle dès que je peux.

— …

Il n'eut pas le loisir de placer un mot, Vassimov avait déjà raccroché. Incroyable ! Cet incident le plongea dans la perplexité. Personne n'avait jamais osé lui parler de cette manière ! On ne faisait pas attendre Sultan Cabaev ! Il n'imaginait pas de l'insolence, il avait perçu dans la voix quelque chose d'anormal. Il eut un frisson, un moment d'angoisse. Tout allait bien, il avait de bonnes raisons d'être optimiste sur son avenir et pourtant, une sorte de prémonition…

Son regard s'égara au loin, bien après les lisières de la ville et il se souvint de son dernier week-end dans sa yourte perdue dans le désert blanc à deux heures de motoneige de la civilisation. Cet endroit, c'était son passé, ses racines. Seuls ses plus proches amis avaient le droit de l'y accompagner. Il avait fait une entorse en y invitant Gwenola Fontaine. La consule générale était une chasseuse, il est vrai qu'elle s'était plutôt bien débrouillée. C'était une belle femme et une ambitieuse, comme lui. Cette nuit-là, il n'imaginait pas qu'elle serait également une source d'ennuis.

Au vu des derniers événements, s'il était revenu dans la steppe, ce n'était pas uniquement pour chasser. Il voulait aussi retrouver un vieux compagnon, son guide. Comme la plupart des Beyazes, Sultan était imprégné de culture chamanique. Les religions n'étaient pas les seules croyances à avoir opéré un retour en force après l'éclatement de l'Union soviétique. Le chamanisme, occulté et sévèrement réprimé pendant huit décennies, avait repris toute sa place en Asie centrale. Malgré l'urbanisation, l'industrialisation et la course aux richesses, le Beyaze restait un nomade attaché à la terre, la nature et la chasse. Le chaman l'aidait à entretenir cette relation avec son environnement et en ce moment, le milliardaire avait besoin d'assurance. Il espérait obtenir des certitudes ou tout au moins des indications sur la conduite à tenir pour son avenir, il était revenu avec plus de questions que de réponses. Son chemin serait pavé de morts… ça, il s'y était préparé.

Un appel du secrétariat le fit sortir de ses rêveries. Impossible de contacter son conseiller. Il ressayerait plus tard. Il posa son whisky, attrapa son manteau et se dirigea vers l'ascenseur. La capsule de verre glissa le long du bâtiment avant de disparaître pour rejoindre les sous-sols. Des gardes du corps l'encadrèrent jusqu'à son véhicule. Il n'y avait aucune menace à son encontre, mais cet accompagnement faisait partie du faste nécessaire à son rang. Il s'engouffra à l'arrière d'une Porsche Cayenne. Il lui arrivait de conduire ; aujourd'hui il n'était pas d'humeur. Encadrée par deux véhicules d'escorte, la voiture émergea du parking et prit la direction de la montagne. Sultan habitait une grande demeure sur les hauteurs de Schimansky. À cette heure, il ne fallut pas longtemps pour rejoindre sa propriété. Un portail électrique s'ouvrit pour laisser entrer la Porsche et Sultan se fit déposer devant chez lui. Il s'engouffra dans le hall d'accueil, défit son manteau et le donna à Oleg, son majordome. Comme chaque soir, il décida de faire un peu de sport avant le repas. Le sous-sol de sa maison disposait d'une vaste salle entièrement équipée. Il passa par un vestiaire et se mit en survêtement. Son coach personnel l'attendait.

Après dix minutes d'assouplissements, il avait l'habitude de courir une trentaine de minutes, ce serait ensuite un programme d'abdos et il terminerait par trente minutes de sauna. Quand il monta sur le tapis de course, la chaîne d'information qu'il affectionnait était déjà branchée. Il commença par un footing léger à huit kilomètres heure, tout en regardant les actualités. Cinq minutes plus tard, il était à dix et continua d'accélérer. Douze. Treize. Quatorze. Quinze. Il atteignait sa limite. Trois minutes à ce rythme et il allait redescendre. Le cardio indiquait cent quatre-vingts. Les pas claquaient sur le caoutchouc, la sueur coulait le long de ses joues, il était trempé. Il jeta un œil sur le chrono. Encore dix secondes et il diminuerait la vitesse. Quatre, trois, deux, il baissa le curseur. Aucun effet ! La machine avait un problème. Il prit appui sur les rampes pour quitter l'appareil, lorsqu'une voix résonna :

— Continue, ne t'arrête pas !

Son coach avait disparu et un groupe de quatre hommes vêtus de noir se trouvait derrière lui. Son cœur s'emballa et cette fois ce n'était pas dû à l'effort. L'un d'entre eux, celui qui devait être le chef, braqua un pistolet vers lui pendant que deux autres l'encadraient et l'obligeaient à reprendre place sur le tapis.

— Cours !

Trois minutes à ce rythme, Sultan était à bout de souffle. Bouche ouverte, il haletait quand le quatrième se positionna derrière lui et plaqua une main contre ses lèvres. Il reconnut tout de suite le goût de la cocaïne. On voulait le droguer. Il essaya de crier, de gueuler, de supplier, de leur dire qu'il avait de l'argent, qu'il pouvait faire d'eux des hommes riches à l'abri du besoin pendant plusieurs générations. Quand la main le libéra, il n'eut pas le temps de prononcer un seul mot qu'on le forçait à nouveau à ingurgiter de la poudre.

— Avale ! C'est de la bonne. T'aimes ça habituellement.

Son cerveau lui fournit une avalanche d'informations. Ces types, même s'il ne les connaissait pas, il savait qui ils étaient : des membres du KNB et ce service n'agissait que sur ordre. Ces hommes avaient l'aval de son beau-père. Rien ne pourrait le sauver. Le rythme cardiaque dépassait les deux cent vingt. Il s'abandonna et cessa de courir. Devenu un poids mort, il surprit les tueurs et tomba sur le tapis. Il glissa entre les jambes de celui qui lui donnait la drogue et la machine le recracha sur le sol. Il termina à plat ventre, trop épuisé pour pouvoir faire quoi que ce soit, sinon hurler à l'aide. Personne ne viendrait. Le personnel avait été invité à prendre congé. On ne discute pas les ordres du KNB.

Alors qu'un des tueurs posait un genou sur lui pour l'immobiliser, il releva la tête et vit que l'homme au pistolet avait rengainé son arme pour prendre une seringue.

— Rassure-toi, ça ne va plus être long et c'est sans douleur.

Sultan vociféra, il eut un haut-le-cœur, cracha de la bile acide. Dans un tel état d'excitation, il ne sentit ni la piqûre ni le poison affluer dans ses veines. Le rythme cardiaque s'accéléra encore. Il eut l'impression qu'il était en train de se consumer de l'intérieur. Il fut secoué de spasmes. Il crut voir le chaman. Il pensa que son esprit allait sortir de son enveloppe charnelle. Il… ne bougea plus. Rien. Un corps mou, une poupée de chiffon. L'avenir de Sultan Cabaev se conjuguerait désormais au passé.

Le chef s'adressa à ses hommes :

— Vous lui nettoyez la figure et vous enlevez les traces de came qui traînent. Je m'occupe du reste. Le coach va appeler les services d'urgence pour dire que son patron a fait un malaise.

*

* *

Quand Timur Kabaeff raccrocha son téléphone, il était satisfait. Il allait pouvoir appeler le directeur général et lui dire qu'une partie du nettoyage avait débuté. Le président et sa fille pourraient pleurer Sultan Cabaev, victime d'une crise cardiaque. Un grand capitaine d'industrie arraché trop tôt aux siens. Une perte pour la nation. Personne ne se préoccuperait de la disparition de quelques-uns de ses associés, comme cet Oleg Vassimov qui venait de mourir dans un accident de voiture. Le hasard est parfois surprenant.

32

L'idée du train ne déplaisait pas à Delaroque. Ne connaissant pas les chemins de fer locaux, Patrick était moins emballé, mais il se laissa convaincre. Le temps de passer à l'hôtel prendre quelques affaires, ils fonçaient vers la gare.

L'ancien ambassadeur, aidé par leur chauffeur, s'occupa des formalités administratives et de l'achat des billets. Une chance, il restait des places, mais ils devraient voyager dans le même compartiment.

— Je n'ai jamais dormi avec un ambassadeur, s'amusa Patrick. Vu ce qui se dit des mœurs dans ton ministère, je préfère t'avertir tout de suite, je ne suis pas un garçon facile.

Delaroque fit sa moue énervée et secoua la tête. Le flic éclata de rire.

— Ho ! C'est de l'humour. Si je ne peux plus rien dire. En tout cas, sache que je ronfle…

— Le contraire m'aurait surpris.

Patrick avait peur de trouver un train hors d'âge et des wagons bringuebalants, il n'en était rien. La machine et les voitures étaient en parfait état. Ils furent accueillis sur le quai par des hôtesses qui se chargèrent de contrôler leurs billets et de leur indiquer leur compartiment. Il s'agissait d'un emplacement pour deux lits superposés avec un coin lavabo et douche privative. Le flic fut agréablement surpris.

— La SNCF devrait prendre exemple.

— Ici, le service est à l'ancienne, reconnut le diplomate. Il y a des employés en charge de chaque wagon. Ils viennent réveiller les passagers et sont aux petits soins pour répondre à toutes les demandes. Pose tes affaires, on va aller manger pour être certains d'avoir une place.

Patrick s'exécuta et suivit son guide à travers les couloirs. Ils terminèrent dans un wagon-restaurant comme il n'en existait plus que dans les films. Il ne put s'empêcher de penser au *Crime de l'Orient-Express*. Tables dressées, nappe blanche et couverts. Des serveurs les attendaient. Ils choisirent l'une des premières places et Delaroque se chargea de commander en russe. Il opta pour du poisson fumé et des mantis, une sorte de ravioli local. Le serveur proposa de la vodka. Delaroque hésita et à la grande surprise du flic abonda en ce sens. Le diplomate se déridait.

— Maintenant, je te le confirme, je vais ronfler ce soir, fit Patrick.

S'ils commencèrent par évoquer des souvenirs professionnels et parler du pays, cela ne dura pas. Ils en vinrent très vite à leur affaire.

L'enquête fascinait Girard et désolait Delaroque. Le pouvoir transformait-il à ce point les femmes et les hommes ? La question perturbait le policier, il brûlait d'en débattre avec son collègue. Après tout, Bruno avait lui-même été ambassadeur dans plusieurs postes à l'étranger et avant ça, il avait été sous les ordres de diplomates. Il devait bien savoir de quoi il retournait dans ces îlots de l'administration française perdus loin de la capitale. Delaroque se troubla. Lui qui s'attendait à un moment de quiétude comprit qu'il ne pourrait pas battre en retraite. Introduction habituelle, il souffla, son corps se crispa et il fit ce mouvement de marionnettiste qui plaisait tant à Patrick.

— Non, évidemment que non, tout le monde n'est pas comme était Gwenola Fontaine. Le ministère des Affaires étrangères est comme toutes les administrations, il y a des gens bien et… d'autres qui le sont moins.

— Et c'est aussi important que ça d'assurer sa promo sur les réseaux sociaux avec Twitter et Facebook. Tu faisais ça ? Je n'arrive pas à l'imaginer.

Cette fois, la remarque réjouit Delaroque. L'ambassadeur sortit de sa poche un vieux téléphone Nokia qu'il posa sur la table.

— J'en suis resté à ça en matière de téléphone et je sais tout juste me servir d'Internet.

Il fit une moue désabusée et poursuivit :

— C'est une nouvelle maladie de mon ministère. Il faut faire du vent, à croire qu'il est plus important d'être le premier à publier deux cent quatre-vingts signes sur un serveur américain que de pondre une note de synthèse sérieuse. Certains de nos ambassadeurs et de nos consuls n'ont rien à envier à Donald Trump, c'est tout juste s'ils n'annoncent pas quand ils vont pisser.

— Et ça a de l'importance ?

— Que veux-tu que je te dise, c'est un monde que je ne maîtrise pas. De mon temps on travaillait dans l'ombre, aujourd'hui on fait de la communication et sur ce sujet, Gwenola était un pur produit de notre nouvelle génération de fonctionnaires.

— Ce qui m'étonne, c'est qu'elle ait pu agir comme cela. Aujourd'hui, ses collègues s'en plaignent. Avant sa mort, pas un mot. Son chef, l'ambassadeur, ne l'appréciait pas, mais on ne peut pas dire qu'il a fait grand-chose pour la recadrer. Et les employés ? Je suis sidéré de voir à quel point l'éloignement de la capitale et la servilité d'un personnel, bien payé et soucieux de ne pas faire de vagues, ont permis à cette fille de laisser libre cours à son penchant tyrannique. Et je ne te parle pas des histoires de pognon, de sponsors et de collusion avec le monde des affaires. Un préfet qui se conduirait de cette manière en France finirait devant un tribunal correctionnel.

Les mimiques d'agacement redoublèrent :

— Chez nous, on n'aime pas les querelles. Ça ne veut pas dire qu'on ne fait rien.

La manière dont Delaroque avait parlé laissait supposer qu'il avait des éléments que Patrick ne connaissait pas encore. Le flic fronça les sourcils en écoutant le diplomate.

— Il ne faut pas croire qu'on peut tout faire. L'administration réagit lentement, mais elle réagit. On ne peut pas prendre pour argent comptant tout ce qui se dit sur un ambassadeur ou un consul général. Le touriste français, à l'étranger, reste un Français.

Si nos compatriotes aiment jouer les aventuriers, dans l'âme ils sont des assistés. Au moindre pépin, ils viennent chialer dans leur ambassade et ils ne comprennent pas que tout le monde ne se mette pas à leur service. Tu ne peux pas imaginer ce qu'on voit. Entre ceux qui se lamentent parce qu'ils ont été victimes d'un commerçant retors, d'un petit bobo, d'un différend avec un fonctionnaire… Les postes à l'étranger sont un bureau des pleurs face à des touristes devenus des usagers qui se plaindront à leur retour sur les réseaux sociaux. C'est un stress permanent.

— Le cas de Gwenola dépasse ce cadre.

— C'est vrai, ne crois pas que je cherche à ne pas te répondre. Fontaine avait fait l'objet d'une enquête administrative. Nous avons un groupe d'inspection, une sorte de police des polices et Schimansky a fait l'objet d'un contrôle.

— Et ?

— La mission a eu lieu il y a un peu moins de six mois. Les diplomates qui y ont participé seront tous à Gulmada, ils nous expliqueront ça.

Delaroque n'avait pas envie que Gwenola lui pollue sa soirée. Il avait été en poste quelques années dans la région et il préféra parler de l'Asie centrale, de l'Ouzbékistan qu'il adorait pour ses villes construites sur la route de la soie. Samarcande, Boukhara, des pays voisins, le Turkménistan, le Kirghizstan, le Kazakhstan ou le Tadjikistan. Il évoqua chacun de ces pays, leurs atouts et leurs faiblesses, les chefs d'État, tous issus de l'appareil soviétique, les conflits d'intérêts et les luttes intestines. Il termina par le Beyazstan, l'un des plus grands et des plus riches.

— Tu vas voir Gulmada demain. Je n'y suis pas venu depuis dix ans, il paraît que c'est devenu extraordinaire.

*

* *

Si la nuit fut bonne, la vodka n'y était pas étrangère. Réveillés tôt, ils virent le jour se lever sur la steppe. Il n'y avait rien. Un paysage plat comme le dos de la main, de la terre gelée et balayée par le vent. Ce n'est que dans la dernière demi-heure qu'ils aperçurent enfin quelques maisons et des êtres vivants et qu'apparut Gulmada. Pour Patrick, qui avant d'habiter Paris, demeurait à Montigny-le-Bretonneux, le parallèle avec la ville nouvelle de Saint-Quentin-en-Yvelines ou les bâtiments du quartier de la Défense à Nanterre s'imposa aussitôt. Une débauche de métal et de verre, des tours étincelantes, des avenues à deux fois quatre voies. Voilà ce qu'était cette capitale sortie récemment de terre.

— Il ne manque plus que des habitants, fit Delaroque. Le président se veut visionnaire, il a décidé de construire la capitale au milieu du pays en considérant que l'évolution urbaine et démographique lui donnerait raison. Il a aussi pensé qu'en s'installant ici, il calmerait les velléités du voisin russe d'annexer un jour une partie de ce grand pays… Sait-on jamais de quoi l'avenir sera fait.

En quittant le train, puis la gare, le flic eut l'impression de se retrouver dans un congélateur. « - 40 °C », annonça le chauffeur qui les attendait. Patrick n'avait jamais eu à subir un froid pareil. Il remercia intérieurement son collègue de lui avoir conseillé de prendre ce qu'il avait de plus chaud et de ne pas avoir oublié gants et chapka. Une telle température, accompagnée d'un vent cinglant, n'encourageait pas à la promenade. Il comprit qu'ils ne risquaient pas de voir des gens dans les rues. Ici, les Beyazes se déplaçaient exclusivement en voiture. Le chauffeur joua les guides en désignant différents immeubles : bâtiments administratifs, ministères, sièges de grandes compagnies et chaînes d'hôtels. Le trajet ne fut pas long et le véhicule s'arrêta sur un parking privé desservant une tour de verre. Main sur la portière, Delaroque indiqua :

— Notre ambassade est ici, on loue deux niveaux ; d'autres pays européens sont aussi dans cet immeuble et il y a quelques sociétés.

Sans enthousiasme, Patrick replongea dans le froid polaire. Heureusement qu'ils n'étaient pas loin.

Ascenseur pour le dixième étage. Après un passage obligé par un sas de sécurité, ils se retrouvèrent dans l'entrée de ce qui aurait pu ressembler au siège d'une compagnie privée. Un bâtiment neuf, propre et avant tout bien chauffé.

Accueillis par le premier conseiller, un individu dont l'apparence laissait supposer que l'âge de la retraite avait déjà été repoussé d'une quinzaine d'années, ils furent invités à patienter. Delaroque fit les politesses et, au grand bonheur de Patrick, se chargea de la conversation jusqu'à ce qu'arrivent quatre autres personnages : Jean Dupont d'Audricourt, l'ambassadeur de France au Beyazstan, accompagné des fonctionnaires qui avaient mené l'inspection administrative de Schimansky.

— On nous a demandé de revenir, indiqua celui qui semblait être le chef de mission.

Delaroque était dans son milieu, il serra des mains et présenta Patrick. On chuchotait plus qu'on ne parlait… Et on restait dans les banalités. Patrick était au spectacle. Il ne put s'empêcher de comparer l'ambiance à celle qu'il connaissait dans la police. On les fit entrer dans une salle de réunion avec une table permettant d'accueillir pas moins d'une vingtaine de personnes. Une atmosphère très « rue des Trois-Fontanot ». Dupont d'Audricourt invita les inspecteurs et les nouveaux arrivants à prendre place. En guise d'introduction, il présenta à nouveau la mission d'inspection. Elle était composée de deux ambassadeurs ayant officié plusieurs fois à l'étranger et d'un ancien consul, spécialiste des affaires consulaires et financières. Tous connaissaient Delaroque. Le chef avait bien roulé sa bosse, Kosovo, Liban, Irak. Bien que ne sachant pas grand-chose du travail d'un diplomate, Patrick avait des affinités naturelles avec ce petit sexagénaire à l'œil vif, la mèche rebelle et le teint mat. L'homme avait un accent rocailleux qui sentait le soleil. Ses collègues prirent place à ses côtés et ils se retrouvèrent face à Delaroque et Girard.

Ils étaient à peine installés qu'entra un nouveau venu d'une quarantaine d'années, un mètre quatre-vingts, longiligne, genre marathonien. Visage sec, regard clair, cheveu châtain légèrement frisé.

— Notre premier secrétaire, indiqua d'Audricourt.

Il poursuivit en rappelant les circonstances douloureuses qui amenaient l'inspection à revenir dans le pays et l'obligation pour elle de dialoguer avec le commandant Girard pour que rien ne lui échappe dans le cadre de l'investigation judiciaire...

Le flic assura le minimum nécessaire. Pour le reste, il continua de laisser faire Delaroque et d'écouter l'inspection relater son travail.

Lorsque la venue d'une mission chargée de contrôler l'ambassade de Gulmada ainsi que le consulat général de Schimansky fut annoncée, les mauvaises langues, et il n'en a jamais manqué dans les administrations, y virent un désir de calmer les agissements de Gwenola.

Une inspection, sauf cas exceptionnel, s'organisait en toute transparence. Celle-ci ne dérogea pas aux règles habituelles. Elle fut soigneusement préparée par le poste. La venue des inspecteurs nécessitait la rédaction de nombreuses fiches ayant pour but de connaître l'ensemble de l'activité de Schimansky. La première conséquence fut une surcharge de travail et un stress réel pour les agents dont la moindre erreur aurait pu ressembler à de la malhonnêteté. En première ligne, les services où circulait de l'argent : régie, visas. Tout devait être impeccable et chacun à même de répondre aux questions de gens ayant la réputation d'être soupçonneux et peu enclins à comprendre les difficultés quotidiennes des fonctionnaires.

À l'inverse de ce que l'on aurait pu penser, Gwenola abordait cet exercice avec sérénité. Si ces Parisiens étaient un tant soit peu clairvoyants, ils ne pourraient qu'être admiratifs du travail réalisé en quelques mois. Pour les convaincre, il suffirait de leur rappeler dans quel état de délabrement se trouvait le consulat à son arrivée. Le résultat obtenu parlerait de lui-même. Ils seraient éblouis. Elle prépara cette visite avec une nonchalance surprenante. Une seule chose la chagrinait, c'était ce que pourraient bien dire les employés à son sujet. Elle ne comprenait pas l'insistance des Parisiens à vouloir s'entretenir avec eux. *Je suis certaine qu'ils vont nous casser. Comme je les ai mis au boulot, ils vont me le faire payer.*

Les inspecteurs devaient se plonger dans le fonctionnement des services du consulat et souhaitaient également rencontrer les représentants du ministère des Affaires étrangères beyaze, quelques personnalités locales, ainsi que la communauté française.

Leur première étape fut Gulmada. L'ambassade fut transformée en bureau des pleurs, et tout le monde se répandit sur Gwenola.

Comme on dit en jargon policier, les inspecteurs arrivèrent à Schimansky « avec des billes ». Dupont d'Audricourt, lui-même, se vit reprocher de ne pas tenir la bride de son impétueuse collaboratrice.

Patrick pensa que si Gwenola avait été ambassadrice, on lui aurait pardonné ses excentricités. Elle aurait bénéficié de la protection collégiale du sérail diplomatique, mais elle n'était pas à ce niveau. Elle n'était pour ses pairs qu'une petite fonctionnaire, immature et manquant de modestie. Quelqu'un qui méritait d'être rappelé à l'ordre.

Gwenola, loin de tout ça, ne crut pas bon de se fendre de ce qui aurait pu apparaître comme un signe de respect de la hiérarchie, ou plus simplement un geste amical envers des collègues en mission dans sa ville, elle n'alla même pas les attendre à l'aéroport. À leur arrivée à Schimansky, les Parisiens n'eurent comme seul comité d'accueil que le conducteur de l'attaché de sécurité intérieure. La consule prétexta qu'elle n'avait pas pu se libérer. Son chauffeur était occupé à des tâches plus importantes, il devait aller chercher les enfants à l'école.

Les inspecteurs découvrirent enfin celle qui était devenue l'un des sujets de conversation du ministère. Comme on pouvait s'en douter, Gwenola commença par une visite de son royaume. C'était sa fierté et on sentait son désir de faire partager son enthousiasme. Les yeux brillants, elle fut volubile : « Regardez, au rez-de-chaussée, tout a été repeint et carrelé. À l'étage, nous avons rénové les boiseries et j'ai réussi, grâce à des sponsors, à obtenir du mobilier pour la salle de réunion et mon bureau. J'ai dû reprendre toute l'électricité et changer les radiateurs, c'était cela ou l'incendie. Nous sommes bien installés, mais quel travail ! »

Se heurtant à un mur de silence, elle lista les avantages pour le personnel : « J'ai été soucieuse du confort de tous, chauffage, climatisation, meubles, tout est neuf. » C'était « sa vie, son œuvre ». « Et puis, comme vous pouvez le constater, nous organisons régulièrement, grâce à mon mari, des expositions qui font vivre ce consulat et mettent en valeur des artistes locaux ou français. » Elle coupa court à leurs doutes concernant la pertinence de ce type d'événements en ce lieu : « L'Alliance française est mal dirigée et n'a pas un bâtiment qui s'y prête, vous vous en rendrez compte par vous-mêmes et vous conviendrez que la visibilité de notre action est plus grande ici que dans un musée. »

Ce qui lui était avant toute chose reproché à Paris était son manque d'intérêt pour les questions consulaires. On jugeait qu'elle sous-estimait le domaine qui était le sien, en lui préférant des sujets politiques et culturels. Les inspecteurs insistèrent également sur la nécessité pour Schimansky de se subordonner à l'ambassade. En clair, sa hiérarchie pensait qu'il fallait qu'elle comprenne qu'elle avait un chef et qu'elle devait le solliciter avant de bouger une oreille.

Bien que cela lui en coûtât, Gwenola ne put déroger à l'obligation de déjeuner avec ses visiteurs. Ce fut l'occasion de nouvelles gaffes. Telle une enfant ayant besoin de se justifier, elle n'arrêtait pas de parler. L'argumentation de base restait constante, elle avait trouvé un service en désuétude où rien n'allait, et en moins de deux ans, elle avait réussi à faire les réformes nécessaires. Dans l'enthousiasme, elle critiquait son ambassadeur, c'était une erreur de stratégie stupide, d'autant que le chef de l'inspection lui avait dit qu'ils étaient amis. Gwenola lança : « Vous savez, je crois qu'il faut faire évoluer l'image de notre diplomatie à l'étranger », avant d'ajouter : « Il faut du sang jeune, des femmes, des idées nouvelles. » Les deux sexagénaires eurent à supporter cette gamine leur faisant la leçon et Gwenola continuait : « Un exemple : tous les ans, Gulmada imprime des agendas pour les offrir à nos partenaires, je trouve cela d'une ringardise absolue, d'ailleurs, je ne les distribue même pas. » Et de s'enthousiasmer : « Regardez, la photo de notre ambassadeur, on dirait un notaire de campagne, avec son pull vert il a l'air ridicule. »

L'anecdote provoqua quelques sourires et les yeux se tournèrent vers d'Audricourt. Il était habillé exactement comme sur la photographie. Le chef de l'inspection s'adressa à Patrick :

— Est-ce que vous trouvez que mon collègue fait ringard ?

— …

Dupont d'Audricourt tiqua et ne put s'empêcher de tirer sur son chandail.

— Un cadeau de ma femme, c'est du cachemire !

— Il est très beau, tenta de le rassurer l'enquêteur du ministère des Affaires étrangères, en éclatant de rire, vous ne donnez pas votre avis commandant ?

— Je vais utiliser mon joker.

— Vous allez devenir diplomate à trop nous fréquenter.

— C'était malheureusement une qualité que n'avait pas notre jeune collègue, remarqua l'ambassadeur.

Il continua d'évoquer leur rencontre…

Le moment le plus redouté par la consule fut celui qui se passa le mieux, encore une preuve de sa méconnaissance du personnel. Les employés locaux furent réunis par les inspecteurs, soucieux de recueillir leurs doléances et leurs critiques éventuelles. Cela ne dura pas plus d'une vingtaine de minutes sur l'heure qui était prévue à cet effet. Alors qu'ils s'attendaient à des revendications salariales et à entendre parler des conditions de travail, les Parisiens se retrouvèrent face à un public silencieux et pressé d'en finir. Les inspecteurs essayèrent pourtant de les encourager à prendre la parole, mais rien n'y fit, tous donnèrent le sentiment qu'ils s'intéressaient plus à leurs chaussures qu'aux visiteurs. La culture soviétique fonctionnait encore à merveille pour organiser les relations patrons-employés. Se plaindre pouvait créer plus d'ennuis que d'avantages.

L'audition individuelle des expatriés ne fut pas plus critique. Ses collaborateurs se disaient qu'il n'était pas utile de tirer sur l'ambulance. Et puis, malgré les rumeurs, l'inspection n'avait pas pour objectif principal de rechercher des fautes particulières. Son but était plus général, elle devait étudier le fonctionnement des services. Et là, certains réussirent mieux que d'autres. Le chef des visas, pourtant connu pour sa gestion bordélique, s'en sortit particulièrement bien. Il sut « enfumer » les inspecteurs à tel point qu'ils saluèrent la grande qualité de son travail. À l'inverse, Lucas Pascaud, le chiffreur, dont le dossier administratif était loin d'être glorieux, fit une démonstration de son habituelle mauvaise volonté à satisfaire les sollicitations de ses supérieurs hiérarchiques. Sa nonchalance et ses réponses ponctuées de sourires en coin eurent l'art d'agacer.

Le chef de l'inspection décida de revenir sur le bâtiment. Malgré la flatteuse présentation que Gwenola fit de son consulat, les visiteurs furent loin de tomber en pâmoison.

— Je me demande comment le personnel a pu accepter de travailler dans de telles conditions, les locaux faisaient peur, nous avons eu tous les trois la même impression en arrivant. Les gens bossent dans une cave, ils n'ont pas de fenêtres, ou si peu. Ils pourraient dénoncer leurs conditions auprès de leurs représentants en France.

Plutôt cocasse d'entendre un haut fonctionnaire encourager les subalternes à se plaindre aux syndicats, pensa Patrick.

— À notre sens, seul l'étage est convenable, et la grande salle qu'elle avait transformée en hall d'exposition aurait dû être aménagée en open-space, poursuivit l'ambassadeur.

— Les open-spaces ne plaisent pas à tout le monde, intervint Delaroque. Ça a fait grincer des dents chez nous.

— C'est vrai, admit son collègue, en comprenant qu'il parlait des critiques que les employés du ministère avaient formulées en prenant possession de leurs nouveaux bureaux rue de la Convention.

— En tout cas, Gwenola Fontaine nous avait bernés en nous disant qu'elle avait récupéré cette pièce parce que la mission économique s'en séparait. C'était tout le contraire. Elle les a virés. Ce bâtiment n'a pas grand sens, il est coûteux et n'offre pas de bonnes conditions de travail, en tout cas pour ce qu'il en est aujourd'hui. Dommage, vu les frais occasionnés par la remise en état, que nul n'y ait pensé plus tôt, mais nous comptons bien faire déménager nos fonctionnaires de là-bas, asséna le diplomate.

Une autre chose qui ne passa pas inaperçue durant les quatre jours de présence des inspecteurs fut l'absence de Monsieur, son invisibilité en fut presque aveuglante. Lui qui avait pris ses habitudes dans le consulat général, l'avait déserté. Cette absence fut d'autant plus remarquée qu'il s'abstint également de venir au vernissage d'une exposition, dont l'artiste n'était autre que l'épouse du premier conseiller de l'ambassade de France à Gulmada. Une attraction culturelle qu'en temps normal il n'aurait certainement pas boudée.

À la fin de son exposé, le chef de l'inspection passa la parole à l'un de ses collègues, ancien consul. Une belle corpulence, le cheveu rare, des lunettes en écaille, l'homme avait des allures de Raymond Barre :

— Vous savez, j'ai commencé au ministère comme agent de catégorie C et j'ai gravi les échelons. Je connais donc parfaitement le travail de chacun et… (il fit un petit sourire en coin) j'ai des amis à tous les niveaux. Il m'est plus facile de glaner des informations. Les gens se méfient moins de moi, on me parle. Ce qui n'est pas toujours le cas pour mes collègues. Sans fausse modestie, si nous pouvons vous parler du ressentiment des employés, c'est en partie grâce à moi. Une bonne partie de ce que vous a narré mon collègue est le fruit de mes informateurs.

Ses deux compères acquiescèrent mollement.

— Gwenola a complètement délaissé le travail consulaire, qu'elle a confié à son adjointe, et après deux ans, elle était quasiment inconnue de la communauté expatriée.

Quand l'exposé s'acheva, Patrick restait sur sa faim. Son à priori positif avait fait place à de l'agacement. Il venait d'entendre un long blabla qui n'évoquait que des sujets mineurs.

— Tout ça pour ça ? On s'est tapé une nuit de train pour écouter des griefs de cour d'école. Il me semble qu'on ne tue pas son chef de service, même s'il est une tête de con, pas plus qu'on n'assassine une subordonnée insolente parce qu'elle n'aime pas votre pull-over.

Les regards se tournèrent vers lui. L'auditoire était partagé entre l'impression d'avoir mal compris et un ébahissement qui les laissait sans voix. Patrick lança une seconde salve :

— Rien sur les relations avec les sponsors ? Rien, non plus, sur les dirigeants du pays ? Il m'a semblé que vous les aviez également contactés. Il serait peut-être grand temps de nous donner des éléments un peu plus consistants !

Bruno Delaroque tenta de prendre la parole, mais le chef de la délégation le devança :

— Calmez-vous !

— Je suis très calme, ce qui n'empêche pas d'être impatient. J'attends donc la suite.

— Oui, nous avons rencontré plusieurs hommes d'affaires beyazes qui soutenaient les actions menées par Gwenola et son mari. Des gens riches, souvent liés au pouvoir en place. Il n'y a pas grand-chose à dire. Notre consule était en phase avec les directives ministérielles qui encouragent à chercher des financements innovants.

— Financements innovants, c'est vrai que ça sonne mieux que corruption.

— Vous vous égarez, commandant.

— Ces gens achètent des visas, c'est le moindre mal, mais surtout de la visibilité et de la respectabilité et c'est ce qu'on leur offre. La plupart sont, sinon des voyous, des soudards qui ne doivent pas supporter un refus. Si votre consule les a pris de haut, comme elle le faisait avec beaucoup de monde, un mot en entraînant un autre, je les pense fort capables de le lui avoir fait payer.

— C'est effectivement une hypothèse qu'il ne faut pas écarter.

Les regards se focalisèrent sur celui que Dupont d'Audricourt avait introduit comme étant le premier secrétaire. Comprenant que Patrick n'avait pas saisi ce que cela signifiait, l'homme crut bon de préciser :

— Je représente vos cousins du boulevard Mortier.

Patrick eut un sourire en coin et apprécia ce bel euphémisme pour indiquer qu'il avait affaire au représentant de la DGSE, dont la direction se trouve dans le 20e arrondissement de Paris. Et l'espion d'ajouter :

— Un peu de patience, il y a des hypothèses dont nous parlerons plus tard, mais laissez ces messieurs évoquer les conséquences de leur visite et leurs conclusions officielles.

33

La vie de Baha ressemblait à celle de Tony Montana, le héros interprété par Al Pacino dans le film *Scarface*. Une villa de rêve, dans un endroit de rêve, une cave remplie de cash, tous les luxes de la société de consommation à disposition et du sexe à volonté. Ses ennuis lui paraissaient bien loin. Le pays aurait pu lui manquer, ce n'était pas le cas. Il n'était rien au Beyazstan. Dans le monde des jetsetteurs, il était tout aussi anonyme, mais quelle vie !

Il avait prévu de déjeuner à Antibes, une table était réservée dans un hôtel du Cap. On lui avait affirmé que Madonna et Jacques Chirac y avaient séjourné, il rêvait de connaître les lieux. Katrina, une belle plante qu'il fréquentait depuis plusieurs jours – pas une histoire d'amour, loin de là, juste une pute qui lui plaisait plus que les autres – avait ramené une copine tout aussi pulpeuse qu'elle. La journée s'annonçait bien.

Repas servi en terrasse, ils ne passèrent pas inaperçus. Rien de risqué cependant, à l'exception d'une famille moyen-orientale, ceux qui les mataient et prenaient un air pincé en les regardant étaient des richards plus proches du cimetière que de la maternité. La présence bruyante d'un Russe avec deux belles plantes ne surprenait pas l'entourage, même si elle agaçait.

Une bouteille de vodka et un magnum de champagne plus tard, ça ne s'était pas arrangé. Baha jouait la provocation en alternant de longues embrassades avec chacune des filles. Le fauteur de troubles aurait pu déraper davantage, par chance le Beyaze n'avait pas l'alcool mauvais. Il avait pris une suite et décida d'aller y poursuivre l'après-midi. En comprenant l'usage qu'il comptait faire de la chambre, la direction se promit de mettre le nom de ce client envahissant en liste noire. La prochaine fois qu'il appellerait, on lui signifierait que l'hôtel était complet. On ne réservait pas dans ce palace pour des coucheries de cinq à sept.

Ils entrèrent dans ce qui ressemblait à une bonbonnière, tissus muraux rose et blanc représentant des scènes de chasse, moquette épaisse, mobilier Louis XV. Une pièce faisait office de salon avec un coin bureau et à côté se trouvait une grande chambre décorée dans le même esprit. Baha eut un regard rapide pour les lieux et préféra s'intéresser à ses accompagnatrices. Pendant que Katrina s'occupait de lui, sa copine fonça vers le bar à la recherche de champagne. En la voyant revenir, Baha joua les habitués et prit le temps d'ouvrir la bouteille. Il la posa sur une table et allait prendre des verres, lorsque Katrina l'arrêta.

— Pas la peine, fit-elle en buvant au goulot.

Ils rirent comme des gosses… L'après-midi s'annonçait bien.

*

* *

La journée tirait à sa fin, lorsque Baha ouvrit un œil et se dégagea du bras posé sur sa poitrine. La vue des corps nus des deux filles et des cheveux blonds presque roux, emmêlés provoqua chez lui une certaine excitation, ce que son sexe confirma. En même temps, il avait faim, mais pas envie d'un repas guindé. Une simple envie de pizza. Il attrapa son pantalon. L'agitation réveilla Katrina.

— Tu t'en vas ?

— Faim ! Je veux une pizza. On va manger ?

Elle fit une grimace…

— Non, je suis bien ici. Tu ne peux pas commander ?

Il hésita, s'attarda du regard sur les deux filles. La copine de Katrina bougea à son tour. Elle écarta son opulente chevelure pour laisser échapper un sourire radieux.

— Oui, c'est une bonne idée. On pourrait aller sur le port de Saint-Laurent.

Katrina se leva en râlant. Le rhabillage traîna en longueur. Les demoiselles n'étaient pas du genre à sortir sans un minimum de préparation. Baha prit son mal en patience. Il y a si longtemps qu'il ne fréquentait plus la gent féminine qu'il en avait oublié les inconvénients. Premier, et de loin, à être prêt, il décida d'abandonner la chambre et d'attendre les filles sur le parking. Son passage par la réception provoqua quelques murmures peu amènes. Il ne s'en aperçut pas. Son chauffeur fumait une cigarette en parlant avec une jeune femme. Baha évalua la fille… Une gamine simple, pas aussi apprêtée que ses copines, moins généreuse également, mais une jolie nana. Elle était de dos et elle ne le vit pas faire un clin d'œil à son employé. Le couple se sépara.

— Je ne voulais pas vous interrompre.

Il demanda une cigarette et signifia qu'ils allaient partir quand « les dames seraient prêtes ».

Une bonne trentaine de minutes s'écoulèrent avant qu'arrivent les deux princesses. Direction le port de Saint-Laurent, le 4×4 démarra avec les deux nanas à l'arrière.

En quittant les jardins de l'hôtel, ils étaient loin de soupçonner le branle-bas qu'ils déclenchaient. Pas moins de trois voitures et deux motos se lancèrent à leur poursuite. Il y avait peu de circulation, ils longèrent le bord de mer. Les filles russes papotaient, le chauffeur écoutait leurs histoires et Baha se laissait bercer par ce flot de paroles en regardant la route défiler. Arrivés sur le port, c'est la copine de Katrina qui se chargea de guider le conducteur jusqu'à la pizzeria. Restaurants, bars, il y avait du monde, ils trouvèrent une place de parking en face de l'endroit que désignait la fille. Elle constata avec délice qu'une table était libre en terrasse.

— J'ai appelé avant qu'on parte. J'espère que c'est celle que j'ai réservée.

Elle sauta de la voiture pour foncer s'en assurer.

— Mange avec nous, proposa Baha à son chauffeur.

Il ne se le fit pas dire deux fois. Effectivement, on les attendait et ils s'installèrent. Les filles continuaient de discuter, elles en étaient à comparer différentes marques de sac à main… Un sujet passionnant pour celui qui était, il y a encore quelques semaines, un simple homme de ménage. Baha regarda autour de lui, avant de s'intéresser aux bateaux. Et tout à coup, il eut une impression étrange, un stress soudain dont il n'arriva pas immédiatement à définir la raison. Une boule de glace se forma dans son ventre. Il se pencha vers son chauffeur :

— T'as un calibre ?

L'autre lui lança des yeux ronds.

— On n'en prend jamais depuis que tu es là. Tu veux qu'on s'arme ?

— Non, rien, je ne sais pas pourquoi je pose cette question.

Le serveur s'approcha. Les filles commandèrent des boissons et attrapèrent les cartes. Baha fit de même. Il tenta vainement de s'intéresser à ce qu'on lui disait. Les sens aux aguets, il se focalisa sur l'environnement. Pourquoi cette impression de danger imminent ?

Là, un flash ! Des yeux, un visage ! Il prit conscience de ce qui l'avait alerté et ressentit comme un choc électrique. Il poussa sa chaise. Des verres tombèrent. Les regards se tournèrent vers lui. La suite lui donna raison. Un homme s'immobilisa devant eux. Il avait une arme à la main. Un pistolet-mitrailleur MP5 ! Baha plongea sur le côté et la rafale balaya la table. Le chauffeur fut projeté en arrière. Plusieurs clients s'écroulèrent. Cris. Panique. Une pluie de balles s'abattit sur la terrasse. À genoux, à quatre pattes, courbé, Baha se redressa et s'agrippa à un sexagénaire terrorisé. Un second tireur prit la relève. Il l'avait repéré. Les coups de feu redoublèrent. La chemise du bouclier humain se macula de rouge… Et l'homme lui glissa entre les mains. Il n'y avait plus que des hurlements. Baha tomba encore et roula sur des corps. Un miroir et des bouteilles explosèrent en projetant des débris de verre. Il crut entendre une voix familière, un cri strident. Katrina ! ça ne risquait pas de l'arrêter. À cet instant, Baha n'avait qu'une idée : sauver sa peau ! C'était bien lui qu'on visait. Il ne s'était pas trompé. Ce qui l'avait mis en alerte était d'avoir reconnu parmi les passants le colonel de la milice qu'il avait eu dans sa lunette au Beyazstan, près de la maison en feu. Un visage grêlé et un sourire qu'il n'oublierait jamais. Courir,

courir ! C'est au milieu d'une foule apeurée qu'il prit la fuite. Les tueurs poursuivaient leur tir. Il crut entendre de nouveaux coups de feu. Il s'en foutait. Il n'avait qu'une préoccupation. Vivre !

Il ne vit pas les trois policiers municipaux qui se ruaient vers les tireurs. Une trentenaire, récemment promue brigadier-chef, était accompagnée d'un brigadier et d'un stagiaire. Aucune formation pour ce genre de situation. Ils n'écoutèrent que leur courage. Le plus jeune avait dû tirer, dans sa courte carrière, une centaine de cartouches. Il n'aurait pas l'occasion de s'entraîner plus. La balle qui le toucha lui arracha la moitié du visage et il s'écroula au milieu de la rue. La brigadier-chef eut le temps de visualiser les deux tueurs. Dans ces moments-là, l'action, les automatismes, bons ou mauvais, prennent le pas sur la réflexion. Elle dégaina son arme. Elle était déjà chambrée. Elle plongea au sol, bras en avant en direction d'une des deux cibles. Un, deux, trois coups tirés. L'un des assaillants eut des soubresauts. Il ne tomba pas. Un gilet pare-balles ! L'homme n'en fut pas moins surpris. Il n'avait pas identifié la source des coups de feu. Il toucha les traces d'impact et chercha la menace. Le cœur en zone rouge, les mains en étau sur la crosse, la flic respira profondément. Elle cria mentalement des ordres qui n'étaient destinés qu'à elle. *Alignement. Guidon. Mire. Pression progressive sur la queue de détente. Se laisser surprendre par le départ du coup.* Ça y est, elle était repérée. Il allait l'arroser. Elle sentit ses bras tressaillir, vit nettement l'étonnement dans le regard de son adversaire. Un jet de sang jaillit au niveau de la gorge. Le pistolet-mitrailleur se mit à cracher une rafale désordonnée. Des balles touchèrent des fuyards, d'autres se perdirent dans des carrosseries, les dernières ricochèrent sur le sol et l'homme s'écroula enfin. L'arme du second tueur se tut faute de munitions. L'assassin s'immobilisa un court instant avant de foncer à toutes jambes. La flic était déjà debout à sa poursuite. Son collègue tira plusieurs fois et manqua sa cible. Elle cria :

— Arrête, il a le dos tourné !

— Rien à foutre !

Un bruit de moteur. Une moto les dépassa. *Elle arrive d'où celle-là ?* Le deux-roues prit de la vitesse et ralentit au niveau du tueur. Coup de frein, l'homme sauta à l'arrière. Cette fois l'engin rugit. Il était en contresens de la circulation. Voiture en face. Appels de phares. Collision inévitable. C'est un missile qui s'encastra dans une 207. La roue avant de la bécane s'écrasa contre le bloc-moteur et les deux passagers s'envolèrent au-dessus de la voiture. Le premier s'étala au milieu de la chaussée. Le second valdingua sur un plot métallique. La violence du choc fut telle qu'il s'embrocha dessus. À bout de souffle, la flic fut la première à arriver à son niveau. Malgré sa haine et son envie de meurtre, elle crut défaillir en voyant le corps éventré. Si l'état du second passager était moins spectaculaire, il n'était pas en meilleure posture. Quand l'autre policier la rejoignit, l'homme avait déjà rendu l'âme.

*

* *

Perdu dans une foule apeurée, Baha était lui aussi terrifié d'autant qu'il savait que les tueurs étaient là pour lui. Il se laissa porter par les fuyards et mit longtemps à admettre qu'il n'y avait plus de danger. Les yeux, le visage, le sourire du colonel de la milice l'accompagnaient dans sa course. Il était repéré. C'en était fini de sa tranquillité. Le découragement le gagna. Il se traita d'imbécile. Comment avait-il pu oublier aussi facilement le KNB et ses tueurs ? Que faire ? Retourner sur les lieux de l'attaque ? Il faudrait s'expliquer avec les flics. Qu'est-ce qu'il allait leur raconter ? Que des tueurs le cherchaient parce qu'il était impliqué dans la mort d'une diplomate ? Appeler Fahim, partir au Tadjikistan ? Il devait se planquer pour réfléchir. Il fouilla dans ses poches, pas le moindre argent. Il lui restait son portable. Il composa le numéro de son chauffeur. Pas de réponse. Mort ? Blessé ? Il lui vint à l'esprit de rebrousser chemin et d'aller voir sur place. Il abandonna l'idée en entendant le bruit des sirènes. Il n'avait plus qu'à trouver un taxi pour regagner la villa. Pour l'argent, il y avait à la maison de quoi régler plusieurs allers-retours de la Terre à la Lune.

34

À Gulmada, après les remarques peu amènes lancées par Patrick, l'ambiance avait tourné vinaigre. L'impression que les radiateurs n'arrivaient pas à faire oublier la fraîcheur extérieure. Le flic ne décolérait pas. Il avait le sentiment que rien n'avançait. Le KNB leur mettait les bâtons dans les roues, Ivana Novolsky et son joli minois n'étaient là que pour les espionner. Le personnel de l'ambassade se répandait sur les excès d'une cheffe de service qui n'était, après tout, qu'un pur produit de l'administration. Rien dans tout cela ne permettrait de résoudre le meurtre de la consule.

L'agent de la DGSE proposa de faire une pause-café et indiqua aux autres diplomates qu'il se chargeait des deux visiteurs. C'était une manière courtoise de faire savoir qu'il préférait rester seul avec eux. L'idée ne déplut pas aux ambassadeurs. Patrick espérait entendre enfin quelque chose d'intéressant, alors que Delaroque bouillonnait. Les sorties du commandant l'avaient plongé dans une colère noire.

Après que la machine Nespresso eut distribué généreusement quelques doses d'arabica susceptibles de les dérider, leur hôte leur proposa de se rasseoir. Il commença par leur passer sa carte de visite au nom de Claude Moine. Patrick se demanda s'il s'agissait du véritable nom de leur interlocuteur ou s'il avait en face de lui un fan d'Eddy Mitchell. Il remit la question à plus tard.

Moine trempa les lèvres dans son café et s'adressa plus spécifiquement au policier.

— Je vais essayer de calmer ton impatience. Mais je suis obligé de revenir sur le contexte d'après inspection. N'y vois pas un moyen de noyer le poisson. Vous vous doutez tous les deux que j'ai mes antennes au consulat, voilà ce que j'ai retenu…

Les jours qui suivirent furent étranges. D'un côté, à l'inverse des rumeurs, Gwenola expliqua à l'ensemble de ses collaborateurs que tout s'était bien passé. De l'autre, Gulmada colportait à l'envi que Gwenola s'était fait détruire et qu'elle allait finir dans un placard à balais du Quai.

S'il y a bien une chose où les diplomates excellent, c'est dans l'art de cacher les problèmes sous le tapis. Les suites de l'inspection furent un modèle en matière de roublardise diplomatique.

Delaroque fit une moue. Il hésita à interrompre Moine. L'agent s'en rendit compte et plaça un bémol.

— Ce n'est pas différent dans beaucoup d'administrations…

Toujours est-il que tout le monde au consulat attendait un verdict qui traînait. Plusieurs fonctionnaires, dont Gwenola, avaient sollicité une prolongation de leur temps de séjour. L'avis des inspecteurs pouvait être décisif pour emporter le choix de l'administration. L'ambiance devint morose, d'autant plus que des gens qui n'avaient jamais porté grande attention à Schimansky questionnaient maintenant ouvertement les fonctionnaires du poste. Il leur devint quasiment impossible d'avoir un contact extérieur sans avoir droit à des paroles pleines d'ironie : « Ça se passe bien, avec votre consule générale ? Elle est un peu particulière, non ? Il paraît qu'elle est folle, c'est vrai ? J'ai entendu dire qu'elle allait se faire virer. » La confusion régnait.

Les premiers signaux furent le fait d'indiscrétions. Interrogé par Paris sur le bien-fondé de garder en poste la consule générale, l'ambassadeur écrivait : « Malgré un rapport d'inspection en demi-teintes, je soutiens la demande de Gwenola Fontaine concernant son maintien à Schimansky. » En lisant entre les lignes, un appui aussi faible pouvait se traduire par : « Je me moque de l'avenir de ma collaboratrice et je laisse l'administration en décider. » À peu près au même moment, on eut la confirmation que Gwenola avait des informations précises sur son futur, et que ce n'était pas en sa faveur, quand elle commença à se répandre sur « les incompétents qui étaient venus à Schimansky ». Je n'ai jamais vu des gens qui connaissent si peu leur travail, ils n'ont rien compris à ce qu'est la tâche d'un poste à l'étranger. »

Gwenola ne changea rien à sa manière d'agir, tant elle était convaincue d'être une incomprise et que les inspecteurs étaient dans l'erreur. Lorsque ses collègues parlaient maintenant d'elle, ils commençaient par vanter ses talents : « C'est vraiment une excellente rédactrice… », un habile début pour la poignarder en poursuivant : « mais c'est une jeune et, malgré ce qu'elle peut croire, elle est loin d'être ambassadrice. Il faut qu'elle rentre à Paris se ressourcer, ça lui fera du bien. »

L'agent s'interrompit. L'introduction était terminée. Il s'éclaircit la voix, finit sa tasse et reprit :

— Ce qui s'est passé, c'est qu'après l'inspection, malgré la façade, Gwenola a compris qu'elle risquait d'être sanctionnée. Elle a voulu faire un coup d'éclat. Rien de mieux pour elle que de découvrir quelque chose qui pouvait avoir des répercussions dans le monde des affaires, comme dans celui de la sécurité nationale. C'est là qu'elle a fait appel à moi.

Devant les regards étonnés, Moine eut un sourire en demi-teintes.

— Je me suis rendu à Schimansky. Elle n'y est pas allée par quatre chemins. Elle m'a dit qu'elle pouvait avoir des informations sur une affaire susceptible de provoquer un scandale international entre la France et le Beyazstan. Elle me demandait si cela nous intéressait tout en connaissant déjà ma réponse. Il y avait une condition. Il y a toujours une condition dans ces cas-là, reconnut l'agent secret, comme s'il parlait des relations habituelles avec ses informateurs. Elle voulait que ma centrale l'appuie pour rester sur le poste un an de plus et l'aide à rebondir vers un autre pays.

Moine n'en dit pas plus sur l'accord que son service et lui avaient passé avec Gwenola. Il se contenta d'en venir aux expertises effectuées sur l'ordinateur de la diplomate et à l'analyse des documents découverts.

— De toute évidence, il s'agit des informations qu'elle avait recueillies et qu'elle s'apprêtait à me communiquer. Un scandale comme celui qu'elle allait révéler aurait fait les premières pages des journaux et mouillé beaucoup de monde. Au Beyazstan, mais pas que. Pour les Beyazes, la corruption dans le monde des affaires est érigée en principe. Toute cette histoire de pots-de-vin, ç'aurait été considéré comme un non-événement. Peut-être que l'État en aurait profité pour sanctionner des oligarques en disgrâce. Pour les autres, on aurait étouffé le coup. Par contre, chez nous, ça pouvait faire du bruit. Dans les documents, il y a des noms, des personnes morales, des entreprises du CAC 40, et aussi des personnes physiques bien réelles, dont certains politiques.

— Comment a-t-elle pu obtenir ces informations ? demanda Patrick.

— Un mystère, je crois qu'on ne le saura jamais, répondit Moine sur un ton qui se voulait sincère. Pas suffisant pour convaincre le flic.

— Pas la moindre idée ?

L'espion haussa les épaules, fit une moue embarrassée.

— Elle n'a rien voulu dire, ou plus exactement, elle n'a pas eu le temps de m'en parler. Les documents découverts sur la scène de crime sont une partie de ceux qu'elle m'avait promis et toutes les informations doivent se trouver sur la clé USB qui a disparu.

— Vous pensez qu'elle a pu être éliminée pour cela et que tout est aux mains du KNB ?

— C'est une possibilité sérieuse. Elle devait me communiquer tous les renseignements lors de son passage à Gulmada pour rencontrer l'ambassadeur. C'est la raison pour laquelle il y avait toutes ces informations sur son bureau.

— Elle a pu en parler à d'autres personnes au consulat ?

— Vu les relations exécrables qu'elle avait avec tout le monde, ça me surprendrait. Ce qui est certain, c'est que les quelques documents que nous avons réussi à sauver et à étudier indiquent que sa source est très proche du pouvoir et des milieux d'affaires.

— Un de ses sponsors ? hasarda Patrick.

— Effectivement, c'est une éventualité.

— Je suppose que vous les avez passés au crible.

Moine fit un sourire faussement modeste et Patrick comprit qu'il ne fallait toujours pas s'attendre à une réponse franche, ils devaient tout faire pour identifier l'informateur et avoir un contact direct. Delaroque, silencieux jusque-là, demanda :

— Parlez-nous de la vidéo, pourquoi aurait-elle été piratée et qui figure sur l'enregistrement ?

— Nous ne savons pas qui est dessus, on n'arrive même pas à distinguer nettement les vêtements, alors un visage… Et pourquoi aurait-elle été trafiquée ?

— Parce qu'il y a quelqu'un d'autre, coupa Patrick. Quelqu'un que le KNB a identifié ou a peur qu'on identifie. Peut-être un agent de chez eux. Et ça peut être n'importe qui, même un fonctionnaire du consulat.

Moine opina d'un simple mouvement de tête.

— Mais, enfin, lança Delaroque. Quel a été exactement le rôle de Baha Babaef, cet agent de ménage ? Il l'a tuée ou pas ?

Patrick reprit ce qu'ils savaient déjà :

— Selon les constatations de la légiste, la mort remonte à un moment où Babaef était présent. Mais Gwenola a été passée à tabac dans les heures qui ont précédé son décès, elle était grièvement blessée avec un œdème au cerveau. Pour les médecins, elle allait succomber dans les minutes ou les heures à venir ou finir en légume.

Le portable du policier se mit à sonner. L'appareil dans lequel il avait placé une carte beyaze acquise pour le temps de son enquête. Il reconnut le numéro de la médecin légiste. Il l'appellerait plus tard. Elle insista et finit par lui laisser un message en utilisant l'application WhatsApp. « *Call me as soon as possible. Love you.* » Patrick s'étonna du texte, sourit et fut pris d'un doute, d'une intuition. Elle savait quelque chose et voulait lui en parler.

— Il faut que je passe une communication.

Il s'installa dans le couloir désert. Zhanerke Diarova répondit dès la première sonnerie. Elle minauda au téléphone comme une adolescente. Il joua le jeu et entreprit avec elle une conversation sur le même registre. Elle se languissait de lui et voulait le revoir au plus vite. Il lui indiqua qu'il la rappellerait dans la soirée et raccrocha avec la certitude qu'il y avait urgence à la retrouver. Elle avait découvert quelque chose. Il avait encore le téléphone à la main quand il s'aperçut de la présence de Jean Dupont d'Audricourt et d'un des membres de l'inspection. Il raccrocha et leur fit un sourire affable.

— Il va falloir que je rentre d'urgence à Schimansky, vous savez s'il y a des vols du soir ?

C'est un visage tendu et un ton cassant qui lui répondirent :

— « Monsieur l'ambassadeur »…

— …

Patrick plissa les paupières sans comprendre. L'explication arriva sur le même ton.

— Je suis l'ambassadeur de France au Beyazstan. Quand vous vous adressez à moi, vous devez dire « Monsieur l'ambassadeur »… Dans la police, quand vous vous adressez à un préfet, vous ne dites pas « Monsieur le préfet » ? Eh bien, pour moi c'est pareil, sauf que c'est « Monsieur l'ambassadeur ».

— Dites-moi Ducon, ça vous va comme ça, comme introduction ? J'ai passé l'âge de recevoir des leçons d'un petit noblion de l'administration.

L'ambassadeur blêmit… Il vit Patrick se raidir et pensa un moment qu'il allait se faire gifler.

— Calmez-vous, intervint le diplomate de l'inspection.

— Rassurez-vous, je suis on ne peut plus calme.

La porte de la salle de réunion s'ouvrit sur Delaroque.

— Qu'est-ce qui se passe ?

— Rien, rien du tout. Monsieur l'ambassadeur devisait avec moi des us et coutumes de la diplomatie. C'est très intéressant.

— Ne croyez pas que… ! lança l'ambassadeur.

Patrick lui tourna le dos et exhiba le majeur de sa main droite.

— Je ne crois rien. Va écrire ton rapport et laisse-moi travailler.

Le commandant rejoignit Delaroque et l'agent de la DGSE et claqua la porte derrière lui.

— Qu'est-ce que tu as fait ? demanda Bruno.

— Laisse tomber, ça va m'énerver et je me connais, si j'éclate, je lui mets des gifles à ce con.

— Tu es complètement fou !

Pour se calmer, Patrick se focalisa sur la seule chose réellement importante : voir la médecin légiste.

— Il faut que je rentre à Schimansky.

Malgré les regards interrogateurs, voire réprobateurs de Bruno, il ne donna pas d'autre raison que de vouloir poursuivre les auditions et identifier le sponsor pouvant avoir été l'informateur de Gwenola.

— On ne peut pas partir comme ça, mes collègues ont prévu que nous déjeunions avec eux.

Le policier eut un rire nerveux.

— Ça, c'était avant. Je pense que cette idée vient de leur passer. En nous séparant, nous irons plus vite. Continue de glaner des renseignements ici et moi je rentre.

Delaroque s'empourpra. Décidément, le flic le poussait dans ses limites et il se demandait comment il allait rattraper les choses. Il souffla, hocha la tête et ne fit rien pour cacher son agacement.

— Fais comme tu veux !

Moine, en enquêteur expérimenté, n'était pas dupe. Le commandant avait reçu une information qu'il brûlait d'approfondir.

— Viens avec moi, ma secrétaire va te faire une réservation sur un prochain vol et mon chauffeur t'emmènera à l'aéroport.

Ils plantèrent Delaroque pour s'occuper des formalités administratives. Le flic tenta de se rattraper en demandant à son binôme de saluer les diplomates de sa part. Mais l'attention qu'il croyait bonne faillit faire exploser ce dernier.

— Va-t'en, ça vaut mieux !

Ambiance. Moine se contenta d'un sourire et accompagna Patrick. Il lui lança un regard entendu.

— Je suppose que tu as de bonnes raisons.

— Je l'espère.

— Ne t'inquiète pas pour l'ambassadeur, je vais arranger ça. De toute manière, à Paris il passe pour un clown et il aboie plus qu'il ne mord.

— Merci.

— Un petit conseil tout de même, sois prudent, le KNB n'aime pas la concurrence et ils sont d'excellents professionnels.

35

Arrivé chez lui, Baha fonça récupérer du cash et se débarrassa du taxi. Savoir, était sa principale préoccupation. Le chauffeur n'était pas revenu, personne n'avait de nouvelles de lui. Il donna les ordres nécessaires et envoya du monde sur place pour lui fournir des renseignements. Et puis il fit le tour du personnel qui gardait la villa. Mot d'ordre : « Ne laisser entrer personne, se méfier de tout. »

Il fila dans le bureau. Le logement était équipé d'une « safe-room ». Un endroit avec des murs blindés et une porte en acier, le coin où se cacher en cas d'attaque. Il avait trouvé cela incongru en arrivant. À cet instant précis, ce n'était plus le cas. Il vérifia le fonctionnement des serrures et les connexions avec le monde extérieur. Clim, liaison internet, il y avait des réserves d'eau, de nourriture et des toilettes sèches. Il ne devait pas s'éloigner de cet endroit et pouvoir y foncer à la moindre alerte. Des armes ? Il y en avait bien quelques-unes. Fahim lui avait dit de ne pas armer les gardes, il avait peur d'attirer l'attention et de voir débarquer les flics. C'était une bonne idée… Avant. Il prit dans une armoire un pistolet automatique et en attrapa plusieurs qu'il distribua au personnel de sécurité… en plus des kalachnikovs.

— À ne garder qu'à l'intérieur de la maison.

Quand son téléphone sonna, c'était l'éclaireur qu'il avait envoyé à Saint-Laurent-du-Var.

— Alors ?

— C'est pas bon. Le chauffeur est mort. Katrina également, et sa copine a été transportée à l'hôpital. On parle de neuf tués et d'une quinzaine de blessés, dont trois en urgence absolue. Il y a des policiers partout. Ils sont en train de faire des constatations.

Baha aurait pu s'attrister sur le sort des deux filles et de son compagnon. Rien. La vie en avait décidé ainsi. Il demanda :

— La voiture ?

— Les flics la fouillent.

Ils avaient dû trouver les clés dans les poches du chauffeur. Les plaques n'étaient pas à l'adresse de la villa, mais au nom d'une société monégasque. Est-ce que ça empêcherait les policiers de remonter à lui ? Rien de moins sûr. Il fallait contacter Fahim pour qu'il lui communique des instructions. Il ne savait pas comment son ami allait prendre cette histoire, mais il avait besoin de parler à quelqu'un. Il utilisa le téléphone satellitaire. Mohamed ne répondit pas. Nouvel appel… Rien. C'est d'un pas nerveux que Baha alla du bureau jusqu'à la baie vitrée donnant sur la piscine. Son cœur battait à tout rompre. Il avait chaud. Froid. Il était tenaillé par la peur et s'attendait à chaque instant à voir la maison encerclée par des tueurs. Un éclair. Une explosion. Le portable lui tomba des mains. La villa fut plongée dans le noir. Il fonça vers la safe-room et réalisa en y arrivant qu'il ne s'agissait que d'un début d'orage. L'électricité revint dans la foulée. Il allait devenir dingue. Le téléphone sonnait. Il le ramassa. C'était Fahim. La voix joviale de son pote résonna dans ses oreilles. Ne trouvant aucun retour à sa bonne humeur, le trafiquant comprit qu'il se passait quelque chose de grave. Baha décrivit la situation et ce fut un long, très long silence qui répondit avant qu'une voix blanche ne s'exprime.

— Les flics vont débarquer à la villa. Il faut planquer l'argent…

— J'y ai pensé, mais où ?

— Loue un garage en vitesse et mets le fric dedans.

— Ça craint !

— Pas plus que de l'avoir avec toi… Laisse un mec de garde jusqu'à ce que ça soit calmé.

Ça, c'était pour l'urgence. Pour le cas de Baha, Fahim n'avait pas de solution immédiate. Il se contenta d'indiquer qu'il le rappellerait dès que ses économies seraient en lieu sûr.

En raccrochant, l'occupant de la villa n'était pas plus rassuré. Celui qui se proclamait son ami venait de lui montrer qu'il savait prioriser les choses.

*
* *

Quand Fahim posa son téléphone, ses mains tremblaient. Peut-être avait-il été stupide de mêler Baha à ses affaires. Ce type lui avait sauvé la vie, ce n'était pas une raison pour la lui pourrir aujourd'hui. Le fait qu'après trente ans son camarade soit toujours dans la catégorie des ploucs démontrait son manque d'ambition et surtout sa faiblesse. Il se demanda comment un gars pareil avait pu avoir le cran de risquer sa peau pour lui. Il en était là de ses réflexions lorsqu'un de ses lieutenants apparut.

— On a des visiteurs.

Fahim eut un mauvais pressentiment. Il interrogea l'homme du regard.

— Plusieurs 4×4, la sécurité nationale.

— Combien ?

— Quatre.

Les épaules du trafiquant se soulevèrent et il eut un rictus méchant.

— Qu'est-ce qu'ils me veulent ceux-là ? Je les paye pas assez cher ?

Mohamed alla jusqu'à une fenêtre. Les véhicules étaient encore trop loin pour qu'il les aperçoive, mais il pouvait déjà voir le nuage de poussière qui avançait vers eux. S'ils avaient eu des intentions belliqueuses, ils auraient été plus nombreux. Ils venaient pour parler. Pour patienter, le mafieux se versa un verre de vodka. L'attente n'était pas son fort et il détestait les surprises.

Quand les visiteurs entrèrent dans l'enceinte de son palais, il comprit qu'il ne s'agissait pas exactement de la sécurité nationale. Même s'il y avait des agents des services secrets, celui qui faisait office de chef était un émissaire du chef de l'État. Mohamed connaissait l'oligarque. C'était un membre du premier cercle. Ce qu'il allait annoncer avait l'aval du président. Fahim se fit affable et son visiteur aurait pu donner l'impression d'être un vieil ami profitant d'un passage dans la région pour venir s'enquérir de sa santé. L'entretien débuta donc par un échange de mondanités. Thé, vodka, sucreries… Fahim prit le temps d'observer Islam Androv, le haut dignitaire, ainsi que l'homme qui l'accompagnait, vaguement présenté comme étant « un ami ». Les autres étaient restés à l'extérieur, il ne s'agissait que du service de protection. Androv avait dans les soixante-dix ans, ancien jeune loup du parti communiste d'Union soviétique, il s'était rallié au futur président en 1992 et depuis il était considéré comme une de ses éminences grises. Conseiller, diplomate… c'était l'intermédiaire. Excellent négociateur, il s'occupait avec le même brio des affaires portant sur la sécurité nationale que des contrats juteux susceptibles d'enrichir le pouvoir et ses amis. Un Monsieur dix pour cent, voire plus. Un peu d'embonpoint, une belle corpulence, pas loin du mètre quatre-vingts, vêtu d'un complet clair taillé dans un tissu quelconque, avec son visage rond et un perpétuel sourire, l'homme avait une allure bonhomme qui ne reflétait pas sa dangerosité. L'autre était plus strict, une rigidité militaire, sécurité nationale, police, armée… une bonne cinquantaine d'années, teint clair, cheveux châtains, yeux bleus. Il parlait peu et s'exprimait en russe uniquement. Fahim en conclut qu'il n'était peut-être pas Tadjik.

Ce n'est qu'après ce savant enrobage que l'on passa aux choses sérieuses. Assis dans un canapé du bureau, Islam Androv commença :

— Nous nous sommes laissé dire que tu avais revu un de tes anciens amis…

On y était. Baha était bien la raison de leur venue. Fahim décida de rester dans une vérité approximative.

— C'est exact. Baha Babaef m'a sauvé la vie lorsque j'étais dans l'armée. Je lui suis redevable. Je l'ai reçu chez moi pendant quelques jours.

Androv montra toute sa dentition… Et Fahim put constater que l'oligarque n'avait pas investi sa fortune dans l'entretien de l'ivoire.

— C'est noble et généreux de ta part. Il se trouve malheureusement que cet homme est impliqué dans une très très sale affaire…

L'amitié est un beau sentiment. Il faut parfois faire des choix qui sont douloureux. Je ne voudrais pas que notre collaboration puisse pâtir d'une bêtise.

— Je crois que je sais être reconnaissant et que vous n'avez jamais eu à vous plaindre...

L'oligarque dodelina de la tête et le trafiquant comprit qu'il n'avait pas envie de s'appesantir sur certains sujets. Signe que l'accompagnateur n'avait pas à connaître leurs arrangements.

— C'est vrai, admit l'émissaire. Nous apprécions ton dévouement.

Tu parles, ce sont mes millions de dollars que tu aimes, pensa Mohamed.

— C'est pourquoi il nous serait douloureux de changer de partenaire, mais nul n'est irremplaçable...

La menace n'est même pas cachée, ce salopard ose me menacer chez moi. Fahim serra les accoudoirs du fauteuil à s'en faire blanchir les articulations. Il s'efforça de garder un calme apparent :

— Dis-moi plutôt ce que tu attends de moi.

— Ton ami Baha fait l'objet d'un mandat d'arrêt international délivré par un juge français. Il va tomber tôt ou tard entre les mains de la police. On ne veut pas que ça arrive. Tu le sais très bien, tu ne pourras pas toujours le protéger.

Fahim hésita à demander s'ils étaient à l'origine de l'attaque de Baha. Ça lui paraissait si évident qu'il ne posa pas la question. Islam Androv ajouta :

— Toute cette affaire pourrait aussi perturber ton commerce à l'international. Comme tu le soulignais toi-même, nous n'aimerions pas qu'un partenaire tel que toi ait des ennuis.

Avec le bordel que vous venez de foutre en France, les emmerdes ne sont pas loin.

Hors de question pour le trafiquant d'avouer sa faiblesse. Il voulait garder la tête haute et Androv ne fut pas surpris par la réponse :

— J'ai bien compris vos intérêts et il n'est pas dans mon idée de vous nuire. Je dois toutefois réfléchir et trouver la meilleure solution.

— Peut-être pourrais-tu voir tout ça toi-même et t'assurer que ce Baha ne sera plus une source de soucis en réglant définitivement et discrètement le problème ? Sinon mon ami pourra t'aider, il suffira que tu lui communiques l'endroit précis où se cache… ton ami.

— Peut-être.

L'émissaire présidentiel attrapa son verre de vodka et proposa un toast à leur amitié.

*

* *

Nice, caserne Auvare, siège de la police judiciaire.

La chef de la section criminelle était sur les charbons ardents. La tuerie de Saint-Laurent-du-Var avait mis sous pression le service. Attentat terroriste ? Règlement de comptes mafieux ? Pour le moment toutes les hypothèses étaient sur la table. Paris attendait d'en savoir plus pour prendre la décision de saisir, ou non, le parquet antiterroriste.

De retour dans son bureau, la commandante se débarrassa de son coupe-vent siglé « Police Judiciaire », prit le temps de faire chauffer de l'eau pour se préparer un thé et se chercha des biscuits à manger. Elle n'avait rien avalé hier soir et elle venait de passer la nuit sur la scène de crime. À quarante ans, dont vingt dans la police, Johana Galji était habituée aux morts, c'était son lot quotidien. Après avoir connu la boucherie de la promenade des Anglais et le camion terroriste lancé dans la foule, plus rien ne risquait de l'impressionner. Ça ne voulait pas dire qu'elle était blindée… En versant l'eau chaude dans une tasse, elle revit un à un les cadavres : des gens venus pour passer un bon moment, boire et manger entre amis, avaient perdu la vie. Ç'aurait pu être elle, ç'aurait pu être des amis, de la famille. Son thé à la main, elle s'assit à son bureau pour revenir sur les photos des corps et les premières constatations.

L'hypothèse la plus probable était celle d'un règlement de comptes entre mafieux russes ou des anciennes républiques soviétiques. Ceux qui étaient visés se trouvaient à une table en terrasse. Deux couples. L'un des hommes avait disparu, l'autre était mort, une fille tuée et une gravement blessée. Elle ne connaissait pas le nombre exact de tueurs présents, mais trois étaient au tapis. Avant de se plonger dans la très longue rédaction du procès-verbal de constatations, elle décida de lancer les vérifications qui lui paraissaient prioritaires. Elle décrocha son téléphone et appela son adjoint :

— Il me faut toutes les identités et les antécédents sur les tueurs et les victimes qu'ils visaient. Vous passez par nos attachés dans les ambassades. Il faut que ça aille vite, je veux des infos même si elles ne sont pas officielles. Ici, vous faites toutes les vérifs sur la moto des meurtriers et la voiture des deux couples. Il faut les loger. Voyez si les filles sont connues par les mœurs.

36

Le flic fut chanceux, un avion partait en tout début d'après-midi et il réussit à le prendre. Bien que la température n'ait pas varié, toujours proche de - 40 °C, le soleil était de la partie et son retour lui offrit l'opportunité de découvrir le paysage, qu'il n'avait pas eu l'occasion de voir pendant son voyage en train de nuit. Cette immensité blanche, luisante sous le soleil, avait quelque chose d'aussi magique qu'inquiétant. Pour les nomades, circuler dans cet espace équivalait à être perdu au milieu de l'océan. Seul un indigène devait avoir quelque chance de survivre et d'être à même de s'orienter. Il finit par s'assoupir et se réveilla quand les roues de l'avion touchèrent la piste de Schimansky. On annonça une température qui aurait pu lui paraître clémente : - 18 °C.

Le chauffeur de l'attaché de sécurité intérieure l'attendait dans la zone d'arrivée et ils n'eurent aucune difficulté pour regagner la capitale économique du pays. Patrick profita des vingt kilomètres de distance entre l'aéroport et le centre-ville pour rappeler Zhanerke Diarova. La légiste était à son bureau. Sa joie d'entendre le policier sonnait si vrai que Patrick se dit que, si elle simulait, il avait affaire à une pro. Elle lui fixa rendez-vous après son travail au même endroit que la fois précédente.

Après un bref passage à son hôtel, le flic prit le temps de parler à l'attaché de sécurité intérieure. Il hésitait encore sur l'attitude à avoir avec son collègue. Son inclination naturelle était de ne rien lui cacher, mais il n'arrivait pas à le retirer de la liste des suspects éventuels. Guyon avait eu plusieurs accrochages avec Gwenola et il avait d'excellents contacts avec les services beyazes, dont le KNB. De là à ce que la sécurité intérieure en ait fait un de ses correspondants… L'idée trottait dans la tête de Patrick sans qu'il arrive à la refouler.

Patrick trouva Guyon dans son bureau. L'ASI l'attendait. Son enthousiasme le surprit. Il récupéra plusieurs documents qu'il était en train de consulter et l'invita à aller dans la salle de réunion.

— J'ai reçu plusieurs informations qui vont t'intéresser. Je commence par la meilleure. On a retrouvé la trace de Baha Babaef. Il est ressuscité et il faut en profiter, ça pourrait ne pas durer.

Dire qu'il avait toute l'attention de Patrick serait un euphémisme. L'ADN du meurtrier avait été prélevé sur une scène de crime à Saint-Laurent-du-Var dans les Alpes-Maritimes.

— Il a pris la fuite, il s'agit certainement de l'homme qui était visé par les tueurs. Et ce n'est pas tout…

Le policier continua en expliquant qu'il avait lui-même fait des recherches, et découvert que Baha Babaef était un héros de guerre. Il avait été décoré après avoir sauvé de la mort plusieurs militaires soviétiques encerclés par des talibans.

— J'ai trouvé un journal dans lequel il y avait la photo et les noms des soldats qu'il a secourus. L'un d'entre eux a attiré mon attention parce que je l'entends souvent dans les réunions que j'ai au sein du groupe de lutte contre le crime organisé. Je ne m'étais pas trompé, c'est un des plus grands trafiquants de drogue d'Asie centrale, un Tadjik du nom de Mohamed Fahim. Je parierais que c'est lui qui a aidé Baha Babaef à passer en France. Je sais que ce trafiquant a une maison sur la Côte d'Azur. J'ai demandé qu'on fasse des recherches dans les aéroports en utilisant les logiciels de reconnaissance faciale. Pas certain que ça marche, mais si on n'essaye pas…

Décidément, le commandant Guyon se révélait.

— Ça serait bien qu'on arrive à serrer ce mec en France, admit Patrick.

Il fit glisser ses lunettes du front sur son nez et tendit la main vers les documents qu'avait son collègue. Au lieu de les lui passer, l'attaché de sécurité intérieure lui fit signe qu'il n'avait pas encore terminé.

— Et on a un autre suspect.

Nouvel étonnement de Patrick, décidément il n'était pas au bout de ses surprises.

— David Fabre, le chiffreur avec qui Gwenola s'était pris la tête pendant l'inauguration du consulat.

Patrick leva les sourcils en accent circonflexe.

— Je croyais qu'il n'était pas au Beyazstan au moment du meurtre.

— Eh bien si, il a une maîtresse ici. Il était en congé et il lui a rendu visite.

— Tu peux trouver cette fille et voir si elle a quelque chose à dire ?

— C'est prévu.

Cette fois, Guyon avait terminé. Patrick examina les documents et regarda l'heure. Il était presque dix-sept heures.

— Tu me prêtes ton chauffeur et ta voiture ?

Le policier du consulat s'esclaffa.

— Un rendez-vous galant avec le corps médical ?

Plutôt que de se lancer dans des explications vaseuses, le commandant se satisfit de cette version. Il serait toujours temps d'en dire plus.

*

* *

Patrick arriva au *Rixos* avec presque trente minutes d'avance. Il s'installa dans le hall et commanda une eau gazeuse en attendant Zhanerke. Il profita de ce temps pour refaire mentalement le point sur les éléments nouveaux. L'assassin présumé, Baha Babaef, était en fuite à Nice. Pour être aussi déterminés, les tueurs lancés à sa recherche ne pouvaient être que des membres du KNB ou un commando terroriste bien entraîné et bien équipé. Il privilégiait la première hypothèse. Concernant le deuxième homme, il croyait peu à la culpabilité d'Erick ou du chiffreur. Restait le mystère de cette vidéo trafiquée. Qui était l'individu sur l'écran ? et que s'était-il passé que le KNB veuille cacher ? Il en était là de sa réflexion quand arriva la légiste. Il ne l'avait pas vue entrer, elle s'était déjà débarrassée de son manteau. Une robe moulante d'un rouge écarlate, maquillage léger, elle s'était mise en valeur. Il se leva pour la saluer et elle se pressa contre lui pour lui offrir ses lèvres. Devant la surprise du policier, Zhanerke éclata de rire. Elle balaya les environs du regard pour s'assurer que personne ne pouvait les entendre et s'expliqua enfin :

— Depuis l'autre soir, je suis suivie par le KNB et certainement sur écoute.

Patrick tourna au blanc et elle rit encore.

— Ne t'inquiète pas. On a l'habitude ici. Ils font des vérifications, ils me lâcheront aussi vite qu'ils se sont mis sur moi. Il faut juste leur donner le change. Il suffit qu'ils pensent que nous sommes amants.

Elle allait commander un verre de champagne quand Patrick décida de l'accompagner et demanda une bouteille.

— Nous ne sommes pas pressés.

Elle approuva d'un regard coquin avant de devenir plus sérieuse.

— J'ai quelque chose qui va t'intéresser. Tu as entendu parler de Sultan Cabaev ?

L'ordinateur interne du flic se mit en route. Il peinait à faire le tri dans tous ces noms à sonorité russe. Il lui semblait que c'était celui d'un des sponsors que fréquentait Gwenola, mais il n'en était pas certain. Zhanerke l'aida.

— C'était un homme d'affaires très en vue. Il était marié avec une fille du président.

— Tu en parles au passé ?

— Je l'ai eu comme client.

— Il a été assassiné ?

— Peut-être. J'ai conclu à une crise cardiaque suite à une prise de cocaïne.

— Des traces de violence ?

— Rien de flagrant.

— Tu penses qu'il y a un lien avec la mort de Gwenola Fontaine ?

— À vrai dire, je n'en sais rien. C'est juste un pressentiment. Cette mort est suspecte, non pas que j'aie découvert quelque chose de probant pendant l'autopsie, mais le KNB s'occupe de l'enquête, tout est entouré d'un mystère inhabituel.

Patrick ne comprenait pas où elle voulait en venir.

— S'il s'agit de quelqu'un d'important, c'est un peu normal, non ?

— Tu as raison, je me fais peut-être des idées. J'ai tout de même glissé dans la poche de ta veste la formule ADN de Sultan Cabaev et un relevé que j'ai effectué.

Le policier lui lança des yeux ronds. Il n'avait rien senti. Elle lui fit un sourire étincelant.

— Tâche de ne pas m'attirer d'ennuis.

Il pensa qu'il ne pourrait jamais se servir officiellement de ces indices. Mais ça pouvait être une bonne base de travail.

— Il ressemblait à quoi ce Cabaev ?

Pour lui répondre, elle attrapa un magazine qui traînait sur une table près d'eux. La revue en papier glacé était remplie de photographies prises à l'occasion de cocktails et de cérémonies ayant eu lieu dans l'hôtel. Cabaev y avait participé à au moins trois occasions, dont un 14 Juillet organisé par le consulat. Gwenola était tout sourire à côté de lui.

— Beau gosse, apprécia le flic.

— Oui, pas mal et un coureur de jupons. C'est pour ça que j'ai pensé à lui parce qu'en plus, il traînait une sale réputation de mec plutôt violent. Il se dit qu'il tabassait les filles qui lui résistaient. Évidemment, elles n'ont pas déposé plainte et aucune d'elles n'a eu l'occasion de passer entre mes mains.

Voilà qui faisait effectivement de Sultan Cabaev un suspect fort acceptable.

37

En fin d'après-midi, l'argent de Mohamed Fahim était en lieu sûr. Ça ne tranquillisait pas Baha. Son ami ne l'avait pas rappelé. Bon ou mauvais signe, il ne savait pas quoi en penser. Il passa la journée à broyer du noir. Pas besoin d'être un génie pour comprendre qu'il mettait en péril le business du trafiquant. Il s'était armé d'un Beretta et ne quittait plus son pistolet. Quand vint la nuit, en regardant l'extérieur, il eut le sentiment d'être dans un château assiégé.

Les hommes armés patrouillaient et tout le monde était sur le qui-vive. La vigilance serait maximale, mais ils ne pourraient pas tenir comme ça pendant une longue période. Ces hommes le protégeaient d'une menace dont il était la cause. S'il disparaissait, le cours normal des choses reprendrait. Il attrapa une bouteille de vodka, s'affala dans un canapé du salon et remplit un verre d'alcool. Ça ne lui éclaircirait pas les idées, mais peut-être que ça calmerait quelques angoisses.

*

* *

Il était quatre heures trente lorsque deux semi-rigides accostèrent sur une plage de sable. Ils étaient suffisamment proches de la villa niçoise de Fahim pour la rallier à pied et assez éloignés pour qu'on n'entende pas le bruit des moteurs. Un commando d'une douzaine d'hommes armés et vêtus de combinaison noire débarqua. Ils se séparèrent en prenant par plusieurs directions.

Chacun savait ce qu'il avait à faire et il ne resta près des bateaux que deux gardes. Un petit groupe rejoignit la route de bord de mer et le chemin d'accès habituel, un autre contourna la propriété en gravissant la face rocheuse.

L'équipe était bien entraînée et malgré les difficultés, il ne fallut pas plus d'une vingtaine de minutes pour que tout le monde soit en place, prêt à l'assaut. Quelques échanges radio avec leur chef et ils n'attendaient plus que l'ordre d'attaque.

Installé dans un 4×4 stationné sur la route principale, le colonel du KNB suivait la progression de ses troupes. Il était bien décidé à en finir avec Baha. Cette affaire avait assez duré. L'échec de la veille et la perte de quatre hommes avaient un goût amer compte tenu de la cible, qui n'était somme toute qu'un pauvre type.

L'officier allait déclencher les hostilités, lorsqu'il vit arriver dans son rétroviseur plusieurs véhicules des forces de l'ordre. Des camionnettes de police, des voitures banalisées et d'autres siglées RAID. Le sang de l'agent beyaze se glaça. Baha allait encore leur échapper et il imagina le pire : le Beyaze risquait de tomber vivant entre les mains des flics français. Son cerveau se mit à bouillonner… D'abord, ne pas rester là. Il donna l'ordre à son chauffeur de démarrer en douceur et de prendre le large tout en restant à portée radio de ses hommes. Et puis une idée lui vint.

*

* *

Bientôt quarante-huit heures que, à l'exception de courtes pauses dans son bureau, elle n'avait pas dormi. Assise en passager avant d'un véhicule de service, la commandante suivait la mise en place du dispositif d'interpellation. Pour les stups, aucun doute, même s'il ne s'agissait que de suspicions non étayées, la maison ciblée était celle d'un trafiquant de drogue. Une rapide enquête de voisinage et l'examen de vidéos surveillance permettaient déjà d'affirmer que la voiture des victimes de Saint-Laurent venait bien d'ici.

Plus étonnant… Un ADN relevé dans le véhicule et sur les couverts du restaurant matchait avec celui d'un mort. Un certain

Baha Babaef, soupçonné d'avoir assassiné une diplomate française au Beyazstan. À cette nouvelle, Paris avait exigé la présence du RAID. Même si la commandante détestait voir d'autres services interférer dans ses enquêtes, elle n'avait pas eu son mot à dire.

Elle se maintint en retrait pendant la préparation. Cela commença par la mise en place d'un cordon de sécurité éloigné de la villa et composé de flics en tenue et se poursuivit par le déploiement des forces qui donneraient l'assaut. Elle suivrait de loin avec ses hommes. Ils furent prêts bien avant six heures. Il ne restait plus qu'à patienter. C'est pendant cette attente, alors que la pression montait, qu'une surprise se produisit… Et pas une bonne.

Une rafale d'arme automatique déchira le silence de la nuit et l'un des fonctionnaires du RAID s'écroula, tué sur le coup.

La chenille d'intervenants qui s'apprêtait à investir la villa essuya des tirs. D'une simple opération de police, on passa en quelques secondes à une bataille rangée.

Les brumes alcoolisées dans lesquelles flottait Baha se dissipèrent à la première détonation. Il attrapa le Beretta, bien décidé à sauver sa peau.

*

* *

Alors que l'enfer se déchaînait à la villa, une bonne partie du groupe débarqué des zodiacs était de retour aux bateaux. Ils ne participeraient pas aux festivités. Seuls deux membres du commando arrivèrent avec un décalage. C'est à eux que l'on devait le déclenchement de cette furie meurtrière. Suivant les ordres du chef, ils avaient enlevé les embouts silencieux de leur canon avant de prendre les policiers dans leur ligne de mire. Il n'en avait pas fallu plus pour mettre le feu aux poudres. Croyant être la cible des trafiquants, les flics avaient riposté et les occupants de la villa bataillaient maintenant avec le RAID.

*

* *

On ne pouvait craindre pire. Sans chef, livrés à eux-mêmes, les hommes de Fahim, pour la plupart d'anciens militaires, décidèrent de tenir la place jusqu'à épuisement de leurs munitions. L'assaut dura plus de deux heures avant un cessez-le-feu et la reddition des occupants. Vu la violence de la résistance et les craintes engendrées par une telle furie, avant le début de toute investigation, il fut exigé le passage des artificiers. Encore deux heures d'attente avant que les enquêteurs aient le feu vert pour investir les lieux.

Bilan : une douzaine d'interpellés et trois tués. Mais pas la moindre trace de l'individu qu'ils recherchaient. La commandante lança la perquisition et donna l'ordre d'effectuer les premières auditions. Ça ne serait pas facile, les prisonniers ne s'exprimaient qu'en russe… pour ne rien dire.

La villa n'était qu'une débauche de luxe tapageur. Présence d'affaires de toilette utilisées récemment, un lit défait… Un oreiller sur un canapé, des vêtements sales… Tout laissait supposer qu'un occupant manquait à l'appel.

Deux fonctionnaires tués, d'autres blessés, ce drame, ajouté à la fatigue des dernières heures, poussa la commandante dans les limites de ce qu'elle pouvait supporter. Johana Galji était en mode furie. Bien que tout ait été visité par ses hommes, arme au poing, elle arpentait les pièces de la villa à la recherche du fuyard.

— Calme-toi. S'il est là ou s'il y a été, on va bien arriver à le trouver ou à le savoir.

Elle s'apprêta à aboyer de colère, quand elle croisa le regard de son adjoint. Il était l'un des seuls à avoir suffisamment d'ascendant sur elle pour la calmer et il était toujours de bon conseil. La tension retomba d'un cran.

— Viens, j'ai une idée.

Elle entraîna son collègue à l'extérieur de la villa et s'intéressa aux gens que la police retenait. Inutile de perdre son temps avec les gardes, ça ne mènerait à rien. Ces types étaient des durs et ce n'est pas la rigueur de la justice française qui risquait de les inquiéter. En revanche, elle repéra une employée d'une soixantaine d'années. Bloquée par le cordon de sécurité des CRS, elle avait cru utile d'indiquer sa destination et sa qualité. Depuis, elle patientait sous bonne garde avec d'autres membres du personnel. La flic décida de la choisir pour son âge et surtout son origine : c'était une Niçoise, pas une Russe ou quelque chose d'approchant.

Elles commencèrent par s'évaluer mutuellement. L'employée venait de traverser ce qui ressemblait à un champ de bataille. Elle avait vu du sang répandu sur le sol, des douilles qui traînaient, des secouristes en train de soigner des blessés... Elle était sous le choc. Les gardes de la villa étaient des gens qu'elle côtoyait quotidiennement et qu'elle n'aimait pas. Savoir qu'ils avaient été arrêtés et que deux policiers avaient laissé la vie dans cette opération aurait pu la bloquer, ce fut tout le contraire. Elle vit dans la flic une femme fatiguée, à bout de nerfs, mais totalement déterminée. Elle lui plaisait.

La commandante lui demanda de la suivre et joua franc jeu :

— Je n'ai aucune envie de vous faire perdre votre temps et d'être désagréable, mais on a besoin de vous. On veut savoir qui occupait cette maison et où est cet homme ?

De là où elles étaient, les prisonniers ne pouvaient pas les voir. Cela n'empêcha pas l'employée de s'assurer que ce qu'elle allait dire ne serait pas entendu.

— Vous n'avez rien à craindre, insista la commandante.

— Il faudra signer quelque chose ?

— Peut-être, mais ce ne sera rien de compromettant.

La vieille eut un sourire malicieux et se mit à chuchoter.

— Je me doutais que c'était un voyou...

Elle poursuivit en décrivant Baha.

La flic lui montra la photo qu'elle avait reçue de Paris.

— Oui, c'est lui, annonça fièrement la femme.

— Vous l'avez vu quand ?

— Hier, il était là toute la journée. Il n'avait pas l'air bien. Il était très nerveux. Il n'a pas voulu manger. Il m'a interdit de ranger son bureau.

Elle se fit encore plus mystérieuse et devint presque inaudible.

Ces mimiques agaçaient la flic, elle prit sur elle de ne pas le montrer.

— Il y a une pièce secrète.

L'officier de police fronça les sourcils et la femme de ménage lui fit signe de la suivre dans le bureau. À la surprise générale, la vieille maligne se pencha, appuya sur une plinthe et un pan de mur se mit à coulisser en dégageant l'accès à une porte blindée. Elle continua de chuchoter.

— Ça donne sur un couloir et après il y a un escalier. Je n'y suis jamais allée. Je ne peux pas vous en dire plus. J'ai vu ça une fois, c'était resté ouvert. Il y avait quelqu'un à l'intérieur. J'ai préféré ne pas traîner. Je me suis doutée qu'ils ne voulaient pas que ça se sache.

La flic s'aperçut que la paroi était plus épaisse que les autres. On pouvait croire à un mur porteur alors que ça cachait un passage secret. Et leur suspect était peut-être à l'intérieur. Une partie du dispositif se retrouva face au blindage. La commandante ramena une mèche de cheveux en arrière et souffla. Elle voyait mal comment ils allaient réussir à entrer.

*

* *

Baha était au bord de la crise de nerfs, il frissonnait de peur et de rage. Il devait joindre Fahim, lui demander conseil. Le Beretta tremblait entre ses mains, il décida de ne pas capituler. Si on le trouvait, il allait tirer, il y aurait des morts avant qu'il tombe. Il fit appel à ses souvenirs et se rappela l'armée. Il essaya de se galvaniser en se disant qu'il était un combattant et un héros… qui avait posé les armes pour passer trente ans derrière un balai. Ce simple constat mit à mal le semblant d'enthousiasme auquel il s'accrochait, et provoqua chez lui un rire nerveux. Le bruit environnant augmenta. On allait lui tomber dessus. Une chance, son téléphone passait. Il appela Fahim. Son ami décrocha à la première sonnerie.

— T'es où ?

Et Baha lui expliqua tout.

— Il faut que tu trouves un moyen de m'aider.

— T'as de l'argent ?

— Oui, ça il n'y a pas de problème. J'ai du fric sur moi.

— Je vais te rappeler.

Un bruit fracassant fit trembler Baha. Il rassembla toute son énergie et décida de bouger.

*

* *

Les charges explosives vinrent à bout des attaches de la porte. Ce fut ensuite le tour de grenades assourdissantes, puis de lacrymogènes. Rien. Aucun mouvement. Le RAID décida de faire descendre les escaliers à un robot. Le petit engin s'acquitta à merveille de sa tâche et termina son voyage dans une pièce aménagée pour subir un siège. Personne.

— Commandante ! lança une voix, derrière la cheffe de la section criminelle.

Elle se retourna. Il s'agissait d'un jeune policier nouvellement affecté à la PJ. Il sortait de l'École et avait des allures de gosse.

— Je pense qu'on a trouvé quelque chose à l'extérieur.

Elle abandonna tout le monde pour le bébé flic.

— Le maître-chien vous demande. Je crois qu'il a une piste.

La flic suivit et retrouva un fonctionnaire en combinaison d'intervention. Il tenait en laisse un berger allemand. L'animal était en arrêt devant une grille métallique recouvrant une sorte de puits.

— C'est un conduit d'évacuation des eaux pluviales. Je pense que ça va jusqu'à la mer.

— Un homme peut rentrer là-dedans ?

— Sans problème.

— Et ton clébard ?

Le maître fit une grimace…

— C'est possible.

— Faut suivre la piste.

Une courte hésitation. Chien et maître disparurent dans l'orifice.

*
* *

Baha planqua son arme sous sa chemise et apparut devant les yeux surpris d'un groupe de travailleurs. Les marteaux-piqueurs s'arrêtèrent et personne ne comprit d'où il venait. Ils étaient loin de se douter qu'en suivant la canalisation descendant de sa villa, il avait fini par trouver un embranchement vers la maison voisine. Pile, à l'endroit où des ouvriers préparaient des fondations et attaquaient la roche pour agrandir l'espace.

— Hé toi. Qu'est-ce que tu fous ici ? gueula un des hommes.

Baha ne répondit pas et continua sur le chemin menant à la route. Il eut de la chance. Un arrêt de bus était à proximité et un véhicule arrivait. Il monta sans savoir où aller. L'important était de s'éloigner au plus vite.

38

Après le repas, Zhanerke abandonna Patrick, elle était attendue ailleurs. Le flic s'était fait des illusions, ce n'est pas pour lui qu'elle s'était habillée, il aurait presque pu en être chagrin, mais ce qu'elle lui avait dit et le relevé ADN qu'il avait dans la poche le consolaient amplement.

Le lendemain, il retrouva Bruno Delaroque dans la salle des petits-déjeuners de l'hôtel. L'ambassadeur était revenu dans la nuit et nul besoin d'être fin psychologue pour voir que sa colère n'était pas passée. Patrick le salua d'un simple bonjour et alla se servir pendant que le diplomate s'attaquait à une assiette de pancakes.

Quand il s'installa, Delaroque ne leva même pas un sourcil. Le commandant décida d'abattre ses cartes.

— Désolé pour hier, mais j'avais une raison de rentrer. J'ai des informations, je ne sais pas ce qu'elles valent, mais, si elles sont bonnes, une partie de notre affaire est élucidée.

Tout en parlant, Patrick posa sur la table le nécessaire de prélèvement et le relevé ADN. Bruno redressa à peine la tête. Il ronchonna.

— Je t'écoute.

Cette fois, le flic entra dans les détails en indiquant le nom de Sultan Cabaev. Il lui précisa également ce qu'avaient trouvé Guyon et les renseignements parisiens concernant Babaef.

— J'ai demandé à l'attaché de sécurité intérieure de nous réserver un vol retour aujourd'hui. Il y en a un dans la soirée. Peut-être qu'en attendant, on pourrait réentendre l'adjointe de Gwenola, et

Schindler, après tout c'est quand même eux qui la connaissaient le mieux. Qu'en penses-tu ?

— Tu veux mon avis, maintenant ? Je ne sais pas si tu es capable de parler avec quelqu'un de mon ministère sans causer un scandale ?

— Arrête de faire la gueule. Désolé pour hier, je sais que je me suis conduit comme un malotru. C'est fait, c'est fait. Je ne peux pas revenir en arrière. Mets ça sur le compte d'un découragement passager. Pour l'autre guignol, je ne regrette rien. Ambassadeur ou pas, ce mec m'a pris pour une merde. Je n'ai pas l'habitude qu'on me traite comme ça. J'ai été moins formé à la diplomatie que toi.

Bruno souffla et leva les yeux au ciel.

— Tu es incorrigible, tu ne peux pas t'empêcher…

Ivana arriva à ce moment-là. Elle était tout sourire et sa bonne humeur fut douchée par la tête que faisaient les deux Français.

— Ça ne s'est pas bien passé hier ?

Patrick se chargea de la réponse :

— Si, mais il y a du nouveau. Baha Babaef est bien vivant, c'est tout au moins ce que dit son ADN. Il a été relevé sur une scène de crime à Nice.

Soit la jeune femme n'était pas au courant, soit elle méritait le premier prix de comédie. Bouche bée, les yeux ronds, elle attrapa une chaise pour s'asseoir à côté d'eux.

— Je ne sais pas si nous reviendrons à Schimansky, mais tu comprendras qu'il faut que nous allions en France.

— Oui, évidemment… Mais comment est-ce possible ?

Patrick accrocha son regard.

— C'est un peu à toi de nous le dire. Il y a certainement des gens dans ton service qui ont la réponse. Tu ne crois pas ?

— Je vous jure que…

Bruno vola au secours de la capitaine.

— Nous voulons bien admettre que tu n'es au courant de rien.

Patrick continua en se limitant aux suites de l'enquête et au travail en commun qu'ils avaient déjà effectué. Pour gagner du temps, ils partiraient avec une copie de toutes les auditions ; les originaux, visés par le KNB, seraient transmis plus tard par le canal diplomatique.

— Nous avons tes coordonnées, s'il nous faut des précisions, on passera par toi.

— Oui, bien sûr.

La jeune femme était déboussolée par tous ces changements. Patrick se rendit compte de la brutalité avec laquelle ils la traitaient. L'agente du KNB avait certainement imaginé des adieux plus conventionnels avec repas de fin de mission, remise de cadeaux, etc.

— Nous sommes désolés de partir aussi brusquement, mais tu es une flic, comme moi tu sais que c'est l'actualité qui dirige.

La moue qu'elle fit ne cachait en rien sa déception.

— Donc, on se voit plus ?

— Je pense qu'il faudra qu'on revienne, mais je ne peux pas laisser interpeller le principal suspect sans être présent.

Elle opina du chef, ramassa son sac et les embrassa. Les deux Français se retrouvèrent seuls.

— Chic fille, jugea Patrick.

— Content de voir qu'il y a tout de même des gens avec qui tu sais à peu près te tenir.

Le flic ne releva pas.

— On va faire le *check out* maintenant.

*
* *

Guyon leur confirma qu'ils partiraient dans l'après-midi. Il ferma également une piste. Il avait eu le temps de rendre visite à la maîtresse du chiffreur. Elle affirmait que David Fabre était avec elle le soir de la mort de Gwenola. Elle ne pouvait pas prouver ses dires, sinon qu'elle était certaine qu'ils avaient passé ensemble toutes les nuits qu'avait duré le séjour de Fabre. Patrick s'en contenta. Fabre était en France, s'ils voulaient l'entendre, ça se ferait à Paris.

Ils prirent la direction du bureau de la pétulante Mathilde. En les voyant, elle ne les laissa pas parler :

— Alors, vous avez trouvé l'assassin ?

Elle haussa les épaules et continua :

— Ce n'est évidemment pas ce Beyaze, Baha machin truc qui était dans les journaux.

Patrick Girard lança un regard en coin à Bruno Delaroque. Il n'en fallait pas plus pour conforter Mathilde.

— Ha, j'en étais sûre !

Le policier éclata de rire :

— Vous ne nous laissez pas parler ! Non, nous ne savons pas qui a tué Gwenola Fontaine, ce qui ne veut absolument pas dire que le meurtrier présumé n'est pas le coupable. Nous continuons nos investigations. Dans toute affaire criminelle, il y a une partie qu'on appelle l'enquête de moralité. C'est ce que nous avons fait ici. Nous cherchons pourquoi votre ancienne consule générale faisait une telle unanimité contre elle et si, parmi les gens qui la détestaient, certains auraient pu être capables de l'assassiner.

Le visage de Mathilde se referma. Elle se tut un moment, le temps d'une intense réflexion et puis son regard alla de Delaroque à Girard.

— Vous me soupçonnez toujours ?

Le policier éclata encore de rire.

— Nous avons déjà eu cette discussion. La réponse n'a pas varié : ni plus ni moins que d'autres.

Elle pensa à haute voix :

— C'est vrai que je la haïssais, vous ne pouvez pas imaginer ce qu'elle m'a fait vivre. À l'étranger, il y a des postes faciles, ceux où on peut avoir une vie sociale, ceux où on part en famille et puis il y a les endroits difficiles, ceux où l'on craint pour sa peau, comme l'Irak, l'Afghanistan… et bien d'autres. Mais ce qui fait qu'une ambassade est réellement pourrie, c'est l'ambiance que crée le ou la cheffe. Si on est en Afghanistan avec un super ambassadeur, on en gardera un meilleur souvenir que de la Suisse avec un chef de poste insupportable. Gwenola Fontaine était une ordure.

La qualification fit tiquer Delaroque, elle surprit Girard.

— Ça vous choque ? fit Mathilde et elle ajouta : je crois que sa chance était d'être une femme, sinon, bien des hommes lui auraient cassé la gueule. J'ai rêvé de la gifler, de balancer ses affaires. Mais non, je ne l'ai pas tuée.

Patrick voulut relâcher la pression et lui résuma l'entretien avec les enquêteurs du Quai. L'adjointe confirma ce qu'elle savait et décida de s'attaquer à un autre maillon :

— Et l'autre, Delcroix, son mari… Il ne semblait pas plus perturbé que Madame par les suites de l'inspection. On ne l'a pas vu tant qu'il y avait les inspecteurs. Mais ils n'étaient pas encore dans l'avion qu'il était déjà de retour. Celui-là, il a perdu la tête au Beyazstan. Il évoluait dans le milieu intellectuel, et avant tout outrageusement friqué de la ville, avec une aisance et un aplomb qui laissaient admiratifs ses plus farouches détracteurs. Inventé de toutes pièces par sa femme, son rôle « d'attaché culturel » ou de « directeur artistique », lança Mathilde sur un ton méprisant. Ça faisait de l'effet, quand il se prévalait de son titre, d'autant qu'il appuyait ses démarches en présentant des cartes de visite officielles avec le drapeau français et le logo du consulat. Le chiffreur avait eu ordre de lui créer une adresse mél administrative au nom de Hugo Delcroix. Je reconnais qu'il était compétent, mais lui aussi est un connard.

Mathilde s'interrompit, elle poussa sa chaise pour se relever :

— J'ai soif, vous voulez de l'eau ?

Patrick nota le léger tremblement de la consule adjointe. Cette femme avait souffert dans son poste. Le flic se demanda encore si cela ne pouvait pas en faire une tueuse. Après tout, tout le monde est capable de meurtre à un moment ou à un autre. En marchant, Mathilde reprit son récit. Ponctué par un rire nerveux, son ton devint encore plus acide…

Au début de l'été, il était arrivé un drame. La Subaru de fonction fut détruite dans un accident de la circulation survenu à l'aube d'une belle matinée, alors que le chauffeur venait de déposer les enfants à l'école et devait retourner chercher la consule générale à son domicile. Une situation qui lui enlevait son véhicule et la privait pour longtemps de sorties champêtres en famille. Les Fontaine-Delcroix n'avaient plus qu'à se lamenter sur les bons moments passés avec leur Subaru en regardant sur Facebook les photos de leurs excursions en tout-terrain.

Pas question pour Gwenola de prendre sa voiture et encore moins un taxi. Les deux véhicules administratifs restants, une camionnette et un utilitaire, ne répondant pas aux standards de son rang, elle appela à l'aide ses généreux sponsors. Un luxueux 4×4 fit son apparition dans la cour du consulat.

Patrick tiqua. On en arrivait au sujet qui l'intéressait le plus. Plutôt que de l'interrompre, il la laissa continuer. On en viendrait plus tard aux détails.

Le remplacement de la Subaru étant loin d'être assuré, et en tout cas remis à plusieurs semaines, ce désagrément fut la nouvelle raison de se lamenter. Les critiques étaient vives à l'égard de l'administration centrale : « C'est la fin de l'Empire romain, il n'y a plus un sou. Comment puis-je travailler sans voiture ? » La plainte devint un refrain constant, pire, une obsession dont l'argumentation évoluait en fonction de l'actualité : « En France on sait trouver de l'argent pour les gilets jaunes, par contre pour payer un véhicule à un consulat, là les caisses sont vides. » « Quand notre ministre parle, j'ai l'impression d'entendre Hitler au fond de son bunker, disant aux Allemands que tout va bien. »

— Quand elle s'abandonnait à de telles envolées, il y avait du monde ? demanda le flic.

— Mais oui, éclata Mathilde. Elle se moquait totalement de choquer les employés, Beyazes ou Français, ça lui importait peu. Vous savez, quand ils font des réflexions de ce genre, ces chefs de service ne s'adressent pas à vous. Ils devisent à haute voix, c'est tout. Le personnel qui est présent n'existe pas, c'est comme s'ils étaient seuls devant des meubles… Leurs meubles.

— N'exagérez pas, coupa Delaroque.

Il en fallait plus pour contenir Mathilde.

— Monsieur l'ambassadeur, j'ai beaucoup de respect pour vous. J'ai toujours entendu du bien de vous. Mais vous savez aussi que ce que je dis est vrai. Et, ne vous en déplaise, à quelques mois de la retraite, on ne me fera pas taire.

Mathilde reprit son récit concernant la voiture de service…

Pendant plusieurs semaines, telle une oligarque, Gwenola s'est déplacée cachée derrière ses vitres teintées, à l'arrière de son 4×4 de prêt. Tant de générosité de la part d'un donateur faisait causer. Tout ayant un prix, cette voiture devait en avoir un.

Le cercle des riches beyazes étant somme toute limité, la politique « particulière » menée par Gwenola en matière de visas et sa bienveillance à l'égard des sponsors n'était un secret pour personne. Si l'on voulait obtenir une vignette Schengen de longue durée, il suffisait de poser sur la table quelques milliers de dollars pour les actions culturelles du couple. Le problème était de s'adresser aux bonnes personnes, c'est-à-dire à Gwenola ou à son mari. Il arrivait que des gens expliquent ouvertement à des employés, voire à des stagiaires, qu'ils étaient prêts à lâcher cinq mille dollars au consulat ou à fournir un chauffeur et une voiture si on leur offrait un visa de cinq ans. Une situation malsaine, tant cela ressemblait à de la corruption. C'était ridicule, ces personnes pouvaient avoir le précieux sésame sans difficulté, sans avoir besoin de passer par Gwenola.

Bizarrement, alors qu'on lui refusait le financement d'un nouveau véhicule, Gwenola obtint l'accord de Paris pour procéder à des travaux d'un coût presque équivalent. En l'occurrence, l'ouverture d'une entrée « VIP ». Elle avait plaidé en faveur de cet aménagement, en estimant qu'il était inapproprié de faire passer les visiteurs de marque au travers de la foule des demandeurs de visas. Avec cette entrée, il serait plus simple de séparer torchons et serviettes en honorant les « privilégiés ». La nouvelle porte fut une fantaisie coûteuse. L'expression de la fuite en avant d'une femme aveuglée par son désir de grandeur.

Le flic décida qu'il était temps de cadrer les envolées lyriques de leur interlocutrice et d'en venir à ce qui l'intéressait vraiment.

— Vous connaissez Sultan Cabaev ?

— Ha, celui-là ! Difficile de ne pas le connaître.

— Je vous dis ça parce que dans un magazine, j'ai vu une photo de lui avec Gwenola.

— Elles ne manquent pas. C'était pour le dernier 14 Juillet ?

Patrick opina du chef. La bavarde ne s'arrêtait plus :

— C'est Cabaev qui a donné une voiture à la consule générale. Dans leur entourage d'amis, l'argent était roi. On dépensait sans compter. C'est aussi lui qui les a invités à célébrer un anniversaire à Dubaï. Si Hugo adora cette sortie, ce qu'aima le plus Gwenola, ce fut d'être ensuite invitée à une chasse dans la steppe enneigée.

— C'était organisé par Sultan Cabaev ? demanda Patrick.

— Oui.

Mathilde précisa que cette chasse lui avait été racontée par Erick à qui Gwenola s'était confiée…

Elle y était allée seule, son mari était resté à Schimansky avec les enfants. Gwenola, Cabaev et ses amis voyagèrent d'abord en avion privé, puis en hélicoptère, pour finir dans des camions chenillés. Le campement était perdu au bout du monde, c'était, soidisant, féérique, irréel. Elle n'avait que des superlatifs pour décrire l'endroit où ils se trouvaient. Grâce à des rabatteurs et des guides, ils purent tirer quelques loups ; cependant leur extase fut d'arriver à approcher une panthère des neiges, un félin d'une beauté rare, classé espèce protégée. Une interdiction insuffisante pour stopper les amateurs de trophées. Les armes utilisées étaient à la démesure du moment. La carabine Blaser était comme la Porsche Cayenne dans le parc automobile beyaze, une banalité. Gwenola put donner libre cours à sa fascination des armes. Elle était aux anges, une gamine devant un arbre de Noël.

Le flic et l'ambassadeur se rappelèrent les photos découvertes dans le bureau de la consule. Elles venaient de cette chasse.

— Je me souviens de son retour, précisa Mathilde. Elle avait les bras chargés de cadeaux. Du fusil à la peau de bête, c'était hétéroclite et pas vraiment de bon goût. Elle m'a dit qu'elle ne pouvait pas refuser, ç'aurait été ressenti comme un affront. Elle ne voulait pas vexer quelqu'un d'aussi généreux.

Quand Mathilde reprit son souffle, Patrick osa :

— Cabaev et Gwenola étaient amants ?

La question ne surprit pas la consule adjointe.

— C'est possible. J'ai même un moment soupçonné qu'elle faisait ouvrir un accès discret pour pouvoir le rencontrer. Après tout, il y a une chambre derrière son bureau. Ça pouvait servir de garçonnière. Mais rien n'étaye mon sentiment, crut-elle bon de préciser.

Le policier décida de montrer à Mathilde la vidéo des caméras de surveillance. Elle regarda attentivement et réfléchit longuement. Patrick se demanda un instant s'il n'avait pas commis une erreur. Plutôt que de ne rien dire, certains témoins se sentent obligés de donner un nom. Il avait bien peur que ce soit le cas. Il eut d'abord droit à une moue.

— Je ne sais pas. Ça ne ressemble pas à Sultan Cabaev.

Elle se tourna vers le flic, puis l'ambassadeur comme si elle cherchait une réponse dans leur regard.

— Ça pourrait être n'importe qui… Je ne sais pas pourquoi ça me fait penser à quelqu'un et je connais ce manteau. Mais qui…

Le commandant n'insista pas. Il jeta un œil sur sa montre. Ils avaient tout juste le temps de se préparer et de foncer à l'aéroport.

39

La commandante faisait les cent pas au milieu de la cour de la villa. Une folle hurlant dans son portable. Elle ne décolérait pas en rendant compte à son chef.

— Il s'est barré ! Il nous a filé entre les pattes ! Pendant qu'on se faisait chier à ouvrir la porte de cette putain de planque… Il se barrait par des égouts !

Tout aussi furieux, mais plus calme, le commissaire tenta de la calmer.

— On a son signalement, sa photo. Il ne va pas pouvoir aller loin.

— Il a une seconde identité, russe celle-là ! On a trouvé des documents à un autre nom. Il en a peut-être une troisième. D'ici, en dix minutes, il peut être en Italie.

*

* *

Baha était bien plus près qu'ils ne l'imaginaient.

Il venait d'arriver à la gare de Nice et traversa la place pour se rendre dans une brasserie. C'est de là qu'il contacta le Tadjikistan. Au début, personne ne répondit, puis il finit par avoir un des proches du trafiquant. Impossible de joindre Mohamed, il était sorti pour régler des affaires urgentes en laissant la consigne de dire à Baha de patienter. Il n'avait d'autre choix que d'attendre. Il passa la journée à traîner entre le bar et la gare et c'est en fin de soirée que Fahim le contacta. Le trafiquant le laissa raconter sa fuite.

— Tu t'en es bien sorti. Bravo. De mon côté j'ai pris des contacts pour te tirer de là. J'ai trouvé une planque, tu pourras y rester le temps que tu veux en attendant que tout cela se calme. T'as de la chance, que je connaisse du monde sur la Côte. On va te récupérer… Tu sais où est le mont Chauve ?

— Le quoi ?

— Non, évidemment, tu ne peux pas connaître. C'est un sommet montagneux dans la banlieue de Nice. Il y a un foyer d'accueil. C'est un ami qui s'en occupe. Personne ne viendra te chercher là.

— …

Baha resta sans voix.

— T'es toujours en ligne ? s'inquiéta Fahim.

— Oui.

— Ça ne va pas être comme chez moi, mais pour se planquer ce sera parfait.

Le regard du Beyaze s'arrêta sur un écran télé. On y voyait le restaurant dans lequel il avait failli être tué et une flic blonde apparaissait plusieurs fois. La même qui était sur d'autres images tournées cette fois dans la villa. Il ne comprit pas tout, mais le fait que les médias s'intéressent autant à ces affaires n'augurait rien de bon. Les policiers ne lâcheraient pas de sitôt. Babaef se concentra sur les indications de Fahim. Lorsqu'il raccrocha, il n'était pas optimiste sur la suite. Il n'avait pourtant pas de meilleure solution que de faire confiance à son ami. Après tout, jusque-là, il avait tout fait pour l'aider. C'est le « jusque-là » qui tinta dangereusement dans le cerveau de Baha. Il y vit un avertissement à être sur ses gardes. Quand la voiture désignée s'arrêta devant le bar. C'est sans entrain qu'il rejoignit le chauffeur. À l'accent, il identifia un Beyaze, comme lui. Ce n'était pas de nature à le rassurer. Mais, après tout, Nice était remplie de Beyazes… Baha prit place sur le siège passager.

— T'es un ami de Fahim ?

L'homme avait un visage peu expressif et il n'essaya pas de faire semblant.

— Je ne suis qu'un chauffeur. On m'a dit de venir te récupérer et de t'amener au foyer du Mont-Chauve. C'est tout.

La voiture démarra et Baha regarda la route défiler. Ils prirent une direction qu'il ne connaissait pas. Il n'avait pas prêté attention aux environs de la ville et avait oublié que dans « Alpes-Maritimes », il y a Alpes et qu'il s'agit d'une montagne. Ils montèrent pendant un bon quart d'heure, avant de plonger sur quelques kilomètres et de poursuivre leur ascension.

— C'est là-haut, indiqua le chauffeur en désignant le sommet d'un mont arrondi surplombé par un fort.

La route se rétrécit sensiblement et lorsqu'ils croisèrent un véhicule, ils durent se ranger sur le bas-côté.

*

* *

— Ils grimpent vers le mont Chauve, annonça la radio.

— Laisse tomber, ne suis pas. Il n'y a pas d'autres accès, répondit une voix féminine. Gare-toi dans un coin et attends-nous, on n'est pas loin.

Son cœur se mit à battre plus vite et le moteur du véhicule monta dans les tours. Les doigts crispés sur le volant, la cheffe de la criminelle niçoise fit craquer la boîte de vitesses en attaquant la longue côte de l'avenue de Cimiez. L'adrénaline avait effacé sa fatigue. Elle avait eu raison de laisser deux collègues en planque dans les locaux de la police municipale. Nice étant la ville la mieux équipée de France en matière de télésurveillance, ça valait le coup d'essayer et ça avait marché. Ils avaient repéré le suspect dans le secteur de la gare, restait maintenant à ne pas le perdre. Pour le moment, il n'y avait qu'un véhicule derrière le 4×4 transportant Baha. Une filature à un seul véhicule était habituellement vouée à l'échec. Par chance, ils avaient pris vers Aspremont puis une direction où les possibilités étaient limitées. Le mont Chauve était desservi par une unique route d'une largeur tout juste suffisante pour permettre à deux voitures de se croiser et ça finissait en cul-de-sac.

De nuit, un coin idéal pour un règlement de comptes ou un rendez-vous discret. L'enquêtrice penchait pour la première solution. Elle évalua son dispositif. Il n'y avait plus personne du RAID, ni de la BRI, que des enquêteurs, et ils n'étaient pas tous des guerriers. Même si aucune interpellation ne vaut de risquer sa peau, elle n'avait pas dans l'idée d'abandonner ou d'attendre qui que ce soit. Ce mec, ils allaient se le faire seuls.

Son téléphone sonna. Elle appuya sur le bouton de réception lié à la voiture. C'était un des collègues chargés des constatations dans la villa.

— Commandante, on a un truc étonnant. J'ai saisi des ogives de balles tirées sur le RAID au début de l'intervention et on a récupéré des douilles à l'extérieur de la propriété. Il s'agit de munitions spécifiques, tout à fait différentes de celles trouvées par la suite.

— Tu veux dire qu'on a des tireurs qui nous ont échappé... et... (elle réfléchit) ou que ceux qui ont déclenché la fusillade n'étaient pas à l'intérieur de la maison ?

— Oui, c'est possible... On a relevé de multiples marques de pas sur la plage, elles menaient à d'autres traces, celles de l'accostage de deux zodiacs.

— On n'était pas seuls ! en déduisit la policière.

— C'est ce que ça laisse penser.

En raccrochant, elle était certaine que Baha allait se faire tuer. Après avoir poursuivi sur Rimiez, elle traversa Gairaut et plongea vers Falicon. Un regard pour le mont Chauve au-dessus. Elle connaissait l'endroit pour venir y faire des footings depuis la promenade des Anglais. Une sacrée montée, presque huit cents mètres de dénivelé.

*

* *

Le conducteur de Baha roulait un peu vite et dans la route en lacets qui montait vers le sommet, le fugitif valdingua plusieurs fois de la portière à l'épaule du chauffeur. Ce dernier avait les mâchoires crispées, le regard fixé sur la chaussée, il s'accrochait à son volant plus qu'il ne le tenait. Le chemin se termina sur une barrière fermée. Une bifurcation indiquait la direction d'un long bâtiment. La voiture s'immobilisa et Baha s'aperçut qu'un 4×4 était déjà là. Le chauffeur lui désigna le véhicule.

— Ces gens veulent te parler. Va les voir.

Baha ne réagit pas. Son regard alla de son accompagnateur à la voiture en stationnement et il resta la main sur la poignée de la portière. C'est là que le conducteur fit apparaître un pistolet qu'il enfonça dans les côtes de son passager.

— Descends !

Le sang du Beyaze se transforma en glace. Il imagina que c'était la fin du parcours. Fahim l'avait trahi. On allait l'exécuter ici. Après tout, l'endroit avait l'avantage d'être bien choisi. Il n'y aurait pas de victimes collatérales comme à Saint-Laurent-du-Var. Il ouvrit la porte et se laissa glisser vers l'extérieur. Il se demanda à quel moment il pourrait tenter de prendre le Beretta bloqué dans son dos. Le chauffeur n'avait même pas pensé à le fouiller. Ça ne le sauverait pas, mais au moins il pourrait finir dans un baroud d'honneur.

Le 4×4 manœuvra pour se garer à l'écart, en bord de route. Une portière arrière s'ouvrit et Baha vit apparaître le colonel qui le pourchassait depuis le début. Sur le côté, plusieurs silhouettes tapies dans l'ombre se rapprochèrent. Baha compta sept personnes.

— Tu nous auras fait courir, lança l'officier du KNB.

La voix reflétait le plaisir qu'il éprouvait à avoir sa proie en face de lui. Il continua :

— Remarque, je ne t'en veux pas. Je n'étais jamais venu sur la Côte d'Azur. Tu m'auras permis de voyager. On est tout de même mieux ici qu'au Tadjikistan ou dans une banlieue de Moscou. Si on n'avait pas perdu autant d'hommes à cause de toi, je pourrais presque te remercier.

— Pourquoi tout ça ?

— Tu n'as pas encore compris ? s'étonna le colonel.

Il s'approcha de Baha et s'alluma une cigarette. Il inspira avant de relâcher une volute de fumée.

— Je pensais que tu étais plus intelligent. Il est vrai que tu n'es qu'une... femme de ménage, railla l'officier avant de continuer : il y a évidemment deux raisons. D'abord, les Français te veulent et on ne peut pas prendre le risque que tu tombes entre leurs pattes. Mais surtout... Les documents que tu as vus sont trop sensibles.

Baha avala douloureusement. C'était donc ça, il revit dans sa tête la liste de noms et les chiffres en face. Il pensa à la clé USB qu'il avait subtilisée. Il n'en avait parlé à personne jusque-là, même pas à Fahim.

— J'ai des informations que je ne vous ai pas données.

— Et tu crois sauver ta vie en me racontant ce genre de salades ?

— Je vous jure.

— Donne-moi ton téléphone, la carte mémoire, fais voir ce que tu as sur toi, lança le colonel en tendant la main.

— Tout est sur un Cloud et je suis le seul à en connaître l'existence et les codes.

Baha se mordit les lèvres. Quel imbécile, il avait parlé trop vite.

Le colonel prit un ton amusé.

— Parfait, tous ces secrets vont disparaître avec toi, c'est justement ce que veulent mes chefs. Allez, finissons-en !

Des phares s'allumèrent dans le dernier virage avant le sommet : une voiture. Ils ne l'avaient pas vue grimper. Une plaque Police, un gyrophare ! Baha bouscula le colonel et fonça en avant.

— Tuez-le ! hurla l'officier.

Des coups de feu claquèrent. Johana venait de donner l'ordre d'intervenir aux quelques fonctionnaires qu'elle avait réussi à déployer dans l'urgence. Les silhouettes des tueurs furent prises dans des projecteurs et une rafale de balles les empêcha de se concentrer sur leur cible. Certains ripostèrent. La commandante abandonna son véhicule pour les rejoindre, bon réflexe au regard des impacts qui s'écrasèrent sur la tôle. La voiture qui avait transporté Baha fit une marche arrière. Des hommes du KNB réussirent à s'engouffrer à l'intérieur. Moteur rugissant, elle s'engagea dans la descente avec la ferme intention de passer. Installée sur le bas-côté, les deux pieds bien campés sur le sol, la flic aligna son tir vers le conducteur. Une, deux, trois. C'est à la quatrième détonation que la trajectoire du 4×4 changea. Il quitta la chaussée pour glisser dans le vide et partir en tonneaux.

Le calme revint.

Après avoir franchi la barrière, Baha continua de courir en direction du sommet, là où se trouvait le fort. Pas besoin de se retourner. Il savait qu'il avait encore des poursuivants derrière lui.

Sur la route en contrebas, il y avait maintenant une multitude de phares de voitures. Il comprit que les flics devaient être en position. Et il s'arrêta ! À son âge, il n'était plus fait pour ce genre de sport. Il n'arriverait pas à distancer les tueurs ni à s'échapper. Il se retourna, vit dans un rayon de lune la silhouette de son chasseur et devant lui deux hommes. Il tira plusieurs fois et s'aplatit au sol. Riposte. Les balles soulevèrent des graviers autour de lui. Un des agents du KNB avança de quelques pas et trouva une planque. Baha continua de faire feu jusqu'à ce que la culasse se bloque. Plus de munition.

Le premier tireur se redressa prudemment avant de progresser à rythme plus rapide.

— Police ! On ne bouge plus, jetez vos armes !

L'injonction n'arrêta pas le tueur. Deux détonations. Il s'écroula.

Le colonel lâcha son pistolet, positionna les mains sur sa nuque et donna l'ordre à son subordonné de faire de même. Plusieurs policiers fondirent sur eux. La commandante était derrière. C'est elle qui notifia verbalement les gardes à vue. Elle reçut en retour un magnifique sourire de la part de l'officier du KNB.

— Je bénéficie de l'immunité diplomatique, si vous voulez bien me laisser prendre mon passeport ?

Il reçut en réponse un « Je m'en branle connard », qu'il ne comprit pas.

Et elle s'adressa à ses collègues.

— Embarquez-les.

— Mais ? s'étonna l'un des flics.

— Vu ce qui vient de se passer ces deux derniers jours, on peut raisonnablement douter que ces messieurs soient des diplomates. Tant qu'on n'a pas la preuve, je n'ai devant moi qu'un ramassis de pourritures. Et même s'ils disent vrai, je crois que ça ne changera pas grand-chose.

Elle s'avança ensuite vers Baha. Les mains dans le dos, bien qu'entravé, l'homme se sentait mieux. La police française lui offrait un répit.

— Vous êtes un miraculé : trois fois en moins de quarante-huit heures que vous échappez à la mort.

Il reconnut la flic qu'il avait vue à la télé et lui répondit par une moue triste avant de lancer :

— J'ai des choses à vous dire.

40

Interpellé en début de nuit, Baha se retrouva dans les locaux de la police judiciaire de Nice. Consciente que son « client » n'était pas comme les autres et de la porosité des geôles, la cheffe de la section criminelle donna des ordres stricts : « Aucun contact avec qui que ce soit. » Une chance, Baha ne demanda pas l'assistance d'un conseil.

Pendant que ses hommes se débrouillaient avec l'équipe de tueurs, aidée par un collègue, l'enquêtrice se lança dans une première audition de son suspect. Ce qui l'intéressait n'était pas ce qu'il avait fait au Beyazstan, mais la raison pour laquelle ses compatriotes se donnaient tant de mal pour l'éliminer. Pour elle, sans la bataille rangée de la villa, Baha était presque une victime. Certes, le genre de victime qui a beaucoup de choses à se reprocher, mais une victime tout de même.

Quand il se retrouva avec la flic, Baha n'en pouvait plus. Les formalités lui avaient paru interminables. L'inconvénient, c'est qu'elles lui avaient donné le temps de réfléchir. S'il était prêt à tout dire et sur tout le monde au moment de son interpellation, maintenant, il hésitait.

C'est un fugitif exténué et à bout de souffle qui prit place dans le bureau. Elle lui proposa un thé. Il aurait bien bu quelque chose de plus fort. Il n'osa pas le demander et accepta la boisson chaude. Pendant la préparation, ils commencèrent par se jauger mutuellement. Elle n'était plus toute jeune, le temps avait fait son œuvre, ça restait une jolie fille, certainement une sportive. Avec sa tignasse blonde et ses yeux clairs, elle aurait pu être Russe. Ce qui le surprenait, quand elle parlait, c'était son accent. Baha se débrouillait assez bien en français, mais il n'avait jamais entendu quelqu'un s'exprimer comme ça, c'était chantant, plus doux que ce qu'il connaissait. Ça l'amusa, c'était bien la seule chose qui puisse égayer sa situation. Il visita la pièce des yeux, quelques tableaux, un tapis par terre, des certificats au mur. C'était mieux que les bureaux des flics beyazes, ça ressemblait au consulat de Schimansky.

Baha en vint à un jugement plus terre à terre. Il avait en face de lui la cheffe d'un service spécialisé dans la lutte contre la grande criminalité, elle devait avoir un certain pouvoir. Si dans le Beyazstan corrompu, la confiance envers les fonctionnaires et les apparatchiks était somme toute limitée, il se dit qu'en France, c'était différent. De bonnes raisons de s'épancher, il n'avait pas vraiment le choix. Il pensa à ces séries télé dont sa femme s'abrutissait ; les voyous négociaient avec les autorités, pourquoi pas lui.

La flic lui tendit la tasse de thé et s'en servit une autre. Elle aussi cogitait. D'abord elle voyait en Baha un miraculé. Il devait bien se douter que si le KNB voulait sa peau, il finirait par l'avoir. Son unique chance était de bénéficier de la protection d'un État. L'homme paraissait au bout du rouleau et pourtant, il avait des allures de guerrier, et c'est bien ce qu'il devait être pour être encore vivant. Avec un gars comme ça, inutile de faire dans la poésie. Elle attaqua bille en tête :

— Il me semble que tu nous dois la vie. Quand on était là-haut, tu avais l'air pressé de parler… C'est vrai que vu le pedigree des gens qui cherchent à te tuer, tu dois avoir de bonnes raisons de t'inquiéter, non ? Ces gens, avec des passeports diplomatiques, ne peuvent être que des barbouzes du SNB, je me trompe ?

— Du KNB, corrigea machinalement Baha.

— Merci pour la précision !

— Ils ne sont pas Russes, ils sont Beyazes et chez nous, c'est le KNB.

Elle allait répondre, mais Baha leva une main pour interrompre la commandante.

— Je comprends ce que vous me dites et je suis conscient qu'on veut ma peau. La vérité est que je sais trop de choses…

Elle se tut pour l'encourager à poursuivre. La glotte de Baha fit plusieurs allers-retours rapides. Ce n'est pas parce qu'il était prêt à parler que c'était facile. Il hésita :

— Vous avez une connexion internet ?

La flic lui renvoya un regard intrigué.

— Oui, pourquoi ?

— Je possède des informations qui vont vous intéresser. Mais il faut me sortir de là.

— Hou là, tu es recherché pour le meurtre d'une diplomate, tu vis dans le repaire d'un trafiquant de drogue et deux policiers sont morts en opération à cause de toi. Alors, ta marge de manœuvre me paraît limitée. Moi, sans être une voyante, pour ton avenir, j'imagine plutôt trente ans incompressibles dans les geôles françaises. T'as soixante-deux ans… Autant dire que tu sortiras dans un cercueil.

Il sentit un long frisson le parcourir. Il ne voulait pas crever en prison.

— Les infos que je possède sont sur le Cloud. De toute manière, à mon niveau je ne peux pas en faire grand-chose. Tout vient de chez vous.

Elle ne comprenait pas ce qu'il entendait par là, mais elle se refusa à lui demander des précisions.

Faire des manipulations sur le Web, ça pouvait très bien être un moyen pour Baha d'envoyer un message à des amis à l'extérieur. Si elle sollicitait des instructions, ce serait une levée de parapluies et ça prendrait un temps fou avant que quelqu'un décide quoi faire. La patience n'étant pas dans ses qualités, malgré l'air réprobateur du collègue qui l'assistait, elle choisit d'être joueuse et d'écouter son instinct. Elle posa un ordinateur portable devant son prisonnier. Il chercha les yeux de la flic et lui montra du regard les menottes qui entravaient ses poignets. Elle répondit par un haussement d'épaules et fit une moue. Pas question. Grimace de Baha. Il s'approcha du clavier.

— Tu vas y aller doucement, on va te filmer et je veux noter tout ce que tu vas faire et les mots de passe s'il y en a. C'est bien d'accord ?

— Oui, pas de problème…

Les deux policiers suivirent pas à pas son action. Il se plia aux sollicitations et ils n'eurent aucune difficulté à enregistrer ses manœuvres pour arriver à une série de photos. Une partie des documents était en russe et l'autre en français. Il y avait des contrats, mais aussi des reçus d'argent, des copies de virements bancaires, des transferts dont les montants représentaient des siècles de salaires d'un fonctionnaire. Johana tiqua en voyant la mention « confidentiel » sur certains papiers. Oups ! La flic ne s'attendait pas à ça. Il s'agissait d'un rapport concernant les dessous d'un marché portant sur l'achat d'hélicoptères français par l'État beyaze. Et il y était mentionné une liste de noms de personnes supposées avoir aidé à la réalisation de cette affaire.

— Tu sais qui sont ces gens ? demanda la commandante.

Baha haussa les épaules.

— Évidemment. Ils sont très connus chez nous. Certains sont ministres, des membres de la famille du président… Un général, beaucoup d'hommes d'affaires.

Une autre page indiquait clairement les montants que ces derniers avaient touchés pour leur rôle de facilitateur. Les chiffres donnèrent le vertige aux deux fonctionnaires.

La flic comprit que son témoin avait raison. Elle venait de mettre les pieds dans un truc qui la dépassait. La curiosité s'intensifia. Elle revint en arrière et survola le texte. Même s'il n'y avait pas le nom du rédacteur, elle paria qu'il avait été écrit par la diplomate assassinée. Il était fait mention d'informations recueillies auprès d'un mystérieux indicateur. Elle avança jusqu'à la fin du rapport et là, il était précisé que l'argent donné aux Beyazes impliqués l'avait été par de grandes entreprises du CAC 40 avec pour intermédiaire des hauts personnages de l'État français. Les identités lui brûlèrent les yeux. Elle eut subitement envie de rembobiner le film et de faire comme si elle n'avait rien vu. C'était un peu tard.

— Vous comprenez maintenant pourquoi on veut ma peau ?

La commandante hésita à copier les documents, à les imprimer ou à les envoyer sur une boîte mail. Dans un premier temps, elle préféra se limiter à des copies d'écran. Elle s'adressa à son collègue :

— Appelle Pierre Balnape, notre geek en chef, il saura ce qu'il faut faire pour sauvegarder ces informations.

Et elle demanda à Baha :

— La consule générale qui a été assassinée, c'est toi qui l'as tuée pour obtenir ça ?

Elle le vit hésiter. Malaise.

— Non, je vous jure que je n'y suis pour rien. Elle était déjà morte quand je suis entré dans le bureau. La table était remplie de documents. J'ai fait des photos pour transmettre au KNB. Par la suite, je me suis rendu compte qu'ils les avaient effacées de mon téléphone. (Il prit un air ironique et un peu méprisant qui ne passa pas inaperçu à la flic.) Ce qu'ils ne savaient pas, c'est qu'il y avait aussi une clé USB et je ne l'ai pas donnée. Tout ce que vous voyez provient de cette clé. En entrant au Tadjikistan, je suis resté longtemps dans un café internet. C'est là que j'ai créé un compte pour y mettre les documents copiés avant de détruire le support. Tout y est.

Il mentait, ou plus exactement, il ne disait pas tout. Le collègue de la commandante exprima à haute voix ce que sa cheffe pensait :

— Donc les services beyazes ne savent rien sur cette clé ?

— J'imagine qu'ils en ont connu l'existence en analysant l'ordinateur, après que j'ai introduit un programme qui leur a permis d'en prendre les commandes et aussi de pirater la caméra et le micro du poste de travail de la consule.

— Et ils veulent te tuer uniquement parce qu'ils supposent que tu as lu les documents ?

Baha s'esclaffa.

— Maintenant nous sommes deux de plus.

La flic haussa les épaules et secoua la tête.

— Tu te doutes bien qu'en France tout le monde a dû regarder ça. En plus, si ça a été rédigé par la diplomate, ses chefs ont dû y avoir accès.

— Pas certain, j'ai introduit dans sa machine un logiciel du KNB. En prenant le contrôle de l'ordinateur, ils ont peut-être effacé des fichiers… Seul un technicien pourra le dire.

— Bon, fit la flic, on va être terre à terre et se borner au plus simple. Je vais t'entendre et tu vas me dire que les services secrets de ton pays veulent te tuer parce que tu as espionné pour eux et ils ont peur que tu parles…

Elle fut interrompue par l'entrée du spécialiste informatique. Baha le regarda avec une mine interloquée, c'était un gamin d'une petite trentaine d'années, cheveux longs, pull de laine, pantalon au milieu des fesses. Le lieutenant Balnape était loin de ressembler à l'image que Baha se faisait des flics. Johana expliqua à son collègue ce qu'ils venaient de faire et ce qu'elle attendait de lui. Le jeune officier eut l'air choqué de quelqu'un qui vient d'entendre des obscénités.

— T'as pris des risques inconsidérés.

Elle se contenta de lui renvoyer un sourire craquant.

— Les ordinateurs ne tirent pas au 38.

— Faux, ça existe déjà.

Elle leva les yeux au ciel et lui désigna Baha.

— Monsieur va t'expliquer comment il a opéré. Je te laisse un moment avec lui.

La commandante profita de cet intermède pour quitter le bureau. Il était temps de parler à son chef de service.

Son iPhone sonna. Un numéro qu'elle ne connaissait pas.

— C'est toi qui t'occupes de l'affaire du fugitif beyaze ?

— Oui, répondit la flic, sur un ton prudent.

— Commandant Patrick Girard, de la criminelle de Paris. Ne fais rien tant que je ne t'ai pas vue.

Elle pouffa :

— Depuis quand la Crim' Paris donne des ordres ?

— Ne le prends pas comme ça, c'est plutôt un service que je te rends. Je te demande seulement d'attendre qu'on soit ensemble pour entendre tes clients.

Ça l'énervait, mais le ton de son collègue n'avait rien d'agressif et avec ce qu'elle savait maintenant, elle comprenait qu'elle marchait sur des œufs.

— OK, fit-elle. Mais je dois en parler à mon taulier.

— J'ai regardé les horaires d'avion, je serai à Nice dans trois heures.

Elle allait raccrocher quand son correspondant reprit la parole :

— Mon chef se charge d'appeler le tien.

41

Les procès-verbaux attendraient. Johana n'en pouvait plus. Elle prit quelques minutes pour dire à Baha que, tout compte fait, sa situation n'était pas aussi désespérée qu'elle la lui décrivait ; s'il s'expliquait, il avait peut-être la possibilité de limiter la casse. Il lui lança un regard humide.

— Surtout que je n'ai quasiment rien fait.

Elle s'en moquait et n'avait aucune certitude sur ce qu'elle lui avançait, elle voulait juste le conserver en de bonnes dispositions, le temps que ce Patrick Girard arrive. Ce nom lui disait quelque chose… Elle se demanda si sa sœur, également commandante de police, ne lui avait pas parlé de lui.

En attendant, elle confia le suspect à un de ses collègues et s'enferma avec une seule idée. Dormir ! Elle tira les rideaux, bascula son fauteuil en arrière et posa deux pieds sur sa table. Restait à trouver le sommeil.

Quand elle rouvrit les yeux, on tambourinait à sa porte. Elle imagina qu'on avait dû commencer par des coups légers avant de cogner de la sorte.

— Ho, c'est bon, j'arrive !

Elle regarda l'heure sur sa Reverso. Presque une heure du matin. Merde, merde, merde, un long frisson lui traversa l'échine. Elle ne s'était pas réveillée à temps. Elle chercha son téléphone. Il était en mode silencieux dans son sac. Trois appels en absence. Elle se précipita pour ouvrir. Le fauteur de troubles était un de ses collègues.

— Ces gens veulent te voir.

Il était avec deux types en costume cravate. Elle imagina fort bien que l'un des deux était le gars de la Crim' parisienne. Le quinqua avec des lunettes posées sur la tête, comme s'il venait de lire un document, lui tendit le premier la main :

— Patrick Girard, commandant divisionnaire. Merci pour l'accueil !

Plutôt que de faire profil bas, elle aurait été fort capable de monter sur ses grands chevaux et de le pourrir, mais elle choisit tout de même la première option.

— Je suis vraiment désolée, je n'ai pas entendu mon téléphone, je dormais.

Il répondit par un sourire rempli de bienveillance. Il connaissait suffisamment le travail de flic et ce qu'un flag imposait aux enquêteurs pour ne pas lui en vouloir.

— Il n'y a pas de soucis, je me suis douté qu'il y avait un problème, on a pris un taxi. J'avais seulement peur qu'il n'y ait plus personne ici.

Le policier s'écarta et présenta celui qui l'accompagnait.

— Je suis cette affaire avec l'ambassadeur Bruno Delaroque, il la connaît aussi bien que moi.

Elle regarda le diplomate et se marra intérieurement en voyant ce grand type, visiblement mal à l'aise dans un milieu qui n'était pas le sien. Il lui tendit la main et eut un sourire embarrassé. Il y avait encore de l'agitation, des fonctionnaires étaient en audition, d'autres rédigeaient des actes de procédure. Elle libéra le passage et les fit entrer dans son bureau.

— Le taulier n'est plus là, entrez, vous allez m'expliquer ce qui me vaut votre visite.

Elle les invita à prendre place dans les fauteuils. Delaroque tiqua en voyant une paire de menottes pendue à un anneau scellé dans le mur. Ici on était loin des ors de la République. Les chemises posées sur le bureau et les photos de la scène de crime de Saint-Laurent-du-Var le firent frémir. Son regard s'arrêta sur une pile de dossiers marqués « Homicides volontaires », « Viols », « Coups et Blessures », des dates et des noms de victimes et la mention « C/X »... des enquêtes en cours. Il imagina les histoires sordides qui devaient être le quotidien de cette femme.

Johana s'assit dans son fauteuil :

— Je vous écoute.

À l'inverse de l'ambassadeur, Patrick se trouva immédiatement chez lui. Ici ça sentait le flic, certes moins qu'au 36, le vrai, celui du quai des Orfèvres, mais il était dans son élément et cette nana lui plaisait bien. Comme tous les policiers lors de leur première rencontre, il commença par l'analyser, histoire de savoir qui elle était, qui elle connaissait, d'où elle venait.

— J'ai bossé avec la PJ de Nice, c'était il y a un peu plus de deux ou trois ans, il y avait une commandante, Léanne Vallauri[1].

Johana eut un petit rire :

— Ma frangine.

Elle expliqua en quelques mots qu'elle l'avait remplacée et précisa :

— Nous n'avons pas le même nom, Léanne a gardé celui de son mari.

Patrick se souvint que sa collègue était veuve. Il n'avait pas besoin d'en connaître plus ; si cette Johana travaillait comme sa sœur, elle ne pouvait être qu'une bonne flic. Il commença à résumer tout ce qu'il savait sur le meurtre de Gwenola Fontaine et de quelle manière Baha Babaef était mis en cause. La commandante le coupa.

— Même si ce meurtre n'est pas mon affaire, tu te doutes bien que nous l'avons évoqué. Il affirme qu'il n'y est pour rien.

Patrick dodelina de la tête.

— Nous avons de bonnes raisons de penser qu'il était dans le bureau quand elle est morte et il y a quelques éléments contre lui. Il peinera à s'en sortir. Mais il a y autre chose…

Les yeux de la commandante brillèrent :

— Les documents ?

Elle avait mis dans le mille et elle savoura son effet devant la mine interloquée des deux Parisiens.

— Il vous a dit quelque chose ? demanda Bruno.

Il n'était pas flic, le vouvoiement s'imposait.

1. Voir *Mortels trafics*, éditions Fayard.

— Moi, ce qui m'intéresse, c'est ce qui s'est passé à Saint-Laurent-du-Var et pourquoi. Je pense que nous avons identifié les membres du commando chargé d'éliminer Baha Babaef. Ils ont le statut diplomatique. On fait traîner les choses en supposant que les documents sont falsifiés, mais je suis certaine de leur authenticité. C'est un moyen de gagner du temps et de les garder chez nous. On reviendra sur les tueurs, mais concernant Babaef…

Johana se cala dans son fauteuil. Ils étaient pendus à ses lèvres et elle s'en amusait à tel point qu'elle en oublia sa fatigue. Elle leur relata ce que Babaef lui avait dit. Elle hésita une seconde et finalement leur montra les documents qu'il lui avait communiqués. L'ambassadeur prit un air catastrophé :

— Beaucoup de gens les ont lus ?

— Alors, en dehors de moi… Il y a deux collègues. Mon chef ne les a pas encore vus, il n'était pas dans son bureau.

Delaroque y alla de quelques mouvements nerveux. Devant ces mimiques, Patrick nota la surprise de Johana et partagea avec elle un sourire complice.

— Non, mais, vous vous rendez compte, ces documents sont de la première importance, ils ne peuvent pas finir dans une annexe de procès-verbal et être accessibles au premier journaliste venu.

Johana fit claquer sa langue contre son palais.

— Vous n'avez pas confiance dans le secret de l'instruction ?

Le diplomate accentua l'amplitude de ses mouvements en soufflant d'agacement. Johana le calma.

— Ne vous inquiétez pas, pour le moment je n'ai rien divulgué, et rien n'est officiel.

Patrick intervint à son tour :

— Tu comprends maintenant pourquoi nous sommes ici ? Demain, la DGSI va débarquer en nombre. Tout cela les intéresse.

Elle opina d'un mouvement de tête.

— Qu'est-ce qu'il demande ? questionna Patrick. Il imaginait mal que Baha ait pu abattre aussi facilement son joker.

— L'abandon des poursuites et une protection.

Patrick fit une moue qui en disait long sur les chances de Baha d'obtenir satisfaction. Johana continua :

— Il en est resté au monde des séries télé, il se croit aux États-Unis. Ce qui est certain, c'est qu'il est conscient qu'il a peu de marge de manœuvre et que les Beyazes veulent sa mort. La diffusion de ces documents secrets ne les arrêtera pas, seul le mobile changera. De la prévention, ils passeront à la vengeance.

Le flic parisien acquiesça.

— Qu'est-ce qui fait leur valeur à ces dossiers ? Je les ai parcourus brièvement, je ne comprends évidemment pas tout ce qui est en cyrillique. En France, j'imagine un scandale du genre de l'affaire Karachi, cette histoire de vente de sous-marins aux Pakistanais ou comme la cession des frégates à l'Arabie saoudite. Ça fera les grands titres quelque temps, il y aura un ou deux hommes politiques impliqués et basta, fit la flic...

Bruno Delaroque crut s'étouffer.

— Et basta ! Non, mais vous vous rendez compte de ce que vous dites ? Selon l'usage qui sera fait de ces informations, il pourrait s'agir d'une véritable bombe atomique. On parle de sommes énormes destinées à des sociétés écrans pour rémunérer des intermédiaires qui ont facilité la signature de contrats d'armement. Il y aura effectivement des répercussions dans le monde politique français, mais aussi international. Si des dirigeants se retrouvent impliqués dans ces affaires, ils risquent de ne plus pouvoir sortir de leur pays, d'avoir leurs biens saisis en France et à l'étranger... Et basta !? répéta sur un ton agacé le diplomate.

Cette fois, Johana éclata franchement de rire.

— Tout cela est un peu loin de mes petites enquêtes de drogue et de banditisme. Mais, au final, il ne s'agit que d'histoires de voyous. Désolée de ne pas être impressionnée.

Elle envoya un coup de menton vers Patrick.

— Je suppose que vous voulez lui parler ?

— Oui, on aimerait bien. Ça nous donnera une idée du personnage et puis on a pas mal de choses à lui demander sur le meurtre.

42

Johana se chargea de ramener Baha aux deux Parisiens. Leur âge, qu'ils arrivent de la capitale et le fait qu'ils soient en costume le mirent en confiance. Des signes qu'on le prenait au sérieux. Patrick se garda d'indiquer les raisons précises de leur enquête et enroba tout ça dans un rideau de fumée, les mentions du ministère des Affaires étrangères et de l'Intérieur suffirent à donner à Baha suffisamment d'assurance pour qu'il ait envie de se lancer dans, sinon des aveux circonstanciés, au moins des explications.

Un poignet attaché au mur par les menottes, il prit place devant le bureau de Johana à côté de Patrick et de Bruno. Presque une discussion entre amis. La policière ajouta une touche de mise en confiance en offrant à nouveau du café. Ils apprécièrent, d'autant plus que tout le monde ressentait les effets de la fatigue. Ce serait encore une nuit blanche. Johana proposa à Patrick de rédiger pour qu'ils puissent converser librement avec Baha. Le commandant en fut presque embarrassé, mais il n'allait pas refuser cette aide.

Il attaqua sur un ton affable avec des banalités presque affligeantes. À croire que la santé de Baha et ses ennuis le préoccupaient personnellement et qu'ils étaient venus pour l'aider. Étant donné l'état mental dans lequel se trouvait le suspect, entre sa tête mise à prix par les services secrets beyazes et l'idée de mourir en prison, il n'avait pas d'autre solution que de les croire.

— Racontez-nous comment vous en êtes arrivés là, demanda enfin le flic.

Comme le Beyaze s'exprimait correctement en français, Patrick décida d'opter pour le vouvoiement, une manière de garder une certaine distance entre eux à condition que Baha maîtrise suffisamment les finesses de la langue. Delaroque parlerait en russe en cas d'extrême nécessité.

L'homme de ménage se massa les tempes et eut un regard rempli de lassitude. Patrick l'encouragea mollement :

— Je sais que ce n'est pas facile, mais autant vous habituer. Votre histoire, vous allez être contraint de la raconter des centaines de fois dans les jours, les semaines et les mois à venir.

Baha expira longuement, demanda une cigarette que Patrick lui donna et commença enfin. Il remonta à sa rencontre avec l'agent du KNB.

— Il me proposait un peu d'argent et me faisait miroiter un autre boulot. Vous imaginez ce que c'est, de se lever à quatre heures du matin pour un salaire de misère ?

Les policiers hochèrent la tête. À la différence du diplomate, leur empathie restait limitée. Patrick laissa le Beyaze continuer son histoire, tout en faisant de son mieux pour qu'il accélère la cadence et en arrive enfin à la nuit du crime.

L'aspirateur qui entrouvre la porte, le bureau vide, les documents éparpillés partout, le vol de la clé USB, le piratage de l'ordinateur… Baha raconta chaque étape.

— J'avais peur, je m'attendais à me faire prendre par le garde, je ne savais pas s'il y avait une caméra dans la pièce et jusqu'à ce que je quitte le consulat, j'ai cru qu'on allait m'arrêter.

Il poursuivit ensuite son histoire et là, le commandant passa à un défilement plus rapide. Les relations de Baha au Tadjikistan, le trafic de drogue, tout cela ne l'intéressait pas même si ça participait à se faire une idée précise du personnage. Le malheureux avait pris goût à sa nouvelle vie et effacé à la vitesse grand V toute trace de l'ancienne, femme et enfants compris. Ça en disait long sur sa moralité.

Il y avait plus d'une heure qu'ils écoutaient Baha et la fatigue s'accentuait. Jambes ankylosées, paupières lourdes, muscles douloureux. Ç'aurait pu être le moment de mettre fin à l'interrogatoire pour le reprendre après une période de repos. Patrick décida que ce serait une simple pause de quelques minutes. Les deux commandants et le diplomate abandonnèrent Baha à un policier pour qu'il se charge de l'emmener aux toilettes. Ils profitèrent de cet intermède pour parler entre eux. Delaroque fut le premier à intervenir.

— Ce type est un malheureux. Il faut le laisser dormir. Il a été manipulé par le KNB, il n'a rien fait de grave, c'est une victime du système.

— Victime du système…, répéta Johana avec un air ironique.

Delaroque s'émut de la mimique de la policière.

— Vous ne le croyez pas ? Écoutez commandante, je ne connais pas votre travail, mais j'imagine qu'il vous a endurcie à travers le temps. Vous n'avez aucune idée de la pression que peut mettre le KNB sur des pauvres gens pour obtenir ce qu'il veut. J'ai été suffisamment en poste dans ces pays totalitaires pour savoir ce qu'il en est. Ce monsieur est un malheureux.

— Et moi, avec tout le respect que je vous dois et sans contester votre expérience, laissez-moi vous dire que ce type ne vous dit pas toute la vérité. Vous n'avez peut-être pas remarqué le regard fuyant lorsqu'il en est arrivé à la mort de votre collègue. Le léger tremblement de ses chevilles, son désir de passer cet obstacle. Il ment. Ce qui ne l'empêche peut-être pas d'être aussi une victime.

— Il est juste épuisé. Comme nous d'ailleurs.

Patrick, silencieux jusque-là, coupa court à toute discussion.

— On va continuer de l'interroger.

— Vous cherchez quoi ? Des aveux sous la contrainte ? C'est ça les manières de la police ?

— Calme-toi.

Ils se turent en entendant que Baha revenait. Le Beyaze reprit sa place et Girard lui demanda :

— Tu veux un autre café ?

Johana sourit. Son collègue passait à l'acte II et se lançait dans le tutoiement.

Baha accepta et la flic se dévoua pour jouer les serveuses pendant que Patrick résumait tout ce que lui avait déclaré le suspect. Ce dernier écoutait en hochant la tête pour approuver. Tout allait plutôt bien jusqu'à ce que le commandant s'arrête.

— Bon, on a bien entendu toutes tes conneries, on les a même écrites. Maintenant, ce qu'on attend, c'est la vérité. Dis-nous comment tu as tué la consule. Parce que lorsque tu étais dans son bureau, elle était bien vivante et quand tu en es parti, elle était morte. À moins qu'il y ait eu un fantôme avec toi, il va falloir que tu donnes une explication. Surtout qu'on a trouvé ton ADN sur elle.

Le ton était monté et Patrick en profita pour sortir une chemise cartonnée qu'il avait avec lui. Les photos du cadavre se retrouvèrent devant Baha. Patrick se leva et leur suspect se recula, comme s'il craignait d'être frappé. Bruno, surpris, faillit s'interposer, alors que Johana ne broncha pas. Elle savait qu'il n'y aurait aucune brutalité. Les affaires criminelles sont trop importantes pour qu'on risque une nullité de procédure pour des soupçons de violence et… Qui pourrait imaginer que quelques gifles feraient avouer un Beyaze ayant connu la guerre en Afghanistan et les services de sécurité de son pays ?

Le suspect évita la photo.

— Je…

Patrick attrapa le cliché et le colla à quelques centimètres du visage de Baha.

— Tu quoi ? Tu le vois ce visage tuméfié, ce sang répandu sur les vêtements et ce foulard autour de son cou.

— Je vous jur…

— Tu jures quoi ? Que tu l'as frappée et que tu l'as étranglée pour l'achever. Il y a ton ADN, je te dis. Tu sais ce que c'est l'ADN ? C'est irréfutable. On a trouvé deux cheveux à toi sur le corps et une goutte de sueur. Tu es fini ! Alors, la seule chose qui m'intéresse ce n'est pas si tu l'as tuée ou pas. Tu es le meurtrier ! Ce que je veux que tu expliques, c'est pourquoi ? Et comment ça s'est passé ?

Le Beyaze s'attarda sur les enquêteurs, le bureau, tout ce qu'il y avait autour de lui. La gorge serrée, il inspira avant de répondre.

— Ce n'est pas moi qui l'ai frappée. Elle était comme ça, elle était blessée, je pense que de toute manière, elle n'allait pas s'en sortir. Elle baignait dans une flaque de sang… Mais elle m'a regardé.

Ses yeux se sont ouverts. J'ai pris peur, je me suis dit que si on la trouvait, avant de mourir, elle risquait de donner mon nom… C'est vrai, c'est moi qui l'ai étranglée. Mais je n'ai fait qu'abréger ses souffrances. Je vous jure que ça s'est passé comme ça.

Patrick se rassit.

— Je veux bien te croire. Vas-y, je t'écoute, entre dans les détails, tout nous intéresse.

Baha commença à parler. Il raconta dans quelles conditions il avait entendu du bruit provenant de la pièce à côté du bureau et la manière dont il avait trouvé Gwenola.

— Elle était gravement blessée, il y avait du sang partout. J'ai paniqué… Elle avait le foulard autour de son cou… Je n'ai fait que serrer, elle n'a pas crié, c'était déjà un poids mort…

En dire plus était trop lui demander. Patrick relâcha encore la pression.

— Tu as une idée de ce qui a pu se passer avant ta venue ?

Il haussa les épaules et donna le sentiment de réfléchir.

— C'est la première fois que je trouvais son bureau ouvert et elle était très stricte en matière de rangement. Je n'avais jamais vu un tel désordre. J'ai été très surpris, je ne comprenais pas. Ce que je vous ai dit avant, c'est la vérité. J'ai cru à une opportunité, ma chance de me débarrasser du KNB et de ses pressions.

Patrick laissa le calme s'instaurer et fouilla à nouveau dans ses documents. Cette fois, il posa des photos extraites des vidéos prises à l'extérieur du bâtiment.

— Tu connais cet homme ?

Le Beyaze attrapa les clichés et les examina longuement. Il ne trichait pas. Il faisait fonctionner tous les rouages de son cerveau pour tenter d'identifier le personnage en question. Quand il releva la tête vers son auditoire, il avait le regard vide. Il les fixa tristement.

— Je ne reconnais personne.

43

La nuit fut courte. La flic s'octroya quelques heures pour rentrer chez elle, se reposer un peu, se doucher et se changer. De leur côté, les deux visiteurs dormirent au Méridien. Patrick profitait d'un hébergement pris en charge par le ministère des Affaires étrangères, c'était autre chose que les hôtels minables qu'offrait habituellement l'Intérieur. En se levant, après un regard sur la promenade des Anglais et la Méditerranée, il se dit qu'il était dommage de n'être ici que pour le travail et il songea que cela faisait bien longtemps qu'il n'avait pas passé des vacances au bord de la mer avec sa femme. Il allait y penser. Pour le lieu, il viserait plutôt la Bretagne. Certes l'océan était plus froid, mais il avait le sentiment que venir sur la Côte d'Azur c'était comme déplacer Paris sur la côte.

Il ramassa ses affaires et descendit prendre le petit déjeuner. Bruno était déjà attablé, Patrick ne fut pas mécontent de voir que le visage de son collègue avait beaucoup de points communs avec celui qu'il avait croisé dans sa salle de bains. Comme lui, il avait les yeux striés de rouge et les traits fatigués.

— Tu n'es pas plus fringant que moi. Tout ça n'est plus de notre âge. Je suis heureux de ne pas être loin de la retraite.

— Ta collègue m'a impressionné. Plusieurs jours sans dormir, tout ça en menant une enquête, des interpellations, des constatations sur des cadavres.

Patrick fit un sourire ironique.

— Dans la police, on ne navigue pas au milieu des Rochers Ferrero.

Bruno se gonfla, agacé.

— Ha, évidemment, il faut que tu y ailles d'une réflexion et que tu essayes de faire une comparaison. Tu parles de deux métiers différents. Quand il s'agit de négocier des prises d'otages à l'étranger, de sauver des compatriotes qui sont dans une mauvaise passe, ou de faire notre travail de diplomate… Ne crois pas qu'on se limite à trente-cinq heures par semaine.

— Il me semble que vos salaires vous permettent de faire un petit effort.

L'ambassadeur balança la tête d'un côté à l'autre d'énervement.

— Inutile de discuter avec toi.

— Ne te fâche pas, tu ne vois pas que je te taquine.

Delaroque bougonna :

— C'est étrange comme toutes tes plaisanteries sont toujours à mes dépens ou à ceux de mon ministère.

Le flic avisa l'assiette du diplomate. Il était resté dans le classique, pain, brioche, confiture. Un regard sur le buffet effaça chez lui toute envie d'être raisonnable et il abandonna Delaroque à ses bouderies. Il dut faire plusieurs allers-retours avant de s'installer enfin devant une coupe de fruits, une autre de laitages, des viennoiseries et différentes charcuteries recouvertes de haricots dégoulinant de sauce. L'ambassadeur déposa un œil désabusé sur ce mélange.

— Le travail et la fatigue ne t'enlèvent pas l'appétit.

— Je sais, c'est beaucoup, mais tout me faisait envie. C'est tout de même autre chose que le canasson et le lait de jument. En plus, il y a du vrai pain et de la confiture qui ressemble à quelque chose.

— Bon appétit.

— Merci.

L'ambassadeur laissa le policier commencer à se goinfrer avant d'attaquer.

— Je dois reconnaître que tu avais raison en ce qui concerne Baha. C'est lui qui a tué Gwenola.

Patrick continua de mastiquer un croissant, sans interrompre Bruno. Celui-ci poursuivit :

— Je ne savais pas qu'on avait découvert de l'ADN de Baha sur la victime. Tu ne m'en avais pas parlé.

Patrick avala la viennoiserie et s'enfila un verre de jus d'orange.

— Je ne t'ai rien dit, pour la bonne raison qu'il n'y en avait pas. J'ai bluffé pour le faire avouer, parfois ça marche et ça a été le cas. J'ai mentionné des cheveux et de la sueur parce que je ne savais pas s'il avait des gants.

Le diplomate approuva d'un hochement de tête.

— C'est juste un peu de technique policière, avec des gens qui ne sont pas de vrais délinquants, ça peut fonctionner. La preuve, fit-il en déposant la coupelle de salade de fruits sur son assiette vide.

— Tu penses que maintenant il nous a dit toute la vérité ou tu imagines que c'est lui qui a torturé Gwenola ?

— Là, je crois qu'on y est. On n'obtiendra plus rien de lui.

— On a donc la certitude que le personnage de la vidéo est son tortionnaire.

Patrick repoussa son déjeuner, avala une gorgée de café et chercha ses cigarettes. Il avait besoin de fumer. Il regarda l'heure.

— T'es prêt ? Ils devraient venir nous récupérer maintenant.

Le diplomate avait ses affaires, Patrick les siennes, ils marchaient vers la sortie quand le flic lui répondit. À son sens, ils n'avaient la certitude de rien, le film ayant été bidouillé, il était difficile de s'en servir vu qu'on n'y reconnaissait personne.

— Il me semble t'avoir connu plus optimiste, lui lança Delaroque en continuant de parler devant l'hôtel.

— Tu as raison. Nous ne sommes pas à l'abri de quelques bonnes nouvelles.

*

* *

Ils se retrouvèrent dans le bureau de Johana. La cheffe de la Crim' avait acheté des croissants et elle buvait le café avec les membres de son équipe. Une ambiance dont Patrick raffolait. Malgré tout ce qu'il venait de s'enfiler, il ne put résister à une nouvelle viennoiserie. Pour Delaroque, c'était différent, il ne trouvait pas ses marques au milieu de cette bande de flics et n'arrivait pas à croire que ces types, en train de rire et de s'envoyer des plaisanteries de cour d'école, enquêtaient sur plusieurs meurtres.

— J'ai eu les gens de la DGSI, précisa Johana aux deux Parisiens. Ils sont dans l'avion. Elle continua en s'adressant plus spécifiquement à Delaroque : le ministère des Affaires étrangères a authentifié les passeports diplomatiques et l'ambassade du Beyazstan a indiqué que les commandos que nous avons interpellés dépendaient de leur chancellerie. Nous allons leur signifier leur expulsion immédiate et les relâcher. Ils doivent être conduits à l'aéroport par une équipe du RAID.

— Des explications officielles ? demanda Delaroque.

— De vagues excuses, des électrons libres qui voulaient punir un ennemi de la République beyaze.

— Un tissu de conneries, remarqua Patrick.

— Ils seront, paraît-il, arrêtés et jugés à leur arrivée au Beyazstan, précisa Johana.

Elle fut interrompue par la sonnerie de son téléphone. Elle décrocha et fronça les sourcils en écoutant son interlocuteur. Quand elle eut terminé, elle s'adressa à deux membres de son équipe.

— Allez aux geôles me chercher le colonel du groupe. Il paraît qu'il veut me voir.

La commandante s'adressa ensuite aux deux Parisiens.

— Je me demande ce qu'il a à nous dire.

— J'ai ma petite idée là-dessus, répondit Delaroque. Je peux rester avec vous ?

*

* *

Quand le colonel arriva dans le bureau, Johana l'attendait avec Patrick et Bruno. Le Beyaze avait un air presque goguenard. Il s'attarda d'abord sur la policière. La flic avait troqué sa tenue de combattante, jeans, pull et veste contre une robe qui mettait en valeur un corps ferme de sportive qui ne le laissait pas insensible. Il posa ensuite son regard sur la cafetière et les quelques croissants qu'il restait.

— C'est gentil d'en avoir gardé pour moi.

— N'est-ce pas, lui renvoya la commandant, sans en prendre ombrage.

Elle lui désigna un siège et lui donna une boisson chaude et une pâtisserie.

— Il paraît que vous vouliez me voir ?

Au lieu de répondre, l'agent du KNB observa Patrick et Bruno. Son silence valait interrogation.

— Ces messieurs arrivent de Paris. Ils s'intéressent à tout ce qui concerne le meurtre de notre diplomate.

Le colonel abandonna son sourire et acquiesça d'un air grave avant de s'adresser à la flic.

— Je suis un militaire, comme vous.

Elle approuva d'un discret mouvement de tête, ce n'était pas le moment de lui expliquer la différence entre la police et la gendarmerie, et l'encouragea à poursuivre.

— On me donne des ordres, je les exécute. Je n'ai rien contre Baha Babaef. Au contraire, son passé de soldat me rend même admiratif. Il est regrettable que nous en soyons arrivés à cette douloureuse conclusion. Des gens comme lui sont des héros de la patrie.

Peu habituée aux circonvolutions interminables, la commandante le coupa.

— Où voulez-vous en venir ?

— Ces quelques heures dans vos geôles m'ont permis de réfléchir…

L'officier beyaze s'interrompit et laissa le temps s'allonger. *Moment difficile, ou exercice théâtral ?* se demanda la flic, sans chercher à le brusquer.

— Je souhaite obtenir l'asile politique. Je ne peux pas rentrer au Beyazstan. Si je retourne là-bas, je serai arrêté et on me jugera responsable des actes commis en France, alors que je n'y suis pour rien. Après un simulacre de procès, je serai fusillé, ou je finirai ma vie dans une prison militaire, ce qui n'est pas plus enviable.

Si quelqu'un n'était pas étonné, c'était bien Bruno Delaroque. Il esquissa un sourire et s'adressa à Johana.

— Vous permettez que je parle au colonel ?

Elle hocha la tête et, à la surprise générale, le diplomate continua en russe. En temps normal, cela aurait pu agacer la flic. Là, elle n'y vit rien à redire. Cette affaire dépassait ses compétences et personne ne lui demanderait son avis pour la suite. Le regard de Patrick croisa le sien et il fit un léger mouvement d'épaules, témoignant autant de son impuissance que de son approbation. L'effet sur le colonel du KNB fut immédiat. Jusque-là, il jouait un rôle et cherchait ses mots, tout à coup tout semblait devenir plus simple. Ç'aurait pu être l'inverse, mais là, c'était à croire que le fait de s'adresser à lui dans une langue qu'il maîtrisait totalement le mettait en confiance. Le dialogue dura plusieurs minutes avant que Delaroque se décide à résumer leur discussion aux policiers.

— Je pense que le colonel a beaucoup de choses à dire et qu'il va intéresser nos services de renseignement et mon ministère. S'il coopère honnêtement, je suis persuadé que son aide sera appréciée en haut lieu. Je ne peux rien lui promettre, mais on me demandera certainement mon avis. Je ne doute pas de son utilité.

L'officier beyaze approuva avec un air ravi tout en lançant un chapelet de « *Da* » enthousiastes.

Patrick regarda sa montre, dans peu de temps les gens de la DGSI seraient là et leur témoin allait leur échapper. Il était plus qu'urgent de s'intéresser à leur enquête.

— Pour nous prouver sa bonne volonté, le minimum serait qu'il nous parle de la mort de Gwenola Fontaine. Est-ce que c'était téléguidé par le KNB ?

Delaroque s'apprêtait à lui poser la question, le colonel l'arrêta.

— Je vais vous dire la vérité. Mon service est innocent. Le KNB ne souhaitait pas le meurtre de la consule générale, bien au contraire. Avec un logiciel espion sur son ordinateur, nous comptions savoir tout ce qu'elle faisait et prendre la main sur plusieurs machines. Sa mort n'est d'aucune utilité. Ce meurtre a provoqué de nombreux remous chez nous. Personne n'a ordonné à Baha Babaef de la tuer.

— Mais qui alors ? demanda Patrick en se gardant de parler des aveux de l'homme de ménage.

Le colonel haussa les épaules en signe d'impuissance. Patrick opta pour une autre manière d'aborder le sujet :

— Sultan Cabaev.

Le flic prononça le nom de l'oligarque, sans chercher à en faire une question, comme s'il le posait sur la table. L'agent beyaze répondit prudemment sur un ton dénué d'émotion.

— Sa mort est un drame pour le chef de l'État.

— Ne donnez pas dans la langue de bois, asséna Delaroque, ce que nous attendons c'est de la franchise.

Le colonel fit mine d'être ennuyé par ce qu'il allait révéler.

— Un traître. Sultan Cabaev était un traître. Il a communiqué à votre diplomate des informations très compromettantes pour le chef de l'État. Une infamie. C'est une trahison envers la patrie et une famille à qui il devait tout. Je pense que le président a eu le cœur brisé et c'est la mort dans l'âme qu'il a pris la décision de se séparer d'un proche qu'il considérait comme son dauphin.

« Se séparer », Patrick apprécia l'euphémisme. Quitte à risquer de le bloquer, il osa couper son interlocuteur.

— C'est vous qui vous êtes chargé de son élimination ?

La question n'offusqua pas le colonel.

— Non. Mais je sais que c'est notre service qui s'en est occupé.

La porte du bureau s'ouvrit et un policier indiqua à Johana que les collègues de la DGSI étaient arrivés à l'aéroport. Patrick se balança d'une fesse sur l'autre, il fallait un quart d'heure, vingt minutes pour faire la route, le temps était limité. Il fouilla dans ses documents :

— Ivana Novolsky, la lieutenant qui travaillait avec nous, elle était au courant de tout ça ?

L'agent du KNB répondit du tac au tac :

— Certainement pas ! C'est une officier subalterne et en plus d'origine russe. Il eut un rire méprisant. Elle rendait compte de vos investigations, comme une petite employée sans importance.

— Nous avions demandé les vidéos enregistrées par les caméras de surveillance…

Le Beyaze arrêta Patrick.

— Et vous voulez savoir qui nous avons effacé ?

Si Johana ne pouvait pas tout comprendre, ce n'était pas le cas des deux Parisiens. Le colonel prit un malin plaisir à faire languir son auditoire avant de lâcher le nom de Sultan Cabaev.

— C'est donc lui qui l'a tuée, murmura Delaroque.

— Non ! l'arrêta le Beyaze. Cabaev trahissait en donnant des informations. Il pensait que votre diplomate allait lui obtenir des soutiens de la France et d'autres pays européens. Nous avons trouvé toutes les preuves dans son bureau et on a analysé ses ordinateurs. Il a été le premier surpris par la mort de la consule générale. Cet assassinat changeait tous ses plans.

— Seul le KNB avait de bonnes raisons de la faire disparaître, lança Patrick.

— Non, je vous l'ai déjà dit. Il était préférable de l'espionner et de savoir ce qu'elle tramait.

On frappa à la porte et elle s'ouvrit sur des visiteurs. Ils étaient quatre et l'un d'entre eux, certainement le chef, un type d'une cinquantaine d'années en costume cravate, coupé dans un tissu de qualité, entra. Il était court de taille, joues creusées, pommettes saillantes, des lèvres fines, peu habituées à l'exercice du sourire, petits yeux, cheveux ramenés en arrière pour cacher une calvitie naissante. *Un employé des pompes funèbres*, pensa Johana, et Patrick reconnut immédiatement un des plus gros cons que la police pouvait avoir en son sein. Une carrière d'escroc, bâtie sur le dos de ses subalternes, avec l'aval de politiques fascinés par le faire savoir au détriment du savoir-faire.

— Inspecteur général Roger Mariton, grinça le visiteur.

Patrick fit comme s'il n'avait pas entendu et tendit la photo extraite des vidéos de Schimansky.

— Tu connais ce type ?

— …

Le colonel n'eut pas le temps de répondre que Mariton s'interposait.

— Nous prenons en charge ce monsieur, d'ailleurs il n'est pas en garde à vue, si je ne me trompe pas. Vous n'avez plus rien à faire avec lui.

Il s'adressa ensuite à Johana :

— Plus aucune audition dans cette affaire. Tout passe par moi à partir de maintenant. Aucun procès-verbal ne sort d'ici sans que je l'aie lu avant. C'est clair ?

Johana affronta le regard de l'ordonnateur des pompes funèbres. Il avait beau avoir le grade le plus élevé de la police nationale, elle n'en avait cure.

— Voyez ça avec mon chef, son bureau est au bout du couloir. En attendant, merci de libérer le mien.

Le nain crut s'étouffer. Il se fendit d'un plissement de lèvres.

— Toi, ma petite, je me souviendrai de toi.

— Rassurez-vous, moi non plus, je n'oublie pas les malotrus.

Les deux billes de plomb qui la regardaient ne cillèrent pas. Il lui tourna le dos et disparut, non sans avoir dit au préalable à ses hommes de récupérer le colonel.

Bruno Delaroque resta sidéré par cette passe d'armes.

— Qui est ce monsieur ?

Patrick se chargea de la réponse :

— Un sale type, tu vois qu'il y en a aussi dans mon ministère. Je l'avais oublié celui-là. Un ancien de la PJ, il a bâti sa réputation au sein de l'unité antiterroriste. Depuis quelque temps, il œuvre à la DGSI. Il a l'aval du pouvoir. Il faut dire qu'il a l'art de savoir naviguer quels que soient les bords politiques.

Sous l'effet de la sidération, le diplomate s'adressa à Johana.

— Il peut vous créer des ennuis ?

— Ne vous inquiétez pas pour moi.

Elle passa devant sa table de travail pour s'asseoir près des deux Parisiens.

— Il me semble que nos affaires prennent une tournure étrange qui risque de s'éloigner du schéma d'une enquête pénale habituelle.

— J'en ai peur, approuva Patrick.

Johana se chargea de résumer où ils en étaient. Baha Babaef

reconnaissait avoir volé des documents et piraté l'ordinateur de Gwenola Fontaine avant de s'apercevoir de sa présence. La consule, mourante, gisait dans son sang et, au lieu de la secourir, il l'avait achevée. Devenu la cible des services secrets de son pays, il bénéficiait de la protection d'un baron de la drogue et s'était réfugié en France.

Restait maintenant à déterminer qui avait passé à tabac la diplomate.

44

Sans surprise, l'investigation niçoise tourna court. À l'exception de leur chef, les pseudos diplomates interpellés par Johana se retrouvèrent dans un avion à destination du Beyazstan. S'ils n'eurent pas de précisions sur le sort du colonel beyaze, ils imaginèrent qu'il avait été pris en charge par les services de renseignement pour subir un long, très long débriefing, à l'issue duquel, si tout allait bien, il obtiendrait l'asile et une nouvelle identité. Si dans ce cas cela n'avait rien d'anormal, ça l'était davantage concernant Baha Babaef qui, d'un pur point de vue juridique et surtout moral, était un meurtrier. Les faits étaient bien là et, même avec de l'indulgence, le héros de guerre cachait une crapule qui avait tôt fait d'oublier sa famille pour se transformer en trafiquant de drogue menant grande vie sur la Côte d'Azur. Ramené à Paris, s'il fut mis en examen, sa destination et son futur firent l'objet de décisions classifiées « secret défense », dont furent écartés le policier et le diplomate.

Pour Delaroque et Girard, l'affaire n'était pas terminée. L'administration comptait toujours sur eux pour faire l'entière lumière sur la mort de Gwenola Fontaine. Pendant plusieurs jours, ils continuèrent d'enquêter en France en entendant des amis et des collègues de la victime. Le scénario de ces auditions était d'une triste banalité. Après avoir, dans un premier temps, débité un lot de fadaises, mis en confiance, les témoins finissaient par livrer un portrait peu flatteur de la diplomate en tous points conforme à ce que les deux enquêteurs savaient déjà. En quelques semaines, ils avaient l'impression d'avoir fait le tour de tous les gens susceptibles d'avoir connu Gwenola et rien. Rien de rien. Aucun suspect ne se détachait.

Patrick décida de prendre quelques jours de congé avec Marianne, sa femme. Il se souvint de son envie de plage et de mer. Son épouse lui rappela que Bernard Larhant, un de ses collègues de promotion, avait une maison au bord de l'Atlantique à l'Île-Tudy, non loin de Quimper. Il se chargea de le contacter. Par chance, le commandant, aujourd'hui en retraite, jouait les globe-trotters en Afrique et c'est avec grand plaisir qu'il lui expliqua où récupérer les clés de sa résidence bigoudène. Il s'agissait d'une baraque de pêcheur posée face à l'océan. Si la température de l'eau dissuadait les baigneurs les plus courageux, l'endroit était idéal pour se retrouver, marcher et jouir de la nature.

Bien qu'il soit en congé, le flic ne put s'empêcher d'emporter avec lui des pièces de son dossier d'enquête. Il comptait profiter du calme pour ébaucher le rapport de synthèse qui résumerait la totalité des investigations qu'ils avaient menées. Sa femme vit d'un assez mauvais œil les documents s'étaler sur un bureau.

— Tu as voulu qu'on parte en vacances et tu as choisi la Bretagne, ce n'est pas pour passer ton temps derrière l'ordinateur.

Elle avait raison et c'est donc le matin tôt, avant d'aller visiter la région, qu'il s'attelait à sa tâche. Envisager de clôturer une affaire sans l'avoir solutionnée était un crève-cœur, non seulement un tueur ne payerait pas pour son acte, mais il pourrait en commettre d'autres.

Rien n'est jamais vraiment terminé et il serait toujours possible de rouvrir le dossier s'il y avait des éléments nouveaux. N'empêche que, plus Patrick Girard avançait en âge et approchait de la retraite, plus les échecs étaient rudes à encaisser.

Un soir, au retour d'une promenade dans la région, ils décidèrent d'aller manger sur la place de la cale. Après un bon repas au *Malamok*, alors qu'ils s'apprêtaient à rentrer, les oreilles de Patrick se vrillèrent en entendant ce qui ressemblait à un groupe de hard-rock.

— Qu'est-ce que c'est que ce… ?!

Marianne s'agrippa à son bras.

— Arrête de ronchonner et de faire le vieux avec tes musiques que personne n'écoute et tes chanteurs morts qui ont tout juste connu la période du vinyle... On ne peut pas dire que ce sont tes goûts qui m'ont séduite.

Le tumulte avait pour origine *Le Winch*, un bar local dans lequel un groupe se produisait face à une salle animée.

— Viens, on va voir, insista sa femme.

Patrick souffla et se dit que, vu le monde, il n'y aurait pas de place et que sa femme reviendrait rapidement à de meilleurs sentiments. Ils traversèrent un groupe de fumeurs pour entrer dans l'établissement. Le bruit explosa encore un peu plus dans les oreilles du commandant. Il reconnut tout de même une version électrique d'un morceau de blues des années vingt. Marianne exagérait, il avait aussi une bonne culture en matière de jazz et pas seulement en musique populaire française. D'ailleurs, la période zazou était teintée de sonorités américaines. Sa femme fit quelques pas en direction du comptoir et c'est sur la gauche qu'ils virent le groupe.

Patrick eut un sourire pincé en voyant trois filles occupées à déployer une énergie qu'il estima beuglarde. Et là, il tomba en arrêt sur la batteuse. Pas croyable ! Marianne s'aperçut de son changement d'attitude et se colla contre lui pour hurler dans une oreille :

— Qu'est-ce qui t'arrive ?

— La nana à la batterie, elle est commandante de police, Léanne Vallauri, une flic de Nice avec qui j'ai travaillé par le passé et il y a un mois j'étais avec sa sœur.

— La rockeuse avec qui tu étais à Perpignan et au Maroc, non ?

— C'est ça.

Le visage de Patrick s'éclaira. Il n'était plus question de partir. Son regard s'attarda sur le bar. Pour commander, il faudrait traverser le groupe d'habitués, armés d'une bière, qui encerclaient un comptoir derrière lequel officiaient une jolie rousse et un chauve aux allures de biker vêtu d'une chemise aux couleurs improbables.

Tout à fait le genre de lieu que fuyait Patrick. Il se pencha vers sa femme :

— Tu veux boire quoi ?

Elle hésita, remarqua une table dont la commande venait d'être servie :

— Un Irish coffee.

Patrick joua des coudes et finit par arriver jusqu'au tenancier. Si la demande du demi d'Affligem égaya le patron, il n'en fut pas de même de l'Irish coffee et il crut lire dans ses yeux quelque chose qui ressemblait à : « Je ne les supporte plus ces Parisiens. »

En revenant avec les consommations, il trouva sa femme debout à côté d'une table haute. Elle souriait et balançait ses hanches au rythme de la musique. Longtemps qu'il ne l'avait pas vue comme ça, un retour en arrière sur leur jeunesse et les soirées dans les clubs de jazz s'imposa instantanément dans sa tête. Il s'en voulut de délaisser leur vie de couple au profit de son travail. Il devenait pantouflard, il fallait que sa femme le secoue pour qu'ils sortent et encore, il n'était pas facile à décider. Elle le laissa se débarrasser de la bière et du café et se rapprocha de lui pour lui offrir ses lèvres. Un coup de jeunesse. Il finissait de l'embrasser quand il croisa le regard de la batteuse. Léanne venait de le remarquer. Elle faillit en lâcher ses baguettes.

Encore un rock et le set se termina par un « *I love Rock'n'Roll* » repris par des clients conquis. La guitariste et chanteuse n'avait rien à envier à Joan Jett et derrière elle, la bassiste rousse et Léanne assurèrent une rythmique soutenue jusqu'au dernier accord. Un vrai succès que Patrick et Marianne applaudirent. Dès la fin du morceau, la batteuse s'adressa à ses copines pour leur désigner le commandant et sa femme. Il fallut un moment pour que la rockeuse arrive à se libérer de leurs admirateurs et vienne rejoindre le couple. Jolie blonde d'une quarantaine d'années, son T-shirt trempé lui collait à la peau et elle dégoulinait de sueur. Elle leur envoya un sourire joyeux et interrogea son collègue :

— Qu'est-ce que tu fous là ?

— Un hasard, on a une location ici.

Patrick présenta sa femme et Léanne s'excusa de ne pas les

embrasser. Avant toute discussion, elle avait soif. Elle se retourna vers le comptoir.

— Philou, tu me fais un demi !

— Tu connais bien, remarqua Patrick.

Avant de répondre, Léanne introduisit dans leur conversation les deux autres musiciennes. Vanessa, la chanteuse et guitariste, et Élodie, la bassiste.

— On a passé notre adolescence dans le coin. La tante d'Élodie a une maison à Sainte-Marine, juste à côté.

La flic expliqua qu'elles s'étaient retrouvées dans la région de leur jeunesse et qu'elles travaillaient souvent ensemble puisque Vanessa était psycho-criminologue et Élodie médecin légiste. La commandante s'attarda sur Patrick.

— Ça me fait vraiment plaisir de te voir. Il y a…

— Trois ans. Notre mission au Maroc !

— Déjà trois ans ?!

Les deux policiers prirent un moment pour évoquer ces trois dernières années. Pour Patrick, le drame, à l'époque, était de passer du Quai des Orfèvres au Bastion…

— Tu t'en faisais tout un monde. En fait tu t'y plais, remarqua Léanne.

Marianne secoua la tête.

— Mon mari et les changements !

Patrick balança un coup de menton vers sa collègue.

— C'est vrai que toi, de Nice à Brest. Quand tu bouges, c'est pas pour rire.

Léanne raconta ses nouvelles fonctions à la tête de la PJ finistérienne.

— T'as dû aimer notre show, lança Léanne, t'écoutes encore tes trucs inécoutables ?

Il n'eut pas le temps de répondre que sa femme le fit pour lui…

— Oh, que oui !

Et Léanne expliqua aux deux autres filles les goûts particuliers de Patrick en matière de musique.

— Et t'as toujours tes lunettes sur le crâne, remarqua également la flic.

— Et j'ai aussi le même nom et c'est bien Patrick Girard que tu as devant toi.

Le reste de la soirée se passa à évoquer des souvenirs et parler de la région, jusqu'à ce que Patrick en vienne à sa dernière affaire et son voyage au Beyazstan.

— Pas banal de travailler dans un pays comme ça, jugea Léanne.

Son collègue ne put s'empêcher de partager avec elle son sentiment d'enquête inachevée.

— Pourquoi tu ne fais pas lire le dossier à Vanessa ? proposa la flic en s'adressant en même temps à la psychologue.

Le commandant hésita et la guitariste en remit une couche.

— On est en congé. Si tu veux, je jette un coup d'œil. Maintenant, je ne fais pas de miracles… fit-elle en cherchant son sac pour lui laisser un mail.

Comme des clients venaient perpétuellement les interrompre pour discuter avec les filles, Patrick finit par vouloir lever le camp. Léanne s'en excusa :

— On est un peu chez nous dans ce bar. Voyons-nous demain soir dans un restaurant, on sera plus tranquille.

Le commandant approuva et la psy le relança :

— Envoie-moi par mail tes constatations et les auditions les plus intéressantes.

Le flic eut un sourire indécis auquel répondit Léanne :

— T'inquiète pas, ça ne finira pas dans le journal et elle détruira les documents après en avoir pris connaissance.

45

Le lendemain soir, Patrick et sa femme retrouvèrent le groupe de filles à Sainte-Marine, au *Bistrot du Bac*, un restaurant sur le port. Le couple avait découvert l'endroit deux jours avant en se promenant depuis l'Île-Tudy par le sentier côtier. Cette fois, vu l'heure, ils firent le déplacement à bicyclette. Les trois rockeuses arrivaient à pied quand ils se pointèrent. Léanne éclata de rire.

— Jamais je ne t'aurais imaginé sur un vélo.

Patrick leva les yeux au ciel.

— C'est une idée de Marianne, ils étaient dans le garage, elle a trouvé que ça serait mieux que la voiture.

— Et j'ai eu raison, fit sa femme. Avoue que c'était sympa.

— C'est vrai.

Ils entrèrent dans l'établissement.

— On adore cet endroit, indiqua Léanne. C'est un peu notre cantine. On doit avoir bon goût puisque même Macron est venu y manger.

— Quel honneur ! apprécia le commandant.

La salle était séparée en deux parties : d'un côté, un comptoir et un emplacement plutôt réservé au bar et de l'autre, le restaurant. Ils allaient passer directement à table quand Vanessa intervint. Elle attrapa Patrick par le bras et lui désigna un endroit isolé du reste des clients.

— J'ai bossé pour toi, j'ai étudié les documents que tu as envoyés ce matin.

Le flic marqua sa surprise.

— Déjà !

— Les deux autres roupillaient et je n'avais que ça à faire en attendant qu'elles émergent.

Léanne avait entendu.

— C'est vrai, elle nous a même barbées avec ton histoire toute la journée. Parce qu'après elle n'a plus voulu décoller. On vous laisse, mais n'y passez pas deux heures.

Vanessa s'installa à une table et sortit de sa besace plusieurs documents imprimés que Patrick reconnut, c'étaient les procès-verbaux de son enquête. À côté, la psy posa un plan avec des notes.

— Ce que je vais te dire, c'est mon sentiment. Tu sais très bien que la psychologie n'est pas une science exacte, mais il y a tout de même des choses qui ne trompent pas. Pour moi, la violence indique l'acte d'un proche, quelqu'un qui voulait la punir de quelque chose. Il n'y avait peut-être pas intention de tuer. On imagine une gifle, quelque chose qui la fait chuter et ensuite une volée de coups de pied. Élodie est légiste, elle a regardé les photos et lu le rapport d'autopsie, elle arrive aux mêmes conclusions.

— Ce que tu me dis correspond aux examens qui ont été effectués à Paris et à Schimansky, approuva Patrick. Si tu penses au mari, je t'arrête tout de suite, il a un alibi sérieux.

— Il ressort des témoignages que cette femme était très libre, un fort caractère, il n'est pas interdit de penser qu'elle avait un amant. Pour entrer dans le consulat et la voir en pleine nuit, ça implique qu'ils se connaissaient et qu'ils se connaissaient bien.

Patrick intervint en parlant de Sultan Cabaev, qu'il imaginait jusque-là dans ce rôle. Un problème :

— Il n'avait aucun intérêt à ce que Gwenola disparaisse et son élimination par le KNB le démontre.

— Tout laisse penser à une dispute qui a dégénéré. Dans le cas d'un règlement de comptes, ça se serait passé différemment. Le ou les agresseurs auraient pu l'attendre à l'extérieur. Rien n'est calculé. Pour moi, il n'y a pas eu de préméditation. Celui qui l'a frappée n'a peut-être pas cru qu'elle était mortellement blessée.

Apparemment, elle a survécu quelques minutes après le choc, avant de sombrer dans un état semi-comateux.

Patrick sortit de sa poche un carnet et un stylo et nota une partie des éléments communiqués par Vanessa.

— Pour résumer : tu imagines qu'il faut chercher un amant. Une dispute qui tourne mal. Il la frappe et l'abandonne sans penser qu'elle va mourir.

Vanessa tempéra cette version.

— Aucune certitude, elle a aussi pu rester inanimée.

Patrick poursuivit le résumé :

— Quand Baha Babaef la découvre, elle est agonisante.

— Si vous n'avez aucun ADN étranger, ça implique qu'il s'agit de quelqu'un qui travaille avec elle et dont il est normal de trouver les traces dans le bureau.

Patrick réfléchit un moment. Dans le rôle du collaborateur pouvant être l'amant, il y avait finalement peu de monde : Émile Guyon, l'attaché de police, l'autre flic, CPM… Il aurait pu ajouter Erick Schindler, mais il avait un alibi.

— Voilà, fit Vanessa, en lui décrochant un sourire. Ce n'est rien de miraculeux. Je suppose que tu étais arrivé aux mêmes conclusions.

— Oui et non, dit Patrick. J'ai écarté des suspects en fonction des témoignages de chacun et des vérifications effectuées… Et une femme ? Tu n'envisages pas cette possibilité ?

— Une maîtresse ?

Le flic haussa les épaules, sans rien ajouter. La psy fit une moue.

— Je n'y crois pas trop, tu soupçonnes quelqu'un ?

Patrick pensa une seconde à Mathilde. L'idée lui parut ridicule. Ils furent interrompus par Léanne.

— Vous avez fait le tour du sujet ? On a faim. On a commandé pour vous et c'est servi.

— Laisse-moi deviner, lança la psy. Huîtres, thon rouge, île flottante.

— Ta femme a dit que ça te conviendrait, indiqua Léanne en s'adressant cette fois à Patrick.

— Parfait.

Le reste de la soirée se passa sans reparler de l'enquête et c'est le lendemain que le flic repensa à la discussion avec Vanessa. Et, comme par hasard, un élément n'arrivant jamais seul, il eut la surprise de voir s'afficher un message de Mathilde : « Je crois savoir qui est sur la photographie que vous m'avez montrée. »

46

Erick. Erick Schindler, voilà le suspect identifié par Mathilde. On ne voyait pourtant pas le visage, mais elle en était persuadée. Patrick passa presque trente minutes au téléphone à l'écouter lui expliquer qu'elle l'avait reconnu grâce au parka militaire qu'il portait. Il n'y avait pas d'erreur possible, c'était lui. Cette révélation soudaine la rendait mi-excitée, mi-craintive.

— Vous croyez qu'il risque de s'en prendre à moi ?

— Je ne peux rien vous affirmer.

Le blanc au bout de la ligne amusa le flic. Il avait trouvé un moyen de la faire taire. Il ajouta :

— Ça va d'abord dépendre de vous.

— …

Il imagina sa perplexité et son sourire s'agrandit encore.

— La discrétion s'impose. Il faut respecter un secret absolu et n'avoir confiance en personne. N'en parlez pas. S'il apprend que vous pensez à lui…

— Je devrais peut-être rentrer en France, prendre des vacances ?

— Surtout pas ! Cela pourrait lui mettre la puce à l'oreille et il a peut-être des complices. Ne changez rien à vos habitudes.

— Vous croyez ?

— J'en suis persuadé.

Quand il raccrocha, le moment de récréation passé, Patrick se demanda ce qu'il allait faire de cette information. La fiabilité lui semblait toute relative, mais il ne pouvait pas passer à côté. Retourner au Beyazstan pour entendre à nouveau Erick Schindler lui parut sans intérêt, sinon celui de procéder à une perquisition et mettre la main sur le parka.

En attendant, il y avait un problème et pas des moindres, le soir des faits, Erick était censé se trouver à presque un millier de kilomètres de là, à Tarkan, une ville du nord du Beyazstan, en train d'inaugurer une Alliance française.

Pour effectuer des vérifications, Patrick avait besoin d'aide sur place. Il pouvait solliciter Ivana. La flic du KNB serait à même de travailler là-dessus, ainsi qu'Émile Guyon. Encore fallait-il que ce dernier ne soit pas l'auteur du meurtre de Gwenola. Le commandant élimina cet argument : même si c'était le cas, l'attaché de sécurité intérieure devait se plier à ce qu'on lui demandait et n'aurait pas la possibilité de créer de fausses preuves pour impliquer Erick.

La chance sourit à l'enquêteur, après avoir informé Bruno Delaroque de ces nouveaux éléments. Renseignements pris, le diplomate lui annonça qu'Erick avait prévu de rentrer prochainement en France. Une belle opportunité pour l'entendre à nouveau.

De retour à Paris, il ne restait plus qu'à travailler sur l'hypothèse Schindler. Le policier et l'ambassadeur se retrouvèrent dans leur bureau de la rue des Trois-Fontanot. Le flic proposa du café et ils en profitèrent pour faire le point sur leur nouvelle piste. Delaroque exprima ses réticences.

— Schindler est un garçon intelligent et brillant. Je pense qu'il fera une belle carrière chez nous. Il s'agit de ne pas lui porter préjudice s'il n'y est pour rien. On sait ce que sont les rumeurs.

— J'en conviens et je suis, moi-même, peu convaincu par cette piste que nous offre Mathilde. Elle mérite toutefois d'être approfondie.

— Comment tu imagines ça ?

Patrick déroula le menu. Il ne fallut pas longtemps à Delaroque pour entamer son mouvement de marionnettiste et s'agiter sur son siège. Il hallucinait.

— Tu es fou ! Tu ne peux pas lui faire ça.

— Si on ne le déstabilise pas, on n'arrivera à rien.

— Mais s'il est innocent ?

— C'est un grand garçon, il s'en remettra.

Ils furent interrompus par un appel de Guyon. Le flic français à Schimansky avait fait du bon boulot. Il commença par expliquer les conditions dans lesquelles il avait obtenu ses informations et les relations avec le KNB.

— J'ai travaillé sur vos demandes avec Ivana, mais nos rapports ne sont plus aussi amicaux. Inutile de dire que c'est tendu. Il y a les apparences. La presse gouvernementale a amplement relaté l'existence d'électrons libres au sein du KNB et la reprise en mains de ce service. Le directeur de l'antenne de Schimansky a été limogé et les membres du commando niçois ont été jetés en prison à leur arrivée au Beyazstan. Ça, c'est pour la vitrine ! En réalité, les Beyazes ne digèrent pas leur échec et la coopération pour l'enquête est difficile. Ivana est toujours en charge du dossier, mais je suppose que tout ce qu'elle écrit est lu et relu avant de nous être transmis. Elle a perdu son sourire. Notre chance est que les informations que nous sollicitons concernent un diplomate français. Si les soupçons sont avérés, vous pouvez compter sur les Beyazes pour être les premiers à faire éclater le scandale.

Les traits de Bruno Delaroque se tendirent. Il imaginait déjà le visage de Schindler en première page des journaux. Et ce que Guyon révéla ne risquait pas de le tranquilliser.

*

* *

C'était la fin de l'après-midi quand l'avion venant de Schimansky se posa à Roissy. Le cœur léger, Erick Schindler quitta l'A 380 en saluant en russe l'hôtesse de l'air qu'il avait branchée durant le vol. Petit succès, il avait son numéro de téléphone. Il n'en ferait peut-être rien, mais il adorait jouer les séducteurs. Il ne lui fallut que quelques pas pour oublier le visage de la fille et penser à sa famille. Pas mécontent de retrouver sa femme et les enfants. Voilà quelques semaines qu'ils étaient rentrés en France et avaient emménagé dans l'appartement parisien qu'ils occuperaient jusqu'à ce qu'il reparte en poste à l'étranger. Pour un diplomate, le séjour français avait toujours un goût de pénitence. Cette fois, ce n'était pas le cas, il était heureux que l'aventure beyaze s'achève. Il suivit les indications et passa le contrôle des passeports pour se rendre dans la salle de réception des bagages. Ce qu'il ne vit pas, c'est qu'à partir de là, plusieurs policiers en civil s'étaient mêlés à la foule des voyageurs et qu'il faisait l'objet d'une filature. Le temps s'étira jusqu'à ce qu'il récupère sa valise de soute et c'est à ce moment-là qu'il tomba sur Patrick Girard. Il eut un moment de surprise et le sourire qu'il affichait disparut dans la seconde. Il blêmit et devint livide en entendant le commandant lui parler d'horaires, de garde à vue, de droits et d'avocat.

— Vous m'arrêtez ?

En état de sidération, il regarda autour de lui et bredouilla.

— Mais… ma famille m'attend.

— Nous allons nous en occuper, répondit sèchement le flic en indiquant à un de ses collègues de récupérer les bagages et à un autre de passer les menottes à leur prisonnier.

Schindler tressaillit et Patrick crut un instant qu'il allait faire un malaise. En guise de réconfort, il lui balança :

— On va d'abord aller chez vous pour effectuer une perquisition.

Il regarda avec un sourire la valise et ajouta :

— Pour la taule, vous aurez ce qu'il faut, c'est déjà du temps de gagné.

*

* *

Quand Erick arriva au 36, rue du Bastion, il s'était écoulé pas loin de deux heures. La perquisition était négative et la fouille de sa valise n'avait pas permis de découvrir le fameux parka. Avant qu'il se retrouve en salle d'interrogatoire, il se passa encore du temps, celui des formalités administratives, des notifications diverses – la prise d'empreintes, le relevé ADN et autres réjouissances. Un avocat l'assisterait. Erick naviguait dans une dimension qui lui était étrangère, sans montre, sans lacet de soulier, sans ceinture, il n'était plus lui-même. La pièce dédiée aux auditions était impersonnelle, pas de décoration, rien d'apaisant.

Patrick joua avec une caméra et indiqua que tout serait enregistré. Quand il fut prêt, il se lança enfin et l'interrogea sur ses relations avec Gwenola, rien de plus que ce qu'il avait déjà fait à Schimansky. La seule différence était que cette fois Schindler était sur la défensive. Il pesait le moindre de ses mots et ne voulait pas laisser supposer qu'il détestait la victime. Patrick écrivait. La manière dont il posait ses questions s'adoucit. Si son conseil n'avait pas mis en garde Schindler, en lui expliquant que cette première audition ne serait qu'une formalité destinée à recueillir des déclarations qui seraient ensuite passées au hachoir des éléments que détenait le policier, le suspect aurait presque pu croire à de la bienveillance de la part du flic.

Ils en arrivèrent à la nuit du crime. Schindler se cala sur son siège et jeta un coup d'œil vers l'avocat assis en retrait.

— On en a déjà parlé, lança le diplomate. J'inaugurais une Alliance française à huit cents kilomètres de Schimansky. Il y a eu des articles dans la presse locale et je suis resté à Tarkan pendant deux jours. Vous pouvez vérifier.

Patrick nota scrupuleusement les déclarations, posa encore quelques questions et clôtura le procès-verbal.

— C'est terminé ? demanda Schindler alors que Patrick lui tendait un exemplaire imprimé de son audition.

— Pour aujourd'hui. Il est presque vingt-trois heures. Nous continuerons demain.

— Mais… Et moi ? bredouilla Erick.

— Vous allez vous reposer.

— Ici ?

— Oui, dans une geôle.

Les épaules d'Erick s'affaissèrent, comme s'il était écrasé par le poids du vide.

Avant de quitter la salle et d'abandonner le prisonnier à des collègues, le policier s'adressa spécifiquement à l'avocat.

— Soyez là demain à neuf heures.

*

* *

Patrick ne rentra pas directement chez lui. Après une discussion aussi longue qu'orageuse avec Bruno Delaroque, il finalisa les questions à poser et leur enchaînement. L'ancien ambassadeur était mal à l'aise. La manière dont Patrick menait cet interrogatoire et traitait Erick Schindler lui était insupportable, il n'était pas loin de crier au fascisme. Le flic se justifia :

— Il faut savoir ce qu'il a dans le ventre. S'il a tué cette femme, il n'y a aucune raison de lui faire de cadeaux.

— Et s'il n'y est pour rien.

— Encore une fois, il s'en remettra.

L'ambassadeur souffla de colère. Patrick regarda sa montre et, fidèle à une vieille devise de la PJ, considéra qu'il était trop tard pour rentrer tôt.

— On va boire un verre ?

— Non, je vais chez moi, cracha Delaroque.

Le flic n'avait pas envie de discuter et plutôt que d'être avec un type qui lui faisait la gueule, il préféra ne pas insister et se retrouva seul devant un demi, posé sur le zinc d'un bar du quartier. Dans ces moments-là, le « vrai 36 » lui manquait. Les Batignolles et le 17e ne pouvaient pas rivaliser avec l'île de la Cité et Saint-Michel. Accroché au comptoir, il repassa l'audition dans sa tête et pensa à Schindler. Quoi que puisse croire Delaroque, il n'était pas un tortionnaire, il faisait juste son travail d'investigateur à la recherche de la manifestation de la vérité. Il avait hâte d'être au lendemain pour reprendre avec Erick et lui mettre le nez sur ses mensonges. Il se décida à régler sa consommation et à rentrer chez lui. À cette heure, Marianne dormait depuis longtemps et il ne pourrait plus discuter de l'enquête qu'avec son frigo.

*
* *

Quand Erick se pointa dans la salle d'interrogatoire, il n'était plus que l'ombre de lui-même : exit le brillant diplomate beau parleur. Autant la garde à vue était une promenade de santé pour un guignol de cité, autant elle ne laissait pas indemnes des gens qui n'avaient jamais eu affaire à la police. Mine de papier mâché, yeux rougis par la fatigue, les vêtements fripés, il n'avait pas récupéré ses lunettes et voyait mal.

Le flic le fit asseoir et lui proposa un café qu'il s'empressa d'accepter. L'avocat prit sa place. En habitué de la procédure pénale, il savait que c'était maintenant que les ennuis allaient se présenter.

Une fois installé, Patrick commença par revenir sur les déclarations de la veille.

— Vous maintenez ce que vous m'avez dit ?

Erick termina sa boisson et répondit affirmativement d'une voix plus assurée.

Bien calé sur son siège, le commandant ouvrit la chemise qu'il avait devant lui et déposa deux clichés sur le bureau. On y voyait Erick Schindler en train de passer les portiques de sécurité de l'aéroport.

— C'est bien vous ?

— Oui.

— Regardez la date.

Il comprit où le flic voulait en venir, abandonna les photos et se mit à bredouiller.

— Je vous jure que ce n'est pas moi qui l'ai tuée.

Le ton du flic se fit plus ferme.

— Ces photos indiquent que, bien que vous ayez pris une chambre d'hôtel sur votre lieu de mission, vous n'avez pas passé la nuit à Tarkan, puisque vous êtes rentré en avion à Schimansky et reparti le lendemain matin. Vous aviez donc tout le temps pour passer au consulat et assassiner Gwenola Fontaine. On parle bien d'assassinat parce que le fait que votre téléphone n'ait pas bougé de votre chambre vaut préméditation.

Patrick constata qu'une veine grossissait sur le cou de Schindler et qu'il commençait à transpirer. Des gouttes de sueur se formaient sur son front. Le commandant rentra dans le vif :

— Monsieur Schindler, il est grand temps de nous dire la vérité. Vous êtes revenu à Schimansky, vous aviez rendez-vous avec Gwenola Fontaine. Vous vous êtes vus, votre rencontre ne s'est pas déroulée comme prévu…

Érick tenta un regard vers son avocat.

— C'est avec moi que ça se passe !

L'enquêteur continua son attaque avec des éléments que la brigade criminelle avait recueillis :

— Vous connaissez Fleur Gayot ?

Nouveau coup de massue. Les lèvres d'Erick tremblaient sans qu'il parvienne à parler.

— C'était une de vos copines de fac, si je ne m'abuse.

— Oui, c'est vrai, vous allez me dire que je l'ai giflée, c'est ça ? Mais ça n'a rien à voir. J'étais éperdument amoureux d'elle, on est sorti ensemble pendant plus de deux ans et elle m'a trompée… Je l'ai très mal pris. On s'est disputé, bousculé mutuellement et puis je lui ai balancé une simple claque.

— Au point qu'elle le signale à la police.

— C'est son nouveau copain qui l'a forcée à le faire.

Erick avait partiellement raison et Fleur Gayot l'avait admis, n'empêche qu'elle décrivait son amant de l'époque comme extrêmement possessif, elle souhaitait s'en séparer depuis longtemps et n'y arrivait pas par crainte de ses réactions. Un soir, après une dispute, elle lui avait avoué qu'elle le trompait et qu'elle voulait le quitter. Ils en étaient venus aux mains et Erick lui avait donné une gifle. Pour lui faire peur et qu'il ne cherche pas à la revoir, son nouveau copain avait suggéré à Fleur de déposer plainte contre Erick, ce qu'elle avait fait avant de la retirer.

— Ces faits ont plus de quinze ans, indiqua l'avocat, et mon client n'a fait l'objet d'aucune condamnation.

— Maître, je vous rappelle que vous n'avez pas à intervenir. Ils démontrent le caractère violent de M. Schindler.

Patrick s'interrompit un instant et s'assura du regard d'Erick, avant de poursuivre :

— Ils sont d'autant plus importants que, malgré toutes vos déclarations indiquant que vous détestiez Gwenola Fontaine, vous étiez amants.

Erick avala difficilement… Il s'enfonça un peu plus sur sa chaise. Patrick lâcha une nouvelle salve.

— Les services techniques prouvent la présence de vos téléphones portables plusieurs fois à des heures et dans des lieux qui ne laissent aucun doute sur votre proximité… Il a même été relevé des traces de sperme avec votre ADN.

Schindler fronça les sourcils, il allait de déconvenue en déconvenue. Patrick posa devant lui la photo d'un string étalé sur le carrelage blanc de ce qui devait être un laboratoire.

— Le sous-vêtement avait glissé sous des tiroirs au fond de l'armoire de sa chambre au consulat.

Abattu par les évidences, le diplomate finit par reconnaître son intimité avec Gwenola.

— C'est vrai, nous avons été amants, mais c'était terminé. On continuait d'être complices et je surjouais notre rivalité pour qu'on ne soupçonne pas cette relation.

— Vous êtes un très bon menteur, asséna Patrick.

— Tout cela ne fait pas de moi un assassin. Je suis effectivement revenu à Schimansky, mais cela n'avait rien à voir avec Gwenola.

— Dites-moi alors où vous étiez et nous n'en parlerons plus.

— Impossible. Non. (Il eut un regard presque suppliant en direction du commandant…) Je vous demande de me croire.

Dernier argument, Patrick attrapa le cliché montrant l'homme entrer et sortir du consulat la nuit des faits.

— C'est bien vous ici ?

Les yeux du suspect firent plusieurs allers-retours de la photo au flic et Patrick eut l'impression étrange qu'au lieu de l'assommer, cet ultime argument venait de donner un bol d'air à Erick.

— Non, ce n'est pas moi.

— C'est bien votre parka ?

— J'en ai un similaire ou plutôt j'en avais un, je l'ai laissé au Beyazstan.

— Vous vous en êtes débarrassé. Il y avait du sang dessus peut-être ? demanda le commandant.

— Croyez ce que vous voulez. Je n'ai plus rien à dire, sinon que je suis innocent.

Patrick s'énerva encore, essaya de trouver de nouveaux arguments, rien n'y fit. Erick refusait de répondre et son avocat signifia au policier qu'il n'obtiendrait rien de plus. Fin du match, Erick Schindler s'expliquerait avec le juge d'instruction.

47

Le jeune diplomate fut présenté dans l'après-midi au juge d'instruction. Il maintint ses déclarations et refusa d'en dire plus sur les raisons de son retour à Schimansky la nuit du meurtre. Sans surprise, il écopa d'une mise en examen. Sa chance, même si ce n'était dû qu'au hasard, était que Gwenola ait été tuée par Baha Babaef et qu'au lieu d'une tentative d'homicide, le magistrat qualifie les faits de coups et blessures volontaires. Il fut laissé libre, sous contrôle judiciaire. Bien qu'il subsistât quelques points d'ombre, pour Patrick le dossier était quasiment terminé. Il se retrouva dans une brasserie du boulevard Saint-Michel pour en parler avec Bruno Delaroque. En d'autres circonstances, une fin d'affaire était l'occasion de quelques agapes, cette fois, nul n'avait envie de festoyer, la commande en témoignait. Un plat sans entrée et de l'eau. C'est la mort dans l'âme que l'ambassadeur déclara :

— Je dois admettre que tu avais raison.

Patrick soupira et secoua légèrement la tête.

— Je n'en suis pas si certain.

Deux yeux chargés d'incompréhension se posèrent sur le flic.

— Qu'est-ce que tu veux dire ?

— Schindler ne m'a pas convaincu. J'ai fait voir l'enregistrement aux psychologues de chez nous. Ils pensent qu'il n'a pas l'attitude d'un coupable. Au début, il se défend, il prend des coups, il est assommé par ce qu'il pourrait ressentir comme le poids de l'injustice. Il ne sait pas comment se sortir de la nasse et puis, à la fin, quand l'audition s'achève, au lieu d'être sonné, il est comme libéré. Une attitude étrange.

— Et alors ? Qu'est-ce qu'il va se passer maintenant ?

— Soit l'enquête est terminée. Soit il finira par dire la vérité et nous indiquer où il était la nuit du meurtre.

— Il peut mentir.

— Il faudra que ce soit convaincant et vérifiable sinon, tant pis pour lui. Il ira jusqu'au jugement, certainement en prison et il n'aura plus aucun avenir dans l'administration.

Delaroque avala difficilement sa portion de dorade.

— Et tu ne peux rien faire pour le forcer à parler ?

— Il y a une série de recherches en cours, j'attends les résultats.

*

* *

Il était presque deux heures du matin quand Patrick fut réveillé par le bip caractéristique d'un SMS.

— C'est quoi ce truc ? demanda sa femme d'une voix épuisée. T'es de permanence ?

— Non, et le boulot n'envoie pas des SMS, ils appellent.

Le téléphone était dans la poche de sa veste, il remit à plus tard la consultation d'un message qui ne pouvait avoir qu'une importance toute relative, certainement une publicité quelconque générée par un ordinateur, et préféra se coller à son épouse.

— Hou la… Un simple SMS te donne de la vigueur…

— Maintenant qu'on est réveillé, on va avoir du mal à se rendormir, autant en profiter.

Il envoya une main baladeuse qu'elle hésita à écarter, puis se laissa faire et finalement elle prit les devants.

Le matin, ils émergèrent plus tard que d'habitude et il n'était pas loin de huit heures quand Patrick se leva, direction la salle de bains. Sa femme le rejoignit pour filer sous la douche. Échange de sourires… Une idée lui vint, il repensa au SMS et s'en alla fouiller dans sa veste. Le message l'électrisa : « Commandant, ma vie est foutue. Je vous jure que je ne voulais pas la tuer, cela n'aurait jamais dû arriver. Le poids de la culpabilité et des remords est trop lourd à porter. J'ai gâché ma vie et aussi celle de ma femme et de mes enfants. J'espère qu'avec ma mort j'obtiendrai leur pardon. » Même si aucun nom ne s'affichait, Patrick n'eut aucun doute sur le signataire de ce message. Erick Schindler annonçait son intention de se suicider. Il nota rapidement le numéro d'Erick et appela la permanence de la PJ. Il fallait le localiser, envoyer une équipe au domicile de Schindler, effectuer des recherches auprès des services d'urgence et des hôpitaux.

Quand sa femme retrouva Patrick, elle comprit que l'heure n'était plus à roucouler. Le téléphone collé à l'oreille, son flic de mari se débattait avec les boutons d'une chemise qu'il venait d'enfiler. Si, en caleçon et chaussettes, il pouvait faire sourire, les instructions qu'il donnait laissaient présager d'un drame. Elle l'aida comme elle put et fonça lui préparer un café.

Arrivé rue du Bastion, Patrick mit un groupe sur le coup. Il était urgent de retrouver Erick. Les enquêteurs commencèrent par ce qui était le plus normal, son domicile. Alors que son contrôle judiciaire l'obligeait à y demeurer une partie de la journée et toute la nuit, le diplomate n'y était pas. Selon sa femme, il était sorti dans la soirée et elle n'avait plus eu de nouvelles. En froid avec son mari, à qui elle reprochait ses infidélités, elle n'avait pas pensé un instant à signaler cette absence.

Le bornage du portable fut rapide. Il disparaissait une vingtaine de minutes après l'heure du SMS reçu par Patrick, il se trouvait à ce moment-là à proximité de la gare d'Austerlitz.

— Et s'il s'était barré ? suggéra un enquêteur. Il envoie ce message, il se débarrasse de son téléphone, il monte dans un train ou il file à l'aéroport.

Le commandant n'y croyait pas.

— Il n'a plus son passeport et il est signalé aux frontières.

— C'est la théorie, lui rétorqua son collègue. Ces diplomates ont souvent plusieurs documents de voyage et le fichage est rarement immédiat.

Il n'avait pas tort. Patrick lui demanda de vérifier. Toute la journée fut prise par des recherches infructueuses. En début de soirée, le flic s'était fait son idée. À moins qu'il ne se soit évaporé en quittant la France, Erick s'était suicidé et si on n'avait pas encore retrouvé le corps, c'est qu'il avait dû se jeter dans la Seine.

Il fallut trois jours pour que le fleuve rende le cadavre et donne raison au commandant. Il était abîmé, avait été vraisemblablement traîné par une péniche et lacéré par une hélice. L'arrière du crâne était écrasé, mais le visage n'avait pas trop souffert et le flic n'eut pas besoin d'attendre le résultat de l'analyse ADN pour avoir la certitude qu'il s'agissait bien de Schindler. L'examen du corps, effectué à l'IML, ne mettait pas en évidence de traces de violence, sinon la lacération derrière le crâne. Pour le légiste, la mort par noyade ne faisait aucun doute et elle était confirmée par la présence d'eau dans les poumons. Tout corroborait l'hypothèse du suicide. En sortant du 2, place Mazas, la première chose que fit le policier fut d'allumer une cigarette. Les cadavres, même s'il connaissait bien, il avait toujours peiné à se faire à l'odeur. Elle restait collée longtemps dans le nez et s'imprégnait dans les vêtements. Ça le suivrait jusqu'à ce qu'il rentre chez lui. Delaroque l'avait accompagné pour la reconnaissance du corps, il n'avait pas l'expérience du flic et si cette opération l'avait secoué, ce n'était pas uniquement dû à la pollution olfactive.

— Quel gâchis ! Il n'avait pas quarante ans, une femme et deux gosses.

Le commandant lâcha une volute de fumée.

— Que veux-tu que je te dise ? La prison lui aurait peut-être sauvé la vie. Ce n'est même pas certain.

Le regard de Patrick s'arrêta sur la gare d'Austerlitz.

— C'est peut-être ici qu'il s'est suicidé. Il désigna les deux ponts les plus proches, Austerlitz et Charles-de-Gaulle, ainsi que les quais. Son téléphone a cessé d'émettre dans ce coin.

Delaroque nota quelque chose, comme de l'incertitude dans la voix du flic et il s'en étonna. Patrick mit du temps à répondre.

— On a travaillé sur les caméras de vidéo surveillance, il y en a beaucoup dans ces quartiers. On ne voit pas Schindler.

— Ça veut dire quoi ? demanda l'ambassadeur.

— Rien, sinon qu'il m'a envoyé son SMS non loin de Montparnasse, qu'il s'est déplacé jusqu'ici pour se débarrasser de son téléphone et ensuite aller se jeter dans la Seine à un autre endroit.

— Tu as l'air de douter ?

— Non, ce n'est pas ça, se défendit le flic. Il y a juste des points d'ombre. Certes, il ne faut pas demander à quelqu'un de désespéré, quelqu'un qui a décidé de mettre fin à ses jours, d'avoir une attitude rationnelle, mais il y a des choses qu'on ne comprend pas, ou plus exactement qu'on ne sait pas.

— Comme ?

— Qu'a fait Erick avant de mourir ? A-t-il vu quelqu'un ? Où était-il quand il s'est jeté dans la Seine ?

Et la suite, si elle n'apporta pas la réponse à toutes les questions, donna quelques idées. Un élément arriva du Beyazstan par la voix de Guyon. L'attaché de sécurité intérieure avait travaillé avec Ivana et bien travaillé, c'est ce que démontrait son excitation. Il n'attendit pas pour en dévoiler le résultat.

— On a trouvé où était Schindler la nuit des faits. Il est innocent !

Maintenant qu'Erick était mort, Patrick se demanda s'il devait accueillir cela comme une bonne ou une mauvaise nouvelle. L'explication du flic de Schimansky suivit dans la foulée. Ivana et le KNB en étaient la source, ce qui laissait tout de même planer quelques suspicions sur l'enquête. Guyon voulait y croire :

— En étudiant les déplacements de Schindler, ils se sont aperçus qu'un second téléphone bornait au même moment et dans les mêmes lieux que celui qu'ils connaissaient.

— Il avait un second GSM, conclut Patrick.

— Absolument ! Le soir du meurtre, alors que le portable habituel est resté dans la chambre d'hôtel de Tarkan, le second a été arrêté le temps du vol pour Schimansky, avant d'être rallumé… Puis coupé à nouveau toute la nuit.

— Il était chez quelqu'un ?

— Je ne vais pas te faire languir. Erick Schindler était bisexuel. Il avait un amant. Le type qui est identifié est un diplomate beyaze. Il a nié être homo, mais il a indiqué qu'Erick avait passé la nuit chez lui, soi-disant parce qu'il était déprimé et voulait parler. Les flics du KNB ont trouvé des photos de Schindler un peu partout et même des mots doux… Il n'y a aucun doute sur leurs relations.

— Voilà pourquoi Erick Schindler refusait de dire ce qu'il avait fait. Il a juste profité de sa mission pour s'offrir un extra sans que sa femme le sache.

— J'imagine qu'il avait peur de porter préjudice à son amant. Ici l'homosexualité n'est plus un crime, mais ça reste très mal vu. Son copain est grillé.

Quand le commandant raccrocha, ses premières pensées furent pour Delaroque, l'ambassadeur avait raison… Un immense gâchis. Il se rappela le petit sourire de Schindler en quittant la salle d'audition. Après une période d'abattement, il avait subitement repris du poil de la bête. Une évidence s'afficha. *Il était persuadé qu'il ne craignait rien et qu'il pourrait prouver aisément son innocence.* S'il se sentait si bien, c'est qu'il avait moyen de le faire sans révéler les secrets de sa nuit. Il connaissait l'assassin.

48

Un nouvel élément tomba deux jours plus tard, lorsqu'un fonctionnaire du 3e DPJ[1] appela Patrick. C'était un jeune capitaine qui était passé par la Crim' et avait travaillé dans son groupe. Ce qu'il avait à dire pouvait intéresser le commandant. Après quelques politesses rugueuses d'anciens combattants, le collègue de Patrick attaqua sur un ton goguenard.

— J'ai appris que les seigneurs de la brigade criminelle s'occupaient maintenant des noyades dans la Seine. J'allais laisser mon stagiaire appeler, quand j'ai su que tu étais sur l'affaire.

Il n'en fallait pas plus pour faire démarrer Girard.

— Tu parles du cadavre d'Érick Schindler ?

— Oui, c'est ça.

— T'as quelque chose là-dessus ?

— Ha ha ! Tu soupçonnes autre chose qu'un accident ou un suicide ?

— Fais-la-moi courte s'il te plaît.

Patrick essaya de jouer l'autorité, il obtint en retour un éclat de rire.

— Ne sois pas bougon. Tu vas faire tomber tes lunettes, tu les portes toujours sur le front ?

Girard fulminait, mais il sourit. Son collègue le connaissait bien. Il n'avait plus qu'à prendre son mal en patience. Il n'eut pas à attendre, le ton du capitaine de la DPJ devint plus sérieux.

1. District de police judiciaire.

— On nous a ramené un clando qui se dit Camerounais, il est sans papier et il est l'auteur de plusieurs casses… Le mec dort sous les ponts, il vient de nous raconter qu'il a été témoin d'une violente altercation entre deux types, qu'il y en a un qui a assommé l'autre et l'a balancé dans la Seine.

Patrick fut parcouru d'un frisson.

— Il peut les décrire ?

— Pas vraiment. Tu veux passer le voir ?

La réponse fusa :

— J'arrive.

Il ne fallut pas longtemps au commandant pour gagner l'avenue du Maine et foncer dans le bureau de son collègue. Embrassades viriles. Le capitaine Hervé Giraud était un trentenaire sportif, le regard bleu perçant, il avait un visage carré, le cheveu qui commençait déjà à se raréfier et, ce qui faisait sa particularité, un accent alsacien, transmis par sa mère et que les années de vie parisienne n'avaient pas réussi à atténuer. Les yeux brillants, les deux officiers passèrent quelques secondes à s'observer mutuellement, histoire de faire un bilan des transformations de chacun. Giraud commença.

— T'as forci. Un vrai Papy crayon[1].

— Pas un gramme, se défendit Patrick.

— Alors, ça doit être réparti différemment, insista le capitaine.

— Je ne me suis pas déplacé pour t'entendre parler de ma ligne. Il est où ton mec ?

— Je t'offre un café et on va le rejoindre, il est avec un collègue.

Les deux flics prirent le temps de discuter et Giraud répéta ce qu'il avait dit au téléphone. Sans même avoir vu le témoin, l'opinion du commandant était faite. Ce type avait assisté au meurtre d'Érick Schindler. Il hâta le mouvement. Avant d'entrer dans le bureau, le capitaine eut un sourire moqueur :

— Au fait, tu es toujours un fana de chanteurs que personne ne connaît ?

1. Surnom donné aux commandants qui ne sont plus chefs de groupe mais gèrent l'intendance.

Patrick secoua la tête avec une mimique nerveuse.

— C'est le moment de…

Hervé Giraud ne le laissa pas répondre et poussa la porte.

— Voilà monsieur Gilbert-Bécaud Niambé.

Un Black d'une trentaine d'années, jeans sale, chaussures de sport détruites qui avaient déjà plusieurs tours du monde à leur actif, pull et doudoune fatigués, le type avait triste allure. Le capitaine s'adressa à lui :

— Bon, Gilbert-Bécaud, je te présente le commandant Girard, tu vas lui redire tout ce que tu m'as raconté concernant cette dispute sur les quais. Ça l'intéresse et si c'est bien la vérité, il pourra peut-être t'aider pour que tu restes en France.

Le Camerounais se fixa sur Patrick et l'étudia.

— Il n'y a pas d'embrouille ? Vous me donnerez des papiers ?

Le commandant attrapa une chaise et la posa à côté de son témoin, sans s'asseoir. Une odeur âcre lui agressa les narines, le pauvre type ne devait pas avoir croisé un morceau de savon depuis longtemps. S'il faisait pitié et nécessitait qu'on l'aide, ce n'était pas une raison pour prendre pour argent comptant ce qu'il avait à dire. Patrick l'aborda d'un ton sec.

— Les conditions, c'est moi qui les fixe. Je veux que tu me répètes dans les moindres détails cette histoire et ne t'avise pas d'inventer des trucs, sinon tu vas te retrouver dans un avion direct.

Gilbert-Bécaud s'attendait à un peu plus de compassion. Après qu'il eut avoué les vols, les flics du 3e DPJ à qui il avait eu affaire l'avaient plutôt bien traité. Il y en a un qui avait vécu au Cameroun et ils avaient pu parler du pays. Là, avec ce vieux flic en complet cravate, c'était un autre registre. Il lui rappelait ces Noirs de la haute société camerounaise qui regardaient avec dégoût des gens comme lui, un racisme de classe bien pire que celui né de la couleur de peau. Le Black se mit à réfléchir. Il n'avait pas grand choix.

— Je vais tout vous dire, mais j'espère que je peux avoir confiance en vous…

Et il commença son histoire. Ça se passait sous le pont Mirabeau, des travaux étaient en cours et il avait trouvé quelques cartons pour s'aménager un abri à proximité d'un groupe d'Algeco et de palettes de matériaux. C'était aux environs de vingt-trois heures…

— T'es certain de l'heure ? coupa le commandant.

— À quelques minutes près, parce que les ouvriers quittent tard et que j'attends qu'ils s'en aillent pour camper.

Il continua en indiquant que des voix avaient interrompu son installation. D'une simple discussion au début, ça s'était terminé en dispute et le ton était monté, jusqu'à ce qu'il surprenne un bruit sourd.

— Je ne comprenais pas, je ne les avais pas vus partir et je n'entendais plus rien. Je me suis approché en me faufilant entre les palettes et j'ai vu un type qui revenait du bord de Seine.

— T'as pas été témoin d'une bagarre, ni même vu le mec pousser le corps ?

— Non, j'ai pas vu… Mais je peux le dire si ça vous arrange.

C'était dit avec tellement de franchise que Patrick faillit rire.

— Contente-toi de la vérité, ça sera suffisant. Qu'est-ce qui s'est passé après ?

— J'ai entendu le type, il parlait tout seul, il criait presque : « C'est bien fait pour ta gueule ! » Je l'ai vu partir, il a continué à pied en direction de la tour Eiffel. Il marchait vite, il s'est retourné deux ou trois fois, il n'avait pas l'air tranquille.

— Tu pourrais le décrire ?

— Non, enfin si, une taille moyenne, un peu comme moi, un mètre quatre-vingts, quand je l'ai vu, il avait remonté la cagoule de son manteau, mais je suis certain que c'était un Blanc, j'ai vu ses mains sous la lumière.

— Un parka ?

Gilbert-Bécaud donna l'impression de réfléchir. Le commandant fouilla dans ses documents, sortit la photo du suspect de Schimansky et la posa sur la table.

— Tu le reconnais ?

Le Black regarda longuement le flic. Il avait une réelle envie de faire plaisir et Patrick préféra ne pas insister. Inutile de polluer le dossier avec des informations peu fiables.

— On va aller sur place, tu vas me montrer où ça s'est passé.
— Mais après, vous m'aiderez pour les papiers ?
— Je crois que ça va pouvoir se faire.

*
* *

Effectivement, en fin de journée, Patrick disposait d'éléments nouveaux avec un bel album photos de ce qu'il n'hésitait plus à qualifier de scène de crime puisque la police technique et scientifique avait relevé des traces de sang à l'endroit désigné par Gilbert-Bécaud. Une chance qu'il n'ait pas plu et que les travaux n'aient pas effacé les indices. Restait à faire les recherches d'ADN pour avoir la certitude qu'il s'agissait de celui de Schindler. La preuve arriva le lendemain matin. Le Camerounais venait de gagner le droit de séjourner en France, au moins jusqu'à la fin de l'enquête, voire un éventuel procès, si Patrick identifiait l'assassin.

Après un briefing avec un groupe de la Crim', le commandant appela Delaroque pour l'informer des nouveaux éléments. Ils se retrouvèrent dans le bureau du flic et Patrick lui balança ses conclusions :

— Le meurtrier connaissait Schindler. Ils se sont donné rendez-vous à proximité du pont Mirabeau. Ils descendent sur les quais et là, soit il y a préméditation, soit la discussion s'envenime, toujours est-il que le tueur assomme Schindler. Il doit s'agir du coup derrière la tête, il a certainement utilisé un pavé qu'on a retrouvé. On a imaginé initialement que la blessure de Schindler était provoquée par la chute ou un bateau, on s'est trompé. Le tueur a cru que Schindler était mort, ou pas d'ailleurs, ça n'a pas grande importance. Il récupère le téléphone et fait disparaître le corps en le balançant dans le fleuve. C'est ensuite qu'il réfléchit et m'envoie le SMS pour laisser penser à un suicide.

— Cela prouve qu'il te connaissait.

— Et surtout, que le meurtre est lié à l'assassinat de Gwenola Fontaine, répond Patrick avant de poursuivre sa théorie : à ce moment-là, l'assassin est vers Montparnasse. Après le message en guise d'aveu, il décide de se débarrasser de l'appareil de Schindler. Il pourrait le faire n'importe où, mais il juge que le mieux est de le jeter dans la Seine. Fin de l'histoire.

— Mais qui l'a tué ?

— Ça, maintenant, ça me paraît presque évident, il faut encore en faire la preuve et nous irons le chercher ensemble.

49

Flavie Fournès, la directrice de la coordination culturelle pour les instituts français, n'avait pas oublié Delcroix. En préparant un colloque du réseau des coopérants, elle se dit qu'elle pourrait, sinon l'inviter, au moins l'informer des dates auxquelles se tiendrait cette grand-messe réunissant les personnels participant à la propagation de la culture française à travers le monde. Peut-être serait-il intéressé ?

Si la perte récente de sa femme avait éloigné le jeune veuf de Schimansky et sonné le glas de son activité, peut-être qu'il rêvait d'obtenir officiellement une fonction qu'il n'avait jusque-là exercée qu'en intrus.

Fournès nourrissait bien quelques arrière-pensées, qui n'avaient que très peu à voir avec les compétences professionnelles d'Hugo, et elle se doutait que la présence du veuf allait ulcérer le conseiller de Gulmada, dont il avait été le pire cauchemar. Elle s'en moquait. L'idée plaisait à la directrice et puis, surtout, elle avait senti que Delcroix n'était pas insensible à son charme, elle s'en amusait déjà. Séductrice dans l'âme, elle n'entendait pas laisser passer une occasion et se dit qu'elle n'avait pas encore accroché un veuf à son tableau de chasse. Elle lui envoya donc un mail très personnalisé, en se gardant bien de mettre qui que ce soit en copie. « Cher Hugo, suite à notre rencontre, je crois qu'il ne serait pas inintéressant pour toi de participer aux "journées du réseau". Si tu as la possibilité de te joindre à nous, ce sera un plaisir pour moi. Il serait dommage que nous nous privions de compétences telles que les tiennes et je serais également ravie, si tu l'acceptes, de déjeuner ou dîner avec toi, ou les deux, pour parler de l'avenir que tu pourrais avoir au sein de notre réseau. » C'était aussi explicite que la décence le permettait.

Quand Delcroix reçut le mail, il finissait d'emménager dans son nouvel appartement parisien. Les meubles étaient arrivés depuis peu, les enfants étaient chez les grands-parents sous la surveillance de leur tante et il défaisait lentement les cartons. Le courrier électronique lui donna le sourire. Il n'était pas indifférent aux avances de cette cougar. Il en était même plutôt flatté. Il est toujours agréable de savoir qu'on plaît et il aimait se sentir courtisé. Il n'y avait que des avantages à participer à cette réunion. Son statut de veuf pouvait lui servir et il se voyait parfaitement dans le rôle de conseiller culturel et de directeur d'un institut français ou d'une Alliance. Et puis, croiser son vieil ennemi de Gulmada serait un réel plaisir, l'autre en serait vert de rage et ne pourrait rien dire.

*

* *

Professionnellement, bien que ce terme pour parler de son rôle à Schimansky ne manque pas de saveur, il se débrouilla fort bien. Il profita des moments destinés aux questions-réponses avec les différents intervenants pour assurer sa promotion et fut félicité à plusieurs reprises et même pris en exemple lorsqu'il évoqua les actions qu'il avait déjà mises en œuvre, leur importance, et surtout le fait qu'elles étaient quasiment sponsorisées dans leur intégralité. Les caisses de la France étant vides, il était tout à fait dans la nouvelle logique de l'administration.

Faire payer par d'autres, sans perdre en visibilité, était son credo. Sa connaissance du privé était un avantage par rapport aux participants, majoritairement issus de la fonction publique et habitués, depuis plusieurs décennies, à dépenser sans compter l'argent de l'État. Le changement de philosophie qu'il incarnait nécessiterait pour beaucoup une véritable remise en cause. La plupart peineraient à s'adapter, leur chance était de n'être pas trop loin de l'âge de la retraite. Il était temps que des gens comme Hugo prennent le relai.

Sans en faire trop, Delcroix joua parfaitement son rôle. Son statut de veuf avec deux enfants à charge interdisait qu'on le critique ouvertement. Ceux qui l'abordaient évoquaient Gwenola avec des trémolos dans la voix. Fournès lui parla peu, ils avaient échangé par téléphone, mais elle avait été accaparée par différentes obligations professionnelles.

Le dernier jour, Hugo s'autorisa à participer à l'ultime cocktail. Il y avait beaucoup de monde, il se sentait seul dans ce milieu qu'il connaissait finalement mal. Fournès était là. Durant ces trois jours, il l'avait surprise plusieurs fois à le regarder ; il aimait lui sourire, comme s'il voulait partager une certaine complicité avec elle. Dès qu'il le put, il se rapprocha d'elle. Elle avait un verre de champagne presque vide à la main. Delcroix en attrapa un sur un plateau et le lui tendit.

— Ça va, Hugo ? Je suis désolée de ne pas avoir pu te consacrer plus de temps. Tu aurais dû m'accompagner lors des différents déjeuners, cela aurait été intéressant pour toi de connaître les gens avec qui je me trouvais. Tu aurais pu manger avec le chef de cabinet du ministre, je suis certaine que tu lui aurais plu, il a apprécié ta manière de faire sponsoriser les événements.

— Je n'en doute pas mais parfois, mieux vaut ne pas être trop sur le devant de la scène. Trop d'espions autour de nous !

Delcroix crut distinguer une petite lueur coquine dans les yeux de la directrice.

— C'est le dernier soir, je suis libre, fais-moi l'honneur d'accepter de dîner avec moi. Je te promets que nous irons dans un endroit où nous ne rencontrerons aucun membre de la délégation.

Quelques coupes de champagne plus tard, ils prenaient un Uber. Elle l'invita dans un restaurant qu'elle connaissait bien et poursuivit son numéro de charme. Hugo se laissa faire et plus le temps avançait, plus il était obsédé par l'idée de la baiser. Il hésita, de peur qu'en définitive ce ne soit qu'une allumeuse qui jouait avec lui.

Elle le regarda droit dans les yeux :

— T'es un drôle de mec, Hugo. Je suis certaine que tu obtiens toujours ce que tu veux, je me trompe ?

— Pourquoi dis-tu ça ?

— Une simple impression.

Elle revint sur le terrain professionnel :

— On a un poste de directeur d'institut à Kiev qui va se libérer, j'ai pensé à toi. Tu serais d'accord ?

Alors qu'il en était à imaginer Fournès nue et à sa merci, il n'avait pas vu arriver la question, il bredouilla une réponse positive et elle éclata de rire.

— Cache ta joie !

Delcroix se mit à rougir et le rire de la directrice se renforça.

— J'avais prévu de reprendre mon ancienne activité… Mais oui, c'est une belle proposition. Merci.

Après le cocktail, ils venaient de finir une bouteille de vin blanc. Elle regarda son verre vide.

— J'habite à côté, il y a du champagne au frais. Je te propose d'aller fêter ta nomination chez moi.

— D'accord pour une coupe mais, tant qu'il n'y a rien d'officiel, par superstition, je ne veux rien célébrer.

Elle était en train de se lever.

— Tu n'as pas confiance en moi ?

Il s'excusa presque et les spéculations d'Hugo reprirent. Elles n'avaient rien à voir avec son futur poste. Il la regarda s'avancer vers le vestiaire et l'imagina nue. Il n'avait jamais eu d'aventure sexuelle avec une quinqua et là, il était en plein fantasme. Elle se retourna, croisa ses yeux. Il eut l'impression qu'elle pouvait lire en lui.

Effectivement, elle n'habitait qu'à quelques dizaines de mètres et il la suivit dans un immeuble bourgeois au vaste hall en marbre. L'ascenseur était exigu. Il était presque collé à elle, son parfum augmenta son excitation. Elle prit encore les devants :

— Est-ce que je te fais bander ?

Elle n'attendit pas la réponse pour envoyer sa main droite s'en assurer. Delcroix n'en était qu'à un début d'érection, il n'en fallut pas plus pour que son sexe se trouve soudainement à l'étroit.

L'ascenseur s'arrêta au quatrième, elle effleura les lèvres du jeune homme et eut un rire rauque.

— Viens.

Tout ne se passa pas exactement comme l'imaginait Hugo. Si son appétit fut satisfait, il ne fut cependant jamais maître du jeu et c'est Fournès qui décida de tout en l'utilisant plus comme un sex-toy que comme un partenaire. Pour le reste, tout fut parfait, l'appartement était luxueux, le champagne millésimé, la lingerie de Madame raffinée et il se dit que, contrairement à ce que pouvait penser Yann Moix, il y avait des corps de quinquas que des gamines pouvaient envier. C'était le cas de Flavie Fournès.

Il était quatre heures du matin quand elle le mit dehors et qu'il se retrouva dans la rue. Un bon souvenir. Dieu sait qu'il en avait besoin après les événements de ces dernières semaines. Ce soir, il avait gagné un poste à l'étranger et, pour le coup, il avait tout eu, le beurre, l'argent du beurre et la crémière. Il dégaina son iPhone pour contacter un Uber et rentrer chez lui.

50

Même si Hugo Delcroix avait un alibi solide – il affirmait être avec ses enfants au moment du meurtre, ce qu'attestaient la baby-sitter qu'il avait remplacée et la localisation de son portable –, il s'imposait maintenant comme le suspect principal. Patrick l'avait placé sous surveillance.

Dans la journée, le veuf avait assisté à un colloque du ministère des Affaires étrangères. Les policiers l'avaient perdu de vue un long moment et ne le revirent qu'au moment où il rentrait chez lui.

Delcroix n'avait pas dormi. Il marchait dans la rue et en était encore à se rappeler ses ébats sexuels, quand il aperçut un écran de GSM allumé dans une voiture à quelques dizaines de mètres de chez lui. Il passa d'abord en mode inquiétude, puis en mode panique lorsque, arrivé dans son appartement, caché derrière un rideau, il fut convaincu de la présence de flics. Toutes les opportunités nées de sa relation avec Flavie Fournès s'évanouirent en un instant. Fini le poste à l'étranger, terminés les rêves d'avenir. Quoi que sachent exactement les policiers, il n'avait plus le choix qu'entre la fuite et la prison. Une petite voix avait beau lui dire qu'ils n'étaient pas là pour lui, il ne la croyait pas et se mit à réfléchir. S'il succombait à une crise de paranoïa, il serait toujours temps de revenir en arrière. Depuis quand l'avaient-ils en objectif ?

Pas longtemps, sinon il serait déjà avec les menottes aux poignets. Ils s'apprêtaient à l'arrêter, ils attendaient pour enfoncer sa porte à l'heure légale. Il avait un peu moins d'une heure trente pour bâtir une stratégie.

*
* *

Il était huit heures passées quand le commandant Patrick Girard arriva à proximité du domicile d'Hugo. Il invita le chef du groupe de surveillance à se joindre à lui pour prendre un café dans un bar de la rue.

— Je n'ai pas voulu qu'on lui défonce sa porte à six heures, je préfère y aller calmement. La différence avec les stups et le banditisme, c'est que dans ce type d'affaires, tant que les gens n'ont pas avoué ou n'ont pas connaissance de tous les éléments du dossier, ils clament leur innocence. Et fuir, c'est déjà reconnaître leur culpabilité, ils ne sont pas dangereux. On va monter tous les deux chez lui, ou plutôt tous les trois, fit-il en voyant arriver Bruno Delaroque.

Patrick présenta l'ambassadeur à son collègue.

— La présence d'un diplomate le mettra en confiance.

Le chef de groupe, plutôt habitué aux interpellations musclées, fit une moue dont la perplexité ne passa pas inaperçue. Quelques croissants plus tard, ils se lançaient dans l'escalier de l'immeuble. Il y avait de la musique à l'intérieur de l'appartement. Patrick se chargea d'appuyer sur la sonnerie. Aucun effet. Il pressa à nouveau, sans plus de succès, pendant que son collègue, d'un œil de professionnel, évaluait la solidité de la porte.

Le chef du groupe d'intervention fit une mine qui disait : « Bon, ça y est, t'as tenté ta méthode, on va passer à la mienne. » Il dégaina sa radio et s'adressa à un fonctionnaire de son équipe.

— Vous me rejoignez avec notre passe-partout.

Quelques minutes plus tard, trois beaux gaillards se pointaient avec un bélier.

— Rentrez chez vous, lança Patrick aux voisins attirés par le remue-ménage.

En voyant les nouveaux arrivants, Bruno Delaroque leva les yeux au ciel. Ils prirent place à proximité de la porte. Un. Deux. Trois ! La poignée et la serrure s'envolèrent dans un fracas destructeur et deux flics foncèrent arme au poing au cri de « Police ».

Petit moment d'angoisse à l'idée que Delcroix ait pu mettre fin à ses jours. Personne. Patrick entra à son tour. Les fenêtres étaient fermées.

— Vous êtes sûr qu'il est rentré et que vous ne l'avez pas vu repartir ?

— Certain, fit son collègue.

— Il vous a repérés et il s'est barré en vous filant entre les doigts.

Un rapide examen des lieux en témoignait. Armoires ouvertes, objets étalés sur le sol.

— Envoie tes mecs fouiller l'immeuble et sortez de là, on va faire une perquisition.

Patrick attrapa son téléphone pour appeler du renfort, il lui fallait un groupe d'enquête pour s'occuper de ça et avant toute chose, quelqu'un devait faire d'urgence des recherches administratives concernant Hugo.

— Les caméras de surveillance du coin, sa géolocalisation de portable, réquisitions bancaires, vérifs aéroports, magnez-vous.

Pendant qu'il parlait, un des flics indiqua qu'il avait trouvé comment le suspect leur avait faussé compagnie. Une porte donnait accès à une cour commune à d'autres immeubles et elle permettait de sortir dans une rue parallèle. Girard souffla bruyamment, les pros du terrain s'étaient fait berner comme des amateurs.

À l'arrivée d'un nouveau contingent de policiers, Patrick décida de les abandonner pour rentrer au bureau.

— Je te raccompagne, fit-il à Delaroque.

— Je vais à Versailles, laisse-moi au métro ou gare d'Austerlitz.

Dans la voiture, le commandant n'arrêtait pas de bougonner et l'ambassadeur préféra ne pas intervenir, même si dans les circonstances, tomber sur Rina Ketty qui entonnait « Si tu reviens sauras-tu demander pardon, me donneras-tu la raison pour laquelle tu t'en allas… » avait quelque chose de comique, comme si elle les narguait. Patrick Girard était trop concentré pour écouter les paroles de la chanteuse. Il baissa le son :

— T'habites Versailles ?

— Oui.

— Je te ramène chez toi.

— ...?

— On va passer par Chaville, c'est sur la route.

— Tu penses que Delcroix a pu aller chez ses beaux-parents ?

— S'il veut tenir une cavale, il a besoin de fric. Sa femme était fonctionnaire : s'il a seulement servi d'intermédiaire dans la vente de quelques tableaux, il ne doit pas avoir de cash et il lui en faut. Ça m'étonnerait qu'un vieux roublard comme son beau-père n'ait pas des liquidités à la maison. Peut-être qu'Hugo a aussi envie de voir ses gosses ou de les prendre avec lui.

Le diplomate fronça les sourcils.

— Ils ne sont pas chez leur tante ?

— Mes collègues ont fait des vérifications hier, elle est à Chaville.

*

* *

En ouvrant la porte sur la rue parallèle à la sienne, le cœur de Delcroix battait la chamade. Si les flics connaissaient cette possibilité, ils devaient être aussi dans cette rue. Les premiers mètres, il les effectua d'une manière presque animale, ses yeux examinaient toutes les voitures, les entrées d'immeubles, il scrutait même derrière les poubelles et ses oreilles analysaient le moindre bruit suspect... À chaque pas il s'attendait à entendre crier « Police ! » ou à ce que quelqu'un lui tombe dessus. Pendant les premiers cent mètres, il se força à marcher normalement et ce n'est que lorsqu'il imagina être à bonne distance qu'il se mit à courir. Il avait avec lui un sac et quelques habits, son passeport, cinq cents euros en liquide, autant dire rien. Dès qu'il le put, il s'arrêta devant une billetterie pour utiliser une dernière fois sa carte visa Infinite. Avec cinq mille euros de plus, ça allait déjà mieux, mais s'il voulait tenir un moment il lui fallait plus, beaucoup plus. Et pour ça, il n'y avait qu'un seul endroit où il pouvait trouver de l'argent tout de suite. Il décida de prendre un véhicule.

*
* *

Sur la route, le portable du flic sonna et Patrick prit la communication.

— J'ai repéré ton mec, il est sorti de son immeuble à 5 h 24, j'ai réussi à le suivre un moment avec différentes vidéos.

Son collègue avait pu visualiser le retrait bancaire et l'avait perdu.

— On le retrouve grâce à son téléphone. Il est dans Paris, certainement en voiture, il tourne un peu partout, comme s'il était sans but réel. En ce moment, il est arrêté en bas des Champs.

Girard n'était plus très loin de Chaville. Il ralentit et hésita à faire demi-tour.

— Mets des gens dessus, serrez-le !

Le chef de la Crim', le commissaire Lapierre, qui suivait l'opération depuis le début de la matinée, décida d'en prendre le commandement. Ses hommes venaient de localiser le portable du suspect. Plus aucun doute, ils étaient deux sur un scooter, l'engin filait vers la Concorde et bifurquait à la hauteur de l'Assemblée nationale. Une chance, presque un miracle, la circulation était fluide. Ils avaient d'abord hésité entre plusieurs véhicules et finalement, seul ce scooter pouvait correspondre. Il traversait la Seine en direction de Saint-Germain.

— Vous êtes certain que c'est lui ? s'étonna Patrick.

— Affirmatif, on a la vidéo quand il sort de chez lui, on ne peut pas se tromper.

— Pas de casse ! crut bon de préciser Patrick.

— On connaît notre boulot.

Patrick apprécia la claque verbale envoyée par le commissaire.

Delaroque écoutait.

— Tu veux vraiment aller chez les parents de Gwenola ?

Le flic haussa les épaules.

— On y arrive.

*
* *

Le scooter avec les deux hommes était maintenant sur le boulevard Saint-Germain. Il avait derrière lui pas moins de trois voitures de police et une moto.

— Comment on fait ? demanda le conducteur du véhicule de tête.

— On va baisser la plaque police et tu le serres contre le trottoir, le type à l'arrière n'a pas de casque, ça suffit comme motif pour le taper, je m'en occupe, indiqua le passager avant de répercuter son plan au reste du dispositif.

Si l'idée pouvait paraître bonne, son exécution ne ressembla pas à la théorie. Au lieu de se laisser contrôler, le pilote du deux-roues réussit à cabrer le scooter et monta sur le bas-côté. Des cris ! Une passante trébucha et tomba sur la chaussée.

— Il se barre en contresens au milieu des piétons !

Deux flics s'éjectèrent de véhicules en arrière et foncèrent sur le trottoir. Pas question d'utiliser une arme au milieu de la foule. Le deux-roues slalomait dans leur direction. Le stopper allait tenir de l'exploit. Le motard de la police était le seul à pouvoir réagir. Le pilote s'arrêta pour regarder passer le scooter. Demi-tour sur la voie de bus, il le suivit en parallèle. Une chance, pas de véhicule en face. Le premier flic en piéton tenta de sauter sur le pilote, il rebondit sur la machine et s'étala. Le choc ne fit pas dévier le deux-roues. Le second policier réussit à s'accrocher au guidon. Ce fut la chute pour tout le monde. Le scooter se renversa et glissa en balayant des témoins. Le pilote valdingua contre un banc public. Séché ! Ce n'était pas le cas de son passager. Il s'était relevé et maintenant il filait à toutes jambes au milieu de la foule. Pas de chance pour lui, deux Américains, témoins de la scène, décidèrent de s'interposer. Les deux quadras, plus Schwarzenegger que Woody Allen, ne pratiquaient pas que la musculation, la manière dont ils bloquèrent le fuyard et lui firent rencontrer le bitume acheva définitivement sa course. Fin du match.

*

* *

Le portable de Patrick sonna à nouveau. C'était son collègue.

— On a serré. C'est pas lui !

— Comment vous avez pu vous tromper ?

— Le suspect qu'on a arrêté nous dit qu'il a récupéré son manteau sur un banc public. Un type l'avait posé, il le lui a dérobé avec le téléphone dedans.

Pour le commandant, il était clair que le gars n'avait rien volé du tout, il s'était juste fait piéger. Girard laissa aller son regard en direction du portail des parents de la consule générale. Delcroix était là, ou allait venir, il le sentait… Mais cette impression était-elle suffisante pour appeler tout de suite des renforts ?

— Viens, on va rendre visite au père de Gwenola.

*

* *

Il était huit heures passées lorsque Hugo se fit déposer par un taxi à quelques centaines de mètres du pavillon de ses beaux-parents. Il se demandait si les flics avaient déjà investi son appartement et s'ils s'étaient lancés à sa recherche. Le coup du téléphone devait les mettre sur une fausse piste pendant quelque temps, d'autant que le petit voyou qui avait ramassé son parka ne devait pas être du genre à se laisser arrêter facilement. À cette heure, son beau-père devait être réveillé. Il était certainement en train de lire *Le Figaro* dans son bureau. La femme de ménage arrivait à neuf heures, il tourna la poignée. Comme il s'en doutait, le portillon sur la rue n'était pas verrouillé.

Le temps serait beau, la rosée du matin luisait sous les premiers rayons du soleil et des oiseaux chantaient. Il emprunta l'allée ombragée menant au pavillon familial. La voiture de sa belle-sœur était garée sur le côté. La plupart des volets étaient fermés, les enfants devaient encore dormir. Il nota la lumière dans le bureau de son beau-père et aperçut Philippe. Il ne s'était pas trompé, le patriarche était un homme d'habitude, il lisait le journal et leva la tête en entendant les pas sur le gravier. Delcroix le salua d'un geste du bras et se dirigea vers l'entrée. Il poussa la porte, la maison était silencieuse, il avança vers le bureau et trouva Philippe debout près de sa table de travail. Le patriarche accueillit son visiteur d'un sourire bienveillant mêlé de surprise.

— Qu'est-ce que tu fais là ?

Hugo avait imaginé plusieurs options, il devait être convaincant. Son visage se figea et il afficha une expression dans laquelle se lisait une infinie tristesse.

— Je ne supporte pas d'être à Paris. J'ai envie de retourner à Schimansky, c'est là-bas que j'étais heureux avec Gwenola et les enfants. Je veux y vivre et trouver du travail.

Philippe leva les sourcils et remua légèrement la tête dans un mouvement de désapprobation.

— Mais ? Tu devais reprendre ton travail à Paris.

— Je n'ai pas la force de travailler ici. Je sais que je n'y arriverai pas. Ce n'est pas de gaieté de cœur que je prends cette décision. C'est mieux pour moi. J'ai besoin de votre aide.

— Et les enfants ?

— Je reviendrai les prendre, je vais chercher un logement pour que nous soyons bien et dès que je suis installé, je récupère les garçons.

L'expression du beau-père passa de la surprise à la déconvenue, pour s'arrêter sur de la suspicion largement teintée de réprobation.

— Ce n'est pas possible…

La voix d'Hugo se fit suppliante.

— Philippe, j'ai besoin de vous, il faut que vous m'avanciez un peu de cash pour amorcer cette nouvelle vie. Gwenola et moi avions une assurance vie, mais ça prendra du temps avant de la débloquer.

— L'argent n'est pas le problème, mais tu dois mûrir cette décision, elle est trop hâtive. Tu ne peux pas agir comme ça, à la légère. Tu voudrais partir quand ?

— Aujourd'hui, par le vol de ce soir.

Le père de Gwenola ne saisissait pas bien les intentions de son gendre, il attrapa son fauteuil et s'assit.

— C'est impossible.

Les yeux de Delcroix s'embuèrent et sa gorge se serra.

— Philippe, j'ai besoin de votre aide.

— Il n'est pas question que tu t'en ailles maintenant. Dans quelques semaines, on en reparlera.

Hugo supplia encore, chercha de nouveaux arguments, évoqua un travail potentiel… En réponse la voix de Philippe s'affermit.

— Non ! Tu n'es pas un gamin, ta responsabilité de père t'impose d'être ici avec tes gosses, d'ailleurs tu leur manques. On les a gardés un moment, il faut que tu reprennes ta place auprès d'eux.

Delcroix sentit qu'il n'arriverait pas à ses fins, la colère le submergea. Ce vieux con était aussi têtu que cette garce de Gwenola. Il avait toujours commandé, il fallait qu'il régisse la vie de tous. Sa femme n'était que son esclave, il avait fait de ses deux autres filles des modèles de soumission, seule Gwenola avait échappé un tant soit peu à son joug avant qu'il ne gère sa carrière en tirant les ficelles. Finalement si elle en était arrivée là, si elle avait été tuée, c'était de sa faute. C'était de la faute de cet enfoiré de manipulateur. La vague de haine fut subite et Hugo se laissa emporter par sa puissance. Ses yeux se mirent à briller dangereusement et quelque chose changea dans son regard.

— Espèce de pourriture !

— Pardon…

Quand Philippe assimila enfin la réalité de l'insulte, il prit appui sur ses deux mains pour se relever. La gifle que lui envoya son gendre le cueillit par surprise et le colla à son siège. L'étonnement fit place à la peur. Hugo cracha un monologue hargneux. Il revint sur la vie de leur couple, les incartades de son épouse, puis les siennes qu'il présenta comme une sorte d'appel au secours. Il expliqua les dérives de Gwenola que le stress de la fonction avait transformée en despote.

— Elle était obsédée par l'idée de te plaire, de plaire à son pourri de père. À croire qu'elle n'avait comme seule ambition que de te ressembler. Et moi, je suis entré dans son jeu, je me suis impliqué dans ce putain de consulat, alors que je n'en avais rien à foutre. Je voulais lui montrer que je n'étais pas avec elle que pour m'occuper des gosses et de la maison. Et puis il y a eu cette inspection. C'est ça qui a tout brisé chez ma femme. Elle pensait qu'elle donnait le meilleur d'elle-même et ces fonctionnaires venus de Paris, au lieu de reconnaître son travail, se sont conduits comme des salopards. Ils ont tout démonté. Elle a fait comme si de rien n'était, mais en réalité elle était détruite. Elle ne savait plus comment prouver sa capacité à diriger un service. Elle était prête à se raccrocher à tout pour s'en sortir… C'est là que le type de la DGSE lui a proposé un deal.

Philippe fronça les sourcils.

— Qu'est-ce que tu racontes ? Calme-toi, Hugo.

— Elle avait peur de se faire virer et que tu la juges incompétente. Alors cet espion de mes deux lui a mis un marché en main : si elle récupérait des infos auprès de Sultan Cabaev, un oligarque beyaze, il promettait de lui sauver sa place et qu'elle ne termine pas sur une voie de garage au ministère. La DGSE avait Cabaev dans le collimateur. Comme c'était l'un des principaux sponsors de ma femme et qu'il la draguait, il a fini par se livrer à elle. Ce n'était un secret pour personne qu'il briguait le pouvoir et qu'il envisageait un coup d'État, seulement ce qu'il voulait, c'était avoir une partie de l'opinion publique dans sa poche et pour cela, rien de tel que de dénoncer toute la corruption du système. Je ne sais pas comment il a fait, mais ce type avait accumulé des preuves contre ses rivaux, les autres membres de la famille présidentielle. Il connaissait l'existence de trafics d'influence et de pots-de-vin versés par des boîtes étrangères aux dirigeants beyazes. Il était banquier et en plus propriétaire d'une compagnie de télécommunications, Beyazcom. Il s'en est servi pour pirater les liaisons internet des oligarques. Il avait récupéré des documents où tout était mentionné, le nom des entreprises et les bénéficiaires. De quoi déstabiliser le régime, sauf que les médias nationaux n'auraient jamais publié ce genre d'histoire. Il comptait sur la presse française pour sortir l'affaire puisqu'au nombre des corrupteurs, il y avait de grandes sociétés nationales. Gwenola lui a fait croire qu'elle pouvait l'aider et qu'en cas de problèmes, elle lui garantirait l'asile politique si ça tournait mal…

— Et ils se sont vus cette nuit-là, c'est ce que tu veux me dire, c'est lui qui a tué ma fille ?

Delcroix éclata d'un rire méchant.

— Ta fille était une garce, une pute, une salope, prête à donner son cul pour garder sa place, elle a dû se prendre pour une Mata Hari. Elle allait manger avec Cabaev, ils sortaient ensemble, ils allaient même chasser dans les steppes et dormir dans sa yourte. Des photos paraissaient dans les journaux. Je connaissais bien ma femme. Son sourire ne trompait pas, elle était sous le charme. Le dernier soir, pendant notre repas, elle est allée aux toilettes en oubliant son portable sur la table. Je n'ai pas pu m'empêcher de regarder. Il y avait un message explicite. On lui fixait un rendez-vous à minuit quinze. J'ai senti que son besoin d'être seule, ce n'était pas pour travailler tard et partir tôt comme elle le disait. La vraie raison, c'était ce rendez-vous. Quand nous nous sommes séparés, je suis d'abord rentré à la maison pour libérer la baby-sitter. J'ai pris le temps de parler avec elle et de lui offrir un verre. Ça m'a permis de lui faire absorber un léger somnifère, suffisant pour me permettre de sortir discrètement, et je suis revenu me poster devant l'entrée du consulat. Je voulais savoir. Lorsque j'ai vu arriver Cabaev, j'ai compris qu'elle me trompait avec lui.

Philippe s'étrangla, il imagina la suite.

— C'est toi qui l'as frappée, c'est toi qui es l'auteur des sévices avant que ce Babaef…

Le visage d'Hugo se durcit encore un peu plus.

— J'ai hésité à monter pour les surprendre… Le temps m'a paru une éternité. Ils sont restés ensemble plus de deux heures. Deux heures que j'ai passées à les imaginer en train de baiser.

Finalement, je n'avais pas envie de la grande scène de vaudeville avec l'amant, le cocu et l'épouse volage. J'ai juste attendu pour régler ça avec ma salope de femme. Après tout, Cabaev ne la violait pas. Je suis entré par la porte VIP et j'ai trouvé Gwenola en train de ranger des verres. L'odeur du whisky flottait dans la pièce et se mélangeait aux parfums des deux amants. Ça m'a mis hors de moi. Je l'ai insultée, je l'ai traitée de garce, de salope, de pute… quand elle m'a vu, elle s'est retournée vers moi. D'un regard, j'ai eu la certitude qu'elle avait bu plus que de raison. Au lieu d'avouer, elle a joué la femme scandalisée, et m'a fait le coup du « Ce n'est pas ce que tu penses », la phrase la plus banale et la plus ridicule qu'on puisse sortir dans ces cas-là ! Son visage s'est transformé, une furie, elle a explosé en m'insultant, en me disant que je l'espionnais…. Elle s'est littéralement jetée sur moi. J'ai esquivé une claque. Elle a attrapé un coupe-papier, j'ai cru qu'elle allait me poignarder. Ça m'a rendu dingue et là, je lui ai donné une gifle, puis une autre. Elle a reculé, elle est tombée, sa tête a heurté le bureau… Elle s'est écroulée.

Delcroix marqua une pause, son visage redevint calme, comme s'il revivait la scène avec délectation.

— J'ai tiré le corps vers la pièce d'à côté. J'étais comme possédé, même si elle ne bougeait plus, je l'ai rouée de coups et tu ne peux pas imaginer comme ça m'a soulagé.

Philippe écoutait, abasourdi par les révélations de son gendre.

— Tu dois te rendre à la police.

Le regard subitement vide, Hugo resta silencieux un court moment avant de donner l'impression de se réveiller. Ses yeux s'arrêtèrent sur son beau-père, comme s'il en découvrait la présence et il se remit à sourire :

— Quoi ?

— Tu dois te rendre à la police, je vais appeler les flics, tu as tué Gwenola, ta femme, la mère de tes enfants. Tu n'es qu'un tueur de femme… Et en plus, il y a ce pauvre type que les enquêteurs accusaient à tort et qui s'est suicidé à cause de toi.

Delcroix s'esclaffa.

— Ha, celui-là, rassure-toi, j'ai une bonne nouvelle.

— …

C'est d'une voix dénuée de la moindre émotion que son gendre relata la suite, un peu comme s'il racontait une plaisanterie.

— Il ne s'est pas suicidé, c'est moi qui l'ai tué. Ce connard avait dans l'idée de me faire chanter. Ce pédé n'a pas avoué aux flics qu'il avait un alibi le soir du meurtre, tout ça parce qu'il préférait cacher qu'il était en train de se faire enfiler… Il croyait arranger son histoire en me forçant à aller me dénoncer, sinon c'est lui qui s'en chargerait.

Le meurtrier continua en expliquant que si la personne qui entrait dans le consulat n'était pas reconnaissable, c'est parce qu'elle portait un parka avec capuche. Un vêtement qu'Érick n'avait eu aucune difficulté à identifier : ils avaient acheté le même dans un surplus de Tbilissi.

Philippe était effaré.

— Tu as tué ce type ?

Cette fois, Delcroix ne prit pas la peine de répondre. Il se contenta de sourire. Un moment qu'il lorgnait le tisonnier à côté de la cheminée, juste derrière Philippe. Sa réaction fut aussi rapide que brève. Il attrapa la barre métallique et c'est à deux mains qu'il frappa son beau-père à la tête. Le coup s'acheva dans un craquement sinistre et le crochet se ficha dans la boîte crânienne de la victime. Le sang gicla sans que le patriarche n'ait poussé le moindre cri, si ce n'est un râle en guise de dernier souffle. Hugo lâcha sa prise et le vieil homme s'écrasa sur le parquet avec le tisonnier planté dans le crâne.

Le visage du meurtrier s'éclaira. Il ne regretterait pas cette pourriture. Il ne fallait pas qu'il perde de temps, dans quelques minutes la maisonnée allait se réveiller et quelqu'un viendrait dans le bureau de Philippe. Il visa le coffre-fort caché derrière la bibliothèque. Gwenola le lui avait fait voir un jour en lui disant qu'elle connaissait la combinaison, il s'agissait de sa date de naissance. Pourvu qu'elle n'ait pas été changée. Il s'attaqua à la molette de la porte blindée. Un tour dans un sens, un dans l'autre, un nouveau à l'opposé, appuyer sur la partie centrale. Rien. Bloqué. Putain d'enfoiré de Philippe. Se calmer, laisser les battements du cœur revenir à la normale. Il fallait recommencer, dans l'affolement il avait pu faire une erreur. Le deuxième essai fut le bon. Des documents, des classeurs et sur une étagère une boîte en bois remplie de billets, des euros, des dollars, des livres sterling. Il y avait cinquante mille euros, peut-être plus et des lingotins de cent grammes, au moins deux kilos d'or. Delcroix eut presque envie d'en rire de joie. Il attrapa son sac et le remplit en vitesse. Quand il eut terminé, son regard s'arrêta sur autre chose, une boîte de cartouches et à côté un coffret en plastique. Il comprit qu'il renfermait un pistolet et l'ouvrit. Philippe avait un Beretta. Hugo faillit le laisser, puis il se ravisa et sortit l'arme de son étui. Il y avait deux chargeurs, il en inséra un dans la crosse, manipula la culasse comme on le lui avait appris dans un stand de tir que fréquentait Gwenola, mit l'autre chargeur dans sa poche et récupéra les munitions.

Il entendit une cavalcade dans l'escalier, des rires d'enfants et une course qui se termina lorsque la porte du bureau s'ouvrit à la volée et que son plus jeune fils jaillit dans la pièce. Le gamin resta comme paralysé, abasourdi par la scène, son grand-père gisait sur le sol, avec une tige plantée dans le crâne et une flaque rouge se répandait autour du cadavre. Il regarda son père agenouillé près du coffre et bégaya.

— Papy…

Un carillon retentit dans le vestibule. Une visite s'annonçait.

Sans lâcher son fils des yeux, Hugo se redressa et fit passer les bretelles de son sac autour de ses épaules. Il entendit la porte extérieure s'ouvrir et des voix se rapprocher, il reconnut celle de sa belle-sœur, elle accueillait les visiteurs. Le jeune homme posa un index en travers de sa bouche pour faire signe au gamin de se taire. Le gosse était médusé, immobile, une statue de cire qui fut soudain prise de tremblements et se mit à hurler, un cri de bête blessée. Une course affolée résonna sur le marbre de l'entrée et la sœur de Gwenola apparut, Bruno Delaroque et Patrick Girard sur les talons.

Le premier à réagir fut Delcroix. Il n'était pas un expert, mais à cette distance, les chances de manquer ses cibles étaient faibles.

Il tira les quinze coups du chargeur en un temps record sans essuyer la moindre riposte. Assourdies par les détonations, les oreilles du tireur se mirent à siffler et l'odeur âcre de la poudre envahit sa gorge. D'une main tremblante, il éjecta le chargeur pour le remplacer par un nouveau. Un magnifique sourire apparut sur son visage. Il admira son œuvre, enjamba les corps et se dirigea d'un pas tranquille vers la sortie. En passant devant la cuisine, la présence de sa belle-mère et de l'autre enfant lui rappelèrent qu'il n'en avait pas terminé.

Au moment de quitter la maison, il entendit une sorte de râle. Il se tourna vers le bureau de Philippe et crut voir un mouvement, son amour du travail soigné le fit hésiter à revenir sur ses pas. Il abandonna l'idée.

Un instant plus tard, il prenait place dans la voiture de sa belle-sœur. Quand il passa le portail, derrière l'acouphène, ce sont les paroles de « Killing Time », une chanson du groupe Metallica, qui résonnaient dans ses oreilles.

The sound of gunfire goes through the night
Le son d'un coup de feu arrive à travers la nuit
The killing and hatred's a terrible sight
Le meurtre et sa haine sont une terrible vision
Reports come in of a heavy attack
Il arrive des rapports de cette terrible attaque
Message received, we're moving back
Message reçu, nous reculons
Preparations are made for the journey back
Préparatifs pour le voyage retour faits
Hints on survival, supplies are packed
C'est de la survie, tout est prêt
No more nights in this eternal hall
Pas une nuit de plus dans ce reposoir
Destination is simple, we move out
La destination est simple, on se tire de là
Killing time, you left from the line
C'est le moment de tuer, tu quittes la ligne

Killing time, your turn to kill
C'est le moment de tuer, tu deviens un tueur
Killing time, what'd ya say ?
C'est le moment de tuer, qu'est-ce que tu dis ?
Killing time, ah killing time
Moment de tuer, ah, moment de tuer

Remerciements

À Kristell et Jessica, ma femme et ma fille.

À mes petits-enfants, Léanne et Gabin.

À Christine Beteille, Jeannick Blaise-Durand et Sylvie Lefebvre, pour les relectures attentives de mes textes.

À Christelle Soria, qui fut ma première lectrice et la chasseuse impitoyable des incohérences du récit et des coquilles innombrables laissées par son auteur.

À Claire Saccardy, pour les précisions techniques.

À G.N. qui m'a donné l'envie d'écrire.

À mes premiers lecteurs, pour leurs critiques constructives, avec toujours et encore, une mention particulière pour Bernard Trenque qui dévore en une nuit un texte qui n'est encore qu'une ébauche et me donne des avis éclairés.

Et puis les autres, Philippe Germain, Hervé Giraud, Serge Giraudo, Jean-Claude Guillemain, Bruno Bodin, Claude Vasseur.

À ceux qui me soutiennent depuis que j'écris : les salons, les médiathèques, les blogs du polar, les libraires… Impossible de les citer dans le détail…

Et enfin et surtout,

À Alice Monéger et Marc Fernandez, ainsi qu'à toute l'équipe de Filature(s) et Alibi.

Déjà parus chez Filature(s)

Jeux de dames, André Buffard, 2020
Chinatown Beat, Henry Chang, 2020
Larmes de fond, Pierre Pouchairet, 2020
Laisse pas traîner ton fils, Rachid Santaki, 2020
Le Silence des pères, Martin Gouesse, 2021
Correspondant local, Laurent Queyssi, 2021
L'Année du chien, Henry Chang, 2021
L'Affaire Thomas Royer, André Buffard, 2021
Sur les rails, Julien Hervieux, 2021

RÉALISATION : NORD COMPO À VILLENEUVE-D'ASCQ
CET OUVRAGE A ÉTÉ ACHEVÉ D'IMPRIMER SUR ROTO-PAGE
PAR L'IMPRIMERIE FLOCH À MAYENNE (53)
DÉPÔT LÉGAL : SEPTEMBRE 2021. (98938)
Imprimé en France